Ullstein Sachbuch

ZUM BUCH:

In mehr als 350 Saisons hat uns die Opera mundi nicht nur Kultur, sondern auch ein handfestes Stück Sozial- und Sittengeschichte vom Frühbarock bis in die Gegenwart geliefert. Stars dreier Geschlechter – Sänger, Sängerinnen und Kastraten – füllten die Bühne mit Glanz und Gloria, aber auch mit Skandalen. Lange Zeit hindurch wurde die Oper von Kastraten beherrscht, die in antiken Kostümen oder auch in Frauenkleidern ihre Sopranarien sangen. Erst als Napoleon Italiens »Kastratenfabrik« unter Androhung der Todesstrafe schloß und damit die Halbmänner zum Rücktritt zwang, begann die grandiose Ära der Primadonnen, der »Ersten Damen«.

Die attraktiven »Töchter des Orpheus« machten Komponisten berühmt, ersangen sich Schlösser, ruinierten Bankiers. Kaiser und Könige, auch Tankerkönige, lagen den Primadonnen zu Füßen.

Der Autor beschreibt eine vieltönige Megalopolis, deren Attraktion – trotz zunehmender Kritik – noch heute erkennbar und wirksam ist.

ZUM AUTOR:

Walter Haas (1921–1982) studierte an der Universität Hamburg Psychologie, Kunstgeschichte und Musiksoziologie. Er war Chefredakteur einer führenden deutschen Rundfunk- und Fernsehzeitschrift und Schallplattenproduzent. Zuletzt arbeitete Haas als freier Journalist in Hamburg.

Walter Haas

Geliebte Primadonna

Das Leben großer Sängerinnen

Mit 66 Abbildungen

Ullstein Sachbuch

Ullstein Sachbuch
Ullstein Buch Nr. 34337
im Verlag Ullstein GmbH,
Frankfurt/M – Berlin

Überarbeitete Ausgabe

Umschlagentwurf:
Hansbernd Lindemann
Foto: Kranichphoto
(La Gioconda – Leonie Rysanek)
Alle Rechte vorbehalten
© Annemarie Haas
Mit freundlicher Genehmigung
von Annemarie Haas
Printed in Germany 1986
Druck und Verarbeitung:
Ebner Ulm
ISBN 3 548 34337 6

Juni 1986

CIP-Kurztitelaufnahme
der Deutschen Bibliothek

Haas, Walter:
Geliebte Primadonna: d. Leben großer
Sängerinnen / Walter Haas. – Überarb.
Ausg. – Frankfurt/M; Berlin:
Ullstein, 1986.
   (Ullstein-Buch; Nr. 34337:
   Ullstein-Sachbuch)
   ISBN 3-548-34337-6
NE: GT

BLUMEN FÜR DIE PRIMADONNA

»... will alles für sie wa-
(folgen 70 Koloraturnoten)
– gen, bestehen jede Gefahr!«

Orpheus-Bearbeitung
von Ferdinando Bertoni

Leider eine alte Weisheit: Teufel sind attraktiver als Engel.

Was die Callas betrifft: Sie strahlt die luziferische Schönheit eines verjagten Erzengels aus. Nun will sie selber Paradiese schaffen, Träume gestalten, goldene Äpfel empfangen, Rauch und Flammen abblasen.

Da kommt sie mir treppab entgegen . . .!

Federleicht schwebt sie über den roten Plüsch der Freitreppe ins Hotelfoyer: ein weltabweisendes Lächeln in Organza, pfauenbunt und sehr geschmeidig.

Neben ihr schreitet die blonde italienische Zofe, hinter ihr Nicolo, der smarte Dirigent. Dann erst folgt ›Herr

Titta‹, klein und durchaus übersehbar: Giovanni Battista Meneghini.

Das war in einer Zeit, als sie noch die Tigerkrallen schießen ließ, um mit dem Erdball zu spielen. Die Zeit der ›Assoluta‹.

Man nimmt Platz.

Die Callas bestellt Grapefruit, ungezuckert. Die anderen auch. Jeder lobt die Früchte, weil *sie* sie liebt. Jeder schwärmt, das sei das Beste.

Für sie aber ist das nur ein Stück Hollywood-Kur.

Ich stelle Fragen in englischer Sprache. Die Callas, in New York geboren, hört hellwach zu. Ihre Zofe übersetzt die Fragen für Signor Meneghini. Der nickt nur und sagt nichts. Während die Callas englisch antwortet, schaut sie mit Klammerblick ihren Dirigenten an. Der lächelt kontrollscharf.

Feingewalzte Wortgebilde, hauchdünn im Informationswert, schwanken auf der Goldwaage.

Ja, Stimmumfang drei Oktaven – Contr'alto-f bis hohes f, Lieblingsblumen Gardenien, Leibgericht Spargel milanese . . . die üblichen Fragen zum Anwärmen.

Dann: »Ihre Lieblingsrolle?«

»*Medea!*«

»Warum?«

Ihre Blickverbindung mit Nicolo reißt plötzlich ab. Die Zofe gibt es auf, weiter zu dolmetschen. Die Primadonna, tiefatmend, dunkeläugig sprühend: »Die tragische Heroine, ich liebe das. Eine große und gewaltige Rolle, schillernd, verstehen Sie! Und unerhört spielbar. Eine schwierige, aber wunderbare Partie, artistisch und doch so menschlich!« Ihr Lächeln biegt die Mundwinkel nach unten, die Nase wirkt länger dadurch. »Das Menschliche, im Bösen noch ergreifend – magnifique!«

Wir löffeln wieder Grapefruit.

Cherubinis brisante Schreckensoper, ja ... Medea stiftet Jason an, das Goldene Vließ zu erjagen. Sie raubt es ihm und entflieht. »Nur mit Schaudern nenn' ich sie mein Weib!« singt Jason im ersten Akt. Im letzten brechen dann Paläste zusammen. Ein Götterwagen naht und holt Medea in den Heldenhimmel.

Die Zofe schaut zur Uhr und hebt den Finger. Ende des Gesprächs.

Kurz und lebhaft – aber die ganze Callas war darin! Von der ungezuckerten Grapefruit drei Oktaven aufwärts bis in den Heldenhimmel.

Man erhebt sich.

Kein Götterwagen steht für Maria Callas bereit, sie muß auf den Lift warten. Freitreppen sind nur für den Auftritt gut, Abgänge funktionieren mechanisch. Wie in einem von innen erleuchteten Lampion entschwebt die Primadonna in obere Hotelregionen.

Das Scherengitter kracht, Herr Titta bleibt unten stehen und schaut seiner entschwindenden Gattin nach. Er reckt den Kopf – sie ist fort.

Eine Orpheus-Gebärde ... Unter den müden Augenlidern des veronesischen Exfabrikanten träumt die Arie »Ach, ich habe sie verloren«.

Aus dem Hades hat er sie geholt, geliebt, gefördert, verwöhnt – perdu! Ach, ich ...

Ich zahle die Grapefruit, weil der Oberkellner es ausdrücklich wünscht, und gehe.

Gedanken im Citroën, après:

Kann man über solche Damen dicke Bücher schreiben?

Man kann ...

Passiert da nicht immer nur das, was eben im Hotel

geschah: Primadonna, Zofe, Dirigent, Gatte und jemand, der das Geheimnis sucht?

Ja. Das aber in tausend tollen Variationen! Daß Frauen singen, damit Männer sie lieben, das sind alte Geschichten. Sie reichen weit zurück, mindestens bis Isis und Osiris. Es sind Geschichten, aus denen Geschichte wurde. Auch Musikgeschichte. Mehr noch Kultur- und Sittengeschichte. Ein Stück Soziologie: weibliche Emanzipation. Außerdem, wenn man will, Ornithologie: *Nachtigall* (althochdeutsch »Nachtsängerin«), ein unscheinbarer Vogel aus den Mittelmeerländern, der nur durch Gesang zu Ruhm und Ansehen kam.

Halt! *Eine* Nachtigall macht noch keinen Sommer.

Weiter! Es gibt mythische Relikte zu bedenken, etwa dies hier: Im Purpurnest neben seiner schönen Kreolin sitzt Kaiser Napoleon; er hat gerade bei Todesstrafe die italienischen Kastratenfabriken verboten und weint nun Tränen der Verzückung, weil ein Kastrat ihm vorsingt . . .

Um Genaueres darüber lesen zu können, müßte man es schreiben.

Rotlicht an der Kreuzung: Warten . . .

Menschen auf dem Zebrastreifen: alte, junge, müde, wache. Graue, grüne, rote. Alle haben zu tun, suchen im Alltag jenen Rest, den das Leben ihnen schuldig blieb. Notfalls in der Oper.

Gelblicht. Man sollte . . .

Grün: Schreiben!

Laufsteg zum Himmel, sanft gewölbter Teppich der Göt-
ter: Bergwiese im griechischen Sommer.
Bei näherem Hinsehen: Zyklamen, Würzkräuter, flok-
kige Tuffs. Eine Galaxis bunter Fliegen, schimmernde
Perlmutterluft.
Eine Natter im Gras!
Dann ein Knistern und Brechen, todverbreitend. Ein
Mensch kommt näher. Ein Frauenbein, nackt und schön,
doch ein Fremdkörper in Floras Reich.
Jäh ist der Biß. Eurydike stirbt.

Am Fuß des Olymp beginnt die große, die rätselvolle
Orpheus-Legende.

Legende nur?

Es scheint eine Spur Historie darin zu sein: *Orpheus*, thrakischer Königssohn, 8. Jahrhundert v. Chr., verheiratet mit der lieblichen Eurydike. Wenige Tage nach der Hochzeit verlor er seine Frau durch einen Schlangenbiß.

Die Orpheus-Klage begann, ein weithin wirkendes Lamento.

Berge, Bäume, Tiere und Menschen weinten mit dem Sänger zusammen um die verlorene Schönheit. Die Schwingungen der siebensaitigen Orpheus-Lyra ließen Himmel und Erde vibrieren.

Also wohl doch keine Historie – Legende nur! Apollon war der Vater, die Muse Kalliope war die Mutter des Orpheus.

Der Sohn selbst, ein Halbgott, trat mutig vor den Thron des Hades, rührte nun auch die Unterwelt mit seinem Gesang und erhielt die Erlaubnis, Eurydike ins Reich der Lebenden zurückzuführen. Einzige Bedingung: Er durfte nicht der Versuchung erliegen, sich nach der Gattin umzusehen, bevor er wieder im Licht war.

Orpheus versagte. Er wandte sich um, und Eurydike sank ein zweites Mal hin, diesmal unwiederbringlich.

Der Reiz des Optischen war selbst für einen Halbgott zu stark gewesen. Der Sehnerv, von der Neugier des Herzens gesteuert, zerstörte den Zauber.

Frage: Kann das Auge ein Feind der Musik sein, ein Grund, zu verlieren? Ist die Macht der Lyra durch optische Reize gefährdet?

Götterbote Hermes soll die Lyra erfunden haben.

Sie sei ein Klangkörper, der auf »Welt« reagiert, meinten die Griechen. Die tönende Welt, für das unvollkommene Menschenohr unhörbar, werde durch die Lyra hörbar gemacht. In ihrem Spiel manifestiere sich Weltharmonie, *Kosmos*.

Indem Orpheus an der Kraft seiner Lyra zweifelte und einen Blick riskierte, verstummte für ihn der Kosmos. Der »Gesang«, griechisch definiert, verlor seine Macht.

»J'ai perdu ma Eurydice«, läßt Christoph Willibald Gluck in seiner Pariser Reformoper den Orpheus klagen. Während Saiteninstrumente ihren Perlmuttglanz über die elysischen Felder ausbreiten – Weltharmonie über den Champs-Elysées –, rät Gluck seinem Orpheus-Darsteller: »Sing das so verzweifelt und schmerzvoll, als ob dir ein Bein abgesägt wird!«

Aber welcher Opernstar mag das schon? Kunst ist doch Genuß! Oper ist Feierabend; warum also grob sein? Das Publikum zahlt hohe Eintrittspreise, man muß es erfreuen, amüsieren, unterhalten.

Nun, die Primadonna Pauline Viardot gehorchte Gluck! Im Jahre 1859 sang sie die Orpheus-Partie als Frau, im Altregister dem geschlechtslosen Wesen näher, dem ›Neutrum Mensch‹. In schrecklicher Verzweiflung umkreiste sie Eurydikes Leiche, gab volle Lautstärke und tremolierte gar noch eine Fermate auf dem hohen G.

Wir sind mitten drin im Opernproblem! Haarscharf an der Frage, ob eine Primadonna, die den Orpheus singt, an Orpheus oder an das Publikum gebunden ist. Ob sie geschlechtslose Kunstfigur sein muß oder Frau sein darf. Ob Gluck recht hat, wenn er die Säge empfiehlt. Ob Ohrenschmaus und Augenweide auch wirklich verschwistert sind.

Wir bleiben im Opernproblem, wenn wir bei Orpheus bleiben.

Vom Augenblick an, da er seinen Schmerz über die Eine, die Verlorene, verewigte – so meinte Ovid –, habe Orpheus den Liebestrost aller Frauen dieser Welt verschmäht und sich in platonischer Konsequenz der Knabenliebe hingegeben. Päderastie als tragische Pointe.

Die thrakischen Frauen, tief gekränkt und an der Wirkung ihrer Reize zweifelnd, warfen Speere auf den Halbgott. Doch sein Gesang lenkte die Speere ab.

Die Musik war schützender Schild für Orpheus. Konnte das aber auf die Dauer gutgehen? Konnte der Sohn Apolls für alle Zeiten dem Dionysischen trotzen, den entfesselten Sinnen, dem robust behaupteten Anspruch auf Genuß?

Nein!

Die Mänaden, so heißt es, trunkene Kebsweiber des Gottes Dionysos, zerrissen den Sänger.

Der Kopf des Getöteten aber sang weiter.

Die Frauen von Lesbos, aufgeklärte Emanzipierte, musisch begabte Bürgerinnen eines frühklassischen Stadtstaates, sozial, politisch und kulturell das Gemeinwesen fördernd, einander zugetan und dennoch vom Gesetz respektiert – die Lesbierinnen also begruben den Kopf des Orpheus und schenkten ihm Frieden.

Die Lyra des Thrakers hängten sie in den Tempel des Apollon. Der Wind griff in die Saiten und setzte den Gesang des Toten fort.

Das kam dem Gouverneur Pittakos zu Ohren.

Als dieser »plattfüßige Dickwanst«, wie Alkaios ihn nannte, von seinen Marktforschern erfuhr, daß die Orpheus-Lyra ohne Berührung durch Menschenhand weiterhin Bäume und Felsen tanzen ließ, griff er zum Scheckbuch: »Gekauft!«

Im gleichen Augenblick, da der göttliche Klang zur Ware

degradiert wurde, verwandelte er sich in ein verwirrendes Getöse, so kakophonisch, daß die Höllenhunde erwachten.

Die Hunde zerrissen Pittakos bei lebendigem Leib.

Die Lyra aber sang weiter, ungekauft. Sie orakelte Urworte orphisch. Auch die Nachtigallen, so kann man noch heute in Reiseprospekten lesen, singen an dieser Stelle besonders schön.

Sind solche Klänge präzis zu erfassen? Oder ist Musik nur mythischer Rausch, Ersatz für eine Stahlnadel in der Vene?

Cicero behauptete, Orpheus habe niemals gelebt – sein Klang aber sei in der Welt. Die Frage bleibt: Wer kann ihn hören?

Wir wissen heute, daß der Frequenzbereich des menschlichen Ohres begrenzt ist. Spricht das aber gegen die ›tönende Welt‹ der Griechen? Widerlegt es die Fiktion, Götterbote Hermes habe mit der Lyra ein Kommunikationsmittel der Weltharmonie erfunden, ein *telephon* zum Kosmos?

Wer also kann den Klang hören? Jene, die ihn als kulinarisches Rachengold im Opernhaus schlecken und als käufliches Genußmittel konsumieren, oder jene, die ihn als Kunstwert erfassen, als ›Urwort‹, dem Olymp nahe?

Die Oper muß solche Fragen hinnehmen, weil gerade *sie* sich in ihrer florentinischen Wiege dem Griechentum verpflichtet hat. An entscheidenden Stufen ihrer Entwicklung hat die Oper immer wieder Orpheus zum Helden erkürt – das Land der Griechen in den Sälen suchend.

Jacopo Peri schuf mit Orpheus das barocke *dramma per musica*, Monteverdi den Prototyp der modernen Oper. Luigi Rossi eröffnete mit Orpheus die Gesamtkunst-

Perspektive, Gluck die Pariser Opernreform, Offenbach die Operette.

Orpheus blieb Schlüsselfigur bis hin zu Křenek und Strawinsky, ja bis zu Menottis Globolink-Kosmonauten, die nur durch die Macht der Musik gestoppt werden können.

Die Oper bietet an, daß wir sie an Orpheus messen.

Besteht sie den Vergleich? Bleibt ihr liebenswertester Popanz, die optisch so ungemein virulente Primadonna, noch Diva im Sinne des Wortes – Göttliche also? Oder ist sie nur Mittelstürmerin einer allzu weltlichen Vokalidiotie?

Ende des Vorspiels am Fuß des Olymp.

Das smaragdene Wiesenmeer weicht einer frühkapitalistischen Steinwüste. Die lampionköpfigen Blumen verdorren, über dem Berg der Götter verweht der weiße Zirrus.

Themsenebel sinkt herab.

1 Die Händelzeit in London

> »No lady is a lady without having a box at the opera.«
>
> *Thackeray*

»Madame, Sie sind eine Teufelin!« schreit Operndirektor Georg Friedrich Händel die aufsässige Primadonna an. »Ich aber bin Satan persönlich, der Fürst aller Teufel!« Wütend packt er sie bei der Wespentaille und drängt sie ans offene Fenster. »Ich werfe Sie hinaus, wenn Sie nicht parieren. In dieser Oper befehle *ich*!«

Geschehen im Dezember 1722. Ein feuchtkalter Wind strich um das Haymarket-Theater, und über die nackten Schultern der zweiundzwanzigjährigen Italienerin Francesca Cuzzoni kroch eine Gänsehaut. Sie hatte es abgelehnt, Händels *Ottone*-Arie ›Falsa immagine‹ so zu singen, wie sie auf dem Blatt stand. Das Liedlein war ihr zu sim-

Francesca Cuzzoni

pel vorgekommen: keine Triller, keine Schluchzer, keine Fiorituren – nur dicke deutsche Noten, zäh wie Kloßbrei.

Ein paar kalte Sekunden lang zitterte sie an der Winterluft, Händels Bärenpranke vor der Nase. Dann versprach sie Gehorsam.

Der Maestro ließ sie frei. »Schämen Sie sich«, knurrte er.

Doch die Primadonna blieb schamlos. Schon am nächsten Tag spielte sie wieder verrückt.

Sie spielte verrückt, weil London es so wollte! Die Lords und Ladies der britischen Metropole, die Snobs, Bankiers und Lebedamen zahlten so spleenig hohe Mieten für ihre Opernlogen, daß London sich die tollsten Gagen Europas leisten konnte. Und weil das so war, wollte man auch etwas haben für sein Geld.

Die Cuzzoni wußte das. Sie wußte haargenau, was das Publikum von einer italienischen Primadonna erwartete: Feuerwerk, Amüsement und tränentreibenden Pomp. Nicht nur siebzehn Triller pro Minute, sondern auch mindestens siebzehn Skandale pro Saison.

Spielend schaffte sie ihr Pensum, die kurzbeinige Herrennatur mit dem Damenbart, rücksichtslos, launisch, unverschämt. Obwohl sie alles andere als schön war, strahlte sie Erotik aus. Ihre hemmungslosen Extratouren provozierten Eifersuchtsszenen und Duelle. Und immer neue Einladungen in die Daunenfestungen der Lords.

Von Kunst war kaum die Rede.

Es war schon eine verrückte Zeit, die Händelzeit in London. Wer in Theaterberichten von damals blättert, findet Grund zum Staunen.

Das düstere Opernhaus am Haymarket galt als Treffpunkt der großen Welt. In den Premierennächten standen die angegoldeten Galakutschen bis zum Piccadilly. Ins prunkende Defilée der Gäste mischten sich Bettler und Krüppel, grell geflickt, wie von Peachum kostümiert. Ganz London war auf den Beinen. Man kam, um zu sehen und um gesehen zu werden.

Die Oper selbst aber brauchte man nicht unbedingt zu sehen!

In den üppig gepolsterten Logenfauteuils blühte das süße Leben. Die meisten Boxen waren von wohlhabenden Familien gleich für mehrere Jahre im voraus gemietet und auf eigene Kosten wie Salons tapeziert und eingerichtet worden. Zwischen Kissen, Wärmflaschen und Möpsen verbrachte man dort seine Abende und Nächte.

Wenn allzu langweilige Rezitative erklangen, und das war oft der Fall, schloß man die Logenvorhänge und vergnügte sich bei Kuß und Genuß. Einige Herrschaften spielten auch Karten, andere schlürften Makkaroni zum Wein, Ladies löffelten Eis.

Erst wenn die Cuzzoni ihren Bravourauftritt hatte oder der pausbäckige Kastrat Senesino seine Minuten-Kadenz gurgelte, ohne zwischendurch Luft zu holen, wurden die Logenvorhänge wieder geöffnet. Dann saß Londons

Publikum keineswegs auf seinen Händen. Schlechte Leistungen wurden mit Wurfgeschossen quittiert; war jedoch Glanz und Gloria entfaltet worden, gab es Applaus-Orkane wie nach der Löwennummer im Zirkus.

Auf der Bühne aber ging es meist recht plump zu.

Obwohl die Direktion des Hauses mit Nachdruck dramatische Aktion forderte, traten *prima donna* und *primo uomo*, die Erste Dame und der Erste Herr also, grundsätzlich nur von rechts auf; steif und eitel wie ausgestopfte Galakostüme standen sie an der Kerzenrampe und präsentierten ihre Arien wie Spruchblasen.

Sang Senesino, gab die Cuzzoni sich gelangweilt. Sie schnickte zwei Pagen heran, die ihr die Schleppe ordnen mußten, wedelte unentwegt mit dem Fächer und focht dabei ein paar blitzende Blick-Duelle mit ihren Favoriten im Publikum.

War die Cuzzoni dran, beugte sich Senesino zum Souffleurkasten hinunter, fragte an, ob er heute gut gewesen sei, und versicherte im gleichen Atemzug, er hätte es hundertmal besser machen können, wenn er nur nicht so scheußlich heiser wäre. Dann klunkerte er mit der Uhrkette oder zupfte sich eine Orange aus dem Jabot, um sie in aller Gemütsruhe zu schälen und zu verzehren.

Den tollsten Zuspruch erntete regelmäßig die Cuzzoni: Da prasselte der Beifall, da regnete es Blumen, da segelten Papierschwalben mit Huldigungsversen und intimen Einladungen auf die Bühne. Die Primadonna geriet bei diesen Gunstbezeigungen oft so in Ekstase, daß ihr das Rollenkostüm der Königin zur zweiten Haut wurde. Nach Schluß der Vorstellung behielt sie es auf dem Leib und zwang dann jeden, der ihren Weg kreuzte, zum Kniefall.

Dabei hielt sie lange italienische Reden: eine unaufhaltsam sprudelnde Suada, die niemand verstand, deren Sinn aber jeder erriet. Denn immer wieder kam das Wort »Händel« darin vor, und jeder wußte dann, daß die Cuzzoni diesem Mannsbild die Blattern an den Hals wünschte, porca miseria . .!

Seit zwölf Jahren an der Themse und seitdem zwischen den Mahlzähnen des Teufels: Georg Friedrich Händel, Sohn eines Feldschers, Enkel eines Kesselschmieds.
Ein Wahl-Brite aus Halle an der Saale.
Einige nannten ihn ›Liebling der Nation‹, andere ›Tyrann‹.
Groß und stämmig war er, kraftvoll wie ein Bär. Der Körper, eine gewaltige Fleischmasse, wirkte wie das Ergebnis einer immensen Nahrungsaufnahme. Das Gesicht aber verriet Würde, Sensus, künstlerisches Feuer: breit die Stirn, Augenbrauen wie barocke Architrave, darunter blaue Humoraugen. Unter der weiß wuchernden Allongeperücke gingen die blonden Germanenhaare langsam aus.
Wenn er zornig war, zitterte die etwas zu große Perücke, und seine Musiker zitterten dann auch. »Handel with care«, flüsterten sie sich zu; das heißt: »Vorsicht beim Anfassen!« Und die sanfte Kronprinzessin Caroline, liebend gern in Händels Schatten, zischte: »Pst, still! Der Maestro ist böse . . .!«
Böse schon, doch niemals boshaft! Viel zu sanguinisch, um lange auf dem Gipfel des Zorns zu verweilen. Immer wieder brach gute Laune durch: ein rauhhalsiges Lachen, schubkräftig genug, um Londons Nebel zu verjagen.
Kritik war ihm gleichgültig, die Gnade der Gentry ebenfalls; er boxte sich lieber selbst mit Publikum und Bulldoggenpresse herum. Niemals kassierte er fette Renten,

sein Leben lang verdiente er weniger als seine Primadonnen. Angebotene Ehrengaben wie den Oxford-Doctor lehnte er ab. Als er eines Tages auf einem Plakat »Dr. Handel« las, ließ er neu drucken: »*Mister* Handel«!

Bei solcher Lebenshaltung, Schicksal der Stolzen, mußte er sich natürlich arg schinden: zwei bis drei Opern im Jahr komponieren, dazu das Management.

Trotzdem blieb Zeit fürs Privatleben.

»Pardon, mir fällt etwas ein«, sagte er bisweilen bei Parties und stapfte ins Nebenzimmer. Neugierige, die am Schlüsselloch erleben wollten, wie ein Genie arbeitet, sahen es dann bei einer großen Flasche Burgunder sitzen, untätig und ›still entzwei‹.

Alleinsein ist besser . . .

Als junger Musiker in Hamburg hatte er sich einmal der erotischen Starverehrung einer Schülerin hingegeben. Verlobung stand ins Haus, doch die Eltern des Mädchens, musenfremde Pfeffersäcke, mäkelten: »Geigenkratzer!« Da riß sich Händel die Lieb' aus dem Leibe.

In Florenz hatte es eine Affäre mit der blutjungen Primadonna Vittoria Tesi gegeben, in London gar einen ernsthaften Heiratsplan. Doch als die junge Dame wünschte, Händel möge seinen ›unseriösen‹ Beruf aufgeben, gab Händel die Dame auf.

Er blieb Junggeselle bis zum Tod.

Sein Butler Waltz bekochte ihn. Heiße Schokolade zum Frühstück, dazu das unverschämt teure Weizenbrot. Tagsüber Fleisch, immer wieder Fleisch; Steaks, in denen noch das Blut des Ochsen pochte. Ansonsten Burgunderwein, dick und rot.

Als er im Jahre 1710 – Händel war damals fünfundzwanzig Jahre alt – zum ersten Mal London betrat, galt er bereits als erfolggewohnter Grandseigneur. Die italienischen Halbgötter Scarlatti und Corelli waren seine Freunde, ein Kardinal sein Textdichter. Als aufgeklärter Weltmann wollte er nichts als Helligkeit verbreiten: würdige Polyphonie, *Pomp and Circumstances*, vom Kontrapunkt strukturiert.

Welch ein Blütentraum: London sollte für ihn das Schaltwerk der *musica mundi* sein. Von hier aus, unbedingt von hier, wollte der Kosmopolit Händel ein neues Imperium der Oper regieren.

Karikatur einer Stadt. Stahlstich *chamois*, Ausschnitt: Wasserkopf London, freidenkerischer Tintenfisch an der Themse: 500 000 Einwohner (die nächstgrößte Stadt: 30 000). Im Stadtgebiet 2000 Möpse, 3000 Polizisten, 5000 Dirnen, 11 000 Bettler. London, kurz bevor es zum Schauplatz einer der tollsten Exzesse der Operngeschichte wurde.

Dem Adel geht's gut, das Großbürgertum reibt sich die Hände. Die Upper Ten sind durch hemmungslose Tatkraft reich geworden: weiße Nabobs, mit den Schätzen des Orients beladen, Aktienspekulanten, Mehrwert-Kassierer.

Man ist zahlungsfähig und auf Genuß versessen; es kann also losgehen! (Jemand da, der den Spaß organisiert . . .?)

Halt, da ist etwas, das den Musenzauber gefährden könnte! Der enorme Verbrauch von Weizenmehl als Puder zum Beispiel; er verteuert den armen Leuten das Brot. Das könnte Widerstand gegen den Luxus löcken.

Außerdem: das Stücke-Besehen ist nicht ungefährlich; nächtliche Wegelagerer, Raufbolde und Raubmörder bedrohen die Kutschen der reichen Theaterbesucher.

In diesem Fall muß Sir Robert Walpole helfen, Englands erster bürgerlicher Minister! Sir Robert hat Haifischzähne,

und die trägt er genau so im Gesicht wie Londons Ver-
brecherkönig Jonathan Wild. Präziser gesagt: Die Her-
ren stecken unter einer Decke. Sollen sie sich arrangie-
ren . . .!
Man arrangiert sich: Wild wird in Tyburn gehängt
(Grund: Verkauf von gestohlener Spitzentresse).
Sonst noch eine Frage? Alles in Ordnung . . .?
Händel her, Musik muß sein!

Opern gab es natürlich schon: feinste italienische Meter-
ware von modischer Paßform, ein Genuß-Spektakel von
beträchtlichem Kommerzwert.
Als Händel antrat, sah er zunächst Apfelsinen fliegen:
angefaulte Projektile gegen die Primadonna Margherita
de l'Épine. Sie richteten sich aber nicht etwa gegen den
Gesang der Künstlerin, sondern gegen ihr Äußeres: Die
l'Épine war ein Stimmgenie von ausdrucksstarker Häßlichkeit.
»Wer Primadonnen nur als Augenfutter will, sollte nicht
das Opernhaus betreten!« donnerte Händel und dachte
bei sich: Damned! Wer hier eine neue Opernkultur auf-
bauen will, muß Nerven wie Stricke haben.
Den Londonern gefiel das entschlossene Auftreten des
jungen Deutschen. Instinktiv erkannten sie ihren zukünf-
tigen Musik-Admiral, den John Bull der Themse-Oper.
Zu Recht! Ex-Jurist Händel hatte einen gehörigen Schuß
Realismus mit nach England gebracht. Er wußte, daß
reines Künstlertum nicht immer ausreichte, um Träume
zu verwirklichen. Ein so teures Gebilde wie eine Oper
mußte nicht nur komponiert, sondern auch produziert
werden. Und dazu gehörte Geld.
Irgend jemand mußte dieses Geld aufbringen, ohne gleich
in Gefahr zu geraten, es wieder zu verlieren.

Damit war Händel mitten drin im Strukturproblem der Oper. Einerseits hatte er sich geschworen, Apoll und die Musen niemals zu verraten, andererseits war er bereit, soviel Kalkül aufzubringen, daß Kunstwert und Geschäftserwartung sich deckten.

Würde das möglich sein?

Händel verband sich mit dem Industriellen Aaron Hill, dem Gründer der ›Oil Beech Company‹, der willens war, einige Gewinne seiner gutgeölten Firma ins Kulturgeschäft zu stecken.

»Veropern Sie den Rinaldo-Stoff«, schlug Hill vor.

Innerhalb von vierzehn Tagen hatte Händel die Partitur fertig. Die Hill-Händel-Produktion *Rinaldo* schlug ein wie eine Bombe: fünfzehn ausverkaufte Vorstellungen bei extrem hohen Platzpreisen.

Nach dem ersten Erfolgsrausch stellte Händel fest, daß der Drucker John Walsh zum Beispiel siebzig mal soviel Geld verdient hatte wie Händel selbst; Walsh hatte das *Rinaldo Songbook* hergestellt und verkauft.

»Das nächste Mal schreibst *du* die Oper«, sagte der Komponist, »und ich vertreibe sie.«

Walsh lehnte dankend ab. Er hatte auf Anhieb erfahren, wie gut es ist, Musikverleger und nicht schöpferischer Künstler zu sein. Um dieses zukunftsträchtige Statement zu untermauern, forderte er die Primadonnen und Kastraten auf, ihre Gesangstexte fortan so undeutlich zu singen und mit Koloraturen zu verfremden, daß die Kundschaft nicht umhin kam, Textbücher zu kaufen.

Beispiele wie diese, Belege einer rüden Entsublimierung, förderten den Warencharakter der Oper. Nach einigen Jahren war auch Britanniens Adel bereit, ins Musikgeschäft einzusteigen. Der Herzog von Newcastle und seine Freunde gründeten eine Operngesellschaft, nannten sie mit Erlaubnis des Königs *Royal Academy of Music* und machten Händel zum Direktor.

Hauptquartier der *Academy:* die ›Haymarket Opera‹.

Neben dem investierten Eigenkapital von 40 000 Pfund wurden 10 000 Anteilscheine von je ein Pfund Sterling ausgeschrieben. Sie verkauften sich leicht: Der König selbst führte die Liste der Subskribenten an, auch Händel trug sich ein. Eine solche Theater-Aktiengesellschaft war nichts Ungewöhnliches; schon Shakespeare hatte Anteilscheine am Globe-Theater besessen.

Academy-Intendant James Heidegger, ein hybrider Gnom aus der Schweiz, entwickelte die Meinung, das Geld sei vorzugsweise »in Primadonnen« anzulegen. Augenfällige Interpreten, faszinierende Darstellungstypen, *Stars* also seien wichtig! Opernschreiber, publikumsfern wie Hieronymus im Gehäus, gebe es genug.

Händel wurde aufgefordert, das Festland zu bereisen, damit er dort jene magnetischen Nachtigallen einfange, die das Publikum zum Haymarket locken würden. Keine allzu schwierige Aufgabe, wie es schien: im 50 000 Pfund-Etat der *Royal Academy* waren allein 34 000 Pfund Sterling für Spitzenstars veranschlagt!

Für die nötige Tuchfühlung zwischen Stars und Publikum wollte Heidegger selber sorgen; ihm schwebten dabei fraternisierende Parties, private Kostümfeste und andere taktile Möglichkeiten vor. Wichtig sei nur, so zwinkerte er Händel zu, die attraktivsten Nachtigallen aufzuspüren, die es gebe: »Immerhin bieten wir Weltrekord-Gagen!«

Händel engagierte neben der hübschen Italienerin Margherita Durastanti jene beiden Stars, die wir bereits kennen: den Sopranisten Senesino, der sich als Starkastrat bei August dem Starken in Dresden größte Beliebtheit er-

Farinelli, Francesca Cuzzoni und Senesino in der Londoner Oper
(Zeichnung von William Hogarth)

worben hatte, und – für 2000 Pfund Sterling pro Saison –
Francesca Cuzzoni, die ›Goldene Leier‹ aus Venedig.
Alsdann schrieb er gerade dieser Cuzzoni die Rollen so
maßgerecht auf den Leib, daß sich ihr Talent höchst vor-
teilhaft entfalten konnte. Auch wenn es wegen der *Ottone*-Arie fast zu einem Fenstersturz gekommen wäre – der
einfache Schöngesang, zu dem Händel seine Primadonna
zwang, pumpte dem Publikum die Tränen in die Augen.
Ein pikanter Reiz: Die schwarzäugige Italienerin, von der
jeder zu wissen glaubte, daß sie Haare auf den Zähnen
hatte, gab sich im Gesang unschuldig, zärtlich, rührend.
Senesino hingegen spielte den liebenswerten Plumpsack.
In einer Kampfszene auf der Bühne schlug er so toll-
patschig gegen die Festungsmauer, daß die Pappe platzte.
Daraufhin steckte sich der Kastrat einen der Pappfetzen

auf die Säbelspitze, schulterte die Waffe und rannte lachend damit herum.

Londons Publikum fand das außerordentlich witzig.

Händel aber schlug mit der Faust dazwischen. Handfest bekämpfte er den wachsenden Eigensinn und die Überheblichkeit seiner Spitzenstars. Und da es mit der englischen Sprache noch immer haperte, artikulierte er seine Kritik in einem schauderhaften Kauderwelsch aus Französisch, Englisch, Sächsisch und Musikerlatein: »Ihr wollt Ginstler sein?! Macht euch fort, vivace! Gon on, merde verdimmich!«

Der englische Musikgelehrte Dr. Charles Burney, ein Zeitgenosse Händels, notierte: »Unstreitig war sein Regime über die Sänger etwas zu despotisch.«

Händels Popularität begann zu schrumpfen. Einige seiner Geldgeber neigten dazu, ihn als unerwünschten Ausländer zu betrachten: Nach dem Prinzip *divide et impera* teilten sie die Macht des herrischen Sachsen und stellten ihm zwei italienische Kodirektoren an die Seite.

Einer dieser Mitregierer, der Komponist Giovanni Bononcini, wurde Händels gefährlichster Nebenbuhler. Für die Beerdigung des mächtigen Herzogs von Marlborough hatte er eine so einschmeichelnde Leichenmusik geschrieben, daß die Tochter des Verstorbenen ihn als *Maître de plaisir* ins Haus holte. Dort war Bononcini zum Mittelpunkt eines musikalischen Zirkels geworden, in dem Londons einflußreichste Blaublütler verkehrten.

Es ist anzunehmen, daß bei diesen Fêten kräftig gegen Händel intrigiert wurde.

Der hallische Meister, Kunst und Kommerz zugleich im Auge, hatte sich wie Laokoon gegen immer mehr Schlangenköpfe zu wehren: Geldgeber, Publikum, Presse, Primadonnen, Kastraten, Kodirektoren ...

Die Haymarket-Oper verlor indessen an Glanz.

Ein Senesino, der nicht albern durfte, wirkte auf die Dauer langweilig. Eine Cuzzoni, die stets den gleichen Tränen- und Trillerzauber verbreiten mußte, provozierte die Frage: Warum, zum Teufel, nur Götter- und Heldensagen? Gibt es außer Nymphen, Sklaven und Königinnen nichts anderes?

Im Theater lichteten sich die Platzreihen. Die erste Krise war da.

Die Geldleute von der *Royal Academy* setzten sich mit Händel zusammen und besprachen katapultschnelle Gegenmaßnahmen. Resümee: Keine Kapitulation, sondern resolutes Festhalten am Prinzip des Startheaters. Noch mehr Stars als bisher! Keine Verringerung der Etatmittel, sondern Verdoppelung!

Flucht nach vorn als kaufmännisches Aktionsprogramm!

Händel, froh über diese Entscheidung, zögerte nun keinen Tag länger, die größte Sängerin seiner Zeit nach London zu holen: den venezianischen Weltstar Faustina Bordoni!

Damit war er in der Lage, *zwei* Primadonnen in einer Oper zu präsentieren: neben der ›Goldenen Leier‹ Francesca Cuzzoni auch die ›Neue Sirene‹ Faustina Bordoni, die Blondine mit dem Fürstenblick.

Sie verlangte die gleiche Gage wie die Cuzzoni, dazu Kutscher, Koch und freie Wohnung. Realwert: 2500 Pfund Sterling.

Die Geldgeber waren einverstanden und ließen die Librettisten auffordern, ab sofort Doppelkopf zu spielen: »Opern für zwei Primadonnen, *das* muß zünden!«

Es zündete wie ein Blitz im Gewitter.

Intimes Intermezzo: *Parlando immaginato.*

(Da niemand es in diesen Tagen wagt, mit der Cuzzoni

zu sprechen, posiert sie vor dem Spiegel und spricht mit sich selbst.)

Bandit! Verruchter Sassone!

Demütigen will er mich. Zweiteilen, rädern!

Weil sein eigener Ruhm in Gefahr ist, borgt er sich den Glanz der Bordoni.

Ich kenne sie, die Furie mit den Samtpfoten, hab mit ihr in Venedig debütiert. Sechzehn waren wir beide und rauften um die Gunst der Kardinäle.

Damals unterlag die Bordoni.

Wem aber unterlag sie! Nicht den hohen Herren, sondern ihren Weibern.

Faustina . . .! Trägt den Namen einer römischen Kaiserin und erfüllt nicht die damit verbundenen Erwartungen. Ist nicht männergierig, wie das Weib des Marc Aurel, das es mit Gladiatoren und Gauklern trieb; die Bordoni versagte in den Alkoven der Nobili, wußte nicht, wie es gemacht wird. Ließ nur Frauen an ihren Leib. Gesellte sich zu jener sapphischen Sippe, aus der die Mondkälber kommen.

Blondes Kalb, schmalgeschlitzt und . . .

(Zensurstempel: Attolico, Geheimkämmerer des Dogen)

Auswertungsbescheid: Beide Frauenzimmer, Cuzzoni wie Bordoni, zeigen, obwohl grundverschieden, die gleichen ausgeprägten Merkmale ihres Berufes: Zügellosigkeit, Intrige und Egoismus zum Schaden der Kunst. Stoff für den Aretino, nicht für die Republikanische Inquisition. Den Engländern neidlos anheimgegeben.

Vom fünften Rang des Haymarket-Theaters bis ins Parkett hinunter rieselt der Klatsch: Londoner Theatertratsch, mehr gepfeffert als gezuckert.

Mit Rücksicht auf ihre weitausladenden Reifröcke müssen

konservative Damen besonders laut angesprochen werden. »Die Cuzzoni wird sich rächen«, ruft ein junger Lord aus Middlesex. »Sie wird ihre Konkurrentin von der Bühne fegen wie eine Scheuerfrau.«

»Bravo!« applaudiert Lady Pembroke. »Soll sie doch auch gleich den Händel wegfegen! Er will Francesca nur demütigen.«

»Aber Faustina ist hübscher und gescheiter«, kontert Lady Burlington. »Ihr solltet froh sein, daß Händel sie geholt hat!«

Zwei fanatische Parteien formieren sich.

Faustina Bordoni

Mitten im Parkett sitzt ein deutscher Augenzeuge: Kammermusikus Johann Joachim Quantz, der spätere Flötenlehrer Friedrich des Großen, sachverständig und weitgereist: von der Themse bis zum Po. Er kennt die beiden venezianischen Primadonnen. Die Bordoni habe »eine sehr geschickte Kehle und einen schönen und sehr fertigen Trillo«, schreibt er in sein Tagebuch, die Cuzzoni aber sei »ein Drache«.

»Wozu brauchen wir überhaupt zwei Primadonnen?« räsoniert ein dicker Dandy im Ersten Rang und blättert zwanzig englische Pfunde auf die Brüstung. »Ich setze auf die Cuzzoni!«

»Dreißig dagegen!« tönt es aus einer verhängten Loge.

»Vierzig auf die Cuzzoni!« ruft ein Pair im Parkett.

Sorgenvoll beobachtet Händel von einer Seitenloge, wie

sein Königliches Theater zur Wettbörse wird. »Hunderennen, Hahnenkämpfe«, murmelt er, »God save the opera!«

Eine Woche später fällt die Entscheidung.

Auf dem Programm steht *Astyanax,* die Heldenoper des Trojanischen Krieges. Die Cuzzoni soll darin Hektors Witwe spielen, die gleichaltrige Faustina aber Menelaus' Tochter.

»He, da werden Federn fliegen!« freuen sich die Leute. »Kein Mensch wird dabei auf die Oper achten.«

Händel trägt diese Bemerkung mit Fassung: Die Oper *Astyanax* stammt von seinem Nebenbuhler Bononcini.

6. Juni 1727: Das Opernhaus summt wie ein Bienenkorb ...

Alle Logenvorhänge sind geöffnet, fiebernde Spannung steht auf den Gesichtern. Sogar die leichtgeschürzten ›Orange-Girls‹, die in den Privatlogen nicht nur Apfelsinen, sondern gelegentlich auch sich selbst anbieten, stehen beklommen in ihren Nischen und wittern Primadonnenblut.

Auch Kronprinzessin Caroline ist wieder erschienen. »Gott, ist das aufregend«, lispelt sie und zittert hinter dem Fächer.

Als Faustina Bordoni, von rechts kommend, die Bühne betritt, geht ein Raunen durch die Menge. Die junonische Körperlichkeit der neuen Primadonna verschlägt den Herren wieder mal den Atem. Man kennt sie schon aus Händels *Alessandro*-Oper; ihr Debut verlief damals normal. Nun aber ...

Die Cuzzoni erscheint, ebenfalls von rechts! Ein wahrer Höllenspektakel geht los. Fünfhundert Zuschauer applaudieren, sechshundert pfeifen.

Die beiden Primadonnen wissen in diesem Augenblick, daß sie sich ihrer Haut zu wehren haben. Die Opernbühne ist eine heiße Platte für sie, auf der sie zum Gaudi der Gäste so lange herumhüpfen müssen, bis sie umfallen. Zu den Klängen der Bononcini-Musik umkreisen sie sich wie Boxer in der ersten Runde. Böse kleine Blitze zucken in den Augen der Cuzzoni. Aus den Fingerspitzen der Faustina scheinen Katzenkrallen zu wachsen.

Langsam verebbt der Lärm im Zuschauerraum.

Dann, mitten in einem martialischen Bläserakkord, stürzt sich die Cuzzoni auf ihre Rivalin, fauchend wie ein Drache. Faustina weicht geschmeidig aus und reißt der Witwe Hektors mit einem schnellen Ruck die Perücke vom Kopf.

Das Publikum schreit auf.

Doch da hat die Cuzzoni der hübschen Faustina schon die Griechentunika bis unter den Bauchnabel aufgefetzt.

»Da capo!« toben die Zuschauer und erheben sich von den Plätzen. »Weiter so . . .!«

Männerhände greifen in die Körbe der ›Orange-Girls‹, und plötzlich erbebt die Bühne unter einem wilden Apfelsinen-Sperrfeuer. Kerzen flackern, Kulissen schwanken, Feuerwehrleute bilden eine Eimerkette.

In ihrer Seitenloge erstarren die Direktoren. Während Bononcini die knochigen Finger vor sein Gesicht spreizt, sagt Händel: »Laßt die kriegerischen Katzen kämpfen. Wer sie beruhigen will, schüttet nur Öl ins Feuer . . .«

Und dann stampft er ins Orchester hinunter und begleitet das Primadonnen-Duell mit rauschenden, weitausholenden Cembaloschlägen.

Bononcini hat Tränen der Wut in den Augen.

Die beiden Ersten Damen vom Haymarket aber, wahre Weltstars des barocken Establishment, beißen, kratzen und schlagen so lange aufeinander los, bis sie blutend von der Bühne taumeln.

Damit ist die Vorstellung beendet. Die große Szene, in der Titelheld Astyanax von Trojas Mauern gestürzt wird, findet nicht mehr statt. Etwas anderes ist an diesem Tag auf Londons hartem Pflaster zerschellt: die italienische Pomp-Oper!

Das große Scherbengeklirr alarmierte einen Mann, der damals gerade – nur zwei Häuserblocks weiter – bei Nacht und Nebel um die Ecke ging. Dieser Mann, der Soho-Gangster Macheath, später Mackie Messer genannt, war dazu ausersehen, Totengräber der Händel-Oper zu werden.

Mit Flugblättern begann's.

Von irgendwoher regneten sie auf London herab, knallrote Fanale im feuchten Nebel. Passanten sammelten sie auf und steckten sie ein. Vergebens jagten die Sheriffs hinter den Zettelverteilern her – leichte Mädchen hatten sie längst hinter ihren spanischen Wänden versteckt.

Der Primadonnen-Skandal war zum Politikum geworden. Zynische Proteste richteten sich gegen den Hohlkörper der herrschenden Gesellschaft.

Londons offizielle Presse unterstützte die Illegalen. Indem sie die ›Schnürleibrezepte der italienischen Oper‹ verhöhnte, entlarvte sie die veralteten Gesetze des Königreiches. Sie kritisierte die Arroganz der Primadonnen und Kastraten und meinte damit den volksfremden Snobismus der Regierenden. Sie goß ihren Spott über falsches Operngetue aus und klagte damit den unkultivierten Luxus der oberen Zehntausend an.

Londons Underground schoß Salut aus den Sielen, hißte seine Papierfahnen gegen Händel und meinte in Wirklichkeit den korrupten Premierminister Sir Robert Walpole, den Chef der Whigs.

Immer neue Meldungen über Eifersuchtsszenen zwischen Walpoles Gattin und seiner Geliebten Maria Skerrit kamen ans Licht. Dieser Tratsch wurde mit dem Primadonnen-Zank vermengt, kräftig umgerührt und gar gekocht.

Alsdann servierte man, heiß von der Pfanne, Polly und Lucy!

Polly und Lucy, die rivalisierenden Honey-Twins der außerparlamentarischen Opposition von 1728!

Zur Sache: Im Lincoln's Inn Fields-Theater zu London fand am Abend des 29. Januar 1728 eine sensationelle Premiere statt.

Wieder war das große Publikum erschienen: edle Herren, lavendelduftende Damen, Premierentiger aller Couleurs.

Billett für eine Benefizvorstellung der Beggar's Opera in London (Zeichnung von William Hogarth)

Diesmal aber bot die Bühne weder Pomp noch Tatü.

Eine gassenhauerische Ouvertüre erklang. Dann ging's los, ohne Blatt vor dem Mund.

An die Rampe trat ein Bettler, klein, verschrumpelt, mausgrau. »Dieses Stück hier«, so schnarrte er, »wurde nicht für Sie geschrieben, Herrschaften! Doch was Sie in Ihren gefeierten Opern suchen, das finden Sie auch bei mir: alles mögliche und so. Auch eine Kerkerszene, die doch den Damen immer so ans Herz greift. Und was unsere beiden Sängerinnen betrifft: die leben in so schöner Unparteilichkeit, daß keinerlei Stunk zu erwarten ist. Hoffentlich verzeiht man mir, daß meine Oper nicht ganz so unnatürlich angelegt ist wie die Tagesopern . . .«

Mit diesem frech von der Leber heruntergesprochenen Prolog begann damals einer der größten Theatererfolge der Weltliteratur: die *Beggar's Opera!*

»*Das* Stück wird ziehen!« sagte der Herzog von Argyle schon in der dritten Spielminute. »Man sieht's den Leuten an den Nasen an.«

Als Hauptperson des Stückes trat der Gangster Macheath auf, Dandy, Mörder und Bigamist aus Soho. Das Publikum erkannte in ihm jenen Verbrecherkönig Jonathan Wild wieder, der seine Missetaten so lange ungestraft ausführen durfte, weil er den Behörden 35 Räuber, 22 Einbrecher und 10 Gelegenheitsdiebe ausgeliefert hatte.

Sein Gegenspieler auf der Bühne war Bettlerkönig Peachum, ein Abbild des priviligierten Gaunertums; er trug die Züge des Premierministers Walpole!

Die Chorsänger waren als Bettler und Invaliden verkleidet. Während sie grölend über die Bühne humpelten, ertönte der *Rinaldo*-Marsch von Händel.

Das Publikum klatschte sich vor Vergnügen auf die Schenkel.

In der vierten Szene wurde ein Bordell vorgeführt. Die Dirne Jenny riß ihrem Stammkunden Macheath die Pistole aus dem Gürtel und richtete sie auf die Parkettlogen: »Karten und Würfelspiel! Feige Schwindler!«

Höhepunkt der Oper war die Kerkerszene: Polly und Lucy, die beiden Gattinnen des zum Tode verurteilten Macheath, sangen den Hit des Jahres 1728: das Streitduett. Als sich in der Galgenszene weitere ›Ehefrauen‹ mit schreienden Babies meldeten, bekannte sich Macheath, den Kopf bereits in der Schlinge, zynisch zu Vaterschaft.

Die Moral von der Geschicht': *High life = low life*. Große Gesellschaft und Underground sind ein und dieselbe Clique; alles hängt vom Geschäft ab. Nur wer sich anpaßt, überlebt!

London raste vor Begeisterung.

Das war etwas für den auf Novitäten versessenen Hautgout der Großstadtbewohner: nicht nur ein Knock-out-Schlag gegen Händel, sondern vor allem gegen den Premier Walpole. Der aber saß höchstpersönlich im Theater und tat genau das, was sich seither für Staatsmänner in Kabaretten empfiehlt: Er lachte am lautesten!

Die *Beggar's Opera*, dieses saftige Stück Theater, ein Musical voll Blut und Wunden, erwies sich außerdem als unerhörter Kassen-Schlager. Als aktuelle Schaubude für verwöhnte Langweiler. Als eine Art Ganovenball für feine Leute, die ihre Pelze in der Garderobe abgeben, um dann in todschicken Lumpen das Parkett zu entern.

Um die Pointe gleich vorwegzusagen: Nicht Walpole mußte kapitulieren, sondern Händel! Das Haymarket-Theater wurde an den Rand des finanziellen Ruins gedrängt.

Die Bettler von Soho besiegten die Königliche Oper.

Wer steckte dahinter? Wer schrieb diese rüde Barock-Revue, die London so folgenreich begeisterte?

Zwei gute Bekannte von Händel.

Der Text kam von John Gay, einem bisher nicht sehr erfolgreichen Provinzpoeten (Bertolt Brecht behauptete später, Gulliver-Autor Jonathan Swift habe Gay die Anregung geliefert. Eindeutig klar aber ist nur, daß Gay den Brecht zu seiner *Dreigroschenoper* anregte).

Die Musik zur *Beggar's Opera* schrieb Oxford-Doctor Johann Christoph Pepusch – ein Berliner Junge, der aus Protest gegen die Hinrichtung eines preußischen Offiziers vor dreißig Jahren nach England emigriert war. Jetzt hatte er neunundsechzig Melodien zusammengetragen und flott arrangiert: Gassenhauer, Volkslieder, Moritaten und Händel-Musiken. Nur die Ouvertüre der Bettleroper stammte aus seiner eigenen Feder.

Überall sang und pfiff man die neuen Pepusch-Songs.

Besonders laut tönten sie im Bohème-Viertel am Covent Garden, wo die türkischen Bäder die ganze Nacht geöffnet hatten. In den Dampfwolken dieser Bagnos und in Tom Kings Kaffeestube, einem schmuddeligen Animierlokal, versammelte sich eine höchst buntscheckige Gesellschaft und forschte nach sozialen Hintergründen. Blaublütige Playboys, Intellektuelle, Künstler und Bankierssöhnchen hörten erregt zu, wenn langhaarige Fanny Hills die von Gay und Pepusch entworfene »neue Gesellschaft« anpriesen und dabei den modischen Bettler-Look (»Kaum was auf dem Leibe«) so keß vorführten, daß den hohen Herren die Benimmkruste platzte.

Eigelb der Erkenntnis: »Seid nett zueinander!«

Interview mit John Gay: »Warum schrieben Sie das Stück?«

Antwort: »Aus Rache. Ich fühlte mich beleidigt.«
Kommentar: Die Hofgesellschaft hatte den Dichter zum Kammerherrn einer zweijährigen Prinzessin ernannt. Gay sollte einem Baby dienen, das noch in die Windeln machte; diese Zumutung konnte er nicht ertragen. Rache aus verletztem Stolz.
Gay wurde unermeßlich reich mit dem Stück.

Auch Dr. Pepusch reüssierte mit seinem musikalischen Flickenteppich wie ein arrivierter Protestsänger, der die Wohlstandsgesellschaft anklagt und dafür Stargagen kassiert. Dabei war er bereits sehr wohlhabend; seine Frau, die bekannte ›Apfelsinen-Primadonna‹ Margherita de l'Épine, hatte neben ihrer ausdrucksstarken Häßlichkeit 10 000 Pfund Sterling in die Ehe eingebracht. Die Pepuschs bewohnten ein komfortables Haus in der Carey Street, in dessen Fenster ein Papagei hing, der unermüdlich ›Non è si vago bello‹ von Georg Friedrich Händel sang.
Den größten Triumph aber errang Polly-Darstellerin Lavinia Fenton, die Primadonna des Bettler-Musicals.
Miß Fenton, Londons erste *My fair Lady*, die Tochter eines Kaffeehausbesitzers am Charing Cross, wurde innerhalb weniger Wochen so populär, daß man ihre Lebensgeschichte und Tausende von Pinup-Bildern drucken mußte und damit reißenden Absatz fand. Nach vier Wochen Laufzeit erkürte Großgrundbesitzer Charles Paulet, der Herzog von Bolton, die hübsche Lavinia zur Mätresse, zeugte fünf Kinder mit ihr und heiratete sie dann.
Insgesamt lief die *Beggar's Opera* neunzigmal über Londons Bretter, dann begann der Siegeszug durch die Provinzen. John Rich, der Produzent dieses Stückes, that made Gay rich and Rich gay, gründete mit dem verdien-

ten Geld ein neues Musiktheater in London: die ›Covent Garden Opera‹, den spektakulären Goldkäfig künftiger Primadonnen.

Und damit war das Establishment wieder versöhnt!

Großer Kehraus: Was geschah mit Händel?

Weil sein Theater mehr denn je an Publikumsmangel dahinsiechte, stand er wieder mal am Rand des Bankrotts. Der Riese wankte.

Die *Daily Post* und Angehörige der Londoner Gentry gründeten daraufhin eine Gegenoper: ein Sensationstheater der Superstars. Der Prince of Wales und die exklusive Gesellschaft unterstützten diese Konkurrenzoper, indem sie ihre Bälle und Parties genau auf jene Abende legten, an denen bei Händel Vorstellung war.

Der neu entbrannte Konkurrenzkampf begünstigte vor allem die Stars. Ihre Gagen erkletterten so schwindelnde Höhen, daß Sir John Barnard im Unterhaus wetterte: »Die italienischen Eunuchen und Dämchen beziehen feste Gehälter, die denen der Lords des Schatzamtes und der Richter von England gleichkommen.«

Als Händel sah, wie kunstfremd die Gegenoper reine Unterhaltung hochspielte, bemühte auch er sich um Auflockerung: Er schrieb seine heiter-burleske Oper *Xerxes*. Die berühmteste Arie darin, ›Ombra mai fu‹, wurde von dem Starkastraten Caffarelli kreiert. Dieses verschnittene Genie war kurz zuvor noch als Frau verkleidet im Kirchenstaat aufgetreten, von arrivierten Römerinnen bis zur Raserei verehrt. Jetzt fuhr Caffarelli wie ein junger Gott im Blumenwagen durch Londons Straßen und wurde mit einer Arie populär, die der vom Schuldturm bedrohte Händel kurz vor dem Schlaganfall komponiert hatte.

Welch eine Pointe: Ausgerechnet diese heitere Arie gilt

heute als die berühmteste Trauermusik der Welt: Das *Largo von Händel*.

1737 gingen beide Theater, *Academy* und Gegenoper, in Konkurs.

Händel traf der Schlag. Körperkraft und Augenlicht schwanden, dennoch setzte er seine Arbeit fort. Er dirigierte Konzerte.

Da steht er am Pult und hebt den Taktstock.

»Aber der Saal ist völlig leer!« sagt sein Konzertmeister.

»Desto besser klingt die Musik!« poltert Händel und gibt den Einsatz.

Faustina Bordoni hatte London verlassen.

Angewidert vom Amüsierpöbel der britischen Hauptstadt sagte sie in Venedig: »Nicht einer von denen, die mich mit Geld überschütteten und um mich kämpften, hatte Verständnis für mein Künstlertum. Sie stritten um mich, weil sie nichts anderes zu tun hatten und weil es ihnen eine Lust war, zu zanken.«

Alsdann heiratete sie einen jungen deutschen Kapellmeister, der sich italienischer benahm als alle Italiener: Johann Adolf Hasse aus Bergedorf bei Hamburg. Mit der Welt versöhnt gab Faustina 1732 in Venedig ein Konzert, das soviel Harmonie ausstrahlte, daß man noch jahrelang davon sprach. Im Duett mit ihr sang eine alte Bekannte: Francesca Cuzzoni.

Die Cuzzoni war nach der großen Händel-Krise zunächst zur Gegenoper übergelaufen. Den dortigen Kastraten zum Trotz hatte sie sich auf Hosenrollen spezialisiert und soll dabei so aufreizend gewirkt haben, daß die Homosexuellen seufzten.

Im übrigen treffen wir die beiden venezianischen Nachtigallen noch wieder . . .

Und was machte Senesino?

Er sang durch die Nase – seine Stimme war inzwischen vom Sopran ins Contr'alto-Register abgesunken. Händel feuerte den Kastraten.

Müde geworden, welk und aufgeschwemmt, kehrte Senesino nach Italien zurück. Seine Spur versandete.

Auch Bononcini hatte London verlassen. An der Seite eines Hochstaplers, der sich so charmant als ›Goldmacher‹ anpries, daß die reiche Herzogin von Buckingham ihn fast geheiratet hätte, reiste Bononcini nach Wien. 1747 starb er dort als armer Mann.

Gay und Pepusch hatten sich inzwischen bemüht, die Bettler-Welle mit der Nachfolge-Oper *Polly* fortzusetzen. Doch die Walpole-Regierung machte ihnen einen Strich durch die Rechnung: Sie ordnete an, daß alle neuen Stücke vorher genau auf Herz und Nieren zu prüfen seien. *Polly* bestand die Prüfung nicht und wurde verboten. »Nicht wegen der Politik, sondern wegen der Moral«, sagten die Behörden.

»Klar, was sonst?« knurrte Gay und legte sich zum Sterben nieder.

In der Westminster-Abtei, Londons Pantheon, liegt er begraben. Neben Händel.

2 Kastraten für die Oper

»Das Kastratentum«, so schreibt *Joseph Gregor*, »erfüllt die Sehnsucht der Oper nach dem dritten Geschlecht auf die derbste, geradezu verbrecherische Weise.«

Zu Karneval 1595 wurde in Florenz die erste Oper der Welt aufgeführt. Sie hieß *Dafne* und war das Ergebnis jahrelanger kollektiver Vorstudien. Die Musik ist nur in Fragmenten erhalten; kein Mensch weiß heute genau, wie sie geklungen hat.

Die Entstehungsgeschichte dieser Oper aber ist bekannt.

Spät am Abend nahen die Erfinder.

Über das Kopfsteinpflaster der Via dei Benci in Florenz schreiten sie zum Palast des Päpstlichen Kammerherrn Bardi. Rot, grün und blau livrierte Diener geleiten sie zu Tisch; im feuerroten Fackelschein beginnt der große, leidenschaftliche Disput.

Seit Jahren geht das schon so: platonische Gastmähler, nächtlicher Musenplausch bei Trauben, Spanferkeln und Toskanerwein. Kissengepolsterte Männerrunden ohne Frauen.

Die Namen der Teilnehmer sind der Inquisition bekannt: Vincenzio Galilei, der Vater des Astronomen. Kapellmeister Jacopo Peri. Schriftsteller Rinuccini. Gesangslehrer Caccini. Gastgeber Graf Bardi: ein Mann, der sich bei der grausamen Belagerung von Malta und Siena hervorgetan hat und nun die schönen Künste pflegt. Gelegentlich sitzen auch die Herren Monteverdi und Tasso mit zu Tisch.

Die Inquisition darf zufrieden sein: Ketzer sind nicht dabei, keine gegen den Strich denkenden Savonarolas. Die Männer dieser florentinischen ›Camerata‹ sind staatskonforme Künstler und Gelehrte, ›Kultur-Kameraden‹ der alten Griechen.

Einer von ihnen erzählt die Geschichte des zum Tode verurteilten Sokrates. Während der Philosoph auf den Giftbecher wartete, sei ein Schüler zu ihm gekommen. »Wie«, fragte der, »du lernst in diesem Augenblick noch ein neues Lied, Sokrates?« Antwort: »Wann denn soll ich es sonst tun, mein Lieber?«

Immer wieder fallen Worte wie ›Lied‹, ›Sänger‹ und ›Chor‹. Die Männer entwickeln die Meinung, daß die Musik feinster Lebensausdruck der Griechen gewesen sei; die Helden des antiken Theaters hätten ihre Texte gesungen, vollständig gesungen.

»Dramma per musica«, ruft der junge Kapellmeister Jacopo Peri, ein sympathischer Zottelkopf, greift in die Leier und singt einen Dramentext. Genauer gesagt: Er skandiert ihn rhythmisch in wechselnden Tonhöhen. »Recitativo, Freunde! Im Sinne Platons: Laßt die Musik zuerst Sprache und Rhythmus sein und dann erst Ton –

Der florentinische Komponist Jacopo Peri, 1589

nicht umgekehrt! Nur dann haben wir *griechische Musik*, nur dann!«

Der Mond von Florenz hat die Szene inzwischen zur Szenerie gemacht, zum erregend schönen, aber irrealen Bühnenbild!

Die Oper, ein irreales Gebilde, ein Mißverständnis sogar? Ein Kuckucksei, ausgebrütet in einem warmen italienischen Nest?

Musik, wir wissen es heute, war bei den Griechen der Antike vollkommen in Sprache integriert, so unteilbar, daß der Ausdruck *griechische Musik* eigentlich falsch ist.

Der Gesang des Orpheus, unvergessen, war mehr als nur vordergründiger Melos. Das in diesem Wort enthaltene *meli* (= Honig) wies noch keinen Kunstwert aus. Orpheus hatte mehr getan; er hatte die ›tönende Welt‹ manifestiert, Unerhörtes hörbar gemacht: Musik im kosmischen Sinne des Wortes.

Grammatisch betrachtet ist das griechische Wort *musikē* ein Eigenschaftswort. Es bedeutet ›auf die Musen bezogen‹, auf die Träger der ›Weltharmonie‹ also, und reicht tief ins Ethische hinein. Für Platon war *musikē* eine erzieherische Kraft. Sie stellte dar und bildete.

Mit reinem Schöngesang oder einer von Instrumenten begleiteten Rezitativ-Monodie allein ist es nicht getan. Dennoch waren die Männer der ›Camerata‹ ihrem griechischen Ideal nahe, als sie sich auf die Helden des antiken Theaters beriefen.

Auf Thespis von Ikara zum Beispiel, den Mann mit dem Karren! Weil er nicht mehr Alleinunterhalter sein wollte, hatte er eine zweite Person und einen Chor hinzugezogen. So wurde er vom Erzähler zum Mitspieler. Er präsentierte dramatische Handlung. Zwischendurch sang er auch:

46

galante Rezitative über Göttervater Zeus. Das Publikum fühlte sich belehrt und unterhalten.

Die *Szene*, ein Bestandteil, der auch für die Oper wichtig werden sollte, war damit beschworen worden. Nach dem thespischen Konzept schrieben der Frontkämpfer Aischylos, der Diplomat Sophokles und der Krämersohn Euripides ihre Tragödien, Aristophanes seine Komödien.

Eupolis ›verbrach‹ Satiren. Weil er dabei aber seine Zunge nicht im Zaum hielt, stellte die Regierung ihn (»nicht aus politischen, sondern aus moralischen Gründen«) vor Gericht, warf ihm Teilnahme an Orgien vor und ließ ihn ins Meer stürzen. Zeitkritische Satiren, obwohl genauso auf ›Weltharmonie‹ bezogen wie Tragödie und Komödie, blieben seitdem gefährlich.

Leichter ging's im Unterhaltungsgenre: Mimus und Pantomimus, Tanz und Gesang, szenische Aktion mit Instrumentalbegleitung.

Genug – wir sind hart dran an der Oper!

Taufpaten der Oper waren im übrigen nicht nur die Griechen, sondern auch einige Phänomene der florentinischen Musikpantomime. Sakrale Darstellungen in Kirchen, prunkvolle Straßenumzüge und Schäferspiele bei Hofe waren, so formulierte es Romain Rolland, »die Oper vor der Oper«.

Ein Kardinal ließ auf dem Marktplatz von Florenz Mariä Himmelfahrt aufführen, ein trickreicher Flugmaschinist half dabei. In der Kirche Santo Spirito fand eine Pulverexplosion statt; aus dem Qualm stieg ein rothaariger Mann mit Kreuzesfahne: Christus! 1471 regnete ein sogenanntes reinigendes Feuer aus der Kirchenkuppel; Santo Spirito brannte dabei ab.

Alle diese Darstellungen waren mit Musik untermalt worden.

Auch Umzüge präsentierten sich als musikalische Szenen. Baldassare Castiglione, der Verfasser des berühmten Buches vom *Vollendeten Hofmann*, beschrieb: »Der Wagen wurde von zwei Tauben gezogen. Nackt saß Venus darin. Hinter dem Wagen tanzten vier Mädchen mit brennenden Fackeln. »Zu Geigenmusik wurde Amor gepriesen.

Lorenzo di Medici, Diktator von Florenz, förderte diese Art von Theater. Der Mönch Savonarola aber opponierte: »Er beschäftigt das Volk mit Schauspielen, damit es an sein Vergnügen und nicht an seinen Tyrannen denkt!« 1498 brannte Savonarola auf dem Scheiterhaufen.

Wenn bei prunkvollen Ballettaufführungen die Bühnenteufel ihre Scherze trieben, lachten die Kardinäle. »Laßt uns ein fröhliches Papsttum leben!« rief Leo X.

Der Dichter Tasso schrieb musikalische Schäferspiele, und sein Schüler Rinuccini, der Verseschmied der ›Camerata‹, dichtete das Schäferspiel *Dafne*, dessen Texte nicht gesprochen, sondern als Rezitative gesungen wurden. Musik: Jacopo Peri.

Damit war sie an der Rampe, die erste Oper der Welt!

Vor einem exklusiven Publikum etablierte sich das florentinische *dramma per musica*. Ein bedeutsames, ein *ab ovo* luxuriöses, ein folgenreiches Ereignis. Die Premiere einer neuen Kunstgattung!

Peri selbst sang den Apoll. Das Mädchen Dafne aber, das vor Apolls Liebe floh und sich in einen Lorbeerbaum verwandelte, wurde von einem *Knaben* gesungen.

Debut-Held der Operngeschichte: ein Sopranist in Mädchentoga!

Fünf Jahre später ging im Treibhaus der ›Camerata‹ die zweite Opernknospe auf. Ihr Anlaß war die Hochzeit des Franzosenkönigs Henri Quatre mit Maria di Medici.

Es war der Tag der ersten Primadonna!

6. Oktober 1600.

Florenz feiert Fürstenhochzeit.

Ein Feuerwerk läßt glühendes Konfetti vom Himmel rieseln. Umzüge in den Straßen, Fahnenschmuck, Pferdeballette. Dann folgt die mit Spannung erwartete Gala-Premiere der neuen Oper *Euridice,* ein Orpheus-Stoff mit Rezitativen von Peri und Caccini.

Aufführungsort ist der stolze Palazzo Pitti.

Es wimmelt von Prominenz: Kirchenfürsten und Aristokraten, Künstler, Kurtisanen und Gelehrte, nur arrivierte Gesellschaft also. Henri Quatre selbst ist nicht erschienen; er darf Frankreich nicht verlassen, der Onkel der Braut vertritt ihn. Degen und Juwelen funkeln im Fackellicht, Parfüm mischt sich mit Weihrauch.

Breite Stufen führen vom Auditorium zur Bühne hinauf. Der szenische Aufwand ist größer als bei *Dafne.* Klug ersonnene Maschinerien, wahre Zauberapparate, lassen Gärten herbeischweben, speien Rauch und Flammen, lassen Ungeheuer los. Baumrinde schält sich ab, Mädchenleiber werden erkennbar. Quellen murmeln, Flüsse schwellen an.

Die Darsteller agieren in barocker Modetracht: üppiger Faltenwurf, prunkvolle Helme mit Federbüschen.

Die Titelrolle ist erstmalig mit einer Frau besetzt!

Vittoria Archilei singt die Eurydike. Seit fünfzehn Jahren feiert man diese berühmte Madrigalsängerin als ›Euterpe ihrer Zeit‹. Immer wieder ist sie mit ihrem Gatten Antonio zusammen in Konzerten aufgetreten, eine Laute im Arm, einen Mohrenknaben als Notenständer.

Peri singt den Orpheus. Die Nymphe Dafne aber, diesmal nur als Nebenrolle eingesetzt, wird wiederum von einem männlichen Wesen gesungen: von dem Knaben Jacopo Giusti aus Lucca.

Das Publikum zeigt sich entzückt, aber uneinig. Die einen applaudieren für Vittoria Archilei, die erste Primadonna der Welt – die anderen schwärmen für den Knaben Jacopo.

Mann oder Frau, das bleibt auch weiterhin die Frage.

Mann *oder* Frau – die einzige Alternative? *Oder* . . .?

Aristophanes über die ›platonische Liebe‹:
»Die menschliche Natur war einst ganz anders. Das mannweibliche Geschlecht hatte die Gestalt und den Namen des männlichen und des weiblichen in einem Einzigen vereint. Gleich den Gestirnen, denen sie eingeboren sind, waren sie rund, und auch ihre Bahn, wenn ihr wollt, lief im Kreise. Groß und übermenschlich war ihre Stärke, ihr Sinnen war verwegen, ja sie wagten den Weg zum Himmel hinaus und wollten an den Göttern sich vergreifen.

Und Zeus und alle Götter erwogen, was sie dagegen tun sollten.

Ich hab's, sprach Zeus. Ich habe das Mittel gefunden, die Menschen leben zu lassen und doch für immer ihrem Übermut ein Ende zu machen: Ich werde jeden Menschen in zwei Teile schneiden.

Als nun auf diese Weise die ganze Natur entzwei war, stieg in dem Menschen die große Sehnsucht nach seiner eigenen anderen Hälfte auf. Wenn nun einer seiner eigenen Hälfte zum erstenmal begegnet, da werden er und der andere wundersam von Freundschaft, Heimlichkeit und Liebe bewegt, und beide wollen nicht mehr voneinander lassen: Mit dem Geliebten verwachsen und *ein* Wesen mit ihm bilden!

Denn so war einst unsere alte Natur; wir waren ganz, und jene Begier nach dem Ganzen ist Eros.«

Platon liefert zwar einen mythologischen Hintergrund, keineswegs aber einen Fingerzeig, wie dieses Säugetierproblem biologisch zu lösen sei. Unbestritten ist nur dies: Sein Konzept weist Gleichberechtigung der Geschlechter aus; von Männer-Hegemonie steht nichts darin.

Im geschichtlichen Bereich aber ergriffen die Männer die Initiative. Solange die Wiedervereinigung der ›zwei Teile‹ nicht vollzogen werden konnte, postulierten sie, die Männer, ihren Alleinvertretungsanspruch. Patriarchalisch gingen sie aufs ›Ganze‹!

Das antike Griechenland war ein Männerstaat, auch auf dem Gebiet des Theaters. Frauenrollen im klassischen Drama, holde Wesen wie Iphigenie, Ariadne oder Elektra, wurden von Männern gespielt. Heterosexuelle Reize sollten in der hohen Kunst tabu bleiben.

Das bedeutet: Griechenlands Frauen konnten ihre Erotik nur außerhalb des Kunstbereiches entfalten. Nur auf dem zivilen Sektor ließen sie ihre Schenkel schimmern: Die Kreterinnen gingen busenfrei, Spartas Jungfrauen traten nackt zu Prozessionen an, und manche Athenerin fand es chic, die ›Kunst‹ des Hetärenkults zu üben, obwohl der heterosexuelle Markt wegen starker Neigung zur Päderastie nicht gerade florierte.

Im alten Rom war es nicht anders. Auch hier blieb die hohe Kunst den Frauen versperrt. Das klassische Drama verzichtete auf weibliche Darstellungskünste.

Kaiser Caligula fühlte sich als Künstler, als er die Venus spielte und dabei die Gewänder fallen ließ. Der Mime Bulbus, ein Günstling Cäsars, wurde als »schönste Frau des römischen Theaters« gefeiert. Und Bathyllus tanzte nicht nur den Schwan, sondern die Leda gleich dazu! Obwohl die Musen allesamt weiblich sind und die antike

Mythologie von lauter Nymphen, Dryaden, Horen, Grazien und Sirenen nur so wimmelt, blieb den Frauen nichts als die Mitwirkung im platten Pantomimus, im Unterhaltungstheater. Dort allerdings forderte man ihnen das ab, was *nur ihnen* eigen war: feminine Geschlechtlichkeit.

Typische Bigotterie der Männer: Mit dem Zuwachs an Begehrlichkeit sank die Reputation der Mimin. Einer echten Berufsschauspielerin wie der Byzantinerin Theodora blieb nichts anderes übrig als die Branche zu wechseln und Kaiserin zu werden. Nachdem sie im Zirkus die gewagtesten Tänze und Unterwasserszenen vorgeführt hatte, heiratete sie den Kaiser Justinian, wurde Mitregentin und ließ es geschehen, daß der kaiserliche Gatte in einem *Corpus juris* den Schauspielerberuf als schimpflich brandmarkte.

Als das Christentum byzantinische Staatsreligion geworden war, hielt man die Frauen noch stärker vom hohen Piedestal fern. Eine Erklärung steht in der Bibel: »Mulier taceat in ecclesia« (1 Kor. 14, 34). Frauen, so befiehlt dieses Pauluswort, sollen in der Gemeinde schweigen.

Zur ›Gemeinde‹ wurde auch das Theater gezählt.

Die frühe Christenkirche gab sich frauenfeindlich bis zur Weibsverteufelung. »Frau, du bist das Tor zur Hölle!« geiferte Kirchenschriftsteller Tertullian. »Du solltest stets in Trauerkleidung und Lumpen erscheinen, die Augen voll Tränen der Reue, um die Männer vergessen zu lassen, daß du die Rasse zerstörst.« Kirchenvater Clemens von Alexandria schrieb: »Jede Frau sollte von Scham erfüllt sein, bei dem Gedanken, daß sie eine Frau ist.«

Besonders heftig wurden *singende* Frauen angegriffen. Ein heidnisches Relikt vielleicht: Die Sirenen, die für Odysseus so gefährlich wurden, waren weibliche Sängerinnen. »Eine Frau, die die Leute mit der schönen, aber trügerischen Süße ihrer Stimme anzieht«, drohte der alte Gegenpapst Hippolyth, »muß ihren Beruf aufgeben.«

Erst die Renaissance brachte wieder Besänftigung: Man las Platon statt Kirchenväterlatein! Das Stigma der weiblichen Minderwertigkeit erlosch. Venus wurde erneut als Göttin inthronisiert, die weibliche Stimme konnte sich wieder hören lassen. Für die feinsinnigen Genuß- und Bildungsmenschen des 15. und 16. Jahrhunderts wurde der Madrigalgesang edler Damen zum unverzichtbaren Kulturbeitrag.

Die Geburt der Oper fand also in einem lichten Augenblick statt. Ohne Einspruch konnte Vittoria Archilei, die erste Primadonna dieser neuen Kunstgattung, in Florenz als ›La Virtuosa‹ gefeiert werden, als ›Meisterin‹ und ›Tugendhafte‹ zugleich.

Im päpstlichen Kirchenstaat wäre das völlig unmöglich gewesen!

1588 hatte Papst Sixtus V. den Frauen das Betreten der Bühnen verboten. Dieses Verbot, das nun auch für die Oper gültig wurde, betraf alle Gebiete, in denen das Papsttum territoriale Macht ausübte – also nicht nur die Vatikanstadt!

Komponisten und Theaterdirektoren versanken in dumpfes Brüten: Woher jetzt die hohen Stimmen nehmen?

»Hoch, süß und klar«, so hieß doch das allgemeine Kunstideal. Je höher, desto besser! Baßstimmen galten als satanisch, das ›Orphische‹ hingegen lag ›oben‹ – bei den Sopranen.

Eine kurze Einschaltung: Das Wort ›Sopran‹ ist eine Abkürzung des italienischen *soprano* (*der* oberste) und bezeichnet zugleich ein weibliches Stimmregister. Auch das Wort ›Alt‹ verrät Männer-Hegemonie: Es kommt vom italienischen *alto* (hoch) und will sagen, daß diese für Frauen tiefe Stimmlage für Männer *hoch* ist.

Wie also sollten die vierzig Theater des Kirchenstaates nun die hohen Register besetzen? Frauen waren strikt verboten, virtuose Knaben gab es zu wenige, und die teuren spanischen Falsettisten wirkten auf die Dauer nur peinlich. Was tun?

Sollten Christen grundsätzlich auf Sopran- und Altstimmen verzichten, oder gab es einen Ausweg?

Im Jahre 1599 kam man auf einen besonders abwegigen Ausweg.

Es pocht an der Tür, irgendwo im Vatikan. Eine helle Knabenstimme begehrt Einlaß. Als der diensthabende Novize öffnet, erstarrt er: ein baumlanges Mannsbild steht an der Schwelle.

»Ich heiße Girolamo Rossinus«, sagt der Mann mit dem Nachtigallen-Organ. »Ich bin ein Pater aus Perugia.«

Daß er außerdem auch noch Kastrat ist, merken seine Glaubensbrüder etwas später. Sie wissen, daß es solche Wesen gibt. Die Araber brachten sie einst als Haremswächter nach Spanien. Vor dreißig Jahren hatte ein spanischer Eunuch, der Padre Soto, sogar im Vatikanischen Chor gesungen.

Und jetzt steht der italienische Kastrat Girolamo Rossinus da und bewirbt sich freundlich um Aufnahme in den Chor der Sixtinischen Kapelle, der Andachtsstätte des Heiligen Vaters.

»Wie? Der Bartlose will singen?« Die Falsettisten der Kapelle stecken ihre Köpfe zusammen. Bisher hatten *sie* an den Sopran- und Alt-Pulten gefistelt und das hohe Register durch die Nase gesungen. Sollten sie nun Konkurrenz zulassen?

Nach einigem Hin und Her wird Pater Rossinus aufgefordert, eine Probe seiner hohen Kunst abzulegen.

Er tut es.

Und die Zuhörer staunen! Männliche Atemkraft und weibliche Stimmhöhe verschmelzen im Gesang des Kastraten zu einer überirdischen, strahlenden Einheit. Die vorwiegend nackten Gestalten auf den Michelangelo-Fresken ringsum sehen plötzlich alle ganz zahm aus. Ihre wildwuchernde Fleischlichkeit scheint gebändigt zu sein.

Die Fratres der Sixtinischen Kapelle denken nach. Immerhin sind sie Angehörige eines exklusiven Clubs mit eigenem Ritus, Lebensstil und Begräbnisplatz. Sie haben Würde zu wahren und Gesetze zu achten.

Ergo: Sie erfinden Ausflüchte und beginnen zu intrigieren – gegen den Kastraten.

»Gut, dann geh ich für immer ins Kloster«, sagt Girolamo Rossinus.

Papst Clemens VIII. hört von dem Fall. Er läßt den Pater nochmals singen. Und dann befindet er in einem Breve: »Ein Kastrat darf *ad majorem dei gloriam,* zur höheren Ehre Gottes, singen!«

Pater Girolamo Rossinus wird in die Sängergruppe der Päpstlichen Kapelle aufgenommen. Und in Windeseile verbreitet sich das Gerücht: Kastraten gesucht!

Profane Spekulanten vernehmen es und wittern Morgenluft.

Seit dem ›Camerata‹-Erfolg in Florenz wurden fast überall im Lande Opern geschrieben und aufgeführt. Der Ruf nach Sopran- und Altstimmen war immer dringender geworden.

Mit Quacksalbern und Katzenverschneidern im Bunde tiftelten die Spekulanten nun einen neuen Weg der

Bedarfsdeckung aus. Da der Papst weiterhin die ›Sitte‹ wahren wollte und den Frauen die Bühne verbot, führten die Spekulanten – mit dem Messer in der Hand – eine wahrhaft kriminelle Unsitte ein: die industrielle Erzeugung von Kastraten. Diskret organisierte Kastratenfabriken stellten männliche Zwitschermaschinen am laufenden Band her.

Italien hatte arme Leute genug, die dafür den ›Rohstoff‹ lieferten – stimmbegabte Knaben! Sie wurden ihren Eltern abgekauft und durch operative Eingriffe so hergerichtet, daß ihre hellen Stimmen über die Pubertät hinweg erhalten blieben. An geheimen Orten wurden die verschnittenen Opfer dann gesanglich gedrillt. Während sich ihre Brustkörbe weiteten und die Stimmbänder kräftiger wurden, brachte man ihnen die nötige Stimmtechnik bei. War das geschehen, wurden sie an zahlungskräftige Kulturinstitute des In- und Auslandes weiterverkauft.

Mit hohem Gewinn, versteht sich!

Medizinische Spezialwerke geben Auskunft darüber, warum Knaben, denen man genau das lahmlegt, was sie von Mädchen unterscheidet, entweder unglücklich oder bösartig werden. Doch das scherte die Spekulanten nicht. Sie hatten einen neuen, sensationellen Exportzweig entdeckt, eine hochinteressante synthetische Ware. Und damit brachten sie nun Geld in ihre Kassen und sogenannte ›Kultur‹ ins Abendland.

Hauptabnehmer dieser Ware wurden die großen prominenten Opernhäuser. Die neuen ›Stimmen aus Glas und Gold‹ waren für sie zum unbedingt notwendigen Wirkungselement geworden.

Medizinisches Postulat (jenseits von Gut und Böse):
Eine tiefgreifende Befangenheit in sexuellen Fragen stif-

tete Jahrhunderte hindurch Verwirrung und führte zu Fehlurteilen über das sogenannte ›Dritte Geschlecht‹ (genus neuter).

Romantische Wortanwendungen wie ›Kinder, der ewigen Jugend geweiht‹ oder Begriffe wie ›Zwitter‹ und ›Monstrum‹ sind ungenau oder falsch. Kastraten sind in den meisten Fällen Opfer einer antihumanen Umfunktionierung.

Walthers *Musicalisches Lexicon* von 1732 definierte: »Castrato(ital)eviratus(lat), ein verschnittener Sänger, dem die Mannheit genommen ist, es mag nun solches durch Artzney oder auf gewaltsame Art geschehen seyn.« Was das betrifft: Aktenkundig ist nur die »gewaltsame Art« – der operative Eingriff.

Die Entfernung der Hoden vor Beginn der Pubertät verhindert die Bildung der für die Blutbahn bestimmten männlichen Hormone. Sekundäre Geschlechtsmerkmale wie Bartwuchs und Körperbehaarung entfallen; auch der Stimmbruch (Senkung der Stimme um eine Oktave) bleibt aus. Der Kehlkopf verknöchert nicht zum Adamsapfel, sondern bleibt weich: das Knabenregister Sopran oder Alt wird lebenslang konserviert.

Da die Lungen des Kastraten aber männliches Volumen behalten, stehen für die Stimmbildung starke Luftportionen zur Verfügung; genau das gibt der Stimme eine bisher nicht gekannte kraftvolle Biegsamkeit, ein ›edelmetallisches Timbre‹. Kastratenstimmen sind weder mit Frauen- noch mit Männerstimmen zu vergleichen, sie sind von originaler Qualität.

Weitere Folgen der Kastration: Tendenz zum übernormalen Längenwachstum oder Neigung zur Korpulenz. Das Skelett wird dem der Frau ähnlich. Die Brustdrüsen hypertrophieren.

Der Anteil des Hirns am Triebleben aber, der sogenannte zerebrale Geschlechtstrieb, bleibt gelegentlich erhalten. Die Möglichkeit einer sexuellen Betätigung ist in solchen Fällen, trotz absoluter Zeugungsunfähigkeit, nicht ausgeschlossen.

Gewisse alte Religionen bejahten die Kastration als heiligen Ritus: »Das Kostbarste den Göttern opfern!«
Die assyrische Königin Semiramis, spätere Heldin so mancher Oper, soll die Knabenverstümmelung im Orient eingeführt haben. In Libyen fand die erste gewerbliche Herstellung von Eunuchen als Haremswächter statt. Einige Palast-Eunuchen der arabischen Frühzeit wurden auch als Hofnarren, Detektive oder Minister tätig. Später versorgten koptische Mönche den größten Teil der asiatischen Türkei mit ›Wächtern weiblicher Tugend‹.
Römische Prominente bedienten sich kastrierter Lustknaben und hielten sich Eunuchen zur Begleitung der Damen beim Ausgehen und für hilfreiche Bedienung im Bad.
Nero heiratete den Kastraten Sporus.
Caracalla heuerte einen spanischen Kastraten als Giftmörder an. Damen der römischen Gesellschaft bevorzugten Kastraten als Liebhaber; diese zeugungsunfähigen Halbmänner verdarben ihnen nicht die Figur. Martial: »Weshalb Caelia nur Verschnittene habe, fragst du ... Beischlaf ist, nicht das Gebären Wunsch!«
Kastration wurde auch als Strafe angewendet. Gottfried von der Normandie ließ das gesamte Domkapitel von Seez entmannen, weil es ohne seine Erlaubnis einen Bischof gewählt hatte. Im Jahre 1115 wurde in Paris der Gelehrte Abälard entmannt, weil er angeblich seine Schülerin Heloïse verführt hatte.
Und nun – in der Geburtsstunde der Oper – war ein

Semiramis, Königin von Assyrien, angebliche »Erfinderin« der Knabenkastration, wurde zur Heldin zahlreicher Opern (Titelbild der Druckausgabe von Rossinis »Semiramide« 1823)

neues Motiv in die Welt gesetzt worden: Kastration auf Geheiß der Kirche! Blanke Messer, mit Weihwasser sanktifiziert, sollten für genügend hohe Stimmen auf den Bühnen und Emporen des Kirchenstaates sorgen.

Doch das Operationsgebiet ging weit über den Kirchenstaat hinaus. »Evviva il coltello!« hieß es plötzlich in ganz Italien. »Es lebe das Messer!«

Ein kleiner feiner Laden in der Romagna, über der Tür ein Schild: »Qui si castrano ragazzi.« Zu deutsch: Hier werden Knaben kastriert!

Ein französischer Tourist, der nur mangelhaft Italienisch spricht – so berichtet der Chronist Sonetti in seiner *Brigandage* – betritt den Laden, läßt sich in einem bequemen Lehnstuhl nieder und sagt: »Signor, castrata mi!«

Der Meister schaut den Fremden etwas verstört an.

Der aber ist guten Muts. Er hat dem Schildtext entnommen, daß hier zu billigen Preisen rasiert wird. »Allez vivace!« muntert er den Meister auf. »Castrata mi, dalli dalli!«

Na schön, denkt der und beginnt seine Vorbereitungen zu treffen: Handtücher, heißes Wasser, diverse Messer.

Erst als der Meister diskret auf die Hosen des Kunden deutet, überkommt den Franzosen ein dummes Gefühl. Mit einem pfeilschnellen Sprung verläßt er den Lehnstuhl, splittert durch die geschlossene Tür und rennt um sein Leben . . .

Zeitgenossen berichten, daß solche Läden tatsächlich existierten: in Rom, Neapel und anderswo. Außerdem gab es Anreißer wie den Juwelier Campiglis in Bologna, der nebenher eine sogenannte ›Sänger-Agentur‹ betrieb. Sein Laden, in dem er als Kastratenwerber agierte, lag am Ponte della Trinità – der »Brücke der Dreieinigkeit«.

Einige Kastratenfabriken nannten sich gar ›Päpstliche Hoflieferanten‹ – scherzhaft natürlich, scherzhaft!

Musikkenner aus drei Jahrhunderten, die sich mit singenden Kastraten beschäftigten, kamen zu höchst extremen Urteilen. »So sehr wider die Gesetze als wider die Natur!« tadelte der Engländer Burney – »Halbselbstmord!« der Amerikaner Orloff – »Barbarisches Verfahren!« der Deutsche Volkmann.

Fantoni nannte die Kastraten »Opfer der musikalischen Sinnlichkeit«, Stendhal »geweihte Kapaune«, Archenholtz »Schlachtopfer«. Und der Wiener Gelehrte Franz Haböck, sachverständig wie kaum ein anderer, kam zu dem Schluß: »Die bestgespielten Kehlen aller Zeiten.«

Zahlreiche Opfer der schmerzreichen Operation starben am Wundfieber. Die Überlebenden aber, etwa dreitausend in den ersten fünf Jahren, konnten Karriere machen.

Dazu ausersehen, die hohe Bühnenkunst auch im Sinne der Antike sexuell wertfrei zu machen, durften sie getrost zu den ›Töchtern des Orpheus‹ gezählt werden. Virtuos erfüllten sie die Erwartungen.

Manche Venus oder Poppea wurde von Kastraten gesungen. In der Scarlatti-Oper *Trionfo dell'onore* war der Liebhaber ein Sopran, seine Geliebte aber ein Alt-Kastrat. Im übrigen übernahmen die Halbmänner auch Heldenrollen wie Xerxes, Saul oder Alexander.

In fast allen europäischen Ländern boten sie ihre Künste an. Opernkomponisten in Dresden, Madrid oder Potsdam, auch Händel in London und Gluck in Wien, komponierten bald darauf für Kastraten. Besonders hochgestimmt zeigte sich die neapolitanische Virtuosenoper: Ihre hormongestörte Genietruppe ersang internationale Triumphe.

Als rosenölduftende ›Erzengel‹ tauchten die Kastraten an den Höfen Europas auf und verbreiteten Kunstgenuß und Nervenkitzel – oft genug auch Pläsier!

Manche Dame der barocken Gesellschaft erlag dem neuen ›himmlischen‹ Register. Es war, als habe diese zauberische Viola d'amore plötzlich die alte Sehnsucht nach Platons ›zweiter Hälfte‹ geweckt: das Entmannte als Archetyp! Hinter vorgehaltenen Fächern erregte man sich über die »lieblichen Pfeifen, aus italienischem Rohr geschnitzt«.

Immer mehr Kastraten stifteten handfeste erotische Verwirrung an. 1648 erschien in Rom zum Beispiel der als persische Prinzessin verkleidete Kastrat Ferini und strahlte mit Turban und Reiherbusch soviel Reize aus, daß Männer wie Frauen eifersüchtig wurden. »Man hat vielleicht nie auf der Welt eine schönere Frau gesehen«, urteilte der französische Abbé Raguenet. In Dresden ging der Kastrat Sorlini – allen Pfarrern zum Trotz – sogar bis zum Äußersten: Er heiratete!

Casanova, der Erfahrene, schilderte einen gewissen Kastraten aus dem römischen Theater Aliberti: »Er war der gefällige Liebling des Kardinals Borghese und speiste jeden Abend mit Seiner Eminenz allein. Auf der Bühne aber spielte er die Primadonna! Sein Busen – es ist fast unglaublich – nahm es an Form und Schönheit mit jedem Frauenbusen auf. Wenn er die Logen mit seinen schwarzen Augen huldvoll beglückte, dann entzückte der zärtliche und bescheidene Ausdruck alle Herzen.«

Eine wahrhaft ›ungeheuerliche‹ Zeit, diese Barock-Epoche! Wunschvorstellungen wie ›Künstlichkeit‹ oder ›übernatürliche Schönheit‹, der Hang zum Irrealen und Stilisierten kamen dem Kastratentum entgegen. Nur so konnte es geschehen, daß impotente Halbmänner zu Playboys ihrer Zeit wurden: Eitel und verwöhnt genossen sie die Frauenhuld und ließen sich vergöttern.

Dabei sollte gesagt werden, daß gerade jene Kastraten, die das Herz- und Hirnlose, das geschlechtlich Abstrakte der damals angestrebten hohen Opernkunst mit Erotik würzten, im Grunde zutiefst menschlich handelten. Sie waren auf der Suche nach dem verlorenen Leben – ein mehr tragischer als burlesker Zug.

Halbmänner wie diese nannte man mit geheimem Augenzwinkern ›Musici‹.

Überliefert ist die Geschichte eines deutschen Reisenden, der einer musikbegeisterten Römerin mitteilen wollte, daß er leider unmusikalisch sei. »Non sono musico«, sagte er zu seiner Entschuldigung.

Die Dame schaute ihn belustigt an und lachte dann laut los: »Beato Lei, beato Lei . . . Sie Glücklicher!«

Sonate in drei Sätzen (Skizze).

Moderato: Der Kastrat Vittorio Loreto, als Kavalier so hoch geschätzt, daß man seine gesellschaftliche Stellung hob und ihn zum Ritter schlug. In Rom und Florenz schmückten entflammte Männer seine Kutsche mit Lorbeer. Besonders eifersüchtig kämpften Kardinal Ludovici und Fürst Cosimo de'Medici um seine Gunst. Loreto entwich nach Warschau. Königin Christine von Schweden hörte davon, schickte eine Fregatte und ließ den Kastraten an ihren ›Weiberhof‹ holen.

Andante maestoso: Baldassare Ferri, ›Phönix der Schwäne‹ genannt, galt als größter Sänger des 17. Jahrhunderts. Er sang die chromatische Tonleiter mit sämtlichen Halbtönen durch zwei Oktaven und setzte dabei, ohne neu Atem zu holen, auf jeden Ton noch einen Triller. Durch eine Wunde, die ihm sein Bruder beim Spielen beigebracht hatte (so behauptete Ferri) sei er für die Operation fällig geworden. Er wurde zum Kastraten der europäischen Könige. Nach seinem Tode hinterließ er eine religiöse Stiftung von 600 000 Dukaten. Der deutsche Kaiser Leopold I. bewahrte in seinem Wiener Schlafzimmer ein lorbeergeschmücktes Bild des großen Kastraten. Unterschrift: Baldassare Re dei Musici.

Furioso: Siface, ehemaliges Mitglied der Päpstlichen Kapelle, lief zur Opernbühne über, wurde zum Abenteurer und vergriff sich an der Schwester des Marchese Marsili. Am 29. Mai 1697 wurde er wegen ›Indiskretion‹ von gedungenen Mördern überfallen und endete mit gespaltenem Schädel. In Ferrara liegt er begraben.

Ohrenzeugen waren sich einig: Keine Frauenstimme der Welt besaß ein so reines und ausdrucksstarkes Stimmtimbre wie ein geschulter Kastrat.

Woraus zu ersehen: Die Primadonnen der Barock-Oper konnten keine Alleinherrscherinnen sein. Sie hatten Grund, vor den Kastraten zu zittern. Um sich erfolgreich gegen jene Männer zu wehren, die keine waren, brauchten sie die Liebe des Publikums. Und genau deshalb schärften sie ihre weiblichen Spezialwaffen – ohnedem ging's nicht! Die Primadonnen des Opernfrühlings mußten sich als Widerstandskämpferinnen durchsetzen. Der heilige Mantel der Kunst, den sie um ihre lebensfrohen Lenden gürteten, war Streitgewand und Striptease-Hülle zugleich.

3 Geliebte Primadonna

»Denn wir wissen wohl«, sagte *Papst Clemens XI.*, »daß eine Schönheit, die auf dem Theater singen und dennoch ihre Keuschheit bewahren will, so tut, als wenn sie in den Tiber springen und dennoch ihre Füße nicht naß machen will.«

Hellbraune Augen, hüftlange schwarze Haare – ein Bild von einem Mädchen! Sechzehn Jahre ist sie erst, die Römerin Catarina Martinelli, eine geradezu schamhaft sittsame Schönheit.

Der Herzog will sie haben!

Vincenzo Gonzaga, Herzog von Mantua, ist nicht mehr der Jüngste – seine Untertanen nennen ihn Serenissimus – trotzdem geht er als Frauenheld durch: blond und elegant, Löwenkater und Fuchs zugleich.

Als er die junge Catarina am Tiberufer stehen sieht und auf Anfrage erfährt, daß sie Sängerin werden will, sagt er kurz und militärisch: »Herbringen!«

Der Herzog ist nicht nur als Kreuzritter und Türkenschlächter bekannt, sondern auch als Mäzen. Er hat den Poeten Torquato Tasso aus dem Irrenhaus freigekauft und zu seinem Hofdichter gemacht. Der große Flame Peter Paul Rubens, ein prompter Lieferant üppiger Akte, ist sein Hofmaler, das düstere Musikgenie Claudio Monteverdi sein Kapellmeister und Giulio Caccini, der Feuergeist der ›Camerata‹, sein Gesangslehrer.

Sein Musenhof gleicht einem zwitschernden Vogelnest. Schöne, singende Frauen dienen dem Herzog als Primadonnen seines Herzens; Serenissimus liebt sie allesamt neben- und miteinander.

Nun also die junge Römerin . . .!

Paolo Fachoni, ein Kastrat der Sixtinischen Kapelle, nebenher als Impresario tätig, erhält den Auftrag, sie anzuwerben.

Catarina Martinelli erscheint.

Wie, sie wird im *Bel canto* geschult? Und das im römischen Kirchenstaat, in dem man den Frauen die Bühne verbietet? Zu welchem Zweck läßt sie sich eigentlich ausbilden . . .?

Der Umgang mit den Musen sei tugendhaft, entgegnet Catarina.

Tugendhaft, so nimmt der Herzog den Disput auf, tugendhaft doch nur, wenn Tugend auch auf andere strahlt. Der Umgang mit den Musen, schöpferisch organisiert, ist eine lebenslange Aufgabe. Wer diesen Weg beschreiten will, muß frei von Existenzangst sein, geborgen im Geiste des Mäcenas. Der Caccini soll ihr Lehrer werden, er, der Größte von allen! In Mantua soll sie singen, dort, wo Frauen nicht nur erlaubt, sondern brennend begehrt sind. Geld spielt keine Rolle, basta!

Catarina wünscht, daß ihr Vater gefragt wird.

Gut! In Ordnung, Signorina!

Der alte Martinelli erscheint im Sonntagsrock, kriegt Geld und willigt ein. Natürlich kennt er den Musenhof von Mantua; er weiß, daß der Fürst seine Sängerinnen ganz will, mit Kehlkopf, Haut und Haaren. Und deshalb gesteht er ihm auch die Jungfernprobe zu: Das ist so üblich, das muß wohl sein. Der hohe Herr will wissen, was er kauft. Immerhin bietet er seinen Favoritinnen in Mantua ein schönes, von Fortuna gesegnetes Leben.

Mantua in der Poebene: die ganze Stadt eine Festung. Das Trinkwasser ist schlecht, die Leute sind arm.

Die Stammburg der Gonzagas ist mit Fresken von Mantegna geschmückt. Die Burgwälle sind so stark, daß kein Franzmann oder Lazzarone ihnen etwas anhaben kann. Der Stadtpalast, seit fünfhundert Jahren im Bau, ist soeben fertiggestellt worden. Dom und Backstein-Campanile manifestieren Gottvertrauen.

Mit Feuereifer dienen die Gonzagas ihrem Christengott und den heidnischen Musen. Da sie nicht zum Kirchenstaat gehören, lenken sie die Kultur nach eigenem Gusto. Frauen sind auf ihren Bühnen willkommen.

Mantua, Festung eines Fürsten, der hübsche Sängerinnen sammelt wie exotische Pflanzen, wird zum Treibhaus der frühen italienischen Primadonnen.

Dem Opernfrühling der florentinischen ›Camerata‹ war ein Sommer voller Rosen gefolgt. In zahlreichen italienischen Palästen blühte die neue musikalische Bühnenkunst heran. Nur Fürsten und Kardinäle konnten ihren Aufwand zahlen.

Während in anderen Ländern noch volksnahe Blut- und Greuelstücke vorherrschten – Unkrautkomödien, in denen man zu Teufelsgeige und Schalmei freiweg die Hosen herunterließ – etablierte sich Italiens Oper als »etwas Besseres für feine Kreise«.

In Mantua wurde die Oper vor allem von Monteverdi geprägt, den Reformator des inzwischen als langweilig empfundenen Camerata-Stils.

Claudio Monteverdi, Arztsohn aus Cremona, war kein antikisierender Schöngeist, sondern ein polyphoner Dramatiker. Er dynamisierte die kilometerlangen Rezitative der ›Camerata‹ mit ariosen Stellen und eröffnete damit den Weg zur Arie, zum ›Schönheitspflästerchen‹ der Oper. Taufpate dieser Reform sollte wiederum Orpheus werden.

Monteverdis *Orfeo* erwies sich im Februar 1607 als weithin beachtete Opernrevolution, als ein theaterwirksames Spectaculum mit Liebe und Lamento, aber auch mit jenen lebhaften Rhythmen, nach denen das Volk am Fuße der Gonzaga-Festung tanzte, Kuhglocken an den Füßen, nackte Säbel in der Faust.

Der Meister hatte Folklore in den Palast gebracht. »Das Volk hat recht«, sagte er, »und der Elite ziemt es zu schweigen.«

Die Titelrolle der Oper wurde von einem Kastraten gesungen. Ansonsten aber durften die Frauen des herzoglichen Harems Kunst, Können und Körper zeigen.

Der Herzog dankte Monteverdi für den *Orfeo* und beauftragte ihn, nun eine *Dafne*-Oper zu komponieren: lind und leicht, haargenau auf den Leib des neuen Römermädchens Catarina.

Giulio Caccini hatte inzwischen ihre Ausbildung übernommen. Damit gehörte Catarina jener Schule an, aus der einst auch Vittoria Archilei, die Primadonna der ›Camerata‹, hervorgegangen war. Im gleichen Nachtigallennest sangen die beiden Frauen des Maestro Caccini, auch die geschiedene, seine zwei Töchter, seine Enkelin und das hübsche Fräulein Muranesi.

Caccinis Meisterschülerin wurde Catarina Martinelli.

1608 sang sie in Mantua die *Dafne;* allgemeines Entzücken breitete sich aus. Dann begann Monteverdi mit der kleinen Römerin seine *Arianna* zu studieren. Catarina sollte mit dieser Rolle, vor allem aber mit dem erschütternd schönen Lamento der Arianna, zur tonangebenden Primadonna Italiens werden.

Anlaß der Oper war die Hochzeit des Erbprinzen von Mantua mit der Infantin Margarethe von Savoyen. Zu diesem Zweck hatte man ein Theater eingerichtet, das sechstausend Personen faßte.

Herzog Vincenzo war hingerissen von seiner jungen Römerin. Seine erlöschende Manneskraft bäumte sich noch einmal auf. Furios trieb er Catarina zu höchster Leistung an, redete wie im Traum auf sie ein und ließ sie seine Liebesgewalt spüren.

Singe, Bambina, das Glück währt lebenslang!

Ein Mausoleum in Mantua. Unter verblichenen Fahnen und Blumenkränzen die Grabinschrift: »Betrachte, lies, beweine Catarina Martinelli aus Rom, die durch den Klang ihrer Stimme und die Weichheit ihres Sirenengesanges die Weltharmonie übertraf. Sie war von hervorragender Tugend, Milde der Sitten, zarter Gestalt und Schönheit, dem Serenissimus Vincenzo, Herzog von Mantua, vor allem teuer, ihm – wehe! – im achtzehnten Lebensjahr durch den bitteren Tod entrissen.«

Anderthalb Jahre später steht eine neue Primadonna vor dem Grabmal: Adriana Baroni aus Neapel, Schwester des

Troubadours Basile, Ehefrau eines Patriziers. Schwarze Augen und blonde Haare, sonnengekrönte Weiblichkeit. Der Herzog will sie haben!

Vincenzos jüngerer Bruder Ferdinando, der bereits als Zwanzigjähriger Kardinal geworden war, hatte ›La bell' Adriana‹ in Rom entdeckt und sie leidenschaftlich umworben. Als der Herzog davon erfuhr, zitierte er die Sängerin nach Mantua.

Adriana, dreißig Jahre alt, ahnte, was auf sie zukam. Sie zierte sich. Schließlich machte sie ihr Einverständnis von einem guten Vertrag abhängig: Zweitausend Scudi im Jahr und die Lebenskosten für ihre siebenköpfige Familie, die mit nach Mantua kommen sollte.

Der Fall komplizierte sich. Vincenzo Gonzaga schaltete diplomatische Kanäle ein. Der neapolitanische Impresario Ottavio Gentili erhielt den Auftrag, geeignete Schritte zu unternehmen. Die Haupt- und Staatsaktion gelang. Im Hochsommer 1610 erschien Adriana Baroni in Mantua.

Nun steht sie vor dem Grabmal und begreift: In der Musenfestung der Gonzagas wird die Frau als Göttin und Königin gefeiert – zugleich aber muß sie als Sklavin gehorchen. Die Oper ist ein Vorwand für die sexuellen Lüste des Fürsten.

Mantuas Alternative zum Frauenverbot im Kirchenstaat: Die Sängerin kann sich nur als Kurtisane emanzipieren.

Adriana verläßt das Grabmal, tränenlos. Sie weiß genug.

Und nun beginnt ein feingesponnenes weibliches Finessenspiel. Klug und charmant wirbt Adriana um den Herzog. Sobald der aber Begehren zeigt, weist sie auf ihren Mann, ihre Tochter – und schließlich auf ihre zwei Schwestern, die ebenfalls singen.

Adrianas Opernauftritte und die Freitagskonzerte im Spiegelsaal mit Madrigal-Liedern wie *O dolce vita* werden zu frivolen Zauberspielen voller Sinnlichkeit und Koketterie.

1611 bringt sie ihre zweite Tochter zur Welt. »Ich nenne sie Leonora Baroni«, sagt sie zum Herzog, »Baroni!«

Vincenzo Gonzaga schaut seine Primadonna schweigend an. Er beginnt zu leiden, sein Blutdruck steigt.

Und seine Schulden steigen auch: Zwanzig Millionen Scudi! Die Musen kosten Geld.

1612 stirbt der Herzog.

Adriana singt auf seiner Leichenfeier und verläßt Mantua.

Auch Monteverdi hat genug. Er geht nach Venedig.

Mit fünfundzwanzig Scudi in der Tasche macht er sich auf den Weg in die goldschimmernde Lagunenstadt. Er hat seine geliebte Frau Claudia in Mantua verloren, sein jüngster Sohn ist von der Inquisition bedroht. Monteverdi nimmt die Priesterweihe an und betet inbrünstiger als vorher zu jenem unauffindbaren Gott, in dessen Namen das Volk schweigt und die Elite ihre Macht behauptet. Außer seiner Beschäftigung mit Musik und Religion gibt er sich der Alchimie hin, studiert die Flieh- und Strebekräfte der Atome und grübelt über die Antriebe der Menschenmacht.

Das Genie Claudio Monteverdi dient fortan einer Republik.

Vergessen wir Mantua . . .!

Landsknechte des deutschen Kaisers steckten die Stadt im Jahre 1630 in Brand. Das Nachtigallennest wurde zerstört. Außer den verkohlten Noten des *Arianna*-Lamentos blieb kaum etwas übrig.

Venedig trat Mantuas Erbe an.

Venedig, das republikanische Gemeinwesen der Senatoren, Kaufleute, Kapitäne und Künstler, eröffnete im Jahre 1637 das erste private Opernhaus der Welt: das *Teatro San Cassiano*.

Diese Privatoper war zwar frei von Fürstenlaunen, brauchte aber von Anfang an die gute Laune des zahlenden Publikums. Außerdem ein privatwirtschaftliches Management.

Die schöne Adriana und ihre inzwischen herangewachsenen Töchter Catarina und Leonora Baroni traten als Primadonnen in Venedig auf. Statt Fürsten kamen ihnen hier gewinnstrebige Impresarii in die Quere. Venedig habe 14 000 Einwohner, predigten diese Männer, jedem von ihnen sei die Oper als Ware angeboten. Das *Teatro San Cassiano* müsse also in höchst verlockender Form Liebe und Luxus verkaufen, Wohlklang und Bravour – capito?

Die Diktatur der amusischen Kulturunternehmer zeichnete sich ab, die Herrschaft jener Männer, die den Publikumsgeschmack genau zu kennen glaubten, die wild entschlossen waren, jedes Defizit zu überleben und darum das Motto erfanden: »Gut ist, was verkauft wird!«

Ein heftiger innerbetrieblicher Machtkampf war die Folge. Die Primadonnen standen nun in freier Konkurrenz den Kastraten gegenüber und hatten außerdem noch mit den Bühnenbildnern, den souveränen Beherrschern eines unerhört kostspieligen Maschinenwesens, um den Ruhm zu streiten.

Als permanenter Sieger in diesem Kampf erwies sich auf die Dauer der nervöse, erregbare, der fast immer verzweifelte und propagandistisch gesinnte Typ des Opernhändlers – der Stagione-Organisator, der Primadonnen- und Kastraten-Verleiher.

Was war das für ein Typ?

Frei nach Benedetto Marcello (*Teatro alla moda*):
Der Impresario liest das Libretto nicht. Er gibt es seiner
Primadonna. Die gibt es ihrem Liebhaber, ihrem Advo-
katen, ihrem Coiffeur, ihrem ehemaligen Liebhaber, ihrer
Tante, ihrem Liebhaber in spe. Alle sagen sie ihre Mei-
nung. Die Primadonna faßt diese Meinungen als ihre
Meinung zusammen.
Der Impresario sagt: Alles wird genau beachtet! Dann
läßt er das Libretto liegen. Erst am vierten Tag des Mo-
nats gibt er es dem Komponisten und sagt: Am zwölften
ist Premiere.
Während der Komponist sich noch die Haare rauft, verteilt der Impresario schon die ersten Freikarten: Doktor,
Richter, Polizei, Stadtväter, Freundinnen. Das Haus muß
voll besetzt sein, damit es ausverkauft aussieht.
Dann schaut sich der Impresario die um den Primadon-
nenrang streitenden Damen an. Dem Komponisten läßt
er sagen, daß er vorsichtshalber Arien für zwei Erste
Damen schreiben soll. Und dem Librettisten teilt er mit,
daß die Rollennamen dieser beiden Damen gleiche Silben-
zahl haben müssen. Das sei wichtig, sagt er.
Nach der Premiere macht er dem Kapellmeister klar, es
müsse nun auch ohne Baß und Flöte gehen. Dann setzt
er die Gagen der Sänger und Sängerinnen herab, indem
er ihnen einzeln klarmacht, sie seien erkältet. Er entläßt
eine Dame, damit die anderen gehorchen. Wer dann noch
aufmuckt, wird mit einem reichen Gönner verkuppelt.
Für die Adressen dieser Gönner hat der Impresario ein
spezielles Notizbuch.

Die berühmten Dankschreiben über dem Bett ...

Das Bild zeigt eine italienische »Virtuosa« aus dem Anfang des 17. Jahrhunderts, der Zeit, in der Vittoria Archilei »erste Primadonna der Welt« wurde

Einige Sängerinnen waren stolz auf diese Schreiben, andere erhielten so viele Lobesverse, daß sie noch ein paar hinzudichteten und sie dann als Buch herausgaben.

1632 erschien die Gesamtausgabe der Applaushymnen für die schöne Adriana Baroni. Später folgte eine fünfsprachige Jubelausgabe für Adriana, Catarina und Leonora Baroni, ein einziger vielstimmiger Jauchzer. Ein barocker Starclub-Kalender.

Das größte Lob strich dabei Leonora Baroni ein, die ältere Tochter!

Der französische Bratschist Maugars, der damals Italien bereiste, schrieb: »Leonora singt mit schamhaftem Zutrauen und edelmütiger Sittsamkeit. Ihre Affekten-Ausbrüche und ihre Seufzer sind nicht wollüstig, ihre Blicke haben nichts Unkeusches.«

Das klingt aus dem Munde eines Franzosen beinahe wie ein Verriß! Ein paar Zeilen weiter aber gerät er fast aus dem Häuschen: »Ich muß noch sagen, daß sie mir eines Tages die besondere Gelegenheit erwies, mir mit ihrer Mutter und ihrer Schwester ein Familienkonzert zu geben. Dieses überraschte meine Sinne dermaßen, daß ich meinen sterblichen Zustand vergaß und mir nicht anders zumute war, als wäre ich schon unter den Engeln und genösse die Seligkeit der Auserwählten.«

Auch der englische Dichter John Milton befand sich unter den Jublern; er besang die junge Leonora mit lateinischen Versen. Sogar Papst Clemens IX. applaudierte; er nannte sie eine »dolce sirena« und rühmte ihre »feurigen Augen«.

Trotzdem verbot er der kleinen, handlichen und recht füllig gewachsenen Leonora Baroni den Auftritt auf seinen Bühnen.

Welche Opern wurden eigentlich im Kirchenstaat gespielt?

Hier ist ein Beispiel: *Diana schernita*. Der Librettist, ein Priester namens Cornachiole, hatte sie dem Präfekten Taddeo Barberini, einem Bruder des regierenden Papstes, gewidmet.

Handlung: Amor fühlt sich durch Diana verhöhnt und will sich rächen. Er leitet eine Intrige ein, die Dianas Untreue beweisen soll, und postiert einen Lauscher in der Grotte.

Diana erscheint mit zwei Nymphen. Die Frauen entkleiden sich, um im Quellwasser zu baden. Der Lauscher in der Grotte tritt näher – »per vogheggiarla ignude«, heißt es im Originaltext, um ihre Nacktheit zu bewundern. Die Nymphen stoßen Warnrufe aus. Diana verwandelt den schnöden Gast in einen Hirschen . . .

Opern wie diese wurden im Theater des Kardinals Antonio Barberini aufgeführt. Die Gäste konnten mit gutem Gewissen zuschauen, denn diese Oper verstieß nicht gegen das Frauenverbot.

Diana und die Nymphen wurden von Kastraten gespielt.

Unter den Gästen im luxuriösen Barberini-Theater befand sich auch der päpstliche Militärbeamte Giulio Mazarini, ein hagerer Mann aus den Abruzzen. Dieser Mazarini kannte sie alle, die Kardinäle, Geheimschreiber, Musiker und Kastraten. Außerdem war er ein Freund der ›verbotenen Primadonna‹ Leonora Baroni.

Der exklusive Gästekreis bezeichnete Mazarini als schlauen Karrieristen und verbreitete das Gerücht, er habe sich »durch Vermittlung einer Komödiensängerin, mit der er in Rom schlemmte, in die Gunst des Kardinals Antonio Barberini eingeschmeichelt«.

Mazarini verließ Rom, ging nach Paris und diente dort ab 1639 dem Franzosenkönig Ludwig XIII. Als der König starb, übernahm Königin Anna die Regentschaft für den noch minderjährigen Dauphin, den späteren Ludwig XIV. Mazarini tröstete die Witwe und wurde im Handumdrehen Frankreichs wahrer Herrscher.

Europa lernte ihn jetzt als Kardinal Jules Mazarin kennen!

Getreu seinem Wahlspruch »Wer das Herz hat, hat alles!« bemühte er sich nun auch um die Zuneigung des französischen Hochadels. Ein wichtiges Hilfsmittel sollte dabei die italienische Oper sein. 1644 befahl Kardinal Mazarin dem französischen Botschafter in Rom, Leonora Baroni nach Paris zu schicken.

Die prominente Primadonna sollte zur Galionsfigur der großen italienischen Operninvasion werden.

Leonora, dreiunddreißig Jahre alt, der Typ eines vornehmen Luxusgeschöpfes, kam nach Paris. Mazarin quartierte sie im Nachbarhaus ein, schickte ihr Blumen, feine Speisen und Masseure und ließ sie verwöhnen. Gelegentlich besuchte er sie selbst und überprüfte dabei die Wirksamkeit seiner Verführungskünste.

Königin Anna war von der Italienerin genauso begeistert wie Mazarin. »Besser kann man nicht singen!« rief sie und überschüttete Leonora mit Geschenken: 10 000 Livres für französische Modellkleider, 3000 Livres für Schmuck, 1000 Livres Pension.

Der französische Hochadel aber äußerte Argwohn: Das delikate Trio Königin, Kardinal und Primadonna wolle »die Köpfe dieser Nation ausschließlich mit Zerstreuungen gewinnen«.

Eine Adels-Fronde gegen den Kardinal entstand.

Der aber hielt fest an seinem Plan, den Hochadel mit

Opernprunk zu gewinnen. Als er sah, daß die allzu vornehme Leonora, seine Pique-Dame im Spiel, nicht stach, griff er rücksichtslos zu einem Kreuz-Buben: zum Soprankastraten Atto Melani.

Die Primadonna wurde verabschiedet, der Kastrat kam.

Und dann begann ein Baccarat von der raffiniertesten Sorte.

Der achtzehnjährige Atto Melani, Sohn eines bischöflichen Sänftenträgers, der schlaueste und hübscheste von vier Melani-Brüdern, die allesamt kastriert waren, wurde von Mazarin so hoch bezahlt, daß er bereit war, auch noch einige Geheimdienstaufträge zu übernehmen.

In schöner Regelmäßigkeit suchte Melani die Königin in ihren Privatgemächern auf. Er verzauberte sie mit seinen Arien, verstrickte sie in Gespräche und horchte sie dabei gründlich aus. Gleichzeitig pflanzte er Mazarins Gedanken in ihren Kopf. Die alte Dame war nach den abendlichen Besuchen des Kastraten oft so erregt, daß sie kaum einschlafen konnte.

Außerdem sang Zierkünstler Melani vor der Hofkamarilla und dem Pariser Adel. Mit verschlagenem Charme schaffte er es, auch in diesen Kreisen die Ideen des Kardinals zu verbreiten.

Nach einem Jahr kehrte er in seine Heimat Italien zurück. Er blieb Mazarins Geheimagent.

Im Herbst 1646 erhielt Melani den entscheidenden Befehl des Kardinals: Er möge nunmehr mit einer kompletten Opernkarawane anrollen! Mit Hilfe des neapolitanischen Komponisten Luigi Rossi solle er eine Musiktruppe zusammenstellen, die in der Lage sei, die arrogante Pariser Adels-Fronde mit Glanz und Gloria zu überschwemmen. Ein Schiff der französischen Flotte würde die italienische

Truppe an Bord nehmen und nach Frankreich bringen. Welch ein Plan: Fortsetzung der Politik mit musikalischen Mitteln! Veroperung eines absolutistischen Machtkampfes.

Die Rossi-Truppe erschien!

Am Samstag, dem 2. März 1647, führte sie im Pariser Palais Bourbon die sensationellste Orpheus-Oper auf, die es bis dato gegeben hatte.

Der *Orfeo* von Rossi, eine Prunkoper für Frankreichs mondäne Noblesse, fromm, galant und luxuriös! Ein ›Gesamtkunstwerk‹ für Augen und Ohren zugleich, ein schillerndes Monstrum, das die Idee eines ›Sonnenkönigs‹ suggerierte, bevor es einen gab.

Melani sang den Orpheus, die Primadonna Checci die Eurydike und ein albernder Buffokastrat ihre Amme. Dreißig Rollen, zwölf phantastische Bühnenbilder, Venus-Zauber und bukolischer Schabernack, dazu atemberaubende Musikkaskaden.

Dauer der Aufführung: sechs Stunden!

Einige Gäste schliefen ein, andere konnten sich kaum satt sehen. Immer wieder rieselte ein staunendes »Aah« und »Ooh« durch die Reihen.

In der Goldloge neben Königin Anna saß der neunjährige Ludwig XIV. Als eine Schar lüsterner Bacchantinnen die Bühne stürmte und Orpheus bei lebendigem Leib zerriß, fragte er aufgeregt: »Was ist das?«

»Eine Oper, mein Sohn.«

Blut floß, Blitze zuckten, Leiber wühlten sich ineinander.

Die Lyra des Orpheus aber überlebte den Exzess. Langsam schwebte sie himmelwärts, wurde heller und heller und verwandelte sich schließlich in eine weiße bourbonische Lilie.

Louis war hingerissen!

4 Paris hat schöne Musen

»Nach uns die Sintflut!«
Madame de Pompadour

Der Sonnenkönig sitzt mitten auf der Bühne.

Er trägt einen Brokatrock in der modischen Vogeldreckfarbe, dazu weiße Spitzenmanschetten, die ihm wie hastig versteckte Dessous aus den Ärmeln hängen. Seine Schuhe haben hohe Absätze, seine seidenumspannten Waden schimmern silbrig. Auf dem Haupt des Königs wölbt eine frischgepuderte Allongeperücke.

Ballerinen umtanzen ihn wie Planeten die Sonne. Ein Orchester spielt maestoso, und die Schranzen und Mätressen im Parkett haben ihre untertänigsten Gesichter aufgesteckt.

Wir schreiben das Jahr 1672. Eine neue Oper von Robert

Cambert wird gerade aufgeführt: *Les peines et plaisirs de l'amour*. Man ist noch im Prolog, bei der sogenannten Huldigung.

Ludwig XIV. ist es gewohnt, daß man ihn vor Opernaufführungen hochleben läßt. Seit Mazarins Tod ist er Frankreichs unbeschränkter Selbstherrscher, außerdem König der Musen und »größter Magen der Nation«. Obwohl er nicht gerade dick ist, wölbt sich sein Bauch unter dem Brokat wie eine Weltkugel im Krönungsmantel.

Das Ballett bildet einen Halbkreis. Wer genau hinsieht, kann jetzt erkennen, daß die Ballerinen Männer sind, neckisch verkleidete Tanzbuben, radikal rasiert.

Dann erscheint eine Venus.

Mit schwingenden Hüften tritt sie vor den Sessel des Allerhöchsten. »Louis ist der Größte aller Könige!« singt sie mit wunderbar sinnlichem Sopran, dieweil sie ihrem Souverän die Brüste, seinen Untertanen aber den Popo zeigt.

Diesmal weiß man es, auch ohne hinzusehen: Die Venus ist kein Mann, sondern eine Frau. Sängerinnen sind erlaubt in Paris – Tänzerinnen nicht!

Der König applaudiert. Die Gäste klatschen Echo.

Dann erst fängt die eigentliche Oper an. Sie wird einige Stunden dauern. Louis bleibt auf der Bühne sitzen.

Während des 2. Aktes wird ihm das Souper gereicht – ebenfalls auf der Bühne. Das Publikum sieht den König essen: zwei verschiedene Suppen, einen Fasan, ein Rebhuhn, eine Riesenschüssel Gartensalat, dazu Hammelfleisch mit Knoblauchsauce und Schinkenkrümeln. Dann einen Teller Backwerk mit diversen Marmeladen. Zwischendurch nascht er ein paar Trauben vom Korb einer tanzenden ›Gärtnerin‹, kaut die Früchte genüßlich durch und spuckt die Kerne in die Gegend.

Die Akteure spielen um ihn herum.

»L'opéra, c'est moi!« hätte Ludwig XIV. sagen können, und kein Höfling würde es gewagt haben, darüber zu lächeln. Aber der König sagte es nicht. Auch der berühmte Satz »Der Staat, das bin ich!« kam niemals über seine Lippen; andere haben ihm das angedichtet.

Dennoch war die Oper das ganz besondere Schoßkind des Sonnenkönigs. Seitdem er als Kind die Rossi-Truppe mit ihrem spektakulären *Orfeo* erlebt hatte, liebte er das Riesenspielzeug Oper. Nach Rossi waren weitere Musenkarawanen ins Land gekommen: phantastische Theatermaschinen mit Kränen und Hebeln, dazu Nymphen, Papageien und Kastraten sowie tanzende Affen und Bären.

Für den König war die Oper genau das, was sie einst auch für Mazarin gewesen war: ein Symbol üppigster Machtentfaltung. Untertanen, die in kartesischer Strenge ins Koordinatensystem des Staates eingepaßt wurden, brauchten Opiate für Augen und Ohren. Die Oper als Surrogat für das im wirklichen Leben nicht erlebte Leben – Stimulanz wie Spiegel und Girlande, Wölbung, Muschel, Stuck und warmes Fleisch.

Außerdem machte das alles einen Heidenspaß!

Genies zahlreicher Kunstgattungen gaben sich im Opernhaus den Türknauf in die Hand. Musiker, Architekten, Sänger, Tänzer, Maler und Poeten kooperierten wie in einer Eimerkette. Selbst die Herren der Kirche zeigten Wohlwollen und genossen die Oper, als wäre sie eine Arena zur Darstellung der Größe Gottes.

Das ganze Dasein war Theater: Man tat so, als ob – auch im Privatleben.

Die Perücken, herrlich ondulierte Hirnfutterale, sollten nicht Haarersatz, sondern Hut sein, schmückendes Requisit. Die Kostüme der Damen waren auf Pose und Parade berechnet: Schleppen bis zu zwölf Meter Länge, Dekolletés, die wie freche Rahmen für erotische Bilder wirkten. Natürliche Dinge wie Wasser wurden als schädlich angesehen; sie verdarben die Haut und verursachten Zahnschmerzen. Schönheitspfläsicherchen aber galten als natürlich.

Laßt uns das Leben veropern, nur dann ist es spielenswert!

Als Fünfzehnjähriger betrat der König zum ersten Mal persönlich die Bühne. Mit dem Sonnensymbol auf der Brust und einem Strahlenkranz im Haar tanzte er im *Ballet de la nuit*. Bald nach seiner Hochzeit mit der spanischen Infantin Maria Theresa tanzte er wiederum in einer Ballettoper. Titel: *Die erzwungene Heirat*.

Auch seine nächtlichen Parkfeste waren wie Opern inszeniert. Bei Lampions, Windlichtern und Nocturno-Klang wurden Nymphen gejagt. Eines Tages blieb dabei das Fräulein de Lavallière auf der Strecke; das hübsche waidwunde Reh begann in den Armen seines königlichen Jägers sogleich über Musik zu diskutieren. Louis gefiel das. Er machte die Lavallière zu seiner Mätresse.

Solche Feste, bei denen musikalische, szenische und taktile Reize zugleich spürbar wurden, machten ihm klar, daß er die italienische Gastspieloper eigentlich gar nicht brauche – und ihre komischen Kastraten erst recht nicht! Es mag ihm sogar peinlich gewesen sein, als der junge Italiener Antonio Bannieri sich aus Dankbarkeit zu ihm freiwillig kastrieren ließ. Louis wies ihn als Kirchensänger in die Königliche Kapelle ein – von der Oper jedoch hielt er ihn fern.

Die Oper, so meinte der Sonnenkönig, solle besser im eigenen nationalen Treibhaus gezüchtet werden. Junge grüne Blätter sollten unter Staatsaufsicht heranreifen und zu Lorbeerblättern getrocknet werden.

Damit war Ludwig XIV. zum eigentlichen Schöpfer der französischen Nationaloper geworden. Er zielte auf ein ungebunden heiteres, ein eminent französisches Musiktheater, eine frauenfreundliche Oper mit viel Ballett!

Als oberster Chef der Musikakademie ging er alle Opernpläne mit den Autoren durch und gab nur das in Auftrag, was ihm persönlich gefiel. Er zahlte die Aufführungen und ließ die Partituren in so vielen Exemplaren drucken, daß man damit einen schwungvollen Kulturexport für Frankreichs Gloria treiben konnte. Noch heute findet man in vielen wichtigen Bibliotheken der Welt stapelweise altfranzösische Opernwerke.

Die Komponisten hatten also wirklich Grund, dem König zu huldigen! Ihre Lobeshymnen im Prolog waren Götterspeise für ihn. Louis brauchte und verdiente das.

Bei dem Unternehmen, eine nationalfranzösische Oper aufzubauen, half ihm ausgerechnet ein Italiener.

Giovanni Lulli hieß er und stammte aus Florenz. Frankreichs Musikgeschichte weist wohl kaum einen schlaueren Kopf auf.

Die Legende des Jean Baptiste Lully (Zeitabschnitt 1644 bis 1672):

Der Ritter von Guise will nach Italien reisen.

»Bring mir einen hübschen Jungen mit!« befiehlt Mademoiselle, die Nichte des Königs.

Der Ritter gehorcht. In Florenz greift er den zwölfjährigen Bauernjungen Giovanni Lulli auf; der zeigt sich lebhaft, geschickt und zu allem bereit. Ritter von Guise bringt ihn Mademoiselle als Geschenk mit.

Die Prinzessin mustert den Jungen und stellt fest, daß

er nicht das besitzt, was sie erwartet hat: keinen apollinischen Körper, sondern nur Intellekt. Sie gibt ihn in die Küche.

Lulli beginnt einige Saiteninstrumente zu erlernen. Der Graf von Nogent hört ihn spielen und sagt: »Göttlich! Ein reiner Orpheus . . .!«

Da bestellte die Prinzessin einen Musiklehrer für den Jungen. Außerdem läßt sie ihn als Tänzer ausbilden.

Kurze Zeit später gehört Lulli schon zum Kammerorchester des Königs. Ludwig XIV. lernt ihn schätzen; er macht Lulli zum Oberaufseher seiner Musikanten und schließlich zum Superintendanten der Königlichen Musikakademie in Paris.

Unter dem Namen Jean Baptiste Lully wird der kleine Italiener nun Frankreichs großer Operndespot.

Wie ein Nachtvogel sieht er aus: dunkle Haut, schwarze Haare, kleine rotumränderte Augen, die so kurzsichtig sind, daß sie nicht sehen, ob eine Frau schön ist. Im Schlagschatten der großen Nase liegt ein harter, etwas verächtlich herabgezogener Mund.

Wenn Lully komponiert, lernt er vorher das gesamte Libretto auswendig. Dann legt er sich diverse Tabaksdosen zurecht, nebelt sich in ihre Aromen ein und beginnt zu singen und zu spielen. Die Cembalotasten sind voller Tabakskrumen.

Zwei Sekretäre schreiben die Noten des Meisters mit und fertigen eine Partitur an. Dann führt Lully dem König die neue Oper vor. Er singt alle Rollen. Balletteinlagen tanzt er, Intermezzi spielt er auf dem Cembalo. Kampf- und Liebesszenen demonstriert er als Pantomime.

Lully ist jener Italiener, der dem Sonnenkönig klarmacht, was eine französische Oper ist: schöne, würdige Musik, dazwischen gesprochene Dialoge, Ballett im 2. Akt.

Besonders das ›Recht auf Ballett‹, so empfiehlt Lully, solle in der französischen Oper offiziell verankert werden.

Louis findet alles großartig.

Und Lully studiert seine Oper nun ein: Gesang, Tanz, Sprache, Orchester. Jeder muß ihm gehorchen, auch Librettisten wie Lafontaine und Molière. Wenn mal jemand danebengeigt, kriegt Lully es fertig, die Violine auf dem Rücken des Sünders zu zerschmettern. Hinterher zahlt er den Schaden doppelt und lädt die Musiker zum derben Umtrunk ein.

Die Dressurakte des Superintendanten gelingen in jedem Fall.

Resultat: Französische Opernarien werden bald auch vom Volk gesungen. Als Gassenhauer erklingen sie in jenen Küchen, aus denen Lully einst kam.

Frankreichs Oper gärte anfangs noch wie wilder Most, dann aber reifte sie zu einem süffigen Wein heran.

Superintendant Lully zahlte tolle Gagen, aus der Schatulle seines Königs natürlich. Frauenrollen ließ er nach wie vor von Primadonnen singen, nicht von Kastraten. Und 1681 kündigte er sogar den Ballettbuben.

Echte Tänzerinnen durften jetzt die Opernbühnen betreten, sich als Karthagerinnen in die Flammen des Scheiterhaufens stürzen und als Nymphen mit Diana baden.

Damit war eine Zunft ins Leben gerufen, die sich rasant aufwärtsentwickeln sollte: die Damen vom *Corps de Ballet*, Frankreichs leichtgeschürzte Operninfanterie.

Der Sonnenkönig ließ es sich nicht nehmen, die neuen Ballerinen eigenhändig zu fördern. In unermüdlicher Fürsorge stellte er seine privaten Schlafgemächer zur Verfügung, um Schäferinnentänze und rosa Ballette einzustudieren.

Ein Rückfall in die alte Regel passierte im Jahre 1685. Eine männliche Nymphe betrat plötzlich die Bühne! Unter ihren blaßrosa Schleiern, Modefarbe ›Nonnenbäuchlein‹, verbarg sich der siebenundvierzigjährige Sonnenkönig in höchsteigener Person!

Ansonsten ließ Lully keinerlei Regelverstoß zu. Am härtesten sprang er mit seinen Sängerinnen um.

Die Primadonnen des Jean Baptiste Lully: abenteuerliche Gestalten, kaum aus dem Dornengestrüpp der Legenden zu befreien.

Die liebliche Marthe le Rochais wäre als erste zu nennen. Sie war klein, schlank und auffällig braun gebrannt. Von Haus aus besaß sie ein leidenschaftliches Temperament; die bei Lully herrschende Disziplin aber harmonisierte ihre Bewegungen und machte sie zu einer hinreißenden Schauspielerin. Die Rochais sei »die vollendetste Vortragskünstlerin, die jemals auf dem Theater gesehen worden ist«, schrieb Zeitgenosse Titon de Tillet.

Zwanzig Jahre lang war sie Liebkind bei Lully, brav und gehorsam, Knetwachs in seiner Hand. Als Achtundvierzigjährige wurde sie mit einer Professur und hundert Francs Pension verabschiedet.

Sängerinnen, die weniger anschmiegsam waren, die fortwährend Heiserkeit vorschützten, falsches Zierrat in ihre Arien schmuggelten oder gar intrigierten, wurden ins ›Primadonnengefängnis‹ Fort L'Évêque gesperrt. Als die hübsche Louise Moreau schwanger wurde und keine Kraft zum Singen mehr hatte, jagte Lully sie davon – obwohl sie die Favoritin eines Bourbonenprinzen war.

Lully selbst hielt sich aus Gründen der Disziplin keine Mätressen unter den Sängerinnen. Als Neunundzwanzigjähriger hatte er die Tochter des höfischen Musiklehrers

Lambert geheiratet, die eine Mitgift von zwanzigtausend Livres in die Ehe brachte. Weil aber eine Freundin damals zum guten Ton gehörte, leistete er sich eine gewisse Mademoiselle Certain, eine junge ansehnliche Klavierspielerin. Die fade Schönheit, ein Hauch in Samt und Seide, mischte sich nicht in seine Arbeit, gab niedliche Hauskonzerte und war geschmeidig im Alkoven – was wollte Lully mehr?

Die Sängerin Desmatins aber war ein echter Hexenbesen.

Ihre Affären sprachen sich bis nach Preußen herum. Friedrich Wilhelm Marpurg, einst Privatsekretär in Paris, später Lotteriedirektor unter Friedrich dem Großen, berichtete, »daß sie einem artigen jungen Frauenzimmer, das man schöner als sie fand, eine Flasche Scheidewasser ins Gesicht gießen ließ, daß sie die Rochais, Moreau und andere Sängerinnen aus Eifersucht mit Gift hinopfern wollte, daß das Gift aber nicht gut zubereitet gewesen und jene so glücklich waren, davonzukommen; daß sie dem Erzbischof von Paris, weil er sie verlassen hatte, ein feines Gift beibringen ließ, wovon derselbe auf seinem Lustschloß zu Confleur schleunigst gestorben; daß sie sechs Kavaliere von den Königlichen Mousquetairs und zweiundvierzig von der Leibgarde kurz vor einem Feldzug dahingebracht, ihre Pferde zu verkaufen, um ihr die genossene Gunst zu bezahlen . . .«

Schmähschriften regneten dem Superintendanten aufs Haupt: ›Primadonnen-Dompteur‹, ›Tyrann‹, ›Scheusal‹, ›Knicker‹.

Lully kümmerte sich nicht darum.

Bei allem Fleiß, den er für sein königliches Amt aufbrachte, blieb er absoluter Privatmann. Zäh und eigensinnig baute er seine persönliche Macht aus.

Neben seinem Jahresgehalt von dreißigtausend Livres kassierte er laufende Operntantiemen und Schenkungen des Königs. Den größten Teil des Geldes legte er in Häusern und Grundstücken an. Auch in diesem Bereich kümmerte er sich um alles selbst: Er trieb die Bauarbeiter an, strich Rechnungen zusammen, feilschte mit der Steuer, handelte die Verträge für Mietwohnungen und Läden aus und baute für sich selbst ein Landhaus nach dem anderen.

Jean Baptiste Lully, Künstler und Kaufmann, arbeitete so erfolgreich für die französische Nationaloper, daß man die italienischen Wandertruppen im Jahre 1687 aus dem Land jagen konnte. Akuter Anlaß: Die fremden Komödianten hatten sich an Madame de Maintenon vergriffen, der geheiligten Mätresse des Sonnenkönigs.

Im März des gleichen Jahres dirigierte Lully ein *Te Deum* für den König. Im Schmuck seiner prächtigsten Allongeperücke stand er vor dem Hoforchester und stampfte den Takt mit einem langen vergoldeten Stock auf den Boden. Dabei schlug er sich den großen Zeh auf, erlitt eine Blutvergiftung und starb daran.

Er hinterließ 58 Sack Louisdors und spanische Doublonen, dazu Silberzeug, Goldschmuck und Immobilien im Wert von 800 000 Livres: nach heutiger Währung etwa zwei Millionen Mark.

Mit Lully zusammen wurde in der ›Kapelle der kleinen Augustiner‹ Frankreichs Operndisziplin begraben.

Die Zeit war reif für La Maupin!

Der wolkige Lebensatem einer ganzen Epoche weht durch die Biographie des adligen Fräuleins Maupin. Vor soviel Kunst, Brunst und Gewitter müssen selbst die Erzählungen des Casanova verblassen.

Als Tochter des Ritters d'Aubigny wird sie 1673 in Südfrankreich geboren. Sie heiratet sehr jung, verliebt sich dann in einen Fechtmeister und flieht mit ihm nach Marseille.

Um Geld zu verdienen, tritt sie in der Oper auf.

La Maupin: große dunkelbraune Hirschaugen, rosenholzfarbenes Haar, schwellende Figur, dazu das süßeste Lächeln der Côte d'Azur. »Sie singt wie eine Sirene«, schreibt ein Kritiker, »reitet wie der beste Kavallerist, ficht wie ein Musketier, hat ein Engelsgesicht und eine Teufelsseele.«

Um mit einer Besonderheit aufzufallen, verzichtet die Maupin auf das als schicklich geltende Handrequisit, den goldenen Zauberstab, und bindet sich stattdessen rosa Schleifchen an die Daumen; nun kann sie beim Singen auch mit den Fingern kokettieren.

Sie erntet Widerspruch und beschwert sich bei ihrer Freundin, einer jungen Marseillerin. Als diese ihr tröstend über das Haar streicht, entflammt die Sängerin. Sie verführt das junge Mädchen.

Skandal! Das Mädchen wird in ein Kloster gesteckt.

Die Maupin folgt ihr ins Kloster und läßt sich als Novizin aufnehmen. Als bald darauf eine ältere Nonne stirbt und beigesetzt wird, gräbt La Maupin die Leiche wieder aus, legt sie ins Bett der Freundin und zündet ein Feuer an. Dann nutzt sie die allgemeine Panik aus, um die Geliebte im Triumph zu entführen.

Man verfolgt sie, faßt sie und verurteilt sie zum Feuertod.

Die Maupin bricht aus dem Gefängnis aus und flieht nach Paris. 1695 debütiert sie an der dortigen Oper in der Hosenrolle des Cadmus von Lully. Dabei erntet sie spontanen Erfolg.

Über die nächsten beiden Saisons hinweg entfacht die Maupin soviel Begeisterung, daß das Publikum sie als Erste Dame, als ›Hosen-Primadonna‹ feiert.

Dem Sänger Dumenil gefällt es nicht, daß diese Frau ihm eine Männerrolle nach der anderen wegnimmt. Er beginnt zu intrigieren. Als die Maupin ihn daraufhin eines Nachts in einer Pariser Gasse auflauert und ihn zum Duell fordert, weigert sich Dumenil: »Ich schlage mich nicht mit Weibern und Kindern.«

Da verprügelt die Maupin den Tenor, nimmt ihm Uhr und Tabatière ab und läßt ihn röchelnd liegen. »Schlappschwanz, Memme!« faucht sie und beschließt, ihre Hosenrolle nunmehr auch ins Privatleben zu übertragen. Weil man dann besser zarte Rehe jagen kann.

Als strammbehoster Kavalier besucht sie bald darauf einen Ball des Herzogs von Orléans, entführt eine junge Baronesse und sieht sich im Park plötzlich drei Männern gegenüber, die die Ehre der Baronesse mit dem Degen verteidigen wollen. Sterne blitzen am Nachthimmel, im Fackelschein sprudeln Fontänen.

La Maupin ersticht die drei Herren.

Dann kehrt sie in den Palast zurück, gesteht dem Herzog ihren Handstreich, öffnet ihr Gewand, um zu beweisen, daß sie dem schwachen Geschlecht angehört, und erhält Pardon.

Mit der Oper aber ist es aus!

Die Ex-Primadonna geht nach Brüssel und wird dort die Geliebte des Kurfürsten Maximilian von Bayern. Sie kümmert sich aber weniger um den Fürsten als um seine anderen Mätressen.

Der Fürst verstößt sie und läßt ihr vierzigtausend Livres als Abfindung schicken. Herrisch wirft sie dem Überbringer die Börse an den Kopf und eilt nach Paris zurück.

Als frühzeitig erschöpfte Abenteurerin stirbt La Maupin im Jahre 1705. Sie ist zweiunddreißig Jahre alt geworden.

Zehn Jahre später starb der Sonnenkönig.

Kurz nachdem ihm Quacksalber Le Brun ein letztes anregendes Klistier verabreicht hatte, trat der Erste Kammerdiener des Königs mit einem schwarzen Federhut auf den Balkon und verkündete: »König Ludwig XIV. ist gestorben!« Dann ging er ins Sterbezimmer zurück, setzte einen weißen Federhut auf, bestieg erneut den Balkon und rief: »Es lebe König Ludwig XV.!«

Und dann wurde es noch schlimmer!

Während der Übergangsregierung des Herzogs von Orléans und unter Ludwig XV. drohte Frankreichs Operngeschichte in eine saftige Chronique scandaleuse auszuarten.

25 000 reiche Nichtstuer zwischen Paris und Versailles gaben den Ton an. Außer sich selbst wollten sie nur jenen gefallen, die mit ihnen zur großen Gesellschaft gehörten.

Unter Ludwig XIV. war das Leben ein wohlabgezirkeltes Theater gewesen, unter seinem Nachfolger wurde es zur Maskerade.

Madame Rokoko tänzelte heran, umgab sich mit Chinoiserie, Veilchenholz, Hündchen, Tee, Voltaire und Liebespillen, gab sich fragil, seufzte mit marmorkaltem Herzen ein paar Frivolitäten und ließ die Liebe im Treibhaus gedeihen.

Kränke statt Kraft, Puder statt Haut. Eine bleichsüchtig pervertierte Wollust. In den Hoftheatern, auf den Privatbühnen, in Parks und Salons begannen die irren Jahre der allzu schönen Täuschungen.

Ein wesentlicher Magnet dieser Gesellschaft blieb die

Oper, das szenische Divertimento. Wenn eine Dame der Gesellschaft sich einen neuen Liebhaber zugelegt hatte, einen bettstarken Jüngling, einen Abbé oder einen Dukatenesel, präsentierte sie ihn im Opernhaus.

Die Actricen der Oper konkurrierten mit den Gesellschaftsdamen; deutlicher denn je gingen auch sie auf Männerfang aus. Sie galten ganz legal als ›grandes cocottes‹. Eine Eintragung in die Mitgliederliste der Oper genügte, um vor den Sittengesetzen der Polizei beschützt zu sein. Damen des Theaters konnten nicht wegen gewerblicher Unzucht bestraft werden – ihnen wurden nicht die Köpfe geschoren.

Der Männerwelt konnte das nur recht sein. Die *première chanteuse* wurde zum *premier sujet*. Die Damen selbst hatten auf diese Weise ein zusätzliches Einkommen.

Kein Wunder, daß Oper und Salon wie im endlosen Reigen verbunden waren. Während die arrivierten Damen und Herren des Adels mit den *filles d'opéra* kopulierten, fühlten sie sich allesamt als aktive Mitglieder der französischen Oper.

»Es war ein herrlicher Tag!« schwärmte Graf Bussy-Rabutin in seinen Memoiren. »Morgens fochten wir ein Duell aus, und am Abend tanzten wir Ballett mit den Damen.«

Theater, das war Öffentlichkeit der Gefühle!

Der venezianische Abenteurer Giacomo Casanova merkte es, als er die berühmte Primadonna La Fel in Paris besuchte. »Reizend, reizend, Ihre drei Kinder!« rief er aus. »Aber sie sehen einander überhaupt nicht ähnlich, Mademoiselle!«

»Das kommt eben von diesem dummen Gedränge auf der Bühne«, lachte die Sängerin. »Außerdem brauche ich Erziehungszuschüsse von mehreren Vätern.«

Auch Madame de Pompadour, die amtierende Konkubine des Königs, machte mit im ›totalen Theater‹. 1749 spielte sie in einer Lully-Oper die schöne Galathee. Drei Jahre später sang sie eine Männerrolle in der Oper *Der Dorfwahrsager*. Text und Musik stammten von Jean Jacques Rousseau, dem Sturmvogel der Französischen Revolution.

Überall im Lande begann man die Hofbühnen von Versailles und Fontainebleau zu kopieren. Jeder bessere Palaisbesitzer beauftragte seinen Tapezier, ein Theater zu installieren, das mit dem Musenbetrieb Ludwig XV. konkurrieren konnte. Diese Bühnen und ihre Darsteller hatten mit der Oper meist nichts mehr gemeinsam. Unverhüllt provozierten sie den eigentlichen Zweck der Privattheater: physische Gesellschaftsspiele.

Mimus eroticus (Kurz vor Mitternacht im Kerzenqualm des Théâtre d'Aretino):
Comtesse *Ypsilon* (Seitenloge links): »Monsieur, nehmen Sie die Hand von meinem Knie . . .!«
Chevalier de Cocq (lächelnd): »Knie . . .?«
Comtesse *Ypsilon* (durch das Lorgnon auf die Bühne starrend): »Was machen die da?«
Chevalier de Cocq: »Dasselbe.«

Die Geister der Aufklärung, die Enzyklopädisten und Kritiker der Gesellschaft kümmerten sich inzwischen um Minerale und Skelette, um Dampf, Vernunft und Ökonomie. Sie tranken den neuen Virginia-Coffee, dachten nach, diskutierten – und ließen ›die da oben‹ noch eine Weile spielen und regieren.

Gespielt wurde mit Leidenschaft, regiert aber wurde miserabel.

In Preußen geschah es zu dieser Zeit, daß der Vorhang
der Berliner Hofoper eines Abends in halber Höhe stek-
kenblieb; man sah nur die Waden der Ballerinen. Friedrich II. spottete: »Da sehen Sie das Pariser Kabinett:
Beine ohne Köpfe!«

»Guten Abend, meine Liebe«, sagt Charles Favart, beugt
sich über das Ehebett und küßt seine Frau. »Tut mir leid,
es ist heute spät geworden.«
Den Abbé Voisenon, der neben seiner Frau im Bett liegt
und in einem Brevier blättert, begrüßt er auch.
»Was gibt's Neues?« fragt der Abbé.
»Wir müssen Abschied nehmen, mein Freund. Marie und
ich gehen auf Truppenbetreuung.«
»Nennt man das so?«
Favart nickt. »Marschall Moritz von Sachsen will uns
haben. Er braucht Opern zum Manöver.«
Aus diesem Prolog heraus sollte sich bald darauf eine
höchst dramatische Geschichte entwickeln. Zeit der Handlung: 1746 bis 1750.
Zu den Personen:
Charles Simon Favart, Sohn einer von Bankrotten er-
schütterten Kaufmannsfamilie, geboren 1710 in Paris,
suchte sein Heil als Schauspieler und Singspielautor. Aus
einer Verschmelzung von Jahrmarkttheater und italienischer Musikalkomödie wollte er die französische *Opéra
Comique* schaffen. 1744 heiratete er die achtzehnjährige
Soubrette Marie Justine Du Ronceray, die sich nun Madame Favart nannte.
Marie Favart, Tochter eines angesehenen Kapellmeisters
in Avignon, schön, charmant und hoch begabt, begann mit
ihrem Mann Charles zusammen französische Singspiele
zu schreiben und aufzuführen. Ihre unorthodox erschei-

nende Verbindung mit dem Abbé Claude de Voisenon
ist schnell erklärt: Weil Männer meist Freundinnen hatten, hielten die Frauen sich Liebhaber; es wirkte ärmlich,
keinen zu haben. Als unverbindlichste Liebschaft galt ein
Abbé. Voisenon war in die Wohnung der Favarts einge-
zogen, und niemand hielt das für ungewöhnlich.

Marschall Moritz Graf von Sachsen, ein natürlicher Sohn
Augusts des Starken und seiner Favoritin Aurora von
Königsmarck, war seit 1720 in französischen Militärdien-
sten tätig; seine strategischen Theorien beeinflußten
später Friedrich den Großen. Seit Jahren liebte er es,
Operntruppen mit ins Feldlager zu nehmen, zu seiner persönlichen Zerstreuung.

Alsdann die Handlung:

Im Jahre 1746 zieht Charles Favart mit seiner Sing-
spieltruppe nach Nordfrankreich: ins Hauptquartier des
Marschalls.

»Warum hast du deine Frau nicht mitgebracht?« poltert
der dicke Moritz. »Was sie bei dem Pfaffen unter dem
Laken sucht, kann sie auch bei mir finden!«

Favart erstarrt.

Voller Schaudern denkt er an das Schicksal der großen
Comédie-Schauspielerin Adrienne Lecouvreur. Der ge-
walttätige Marschall von Sachsen hatte auch sie als Mätresse begehrt, und die schöne Adrienne mußte ihm zu
Willen sein, solange jedenfalls, bis der Dichter Voltaire
sie in seinen Schutz nahm. Als Adrienne starb, verweigerte die Kirche ihr ein christliches Begräbnis. In einer Miets-
kutsche hatte man Adriennes Leiche zu einem Holzlager-
platz an der Seine bringen und bei Nacht und Nebel
verscharren müssen.

Charles Favart und seine Frau haben diese Tragödie keinesfalls vergessen. Sie hassen den dicken Moritz.

Allegorie der französischen Opéra Comique vor dem Hintergrund der
Jahrmarkts-Komödie (nach einem Stich von B. Picart, 1730)

Wenige Tage später trifft Marie Favart im Feldlager ein.
Sie erntet spontanen Beifall bei den Soldaten – und auch beim Marschall! Doch als der sie anfassen will, wird sie fuchsteufelswild. Sie wehrt sich.

Folge der Renitenz: der Marschall wird ungnädig.

Marie muß geschminkt und kostümiert die Feldbühne besteigen und folgendes vorlesen: »Meine Herren! Unsere Komische Oper *Le coq du village* kann leider nicht aufgeführt werden. Grund: Das Ehepaar Favart ist in Ungnade gefallen. Der Maréchal de Saxe überlegt zur Zeit das Strafmaß.«

Das ganze Regiment lacht. Marie wankt von der Bühne, blaß bis unter die Haarwurzeln. Ihr Mann muß sie stützen.

»Wir fliehen!« sagt Favart. »Und zwar getrennt. Ich verlasse als erster das Lager, um die Soldaten auf meine Fährte zu lenken. Und du versuchst auf eigene Faust nach Brüssel zu kommen.«

Der Plan gelingt. Favart entkommt ins Elsaß und verkriecht sich bei einem Landpfarrer. Marie geht nach Brüssel und tritt dort als Sängerin im ›Théatre Italien‹ auf.

In Paris empfängt der Abbé inzwischen die Briefe der Favarts. Er organisiert, ebenfalls per Korrespondenz, einen Geheimtreff der beiden in Lunéville.

Als Marie in Lunéville ankommt, wartet dort nicht ihr Mann auf sie, sondern das stahlblaue Auge einer Armeepistole. Der Brief an Charles Favart ist abgefangen worden, Marie wird verhaftet. Und weil sie sich weiterhin weigert, dem Marschall von Sachsen unter das Laken zu folgen, arretiert man sie in einem Kloster und schließlich im Chateau de Piples.

Erst 1750, vier Jahre nach dem Beginn der Affäre also, wird der Haftbefehl gegen Marie Favart aufgehoben.

Sie kehrt nach Paris zurück. Weinend sinkt sie in die Arme ihres Mannes. Sie ist zu diesem Zeitpunkt dreiundzwanzig Jahre alt.

Einen Monat später stirbt Marschall Moritz von Sachsen und wird in der Straßburger Thomas-Kirche begraben. Der französische Bildhauer Pigalle baut dem vergnügungssüchtigen Militärgenie das Denkmal.

Intermezzo Caffarelli 1750!
»Paris begrüßt Gaetano Majorano, genannt Caffarelli, den großen Sopranisten aus Italien. Ein Wundarzt in Norcia brachte ihn dazu, daß er im Jahre 1724 in einer Frauenrolle in Rom debütieren konnte. *Primadonna buffo* nennen ihn die Römer, *Il divo* die Engländer.

Signor Caffarelli kommt soeben aus London, woselbst er bei Mister George Frederik Handel die heitere Arie ›Ombra mai fu‹ mit solcher Bravour sang, daß man ihn nunmehr als Ersten Sänger der Welt bezeichnet.

Blumen für Caffarelli, den Meister der italienischen Oper!«

»Dieser Kastrat stört nur«, knurrte Charles Favart. »Ausgerechnet jetzt, wo wir das Publikum für Opern und Singspiele in französischer Sprache interessieren wollen, kommt Caffarelli mit seinem alten Italienerzauber.«

Zäh blieben die Favarts bei ihrem Plan, ein volkstümliches Musiktheater zu schaffen, eine *Opéra Comique*.

Am 26. September 1753 fand in Paris die Premiere des Favart-Singspiels *Les amours de Bastien et Bastienne* statt, einer Parodie auf Rousseaus *Dorfwahrsager*.

Es war eine entscheidende Aufführung. Als erste Bühnendarstellerin Frankreichs erschien Marie Favart nicht wie üblich mit Krinoline und hochgetürmter Frisur, sondern in einer ihrer Rolle angemessenen Bauerntracht: simples Wollkleid ohne Wespentaille, dazu Schürze und Holzschuhe, glattgekämmtes Haar.

Das Publikum war zuerst verblüfft; ein Gemurmel begann. Dann aber prasselte Beifall los, so laut, daß das Geklapper der Holzschuhe darin unterging. Marie Favart hatte gewonnen.

Sie hatte dem Kostüm über seinen eigentlichen Verhüllungszweck hinaus eine ›mitwirkende‹, ja dramatische Rolle zugewiesen. Sie hatte gezeigt, daß das Gewand ein »tausendfaches Echo der Gestalt« sein konnte, wie Goethe es später ausdrücken sollte.

Die berühmte Schauspielerin Josephine Hippolyte Legris de la Tude von der *Comédie Française*, genannt ›La Clairon‹, folgte dem Beispiel der Marie Favart. Auch sie legte für klassische Partien nun ihren Reifrock ab und kleidete sich im Sinne der Rolle. In echter Griechenkleidung wagte sie allerdings nicht aufzutreten. »Dieses Kostüm genau zu befolgen«, schrieb sie, »würde unanständig und ärmlich sein. Draperien nach der Antike verraten viel zu sehr das Nackte, sie passen nur für Statuen oder Bilder.«

Summa summarum: Die Holzschuhe der Madame Favart vollzogen einen herzhaften Schritt in Richtung Bühnenrealistik. Die Oper löste sich aus dem rein Dekorativen. Sie wurde lebensnaher.

Zehn Jahre nach der Holzschuh-Premiere der Marie Favart sah der siebenjährige Wunderknabe Wolfgang Amadeus Mozart in Paris eine Aufführung des erfolgreichen Favart-Singspiels. Weitere fünf Jahre später komponierte er diesen Stoff neu, nannte das kleine Werk *Bastien und Bastienne* und dirigierte es im Garten des bekannten Magnetiseurs Dr. Anton Mesmer bei Wien.

Mozart rückte mit dieser ›deutschen Operette‹ ebenso bewußt vom italienischen Opernstil ab, wie das französische Singspiel der Favarts es getan hatte. Dennoch beherrschten die Italiener auch weiterhin Europas Oper.

Da steht er auf den Brettern wie eine Pappel, die in den Himmel ragt, und läßt sich feiern: Caffarelli, der Liebling von Paris.
Er bewegt sich kaum, der Starkastrat. Er klebt an der Rampe, rudert ein bißchen mit den Armen und singt »wie ein junger Gott«.
Il divo – der Göttliche!
Seine Bewegungsunfähigkeit kommt vom Rheumatismus. In Rom hatte er, aus Furcht vor einem eifersüchtigen Ehemann, eine Nacht in einem leeren Brunnen verbringen müssen.
Caffarelli gibt sich auch in Paris als Frauenheld.
La Grande Dauphine lädt ihn zu sich ein. Herzoginnen und Baronessen sind hingerissen, als er sich mit dem Poeten Ballot duelliert und ihn dabei verwundet. Der gewisse Feuerblick des Kastraten führt dazu, daß die Frauen ständig Tränen in den Augen haben, so als wollten sie den Brand löschen.
Die Damen des Pariser Hofes, so berichtet Jules Janin, behandeln ihn wie ein großes Kind, das zwar reizend, aber erotisch ungefährlich ist. Eine dieser Damen empfängt ihn beim Lever, vormittags also, zur Ankleidezeit im Boudoir.
Caffarelli kann der Verlockung des Augenblicks nicht widerstehen: Er schaut sich wie Orpheus nach der schönen Eurydike um.
Und schon naht das Verhängnis!
Während er vor der Dame kniet, ihr Négligee an den

Mund rafft und es küßt, meldet die Zofe die Ankunft seines Vaters.

Caffarelli stöhnt auf. Der ganze Jammer des Impotenten überfällt ihn. Er, der göttliche Prahler, der eingebildete Liebesheld, muß sich ausgerechnet jetzt, in dieser verzückten Sekunde, an seine Herkunft erinnern lassen!

Der Vater also! Ein armer Landarbeiter aus Bari, der Mann, der ihn an den Wundarzt in Norcia verkaufte und sich nun nach Paris durchgebettelt hat, um seinen Sohn, den Opernmillionär Caffarelli, abzukassieren . . .!

Blindwütend greift der Kastrat zum Degen. »Denk an den Henker von Norcia!« ruft er und sticht zu.

Die Dame im Négligee fällt seufzend in Ohnmacht.

Eine Stunde später fragt König Ludwig XV. seinen Polizeileutnant: »War es Mord?«

»Nicht ganz. Der Vater atmet noch.«

Der König denkt drei Sekunden nach. Dann: »Verhaftung erst übermorgen!«

Vorsichtig läßt er bei Caffarelli anfragen, was er ihm schenken dürfe.

Antwort: Ein Autograph des Monarchen!

Louis begreift: Er schickt dem Kastraten einen für drei Tage gültigen Paß mit eigenhändiger Unterschrift; damit wird er über die Grenze kommen. Zum Paß läßt er ein in Diamanten gefaßtes königliches Porträt legen.

Ungeschoren verläßt Caffarelli das Königreich Frankreich.

Dies noch: Am Ende seiner Karriere war Caffarelli so reich, daß er sich das Herzogtum Santo Dorato am Golf von Neapel kaufen konnte. Er ließ den alten Palast abreißen, baute einen neuen und nannte sich fortan *Duca di San Dorati.*

Wie ein generöser Musenfürst lebte der entmannte Herzog noch über zwei Jahrzehnte lang auf seinem Besitztum. Er zeigte sich wohltätig, gnädig und kultiviert. Er liebte es, umschwärmter Mittelpunkt großer Gesellschaften zu sein, und genoß sein Leben, so gut es ging.

1783 starb Caffarelli im Alter von achtzig Jahren.

Sein Neffe erntete Titel, Schloß und millionenschweren Schmuck. Dazu eine Jahresrente von vierzehntausend Golddukaten.

5 Quartetto Italiano

»Jetzt, wo Himmel, Erde und Wind schweigen«, heißt es in einem Madrigal von Claudio Monteverdi, »wache ich, denke ich, brenne ich! Und die mich martert, habe ich vor Augen als meine süße Qual . . .«

Italien, Land der Opernsänger und der Sängeroper. Primadonnen und Kastraten streiten über das ganze 18. Jahrhundert hinweg um die Siegespalme. Sie allein fühlen sich als handelnde Personen, erhaben über Librettisten, Komponisten und Kapellmeister. Indem sie ihre Arien nach eigenem Geschmack mit Trillern und Koloraturen verzieren, geben sie sich als originäre ›Schöpfer‹ der Oper aus. Tonsetzer, die es wagen, Ausschmückungen schon in die Notenblätter zu schreiben, werden gerügt.

»Es ist eine Beleidigung für die Sänger«, protestiert der Kastrat Tosi, »daß die Komponisten dies schriftlich ausführen, statt es den Sängern zu überlassen.«

Die Sänger, die Sänger!

Arkadische Fabelwesen sind sie, anbetungswürdige Monstren. Wie natürliche Töchter des Orpheus führen sie sich auf, wie Halbgötter, die auf Erden wandeln.

Ihre Verträge mit den irdischen Machthabern werden als Haupt- und Staatsangelegenheiten behandelt. Oft genug führen sie zu politischen Verwirrungen, ja zu gefährlichen Krisen.

Herzog Ferdinando Carlo von Mantua drohte dem sächsischen Kurfürsten mit einer Strafexpedition, weil er ihm seine Primadonna Margherita Salicola abgeworben hatte. Die Sängerin war dem Sachsenfürsten heimlich gefolgt. Komplizierte diplomatische Bemühungen waren nötig, um den Streit beizulegen.

Königin Christine von Schweden stritt wegen der Kastraten Ciccolino und Bianchi so zäh mit dem Turiner Hof, daß die Affäre zur Geheimen Kabinettsache erklärt wurde. Die starkknochige Schwedin galt als außerordentlich resolut und kampfentschlossen – und das keinesfalls nur, weil sie dem Papst in Rom beim Händeschütteln einen Fingerknochen gebrochen hatte. Die Turiner zogen es jedenfalls vor, im Streit mit Königin Christine nachzugeben.

Herzog Vittorio Amadeo von Savoyen bot dem Kurfürsten von Bayern seine Sänger-Favoriten als Tauschobjekt gegen zwei Regimenter Soldaten an, die er dringend für einen Krieg brauchte.

Zu einem besonderen Politikum wurde die Primadonna Giorgina. Als der Herzog von Mantua höhnte, Rom besitze nichts Wertvolleres als diese Sängerin, ließ Papst Innozenz XI. sie verhaften. Doch es nützte ihm nichts: Fanatische Opernfreunde befreiten die Giorgina aus dem

Gefängnis. Und die damals in Rom weilende Schweden-königin Christine setzte sogar durch, daß die Giorgina im ›Teatro Tor di Nona‹ auftreten durfte. Der Papst kapi-tulierte.

Nach dem Tod ihrer schwedischen Gönnerin ging die umstrittene Primadonna ins Königreich Neapel, das da-mals von Spanien beherrscht wurde. Mit ihrer Schwester zusammen lebte sie eine Weile am Hofe des Vizekönigs Medinacoeli. Als Rebellen den spanischen Vizekönig ver-jagten, folgte die Giorgina ihm ins Gefängnis. Medina-coeli starb hinter Kerkermauern, die Primadonna aber wurde von einem unbekannten Helden, der ihren Dank für die Rettung zu schätzen wußte, befreit.

Ende der Geschichte: Die Giorgina tauchte mit ihrer Schwester zusammen im warmen Nest einer neapolitani-schen Wohltäterin unter; die alleinstehende Sappho nahm die beiden als Nichten in ihr Haus.

Italiens frühe Operngeschichte ist voll von solchen Aben-teuern. Die Leitmotive waren stets die gleichen: Liebe, Geld und Ruhm. Gelegentlich kam ein tiefverwurzeltes Machtstreben hinzu.

Und ab und an auch Kunst.

»Kunst?« Der junge Chevalier zieht ein Schnupftuch aus dem Jabot und tarnt damit sein Lachen. »Künstlichkeit!« sagt er dann. »Künstlichkeit wäre ein besseres Wort.«

Sein karmesinrotes Ordensband wirkt nagelneu, seine Spitzenmanschetten verraten Modegeschmack. Wenn jetzt jemand käme und ihn ohrfeigen würde – der Chevalier stände in einer einzigen weißen Puderwolke da.

Grund zum Ohrfeigen gäbe es genug, denn dieser sieben-undzwanzigjährige Beau heißt Giacomo Casanova!

Er ist der Sohn einer Primadonna. Seine Mutter, ›La buranella‹ genannt, kennt fast alle großen Bühnen Europas. Er selbst, der junge Casanova, kennt sich ebenfalls in Opernhäusern aus. Als Fiedler im ›Teatro San Samuele‹ hat er sich sein erstes Geld ergeigt. Besser als im Orchesterschacht aber kennt er sich im Ankleidezimmer der Primadonnen aus.

Und genau dort steht er jetzt und lacht.

Über einer vergoldeten Stuhllehne hängen die Kleider des geheimnisvollen Bellino: Jabot, Hose, Kniestrümpfe, Hemd – alles das, was er zu tragen pflegt.

Das Publikum kennt Bellino als Kastraten für Männerrollen im Altfach. Casanova aber weiß es besser. Er kann darauf schwören, daß Bellino kein Kastrat ist, sondern eine Sängerin: eine junge Frau namens Teresa.

Giacomo Casanova, passionierter Augenzeuge seiner Zeit, hat im Jahre 1752 zu Ancona, mitten im Kirchenstaat also, nicht nur Bellino, sondern auch sein Geheimnis enthüllt: Teresa!

»Weil Frauen auf unseren Bühnen noch immer verboten sind«, sagt die kleine Opernpartisanin, »habe ich mich eben als Bellino getarnt.«

»Und keiner hat den Schwindel bemerkt?«

Teresa zuckt die Schultern. »Ich bin nicht selbst auf diese Idee gekommen. Mein Gesangslehrer hat mir dazu geraten: Felice Salimbeni.«

Dieser Salimbeni – es lohnt sich, das an dieser Stelle zu bemerken – war einer der berühmtesten Kastraten seiner Zeit. Er debütierte in Mailand, sang am Wiener Hof und glänzte dann sieben Jahre lang an der Hofoper Friedrich des Großen in Berlin. Sein Freund Pietro Metastasio, Italiens Opernpapst, beschrieb ihn so: »Er hatte blondes Haar, schwarze Augen, schöne rote Lippen. Sein

Blick war bescheiden; er errötete oft, und süß war seine Stimme.«

»Ja, er war mein Geliebter«, gibt Teresa schließlich zu. »Ich war damals jung und verstand nichts. Außer mir hatte Salimbeni noch einen Schüler namens Bellino, er starb sehr jung. Salimbeni gab den Namen an mich weiter und ließ mich damit im Kirchenstaat auftreten – als Kastrat.«

Täuschungen wie diese kamen damals häufiger vor. Erfahrene Priester nahmen sich deshalb gelegentlich das Recht, die Sänger auf Haut und Haar zu untersuchen. Kardinal Lancelotti mußte sich zum Beispiel sagen lassen: »Eminenz haben viel Übung in der Kunst, jungen Männern die Hosen anzuziehen!«

Teresa, so scheint es, verfügte über genügend weibliche Mittel, um diese Prüfungen zu bestehen.

1750 war Salimbeni als Neununddreißigjähriger an der Schwindsucht gestorben. Teresa blieb bei ihrer Kastratenrolle und trat nun gemeinsam mit ihrem Bruder Petronio im Theater von Ancona auf.

Petronio war als Tänzerin engagiert.

Diese Zustände sollten noch lange andauern.

Fast dreißig Jahre später schrieb ein prominenter deutscher Tourist ins Tagebuch seiner Italienreise: »Die neueren Römer haben eine besondere Neigung, bei Maskeraden die Kleidung *beider* Geschlechter zu verwechseln.«

Der große Verkleidungsspaß der Italiener steckte auch ihn an – er verkleidete sogar seinen Namen. Jean Philippe Möller à Rome nannte er sich und gab vor, Maler zu sein.

Lüften wir seine Maske: Es ist Johann Wolfgang von Goethe.

Bei seinem Aufenthalt im Kirchenstaat hatte er immer

wieder Kastraten in Frauenrollen angetroffen. Dabei stellte er einen ganz bestimmten Kunsteffekt fest: »Man empfand hier das Vergnügen, nicht die Sache, sondern ihre *Nachahmung* zu sehen, nicht durch Natur, sondern durch Kunst unterhalten zu werden.«

Indem Goethe sein Augenmerk nicht auf kreatürliche Hintergründe, sondern allein auf das dramatische Resultat richtete, mutet uns sein Urteil fast brechtisch an. Aber auch im altgriechischen Sinne traf er den Kern: *Nachahmung* – so war es ursprünglich gedacht!

Der Franzose Honoré de Balzac schilderte den römischen Geschlechtertausch wesentlich realistischer. In seiner Novelle *Sarrasine* berichtet er von einem Bildhauer, der sich im ›Teatro Argentina‹ zu Rom in eine Sängerin verliebte; in einer erzwungenen Liebesstunde entpuppte sie sich als Kastrat Zambinella.

»Lieben, geliebt werden«, stöhnte der Bildhauer, »leere Worte ohne Sinn für mich! Immerzu werde ich an dieses Weib denken, das es nicht gibt, wenn ich es wirklich sehe . . . Ungeheuer!«

Am Schluß der Novelle läßt Balzac den Bildhauer unter den Dolchen einer Mafia des Kardinals Cicognara verbluten.

Kardinäle wie dieser, offene Förderer ihrer verschnittenen Günstlinge, tauchen immer wieder in jener Literatur auf, die sich mit den Zuständen im Kirchenstaat des 17. und 18. Jahrhunderts beschäftigt.

Zumindest genauso stark aber machten sich Stimmen wie die des Papstes Clemens XIV. bemerkbar. Eine starke Abneigung gegen das Kastratenunwesen mag diesen Papst dazu veranlaßt haben, sogar die Frauen zum Widerstand aufzufordern. Etwa 1772 empfahl er ihnen, »zur Ausrottung einer Gewohnheit beizutragen, die, wenn sie allgemeiner werden sollte, die Herrschaft fraulicher Reize und selbst ihre ganze Uns so schätzbare Existenz völlig unnütz machen würde.«

Diese Aufforderung aus dem Lateran kam reichlich spät. Die Primadonnen waren schon seit Jahrzehnten dabei, die »Herrschaft fraulicher Reize« zu verteidigen.

Voran die Altistin Vittoria Tesi.

Wagner hätte sie sicher als Walküre engagiert: weil sie so groß und füllig war, eine hünenhafte Frau mit Herr-scherblick und tiefer Glockenstimme.

Vittoria Tesi, leidenschaftliche Florentinerin vom Jahr-gang 1700, war eher interessant als schön zu nennen. Als eine der ersten italienischen Primadonnen zog sie sich Männerhosen an.

»Wer uns die Frauenrollen stiehlt«, sagte sie mit Feuer-blick auf die Kastraten, »der sollte sich nicht wundern, wenn wir nach Männerrollen greifen!« Sprach's und sang auf der Bühne »mehrenteils solche Arien, wie man sie für Bassisten zu setzen pflegte«. So jedenfalls drückte es Johann Joachim Quantz aus.

Der Applaus des Publikums und das Bravo der Kollegin-nen gaben der Tesi recht. Ihr Beispiel machte Schule. Die Hosenrolle wurde zum Fanal einer fast ›gewerkschaft-lich‹ zu nennenden Widerstandsbewegung. In Männer-hosen demonstrierten die Damen der Oper ihr Recht auf ungehinderte Berufsausübung.

Ansonsten aber war Vittoria Tesi durch und durch Frau. Ihre Erotik war keineswegs von Pappe.

Georg Friedrich Händel, wir erinnern uns, hatte eine Affäre mit ihr, als sie kaum siebzehnjährig war. Ein Graf aus Parma wurde von ihr so strapaziert, daß auf Wunsch der Familie die Regierung eingreifen mußte.

Bologna, Mailand, Dresden oder Wien – die Tesi hatte auf den Bühnen zwar die Hosen an, im Privatleben aber zog sie ein unerhört munteres Strumpfbandregime auf.

Obwohl sie selbst Musterschülerin aus der berühmten Gesangsschule des Kastraten Bernacchi war, tat sie alles, um die Macht der singenden Halbmänner zu untergraben.

Ausnahme dieser Lebensregel: Farinelli, »der größte Sänger aller Zeiten«.

Unter der gleißenden Sonne dieses Kastratengenies schmolz selbst die Tesi wie eine Handvoll Schnee zusammen. Geschehen zu Madrid im Jahre 1747.

Spanien, züchtig, Hemd bis zum Hals.

Nichts ist ausgezogen. Die Körper stecken in schwarzen Futteralen. Reifröcke wie Tonnen beschützen die Moral. Unsichtbar brennt das Feuer in den Eingeweiden.

Die Frauen sind Königinnen oder Sklavinnen, keinesfalls vernünftige Wesen. Unter ihrer dicken Schminke aus Eiweiß, Weizenmehl und kandiertem Zucker ist kein Mienenspiel erkennbar.

Den halbwüchsigen Infantinnen werden Bleiplatten auf die Brust geschnürt, um den Busen zu dämmen. Unter der Last ersticken die Seufzer. Nur blöder Gehorsam bleibt übrig, Etikette.

Anna von Österreich: »Ich wäre lieber der letzte Name in Graz als Königin von Spanien.«

Aber die Oper!

Gold und Weihrauch, Purpur und Juwelen. Glanz ohnegleichen. Ein prunkvoller Käfig für die teuersten Nachtigallen der Welt.

Farinelli ist ihr Direktor. Farinelli, der Kastrat.

Oberster Herr ist der Bourbone Philipp von Anjou, ein

Enkel Ludwigs XIV. Er ist König, gewiß. Im übrigen aber manisch-depressiv. Stumpfsinnig bis zur Handlungsunfähigkeit.

Ergo: Die Inquisition herrscht.

Sie herrscht wie in der Zeit des finsteren Torquemado, der 10 220 Hexen auf den Scheiterhaufen stellte.

Die Tür des goldenen Nachtigallenkäfigs öffnet sich. Die Tesi fliegt ein, Farinelli zuliebe.

Dann schlägt die Tür wieder zu.

Vittoria Tesi brachte einen Käfig in den Käfig ein – einen Vogelbauer, in dem ein Papagei saß.

Die Sache mit diesem Papagei klingt so unwahrscheinlich, daß sie einen Augenzeugen braucht. Der Wiener Rokoko-Komponist Karl von Dittersdorf hebt die Schwurhand und spricht: »Ich habe ihn selbst gesehen, diesen außerordentlichen Vogel! Vorzüglich amüsant war es, sobald der Papogoy seine Lache aufschlug. Die ganze Gesellschaft mußte dann schlechterdings mitlachen ...«

Der bunte Vogel hockte im Empfangszimmer der Primadonna; bei großen Abendgesellschaften war er Mittelpunkt des allgemeinen Interesses.

»Spricht er?« wollte ein Spanier wissen.

»Aber ja!« lachte die Tesi und klingelte sogleich der Kammerzofe, damit sie Biskuits bringe.

Der mit Biskuits dressierte Papagei beantwortete alsdann alle Fragen, die die Primadonna ihm stellte, und die Spanier glaubten, der komische Vogel habe tatsächlich Menschenverstand.

Zwei schwarze Granden mit Don-Carlos-Bärten, die in der Fensternische standen, witterten Zauberei. Als der Vogel gar noch zu lachen anfing, fühlten sie sich tief beleidigt und verließen das gastliche Haus der Primadonna.

FAUSTINA·HASSE
Virtuosa di Camera di S. Altà il Re di
Polonia Elettore di Sassonia ↑↑↑

Vorherige Seite: Der Sopranist Carlo Broschi, genannt Farinelli, gilt als »bester Sänger aller Zeiten«. Vor ihm kapitulierten die Primadonnen

Italien, das klassische Land der Primadonnen, sandte von Beginn an seine »Ersten Damen« in die großen Opernhäuser Europas
Faustina Bordoni, die »Neue Sirene« der Barock-Epoche, heiratete den deutschen Komponisten Johann Adolf Hasse aus Bergedorf bei Hamburg

Angelica Catalani wurde zur tonangebenden Empire-Primadonna, zum bejubelten Star der Kaiser und Könige

Lavinia Fenton, die Primadonna der Londoner Beggar's Opera, wurde zur Herzogin von Bolton (Gemälde von William Hogarth)

Der Kastrat Francesco Bernardi aus Siena, genannt Senesino, mit Notenblatt aus »Julius Cäsar« von Händel. (Schabkunstblatt von Alexander Vanhaecken, 1735)

Frankreichs legendäre Skandal-Primadonna La Maupin

Eine Opernloge im französischen Rokoko (nach J. M. Moreau jr. 1730)

Gertrud Elisabeth Schmeling-Mara aus Kassel, die Assoluta Friedrichs II. von Preußen (»Nachtigall von Sanssouci«)

G: E: Mara. neé Schmeling.

Aloysia Lange, geb. Weber als Zemire (Grétry). Mozart war in sie verliebt, heiratete dann aber Aloysias Schwester Constanze (Bild von Joh. Esaias Nilson, 1784)

Die französische Soubrette Marie Favart im Kostüm der Bastienne nach dem »Dorfwahrsager« von J. J. Rousseau (Bild links)

In der gleichen Nacht noch – die Gesellschaft war fort und die Tesi saß allein im Raum – erschienen zwei unbekannte Mannsleute, blaß und kaltäugig, mit Mühlsteinkragen. Grußlos zeigte einer von ihnen auf den Vogelbauer: »Ist er das?«

»Wer sind Sie?« fragte die Primadonna und merkte, wie ihr das Blut aus den Adern wich.

»Diener der heiligen Inquisition. Der Großinquisitor hat befohlen, daß Ihr Papagei der Inquisition übergeben wird.«

Da war jeder Protest sinnlos.

Die nächtlichen Besucher griffen sich den bunten Vogel, steckten ihn in einen Beutel und verschwanden.

Die Tesi weinte.

Am nächsten Tag ließ sie anspannen und fuhr zu ihrem Landsmann Farinelli. Sie erzählte ihm den Vorfall und gab zu bedenken, daß sie nicht auftreten könne, solange die Inquisition ihren geliebten Papagei mit dem Scheiterhaufen-Tod bedrohe.

Farinelli: »Weine nicht, Vittoria, ich werde mit dem König sprechen. Wenn die Hof-Administration den Papagei zur wichtigen Staatsperson erklärt, besteht Aussicht, daß du doch noch in der Oper auftrittst.«

Die Tesi, unter Tränen: »Bist du so mächtig, Carlo?«

Exzerpt aus der Inquisitionsakte über den Kastraten Carlo Broschi, genannt Farinelli, zur Zeit Direktor der Oper im Palast Buen Retiro zu Aranjuez:

Geboren 1705 zu Andria in Italien, Sohn eines Müllers. Gibt Reitunfall im 7. Lebensjahr als Grund für Kastration an. Sehr erfolgreiche Auftritte als Opernsänger in Rom, Wien und London. In Paris erreichte ihn der Ruf der Königin von Spanien.

Auf Vorschlag seines Freundes Pietro Metastasio, welcher in Wien dem deutschen Kaiser dient, berief F. die Sängerin Vittoria Tesi nach Madrid. Hierselbst teilte F. dem König von Spanien mit (zitiert nach Geheimbericht des Ohrenzeugen *Timbal*): »Ich bin so entzückt von ihr, daß ich mein Lebtag lang mit keiner anderen Sängerin auftreten möchte.«

Der König genehmigte eine hohe Pension sowie Nippes, Juwelen, Perlenketten . . .

Es steht zu bedenken, ob die im Ruf einer ›angenehmen Schmeichelei‹ und ›besonderer Vorliebe für Mannsrollen‹ stehende Italienerin Tesi der Heiligen Inquisition auf die Dauer genehm sein kann oder ob sie im Hinblick auf Gottesfurcht, Anstand und Dezenz als schädlich zu bewerten ist . . .

Nach acht Tagen wurde der Papagei wieder entlassen. »Jetzt habe ich Hunger!« beschwerte er sich bei seiner Herrin.

Die Tesi, überglücklich, fütterte ihn mit Biskuits und dankte Farinelli für die noble Rettungstat: »Du hast mir mein Liebstes zurückgeschenkt, Carlo!«

Dann erfüllte sie ihre Pflicht im Königlichen Opernhaus und verließ ohne Zögern das seltsame Königreich Spanien und ihren Kollegen, den Kastraten Farinelli.

Wie war es dazu gekommen, daß ein italienischer Kastrat soviel Einfluß am spanischen Hof besaß?

Farinelli galt als Genie. Seit seinem siebenundzwanzigsten Lebensjahr war er international berühmt – vor allem durch das sogenannte ›Triller-Duell‹ mit einem deutschen Trompeter. Der Kastrat hatte mit diesem Trompeter zusammen einen Terztriller auf einer Fermate angeschlagen. Als dem Instrumentalisten längst der Atem ausgegangen war, besaß Farinelli immer noch genügend Atem, um die Fermate mit einem strahlenden Schwellton so lange fortzusetzen und mit Koloraturen zu verzieren, bis das Publikum ihn mit jubelndem Beifall vor dem Erstickungstod bewahrte.

Farinelli – auch das wußten Europas Opernfreunde – war von den großen italienischen Lehrern Porpora und Bernacchi wie eine feinmechanische Gesangsmaschine eingerichtet worden. Er verfügte über einen Stimmumfang von mehr als drei Oktaven. Die Zuhörer wurden fast ver-

Farinello in abito
(da Viaggio, che riceueua i Complimenti
p̃ la’una partenza)
nell’anno

Der Kastrat Farinelli (zeitgenössische Karikatur)

rückt vor Begeisterung, wenn er seine himmelhohen Notenkaskaden über sie ergoß. Farinelli stand im Ruf eines ausgemachten Zauberers.

»Wir brauchen diesen Zauberer!« sagte Königin Elisabeth von Spanien im Jahre 1737 und bestellte Farinelli nach Madrid.

Der berühmte Sopranist, schlank, übergroß und durchaus männlich im Auftreten, wurde an das Krankenbett des Königs geführt und erschrak: Philipp V. von Spanien war gemütskrank! Er gab sich kindisch, eigensinnig, hypochondrisch. Ein selbstzerstörerischer Stumpfsinn fesselte ihn Tag und Nacht ans Bett. Der König schlief nicht, las nicht, und er regierte auch nicht. Ja, er war noch nicht einmal bereit, die obligaten Unterschriften zu leisten. Nur der Mitternachtsmond lockte ihn gelegentlich aus den Seidenkissen.

Hellwach und vom Echo seiner eigenen Schritte verfolgt, irrte er dann durch die Zimmer und Korridore seines riesengroßen Schlosses und schaute durch alle Fenster den Mond an.

»Beruhigen Sie ihn«, forderte die Königin Farinelli auf. »Singen Sie ihm etwas vor. Und dann nennen Sie mir Ihren Preis.«

Farinelli stellte sich kurz vor Mitternacht in einen Nebenraum des königlichen Schlafgemachs und sang. Vier wunderbar ruhige Arien erklangen; zwei davon stammten aus der Feder des Bergedorfer Komponisten Johann Adolf Hasse, eine weitere Arie, die Nachahmung eines langandauernden Nachtigall-Gesangs, war von Farinelli selbst komponiert worden.

Der König erwachte aus seiner trüben Seelendämmerung, begann zu lächeln und fragte nach dem Barbier: »Er soll mir den Vollbart scheren . . .« Ein gutes Zeichen!

»Señor Farinelli, Sie sind unentbehrlich geworden«, sagte die Königin. »Bleiben Sie hier! Singen Sie dem König ab jetzt regelmäßig diese vier Arien vor. Bleiben Sie!«

Farinelli blieb: zweiundzwanzig Jahre lang!

Zehn Jahre davon sang »die schönste Stimme der Welt« dem verrückten König von Spanien Nacht für Nacht die gleichen vier Arien vor – insgesamt dreitausendfünfhundertmal!

Kein Wunder, daß Farinelli auf diese Weise nicht nur reich, sondern auch mächtig wurde. Spanien nannte ihn bald die ›Graue Eminenz des Monarchen‹.

1746 starb Philipp V.

Sein Nachfolger Ferdinand VI. und seine Frau, die portugiesische Prinzessin Barbara, waren ebenfalls gemütskrank. Farinellis Macht blieb ungebrochen. Er kümmerte sich um die Annäherung Spaniens an England und Österreich, er ließ Flüsse regulieren, Sümpfe trockenlegen und Schiffe bauen. Er organisierte die Königliche Oper, befreite den Papagei der Tesi und wurde schließlich in den exklusiven Ritterorden von Calatrava aufgenommen.

Bei allem zeigte er sich nobel und liebenswürdig – hilfsbereit, wo immer er konnte.

Im August 1758, als Königin Barbara starb und König Ferdinand endgültig in Schwachsinn verfiel, drohte auch Farinelli der Melancholie zu erliegen. Karl III., Spaniens neuer König (er sank erst kurz vor Lebensende in geistige Umnachtung) ließ dem Kastraten bescheinigen, »daß er das Zutrauen der vorigen Könige nie mißbraucht, sondern seinen Kredit nur dazu verwendet hat, jedem so viel als möglich Gutes zu tun«. Dann entließ er ihn.

Damit endete die Sarabande.

Gekränkt und verbittert zog Farinelli sich in die ›goldene Einsamkeit‹ zurück. Als vielfacher Millionär verbrachte er auf einem Herrensitz in Bologna seine letzten Tage.

Gelegentlich empfing er noch Briefe von Vittoria Tesi.

Die berühmten Hosenrollen-Auftritte dieser Frau, ihre leidenschaftlich gurrenden Kantilenen im Altregister und das ständige Feuerwerk ihrer Augen hatten die Begierde eines alten Grafen so aufgestachelt, daß dieser sie um jeden Preis – Geld oder das Leben – zur Frau begehrte. Die Tesi, als Opernsängerin hart am Status einer Kurtisane, sah nur einen einzigen Weg, dieser Nötigung zu entfliehen: sie forderte den Theaterfriseur Tramontini auf, ihr Titularmann zu werden, nahm ihm das Versprechen ab, auf alle ehelichen Rechte zu verzichten, und trat mit ihm vor den Traualtar.

Sie blieb kinderlos bis zu ihrem Tod im Jahre 1775.

Farinelli hingegen setzte alles daran, um seinen Familiennamen am Leben zu erhalten. Er bestimmte seinen Neffen als Erben, vermählte ihn mit einer jungen, hübschen Bologneserin und trug den beiden jungen Leuten auf, den Namen Broschi auf die nächste Generation zu übertragen.

Doch als der Ehemann wenig später auf Reisen ging, erwachte in Farinelli plötzlich eine unbezähmbare Leidenschaft; die alte Wunde begann zu brennen. Er warf sich vor die Füße der hübschen Bologneserin und stöhnte: »Ich möchte mein ganzes Vermögen, ja meine Seligkeit opfern, nur um einige Tage in Liebe mit Ihnen zu verbringen!«

Angewidert wies die junge Frau den Kastraten zurück.

Farinelli starb als Siebenundsiebzigjähriger in Bologna.

Quartetto italiano: Finale.

Die Giorgina war eingesperrt worden, weil man sie als römische Primadonna über den Papst gestellt hatte. Als ›verbotene Frau‹ geriet sie auf den Weg des Abenteuers.

Teresa, ebenfalls verbotene Frau im Kirchenstaat, tarnte sich als Kastrat und mußte ein Leben lang ihr Geschlecht verleugnen.

Vittoria Tesi vermochte mit ihren Hosenrollen nur senile Geschlechtsgier zu wecken und floh in eine unfruchtbare Titular-Ehe.

Farinelli, der größte aller Kastraten, verschwendete sein Genie zehn Jahre lang an einen Schwachsinnigen und verzweifelte schließlich an seiner Impotenz.

Quartetto italiano: vier für mindestens viertausend!

6 Die Oper kommt nach Deutschland

»Dies schöngeglättete Jahrhundert«, schrieb Musenfürst *Karl Theodor von der Pfalz* 1756 an Voltaire, »scheint mir Ähnlichkeit zu haben mit Sirenen, deren obere Hälfte sich als reizende Nymphe zeigt, während die untere in einen grausigen Fischschwanz ausläuft.«

Kutschen rollen über die Alpen, vergoldet und parfümiert, abenteuerlich bepackt.

Opernleute aus Italien sitzen darin: Primadonnen und Kastraten, Impresarii, Maschinenmeister, Maler, Musiker, Tänzer.

Nach Norden geht's – nach Deutschland!

Der italienische Opernaufmarsch, ein wahrer Alpenzug nach Noten, ergießt sich in ein leergebranntes, entmutigtes Land. Der Dreißigjährige Krieg hat ein Drittel der Bevölkerung getötet, er hat Hungersnot und Seuchen hinterlassen, kulturelle Agonie.

Hundert absolutistische Reichsfürsten und fünfzehnhun-

dert kleine ›Zaunkönige‹ regieren das Land. Kein Gauk-
lergewand kann so buntgeflickt sein wie die deutsche
Duodez-Landkarte.

Ununterbrochen rollen die Kutschen.

Ab und an geht ein Rolladen hoch, eine Tür stößt auf,
und dann tönt ein bißchen Kolloratur als Vorschuß auf
künftige Freuden, ein appetitlicher Ohrenschmaus, süß
und befremdlich.

Die Menschen, die hierzulande nur jene Sprache benutzen, die Kaiser Karl V. mit seinem Pferd sprach, hören
neugierig zu. Und einige lächeln auch.

Andere nehmen die Wäsche von der Leine.

»Lateinische Maul- und Klauenseuche«, schimpfen sie,
»welscher Quark« und »Kapaunengelächter«. Heinrich
Fuhrmann aus Cölln am Rhein schreibt in seiner *Satans
Capelle* die eifernden Worte: »Was denn in Italien nichts
taugt und das Land dort ausspeyet, das kommt zu uns
gelauffen. Ja, diese Italiänische abgöttische Marienknechte
sind im Hertzen Erbfeinde und Spötter!«

Dabei fahren sie gar nicht nach Cölln, die Welschen! Sie
streben ins Urstromtal des Elbsandsteingebirges. Sie suchen wie Nixen an Land ihren Fluß und bauen am Ufer
der Elbe ihr Nest.

Dresden heißt sie willkommen!

Kurfürstliche Insel Cythere, glatt und weich wie eine
Bemme, sandsteinblondes Freudenland der Venus, Elbflorenz, Monstropera mitten in Sachsen!

Vor dem Gasthof ›Zum weißen Hirsch‹ hält eine Kutsche. Eine italienische Sängerin steigt aus, hübsch und
schlechtgelaunt. Die allzu lange Reise hat ihre Magen-
nerven ruiniert. Hinter ihr erscheint, als Anstandsdame,
ihre Frau Mutter.

»Mutter . . .?« knurrt der Wirt. »Kupplerin!« Er kennt sich aus.

Noch eine Kutsche hält. Noch eine Sängerin steigt aus, häßlich und gutgelaunt. Kein Wunder: ihr Bruder reiste mit ihr.

»Bruder . . .?« Der Wirt zuckt die Schultern. »Zuhälter!« Dann wendet er sich an den Impresario des Kutschentrupps: »Wie isses eigentlich: Zahln Sie oder der Herr Kurfirsch?«

Der Impresario, des Deutschen nicht mächtig, antwortet mit strahlendem Lachen: »Mißreißen, begeistern, erschüttern!« Es ist das Reklamewort seiner Truppe; er hat es auswendig gelernt und sagt es jedem, der etwas von ihm wissen will.

Der Wirt schüttelt den Kopf: »Is das ein Deader!«

Ein großes, ein welthistorisches Theater!

Dresden eröffnete auf Befehl des sächsischen Kurfürsten im Jahre 1662 das erste Italienische Opernhaus auf deutschem Boden.

Premierenprogramm: *Il Paride,* ein musikalisches Drama aus der Feder des Kastraten Giovanni Bontempi. Dreißig Solisten und mehrere Chöre auf der Bühne, dazu ein gewaltiger Kulissenzauber. Die Vorstellung dauerte von neun Uhr abends bis zwei Uhr früh.

Kosten: 300 000 Taler – die Rechnung vom ›Weißen Hirschen‹ nicht einbezogen (sie blieb unbezahlt).

»Mitreißen, begeistern, erschüttern« – das Prinzip zündete! Die hohen Herrschaften, der Kurfürst und seine Damen, die Kavaliere und Offiziere, waren entzückt.

»Großartig! Weider so!« befahl Sachsenfürst Johann Georg dem Impresario. Der antwortete mit dem bekannten Spruch und hatte damit das Nötigste getan.

Unter August dem Starken, vier Jahrzehnte später also, strahlte die italienische Oper wie ein Kronleuchter über ganz Deutschland.

August, der ›Verschönerer, Bezauberer, Beglücker‹, übernahm die Regierung im Jahre 1694. Er war Kurfürst von Sachsen und König von Polen zugleich und schätzte die sogenannten ›schönen Dinge‹ höher als den Krieg ein. Ein Kraftkerl des Friedens war er (mit Ausnahmen), ein breitbrüstiger Held, der genauso aussah wie sein feuervergoldetes Denkmal am Neustädter Markt.

Lange Kerls besaß er nicht, dafür aber beachtliche Liebesbrigaden: Türkinnen, Französinnen, Polinnen, Sächsinnen. Fürst August, so berichtete Liselotte von der Pfalz, »wird bald ein serail machen können von all seinen mätressen mitt ihren Kindern«.

August war auf friedliche Weise fruchtbar. Er setzte über dreihundert uneheliche Kinder in die Welt, so ungebrochen fleißig, als wolle er Sachsen selber bevölkern: Böttger, mach du nur scheen dein Porzellan, ich besorche inzwischen die Gundschaft!

An seinem Hof war immer etwas los: Schäferspiele, Karusselrennen, Maskeraden und Feuerwerk. Wasserspiele mit garantiert echten Najaden, Aufzüge heidnischer Götter und regelmäßig große Opern!

Ein permanentes Vergnügen!

Für das Kleid, in dem die Primadonna Albuzzi in der *Olimpiade* auftreten wollte, wurden sämtliche Tailleurs und Schneiderinnen von Dresden durcheinandergejagt. Als sie am Schluß allesamt erschöpft zusammenbrachen, ließ die Albuzzi das Kleid am Haken, hüllte sich in ein Stück Gaze und hatte damit den größten Erfolg auf der Bühne. Und später auch in den Boudoirs.

»Magnifique! Ich möchte auch mitspielen!« rief die schö-

August der Starke und seine Favoritin Aurora von Königsmarck

ne Aurora von Königsmarck, die prominenteste Favoritin des Kurfürsten.

Ein Wochenende später lenkte Aurora, angetan mit einem Hauch Bleu celeste, den Sonnenwagen Apolls durch den Park. Ein bezaubernder Anblick: perlweiße Zähne, weißgefärbtes Haar, rosé geschminkte Brustknospen, blaubemalte Zwergponys. Dreißig Mädchen sangen mit hellen Engelsstimmen *Dolce graziosa* dazu.

Auch die übrigen dem kurfürstlichen Bett attachierten Damen durften bald mitspielen: rechte Gabelbissen wie die Gräfinnen Cosel und Esterle oder die holde Frau von Hoym.

»Es lebe die Gunst!« rief August und meinte ›Kunst‹.

Die Opernkunst in Dresden erlebte über die folgenden Jahrzehnte hinweg eine Eskalation ohnegleichen.

Stagione-Truppen aus Venedig wurden große Mode. Opernkapellmeister Antonio Lotti und seine Frau, die Primadonna Santa Stella, kassierten dem sächsischen Kurfürsten jährlich 10 500 Taler ab; Thomaskantor Johann Sebastian Bach sollte bald darauf nur 700 Taler Salär empfangen.

Mit den Lottis zusammen kam der Kastrat Francesco Bernardi aus Siena, genannt Senesino, nach Dresden. Er wurde als ›Erster Sopran‹ geführt und galt allgemein als Stimmriese; nur wenige Kastraten besaßen eine so große und umfangreiche Stimme wie Senesino. Der Komponist Scarlatti hatte diesem wundersamen Halbmann eine Kantate gewidmet, deren überraschend hohe Sopranlage jede Primadonna zur Kapitulation gezwungen hätte.

Im Jahre 1719 kam es zu einem glanzvollen Höhepunkt des Dresdner Opernbetriebes. Anlaß dazu war die Hochzeit des Kronprinzen Friedrich August mit der Erzherzogin Maria Josepha, einer Tochter des Deutschen Kaisers. Dieser Vermählung war ein so hoher politischer Rang beigemessen worden, daß August der Starke dafür vom Kaiser das Goldene Vließ erhielt.

Die Fürstenhochzeit mußte angemessen verziert werden. Ein neuer prächtiger Musentempel, das größte deutsche

Opernhaus der Epoche, wurde zu diesem Zweck in Dresden eröffnet. Als Auftakt gab man *Giove in Argos*, eine Oper von Antonio Lotti.

Nach einem würdigen *Te Deum* mit anschließendem Festessen folgte das Defilee der ›Weltstars‹: die Primadonnen Santa Stella und Margareta Durastanti, die große florentinische Altistin Vittoria Tesi, der Kastrat Senesino, die französische Primaballerina Duparc und viele andere.

Die Gäste genossen das Schauspiel in vollen Zügen. Mehrere Tage lang dauerten die Feierlichkeiten.

Im Japanischen Palais wurde die *Serenade der sieben Planeten* aufgeführt; zu den Kehlkünsten der Primadonnen und Kastraten ließen die Maschinenmeister Wolken heranschweben, aus denen sich Götter schälten. Dann nahm die Hofgesellschaft in einigen Jagdzelten Platz, die am Elbufer aufgebaut waren. Eine antike Wasserschau begann; man sah Jason mit Drachen und Seeungeheuern kämpfen. Die Drachenzähne wurden in die Uferwiese gepflanzt – Tänzer wuchsen heraus!

Im bunten Flackerlicht eines Riesenfeuerwerks erschien Diana mit ihren Nymphen. Ein blumengeschmücktes Orchesterschiff begleitete die im kalten Elbwasser blaugefrorenen Damen.

Ansonsten: Marionettentheater, Tafelmusiken, zwei Venus-Ballette und ein Türkenfest mit dreihundert Janitscharen, Mohren und Heiducken.

Gegen Mitternacht Industriewerbung: im Pechfackelschein nahten 1500 Bergleute, schleppten gewaltige Erzbrocken heran, prägten Münzen daraus und schenkten sie den Gästen als Souvenir.

Draußen vor der Tür stand Händel.

Georg Friedrich Händel, Operndirektor in London, war

nach Dresden gekommen, um Stars abzuwerben. Und er schaffte es auch!

Die Durastanti hatte bereits unterschrieben. Senesino schwankte noch. Händel wartete.

Wenig später hatte Senesino Streit mit dem Dresdner Kapellmeister Johann David Heinichen. Er zerriß seine Noten und warf sie dem alten Mann vor die Füße. Der beschwerte sich.

August der Starke befand sich gerade in Warschau. Als ein Kurier ihm den Fall Senesino schilderte, befahl er, daß der aufsässige Kastrat verhaftet werde.

Doch bevor der hohe Befehl ausgeführt werden konnte, war Senesino schon nach London entflohen.

Karneval 1728: Preußenbesuch!

Soldatenkönig Friedrich Wilhelm I. erscheint mit seinem sechzehnjährigen Sohn Fritz. August der Starke führt den beiden Preußen die Dresdner Oper vor. Der Kronprinz staunt: Sachsens generöser Supermann verkehrt so intim mit den Musen, so hautnah und kokett, als wären sie allesamt seine Herzdamen!

So etwas kennt man nicht in Preußen.

Ein paar Tage später lädt August die ›preußischen Geizkragen‹ zum Kostümfest ein. Während der Sachsenfürst in festlicher Römertoga erscheint, tapsen seine Staatsgäste, Vater und Sohn, als zugeknöpfte Bauernlümmel über das Parkett. Eine Tanzpolonaise rauscht durch Spiegelsäle, China-Salons, Schlafräume und Boudoirs; sie endet in einem geheimnisvollen Raum.

Man verschnauft sich, wartet.

Plötzlich öffnet sich eine Tapetenwand und gibt den Blick auf ein Mädchen frei, das in paradiesischer Nacktheit auf einem Ruhebett liegt, reglos wie eine Wachspuppe.

Der Soldatenkönig mustert das Mädchen genau. Dann nimmt er seinen Bauernhut ab und hält ihn seinem Sohn vors Gesicht.

»So etwas kennt man nicht in Preußen!« sagt er.

Am nächsten Abend schreibt Friedrich Wilhelm einen Brief nach Berlin: »Ich bin in Dresden und springe und tanze, ich bin mehr fatiguiret, als wenn ich alle Tage zwei Hirsche toht hetze.« Über die Dresdner Oper steht nichts im Brief.

Kronprinz Fritz aber schwärmt ausdrücklich von der Oper! August der Starke freut sich darüber; er gibt ihm Quantz als Geschenk mit.

Johann Joachim Quantz, den Flötenlehrer!

Fritz, begeistert: »Ich werde nach Dresden zurückkehren! Ja, ich kehre zurück – ebenfalls mit Geschenken!«

Drei Jahre später kamen neue Operngäste aus Venedig.

Die berühmteste Primadonna ihrer Zeit erschien in Dresden: Faustina Bordoni!

Sie brachte ihren Mann mit, den Bergedorfer Komponisten Johann Adolf Hasse, einen glänzend aussehenden, hocheleganten Kavalier.

Humor schien dieser Hasse nicht zu haben, Gefühle wußte er zu verbergen. Er galt als Diplomat reinsten Wassers, bereit, mit jedem Teufel zu paktieren, wenn dabei nur ein paar schöne Arien herauslugten. Im Lauf seines Lebens – wir wollen das vorwegnehmen – schrieb er an die hundert Opern: die meisten Noten darin für den Zwei-Oktaven-Sopran seiner Frau. Gutdurchwachsene, bolzengerade, strammstehende Noten mit Köpfen wie Talerstücke: Primadonnenfutter für Faustina!

August der Starke gewährte dem prominenten Ehepaar 6000 Taler pro Jahr. Drei Jahre zuvor hatte Faustina in

London noch 2000 Pfund Sterling erhalten – das waren 12 500 Taler!

Die Hasses feierten in Dresden unerhörte Triumphe; sie entfachten einen Glanz, wie ihn das musenfreundliche Elbflorenz bis dato nicht erlebt hatte. In der Hasse-Oper *Ezio* erschienen vierhundert Statisten, einhundert Pferde, acht Maultiere, acht Dromedare, fünf Wagen und mehr als einhundert Tänzer und Tänzerinnen auf der Bühne.

Der deutsche Musikmentor Ernst Ludwig Gerber vermerkte in seinem *Tonkünstler-Lexicon von 1792,* »daß die Podagristen das Bette verließen, wenn sie höreten, daß Faustina singen solle«.

Faustina und ihr Mann, daran besteht kein Zweifel, führten die italienische Oper in Deutschland auf den Gipfel ihrer Klassizität.

Sachsens Kurfürst schwoll an vor Stolz: Soviel Kunst!

Johann Sebastian Bach, Thomaskantor in Leipzig, zu seinem ältesten Sohn: »Friedemann, wollen wir nicht mal wieder in Dresden hübsche Liedlein anhören?«

Friedemann Bach (schüttelt den Kopf)

Johann Sebastian Bach: »Warum nicht? Ein Ausflug – ein bißchen Unterhaltung . . . Dresden ist schön.«

Friedemann: »Leipzig ist ärmer, ehrlicher . . . schöner.«

Johann Sebastian Bach (beugt sich wieder über seine Kupferplatte, sticht Noten hinein, reibt sich die Augen, blinzelt): »Gift für die Augen, diese Sechzehntelnoten. Geld bringen sie kaum, nur Gottgefallen.«

Friedemann: »Soviel Taler als Noten müßtest du kriegen, Vater. Vom Kurfürsten.«

Johann Sebastian Bach: »Der zahlt mir Opern, nicht dies hier . .!«

In einer Zeit, da Johann Sebastian Bach als Leipziger Lokalgröße galt, wurde Johann Adolf Hasse in ganz Europa berühmt. Auch in Madrid erklangen seine Arien: Farinelli sang sie dem kranken Spanierkönig vor.

Die Hasses blieben insgesamt zweiunddreißig Jahre in Dresden. In ihrem fünfzigsten Lebensjahr nahm Faustina Abschied von der Bühne und widmete sich dann nur noch ihrem Mann und den fünf Kindern.

Ihre Nachfolgerin an der Kursächsischen Hofoper wurde die zwanzig Jahre jüngere Regina Mingotti. 1747 spielte sie in einer Gluck-Oper die Hosenrolle des *Herkules*. Mit dieser aufsehenerregenden Partie, die ursprünglich einem Kastraten zugedacht war, errang die Mingotti einen entscheidenden Sieg für ihren Berufsstand.

Ihre Anhänger hielten sie für den Urtyp einer italienischen Virtuosa. Sie wußten, daß die Mingotti in einem Kloster erzogen worden war, daß sie bei Porpora studiert und bei Farinelli in Madrid alle nötigen Gesangstricks erlernt hatte. Daß sie aber eine Deutsche war, eine geborene Valentin, wußte kaum jemand.

Jedenfalls wollte es keiner wahrhaben.

»Ja, ich kehre nach Dresden zurück«, hatte der preußische Kronprinz einst versprochen, »ich kehre zurück mit Geschenken!«

Im Jahre 1760, mitten im Siebenjährigen Krieg, kam er mit Bomben und Granaten nach Dresden. Friedrich II., König von Preußen, ließ seine Artillerie genau auf Kirchen, Paläste, Denkmäler und Gärten zielen und machte die Stadt methodisch zum Trümmerhaufen. Dann zerschlug er eigenhändig einen Spiegel im Palais des Grafen Brühl und gab damit das Signal zur Plünderung.

Nur das Opernhaus blieb ungeschoren. Während die

Dresdner, bettelarm geworden, durch die Stadttore aufs Land flohen, um ihre letzte Habe bei den Bauern gegen Lebensmittel einzutauschen, erfreute sich Friedrich »täglich der opera«.

Der englische Musikgelehrte Charles Burney besuchte das zerstörte Dresden. »Die Not war allgemein«, schrieb er, »ich sah kein anderes Schauspiel als das Elend: kein Schiff auf der Elbe, Pferde kein Hafer, Soldaten kein Haarpuder.« Der sechzigjährige Johann Adolf Hasse teilte ihm mit, daß das preußische Bombardement alle seine Werke verbrannt habe.

Goethe sah Dresden im Jahre 1768 und erlebte »einen der traurigsten Anblicke«. Die Bilder, so schrieb er, »drückten sich mir tief ein und stehen noch wie ein dunkler Fleck in meiner Einbildungskraft. Ein Sakristan zeigte auf die Trümmer und sagte: *Das hat der Feind getan!*«

Ein letztes Zitat: »Wer das Weinen verlernt hat, der lernte es wieder beim Untergang Dresdens« (Gerhart Hauptmann 1945).

Charles Burney besuchte während dieser Deutschland-Reise auch *Hamburg;* er traf dort Philipp Emanuel Bach, einen Sohn des Leipziger Thomaskantors.

»Fünfzig Jahre früher, da hätten Sie kommen sollen«, sagte der Bach-Sohn zu Burney. Und dann, bei einer Tasse Tee mit Rum: »Wenn auch die Hamburger nicht alle so große Kenner und Liebhaber der Musik sind, als Sie und ich es wünschen möchten, so sind die meisten doch sehr gutherzig und umgängliche Personen, mit denen man ein angenehmes und vergnügtes Leben führen kann.«

»Aber was ist mit der Oper?« fragte Burney. »Was ist mit der einzigen *wirklich deutschen* Oper?«

»Auf Abbruch verkauft«, sagte Bach.

In Hamburg also, tatsächlich in Hamburg, war die erste deutschsprachige Oper gegründet worden. Ihre Heimstätte war ein recht komfortables Gebäude am Gänsemarkt.

Kein selbstherrlicher Fürst hatte Pate gestanden, sondern ein hansischer Ratsherr; Gerhard Schott hieß er. Er sagte »Los!« und dann ging's los: auf den Glockenschlag um acht Uhr abends am 2. Januar 1678!

Es fing an, wie es sich gehört: mit *Adam und Eva*, einem geistlichen Singspiel von Johann Theile.

Recht eigenwillig ging's weiter: plattdeutsche Lokalstükke, Zauberopern und dramatisierte Tagesereignisse – stets in deutscher Sprache. Die Hinrichtung des Seeräubers Klaus Störtebeker fand auf der Bühne statt, echte Kamele traten an die Rampe, bei Duellen spritzte Blut aus Schweinsblasen, Klistiere wurden verabreicht. Die auftretenden Typen waren meist derb und volkstümlich: Senatoren, Fischweiber, Stotterer, Henker, Lackaffen.

Die dreifach gestaffelte Kulissenbühne mit ihren Licht- und Flugmaschinen zauberte allerlei Mirakel herbei. Hamburg erfreute sich eines perfekten Illusionstheaters.

Der Genius der Hamburger Oper war der Komponist Reinhard Keiser aus Leipzig, ein ebenso gewandter wie galanter Alleskönner. Mehr als einhundertzwanzig Opern hat er geschrieben, trotzdem war er ständig verschuldet und mußte vor seinen Gläubigern fliehen. Hatte er aber mal Geld in der Tasche, ließ er sich, von Lohndienern begleitet, sechsspännig durch die Stadt kutschieren.

Man beachte: der Bergedorfer Johann Adolf Hasse, der ebenfalls in Hamburg seine Karriere begann, nannte Keiser »den bedeutendsten Komponisten der Welt«.

In Hamburg traten sich die Genies gegenseitig auf die Füße – jahrzehntelang.

Händel führte hier seine Opern *Almira, Nero* und *Florin-*

do auf, Ratsherr Telemann schrieb Opern und Tafelmusiken, Mattheson spielte in seiner Oper *Antonius und Cleopatra* selber mit: er ›falsettierte‹ die Cleopatra-Rolle und ›entleibte‹ sich zum Schluß durch einen Dolchstoß in die Brust.

Mit ausgebildeten Frauenstimmen haperte es noch.

»Das weibliche Personal«, so hieß es in einem zeitgenössischen Bericht, »besteht aus Töchtern verarmter Kaufleute und Handwerker.« Blumenbinderinnen und Zitronenverkäuferinnen sollen's gewesen sein, außerdem ein paar Mädchen vom Strich.

Erst im Jahr 1700 wurde Fräulein Conradi ›auf das Chor‹ geführt, eine höchst ansehnliche Barbierstochter. Sie kannte keine Noten, hat den Leuten aber »die Tränen aus den Augen gesungen«, wie Mattheson schrieb. Bald schon nannte sie sich Demoiselle Conradini, heiratete den durchreisenden Grafen Gruzewska und wurde nun ›Primadonna‹ genannt.

1711 standen bereits sieben Damen in der Personalliste. Ausdrücklicher Vermerk: gute gesellschaftliche Stellung der Familien! »Was Ehrenhaftes also«, wie die Hamburger sagen. Auch die Sängerin Barbara Oldenburg gehörte zu diesen Damen. Sie strahlte soviel Anmut und Innigkeit aus, daß sie ›Keiserin‹ wurde; Komponist Reinhard Keiser heiratete sie.

Kastraten waren an der Wasserkante nicht sehr beliebt, dennoch brauchte man sie: der Altist Antonio Campioli trat in der Volksoper *Die Hamburger Schlachtzeit* auf, und der deutschbürtige Kastrat Cajetan Berenstadt, ein Freund Händels, gab vor seiner Fahrt nach London ein Konzert in Hamburg.

Mit dem Tode von Reinhard Keiser im Jahre 1739 versank das ›Keiserreich‹ der Hamburger Barockoper. Aus der

Traum! Jetzt waren wieder Zauberkünstler und Possen-
reißer dran, wilde Tiere und Dompteure. Hamburgs
Oper ward zum Zirkus.
Nur ein paar italienische Stagione-Truppen sorgten gelegentlich noch für den alten Opernprunk.

Dieses ist die ungewöhnliche Geschichte des Diskantkastraten Filippo Finazzi, eines Stimmkünstlers der feinen
venezianischen Schule. Anno Domini 1744 kam er mit
Mingottis ambulanter Operntruppe nach Hamburg und
fand dort trotz ständigen Nieselregens eine neue Heimat. Er blieb an der Elbe.
Das Senatsarchiv bezeugt, daß obiger Finazzi sich in der
Hansestadt »zehn Jahre lang auf einem sehr anständigen
Fuß unterhalten« hat. Der Kastrat sei zum Protestantis-
mus übergetreten und habe schließlich sogar ein überzeu-
gendes Plattdeutsch gesprochen.
1756 erwarb er, wie weiterhin vermeldet wird, »eine
Landökonomie in dem adeligen Gut Jirsbeck«, lebte all-
hier mit der Dorfschmied-Witwe Gertrude Steinmetz in
wilder Ehe, kümmerte sich wie ein Vater um ihren Sohn
und schickte ihn, damit er Latein lerne, auf die ›högere
Schule‹ nach Hamburg.
Sein Umgang mit der guten hamburgischen Gesellschaft,
zu der auch der Dichter Hagedorn zählte, wurde ge-
rühmt. 1758 brach sich der rechtschaffene Filippo Finazzi
beide Beine. Gertrude, seine Lebensgefährtin, pflegte ihn
treu und opfervoll.
Aber erst jetzt folgt das Ungewöhnliche dieser Geschichte!
Der achtundvierzigjährige Kastrat wollte Gertrude Steinmetz zum Dank zu seiner gesetzlichen Gattin machen.
Doch der protestantische Pastor von Sülfeld lehnte die
Trauung ab.

Der Senat wurde eingeschaltet.

1762 empfahlen die Senatoren nach eingehender Beratung, daß jeder Pastor oder Landprediger, der keine Bedenken habe, daß obiger Finazzi sich mit der Steinmetzin copuliere, die Trauung vornehmen könne.

Der brave Pastor von Moorfleth meldete daraufhin, er habe keine Bedenken! Unter einem blühenden Kirschbaum unweit des Elbdeiches traute er besagten Finazzi und sorgte alsdann, Gott wohlgefällig, für ordnungsgemäße Kirchenbucheintragung.

Die Ehe währte vierzehn Jahre.

Der Kastrat starb 1776. Sein bescheidenes Vermögen, vornehmlich Einkünfte aus der von ihm komponierten Oper *Themistokles,* vermachte er seiner rechtlichen Ehefrau Gertrud Finazzi in Jirsbeck bei Hamburg.

Sie pflanzte ihm zu Gedenken einen Kirschbaum vor das Haus.

Mit der gleichen italienischen Operntruppe, die den Diskantkastraten Filippo Finazzi nach Hamburg verschlagen hatte, erschien damals auch die berühmte Skandal-Primadonna Francesca Cuzzoni an der Wasserkante.

Sie hatte inzwischen den Organisten Pietro Sandoni geheiratet und sich zwölf Söhne von ihm gewünscht. Aber sie bekam immer nur Töchter und war darüber so empört, daß sie ihren Mann ständig beschimpfte.

Seit einiger Zeit war Pietro Sandoni nicht mehr gesehen worden...

»Sie hat ihn ermordet!« behaupteten die Leute.

Doch wenn die Cuzzoni dann auf der Opernbühne stand und sang, war alles wieder zu Tränen gerührt.

Nur *ein* Auge blieb trocken. Die württembergische Nachtigall Marianne Pirker, ebenfalls Mitglied der Mingotti-

Truppe und heftigste Konkurrentin der Cuzzoni, ließ sich von der derben Italienerin nicht einschüchtern.

»Die Cuzzoni ist eine dicke Sau«, schrieb sie in einem ihrer Briefe.

Francesca Cuzzoni hörte davon. »Warte nur, du deutsche Gans«, schrie sie und stampfe so heftig mit dem Fuß auf, daß der Stöckel vom Schuh brach, »du wirst noch im Kerker enden!«

»Und du im Armenhaus!« konterte die Pirker.

Zornige Frauen scheinen hellsichtig zu sein ...

Sie war eine steiermärkische Adlige, diese Marianne Pirker, eine geborene von Geyereck. 1717 wurde sie – wahrscheinlich in Heilbronn – geboren. Als Zwanzigjährige heiratete sie den Salzburger Geiger Franz Pirker; er war sieben Jahre älter als sie, sensibel, reizbar, bisweilen sogar chaotisch. Deutlichster Ausdruck seiner Liebe zu Marianne war seine ständige Eifersucht.

Als die Pirkers bereits zwei Töchter in die Welt gesetzt hatten, gingen sie gemeinsam auf musikalische Tournee, zunächst durch Deutschland und Österreich, dann nach Italien. Venedig und Neapel spendeten der blonden Marianne, die trotz kräftigen Körperbaus eine liebliche Stimme besaß, freudigen Beifall. Es war, als feiere Italien die Wiederkehr der Thusnelda.

Sic! In Venedig, so steht es in einer alten Quelle, lieh Marianne Pirker einem ungenannten *musico schiavonetti*, einem Verschnittenen also, dreihundert Dukaten.
Grund zum Argwohn. Wiedervorlage 1749.

Am Ende der Italien-Tournee übergaben die Pirkers ihre Töchter einem Karmeliterkloster in Bologna zur Erziehung und reisten nach London. Marianne trat dort in der Königlichen Oper auf. Impresario Lord Middlesex hatte hohe Gagen versprochen, zahlte sie aber nicht. Die Pirkers verstrickten sich in Schulden.

Sofort griffen die rüden englischen Schuldgerichte zu; sie fragten nicht lange nach Hintergründen, sondern beschlagnahmten als erste Warnung die Koffer der Pirkers.

Marianne fürchtete weitere Maßnahmen und floh ohne Schmuck und Garderobe nach Hamburg. Von dort aus zog sie mit der Mingotti-Truppe nach Kopenhagen weiter und sang an der Königlichen Oper.

Franz Pirker mußte als Geisel des Schuldgerichts in London bleiben.

Unermüdlich kämpfte er mit Pfandleihern, Winkeladvokaten, Wucherern und Konstablern. Als er endlich seine Koffer auslösen konnte, schickte er sie per Expreß nach Kopenhagen.

Marianne jubelte.

Und dann begann jener berühmte Briefwechsel, der nicht nur für die Biographie der Pirkers, sondern auch als zeitgeschichtliches Dokument interessant ist. Die Briefe der Pirkers enthalten saftige Derbheiten, wie sie sonst eigentlich nur bei Liselotte von der Pfalz vorkommen. Voller Klatsch und Tratsch sind sie, angefüllt mit Pikanterien, eine ungezügelte Chronique scandaleuse.

Lord Middlesex habe ihm endlich vierzig Pfund gezahlt, schrieb Pirker aus London, aber das reiche nicht für große Sprünge, schon gar nicht nach Kopenhagen.

Macht nichts, antwortete Marianne, sie habe soeben ihren gemeinsamen Freund, den Kastraten Jozzi wiedergetroffen. Der besitze noch immer den alten abartigen Charme.

Wie schön, schrieb Pirker, macht's gut!

Musico schiavonetti ...

Giuseppe Jozzi aus Rom, drei Jahre jünger als Marianne, hatte sich 1744 in Italien mit dem deutschen Ehepaar angefreundet und diesen Dreibund auch in London weitergepflegt. Dann aber machte er sich beim Publikum so unbeliebt, daß er nach Kopenhagen entweichen mußte. Dort traf er Marianne wieder.

»Es ist wahr«, schrieb Marianne Pirker aus Kopenhagen, »ich habe ihn närrisch geliebt; alsdann, durch unsere Zertrennung, mußte es nur noch Freundschaft werden. Nun ist es weder das eine noch das andere; ich möchte mit blutigen Zähren beweinen, was ich mir an meiner Gesundheit geschadet um seinetwillen.«

Der ansonsten so eifersüchtige Franz Pirker ermahnte seine Frau, trotz alledem an Jozzi festzuhalten!

Marianne zierte sich: »Er ist eben ein Kastrat wie alle andern, und er mag mir versprechen, was er will, so glaub ich ihm nichts in der Welt mehr.«

Pirker aber ließ nicht locker. Der Kastrat war schließlich nicht nur Liebkind *beider* Gatten, sondern auch sein ganz persönlicher Finanzhelfer. Nachdrücklich beschwor er Marianne, »in des Jozzi Companie« zu bleiben – auch für den Fall, daß man sich demnächst in *Stuttgart* wiedertreffe!

Im Mai 1749 hatte Marianne eine Reise nach Stuttgart unternommen, um sich dort um jene freie Stelle als Primadonna zu bemühen, die die Cuzzoni unter Hinterlassung eines gewaltigen Schuldenberges geräumt hatte. Die Sache schien zu klappen, denn Marianne teilte postwendend ihrem Franz mit, »daß die Herrschaften närrisch über mein Singen sind«; besonders der Herzog schätze ihre »finesse«!

»Kommt auch der Jozzi nach Stuttgart?« fragte Franz Pirker an.

Selbstverständlich kam der Jozzi nach Stuttgart!

Im Frühling 1750 war der absonderliche Dreibund wieder beisammen. Marianne wurde für 1500 Gulden und Jozzi für 800 Gulden angestellt. Franz Pirker erhielt *keinen* Vertrag.

Da steckte Jozzi ihm wieder Geld zu.

Pastorale allemande.

Württemberg, liebliches Land. Vogelgezwitscher und Bachgemurmel, klappernde Mühle im Tal. Ringsumher Halali!

Wär nur nicht das Grunzen der Säue so laut!

Da steht der Herr Pfarrer und verneigt sich vor dem Landesherrn: »Dero allerhöchste Säue haben meine alleruntertänigsten Rüben gefressen!«

»Na, na, na!« droht der Fürst.

Von den Jagden sagt der Pfarrer nichts. Er verschweigt sie, die maßlose Hatz, die immer wieder die Ernten vernichtet.

Der Pfarrer hat Angst vor dem Fürsten.

Alle haben sie Angst; sie fürchten das fürstliche »Na, na, na!«, dies drohende Staccato.

In schwäbischen Stanzen könnte das heißen: »Ich verkauf dich an fremde Armeen, mein Freund. Für lumpige achtzehn Taler!«

Herzog Karl Eugen von Württemberg, seinerzeit zweiunddreißig Jahre alt, galt als zügelloser Selbstherrscher. Sein Vater hatte den Jud Süß-Oppenheimer aufgehängt, er selber wurde vor allem dadurch bekannt, daß er Landeskinder an England verkaufte. Der junge Friedrich

Schiller, Zögling seiner Karlsschule, prägte ihm später das Kainsmal ›In tyrannos‹ auf die Stirn.

Wie viele andere deutsche Fürsten wollte auch Karl Eugen mit den Hofhaltungen von Versailles und Fontainebleau wetteifern. Seine Frau Friederike, eine Nichte Friedrichs II. von Preußen, hatte in ihm die Opernleidenschaft geweckt.

In Stuttgart und Ludwigsburg unterhielt Karl Eugen ein ganzes Regiment rosaroter Musen. Kein Geringerer als Giacomo Casanova wurde zum Zeugen seiner Anwerbungsmethoden.

»Mamsell Therese«, so schrieb der allgegenwärtige Abenteurer, »die hübsche Tochter eines Gärtners, hatte das Glück, daß ihr kleiner Fuß vom Herzog bemerkt wurde. Da sie viel zu gut erzogen war, um dessen Neugier, sie müsse ebenso schöne Waden und Schenkel haben, gebührenden Widerstand entgegenzusetzen, trug er ihr das Dekret ein, durch das sie lebenslänglich in das *Corps de Ballet* aufgenommen wurde. Mamsell Ulrike, die Tochter eines Lakaien, hatte darein gewilligt, daß der Herzog, als sie ihm zufällig auf einem Gange des Schlosses begegnete, sich auf der Stelle von der Schönheit ihres Busens überzeugen durfte. Mamsell Charlotte, eine dralle Försterstochter, hatte des Herzogs Lust einmal derart rege gemacht, daß dieser, als er bei einem jäh ausbrechenden Regen Schutz in ihres Vaters Haus suchen mußte, die ganze Nacht dort blieb.«

Marianne Pirker aber war nun gar Primadonna des Herzogs geworden, Erste Dame in der Ludwigsburger Operntruppe des italienischen Hofkapellmeisters Niccolo Jomelli!

Der Neapolitaner Jomelli war so etwas wie der ›Lully‹ des Württembergischen Hofes. Er kassierte etwa 4000

Gulden jährlich, dazu Futter für vier Pferde, zwanzig Klafter Holz, zehn Eimer Wein und für jede Oper eine mit hundert Dukaten gefüllte Tabatière. Das Genie Jomelli, so berichtete Christian Friedrich Schubart, Musiklehrer in Ludwigsburg, riß nicht nur Sänger, Musiker und Tänzer zu Höchstleistungen hin, sondern schmolz auch »Maschinist, Dekorateur und Ballettmeister so sehr in ein großes Ganzes zusammen, daß des kältesten Hörers Herz himmelan hüpfte«.

Leopold Mozart urteilte kritischer. Jomelli gebe sich alle Mühe, so schrieb er, »die Teutschen an diesem Hofe auszurotten und nichts als Italiäner einzuführen«.

Die vielen teuren Italiener brachten dem Herzog einen ständigen Ärger mit seinem Volk ein. Doch das konnte Karl Eugen nicht die Lebenslust verderben.

Völlig hemmungslos stellte er seiner Primadonna nach. Zunächst verlangte er Liebe von ihr – dann Gehorsam!

Marianne wehrte sich. Schließlich suchte sie Schutz bei der Herzogin. Genau das aber löste eine gefährliche Intrige aus. »Wozu überhaupt eine deutsche Primadonna?« monierten die Italiener. »Es gibt südlich der Alpen mindestens zweitausend Mädchen, die besser singen und außerdem – gehorsam sind!«

Resultat: Der Herzog ließ Franz und Marianne Pirker heimlich verhaften und mit roher Gewalt auf die Festung Hohentwiel bringen.

Als Jozzi davon erfuhr, machte er sich aus dem Staube.

Vier Tage später floh auch Herzogin Friederike. Sie kehrte nie mehr zurück.

Die Pirkers wurden zum Hohenasperg weiterbefördert. Der Festungskommandant mußte mit seinem Kopf für strengste Geheimhaltung bürgen.

Der Ludwigsburger Musenbetrieb ging inzwischen ungestört weiter. Niemand wagte nach dem Verbleib der deutschen Primadonna zu fragen.

Karl Eugens große Oper, ein wahrer Luxusmarkt des Leichtsinns und der Frivolität, verschlang soviel Geld, daß die Württemberger schließlich den Reichstag anriefen und sich über ihren Fürsten beklagten.

Der Herzog ruiniere das Land mit Musik, hieß es. Aus lauter Affenliebe für seine Oper habe er sogar zwei Bologneser Wundärzte herbeigerufen, die ihm eine eigene Kastratenfabrik einrichten sollten, eine Manufaktur für echten ›Schwaben-Verschnitt‹.

Charles Burney, der wenig später nach Stuttgart kam, stellte verächtlich fest, daß die eine Hälfte der herzoglichen Untertanen aus italienischen Opernleuten und Soldaten und die andere Hälfte aus Bettlern und Lumpen bestehe.

Über die Pirker schrieb Burney nichts in sein Tagebuch; er wußte nichts über die verschollene Primadonna.

Acht Jahre lang schmachteten Marianne Pirker und ihr Mann in den Verliesen der Festung Hohenasperg. Kein Verhör wurde ihnen zuteil, kein Urteil. Sie waren zu Opfern deutscher Fürstenwillkür geworden.

Bereits im zweiten Festungsjahr wurde Marianne verrückt. Sie erlitt Tobsuchtsanfälle, zerschlug das Geschirr und riß Tücher und Decken in Fetzen.

Sie schrie so laut, daß ihre Stimme brach.

Dann ergab sie sich dem stillen Wahnsinn. Aus trockenen Halmen ihres Strohsacks begann sie Blumen zu flechten, band sie mit ihrem Haar zusammen und schaffte es mit Hilfe eines Kerkerwächters, die gespenstischen Primadonnen-Sträuße an Kaiserin Katharina II. nach Petersburg und an Kaiserin Maria Theresia nach Wien zu verschikken.

Maria Theresia schrieb dem Herzog daraufhin einen empörten Brief.

Karl Eugen tat, als könne er sich nicht erinnern: »Pirker ... Primadonna ... eine *Deutsche?* Impossible!« Dann ließ er seine Schreiberlinge in den Akten wühlen.

Im November 1764 schlug endlich die Stunde der Befreiung.

Herr Schmidtlin, des Herzogs Geheimer Kabinettssekretär, erschien auf dem Hohenasperg, ließ die Pirkers einen heiligen Eid schwören, daß sie niemals über ihre Gefangenschaft sprechen würden, händigte ihnen ein Zehrgeld von fünfzig Gulden aus und schob sie in die Freie Reichsstadt Heilbronn ab.

Dort traf Marianne ihre Kinder wieder.

Rosalie, die Älteste, hatte inzwischen einen Hofbuchdrucker namens Cotta geheiratet. Ein kleiner Sohn lag in der Wiege; er sollte später der deutsche Buchhändlerfürst und Goethe-Verleger Johann Friedrich Cotta werden.

Im Jahre 1773 besuchte der Ludwigsburger Musiklehrer Schubart Marianne Pirker in Heilbronn. Er traf sie als zutiefst verwirrte, müde gewordene Frau mit heiserer Baßstimme an.

Obwohl ihr Erinnerungsvermögen stark getrübt war, fragte sie nach Francesca Cuzzoni: »Was ist mit ihr, was macht sie?«

Schubart, im Nebenberuf Publizist, wußte Antwort auf die Frage. Die Cuzzoni sei eine Zeitlang in einem Amsterdamer Schuldgefängnis gewesen, erzählte er. Abends habe man sie dort unter Polizeibewachung zum Opernhaus gebracht, damit sie singen und Geld verdienen könne – und sie hernach wieder eingesperrt.

Ihren Lebensabend, so berichtete Schubart weiter, habe die Cuzzoni in einem Armenhaus in Bologna verbracht; sie habe dort Knöpfe benäht. Vor drei Jahren sei sie gestorben.

»Hat irgendein alter Freund – vielleicht ein Kavalier aus London – ihr in dieser Zeit noch geholfen?«

»Nein«, sagte Schubart. »Keiner! Die Cuzzoni war ja nicht mehr Erste Dame, sondern nur noch Letzte der Armen!« Und dann, nach einer kleinen Pause: »Dies ist nicht die beste aller Welten, Madame! Sie kann es nicht sein, wenn sich die weltlichen Herren so despotisch, so menschenfeindlich gebärden, daß die Seele verkümmert und nur für den Zorn noch Platz bleibt.«

Marianne erschauerte unter diesen Worten, dachte an den Eid, den sie dem Sekretär Schmidtlin hatte schwören müssen und ließ schweigend den Kopf sinken.

Vier Jahre später wurde Schubart eingekerkert.

Ein Jahrzehnt lang mußte er, meist in Ketten, auf dem Hohenasperg schmachten. Der junge Karlsschüler Schiller gedachte seiner und wob aus Schubarts Gedanken und seinem eigenen Zorn gegen den Despoten Karl Eugen sein Rebellendrama *Die Räuber*.

Im Jahre der Uraufführung dieses Schauspiels, 1782, starb Marianne Pirker als Fünfundsechzigjährige in Heilbronn.

Gleichzeitig schrieb ein Chronist über Karl Eugens makabren Musenhof: »Hunderttausend Glaslampen bildeten nach oben einen prachtvollen Sternenhimmel und warfen ihre Strahlen auf die Blumenbeete. Mehr als dreißig Springbrunnen spendeten Kühlung, während Serenissimus auf die gnädigste Höchstdenenselben ganz eigene Art an die anwesenden Damens und andere Frauens von Condition reichliche Präsenter austeilte.«

7 Die Schmeling singt für Preußen

»Die Opernleute sind solche Canaillen-Bagage, daß ich sie tausendmal müde bin«, sagte *Friedrich II.* von Preußen. »Leichter wird es mir, die zweihunderttausend Köpfe meines Heeres zu leiten als diese Weiberköpfe hier.«

Was tut ein Mädchen, einundzwanzig Jahre alt, blond und nicht übermäßig hübsch, wenn plötzlich der berühmte General Tauentzien kommt und sagt: »Mamsell, mein König will Sie kennenlernen!«
Wie reagiert ein Mädchen auf solchen allerhöchsten Wink? Errötet es? Wittert es Karriere? Ahnt es Amouren...?
Fräulein Schmeling aus Hessen tat nichts dergleichen – sie fragte ihren Vater! Der saß in einer verqualmten Potsdamer Kutscherkneipe, trank Rotwein und raunzte: »Koffer auspacken, hübsch machen, ja sagen!«
Geschehen im Mai 1771. Friedrich II. von Preußen war

zum Alten Fritzen geworden, Casanova gab sich letzten frivolen Abenteuern hin, und Goethe, gleichaltrig wie Fräulein Schmeling, hatte soeben sein Goetz-Zitat zu Papier gebracht.

Auf dem Kulturkalender stand noch immer Rokoko.

Fräulein Schmeling aber war alles andere als eine Rokoko-Kokotte. Sie war ein biederes Mädchen aus der Kasseler Druselgasse, eine kleine Sängerin auf Tournee, gerade mit dem Vater nach Italien unterwegs.

Momentaufnahme: Blaß und frierend hockt sie vor dem halbblinden Spiegel des Hotelzimmers. Ihre Augen sind voller Mißtrauen.

Warum dieses Rendezvous mit dem König?

Nicht fragen, gehorchen – wir sind in Preußen!

Puderquast und Hautmilch her. Man ist nicht wohlgeboren, man muß sich sein Wohl erst verdienen. Also Hemdchen unters Plätteisen, Kleid aus dem Koffer, das flohbraune Galakleid, das erst zwanzig Zentimeter unter dem Kinn anfängt, dazu Schneppen und Bänder.

Mein Gott, was mag er von mir wollen, der Preußenkönig? Man sagt doch, er schätze keine Frauenzimmer . . .

Die kleingewachsene, ewig blasse Gertrud Schmeling war im Februar 1749 als achtes Kind eines Kasseler Stadtpfeifers zur Welt gekommen. Weil sie schon als Säugling an der englischen Krankheit litt, hatte man sie von der Familie getrennt. Jedesmal, wenn der Vater das Haus verließ, fesselte er die Kleine an ein hochbeiniges Kinderstühlchen und riegelte die Tür hinter sich zu. Fast bewegungslos blieb sie auf ihrem Stuhl sitzen: ein graues Häufchen Unglück.

Spatzen vor dem Fenster und das Ticken einer Pendeluhr

waren über Jahre hinweg fast alles, was sie vom Leben erfuhr.

Eines Tages griff sie nach der Geige des Vaters, die auf dem Tisch lag. Das Instrument fiel zu Boden und zerbrach. Am Abend gab's Prügel. »Jetzt lernst du zur Strafe das Geigenspiel«, schrie der Vater, »zur Strafe!«

Dieses fatale Drohwort leitete eine der aufregendsten Frauenkarrieren des 18. Jahrhunderts ein: die Geschichte der preußischen *Assoluta* Gertrud Elisabeth Schmeling-Mara. Sie ist zur Musik gezwungen worden!

Gertrud münzte den Zwang in Liebe um. Sie lernte so leicht, so atemberaubend schnell, daß der Vater nach einem Jahr beschloß, sie zum Goldesel zu machen: zum musizierenden Wunderkind.

Sechs Jahre war sie alt, als sie zum ersten Mal das Elternhaus verließ. Das gebrechliche, vom vielen Sitzen unförmig gewordene Sorgenkind rührte die Herzen des Publikums. Der Beifall träufelte wie Mitleid – wie Öl auf die Wunden.

Und Vater Schmeling verdiente Geld.

Im grauen Amazonenkleid musizierte Gertrud auf der Frankfurter Messe, dann in den Taunusbädern, später in Flandern: Kirmesplätze, Salons und Kneipen. Die Reiseanstrengungen und die bisher ungekannte frische Luft taten ihr gut. Ihr Körper wurde schlanker, die Haut weicher, das Gesicht entspannter.

Ihr Spiel hatte etwas Neues, Nettes und Geputztes; die Leute hörten gern zu. Eine reiche Fürstin in Leeuwarden rief die kleine Virtuosin ans Bett. »Sie küßte mich und schien sehr bewegt«, schrieb die Schmeling später in ihren Memoiren. Ein portugiesischer Gitarrist brachte ihr allerlei Fingerfertigkeiten bei. Und in einem Antwerpener Kloster schluchzten dreißig kunstentflammte Nonnen.

Mit zehn Jahren schien Gertrud reif für die Stadt mit den höchsten Gagen Europas – für London.

Deutsche Virtuosen galten nicht viel an der Themse, Gertrud nannte sich darum ›Betty Smeling‹. Außerdem spielte sie nicht nur Geige – sie begann auch zur Gitarre zu singen.

Die Gagen aber blieben so niedrig, daß ihr Vater das Hotel nicht zahlen konnte und für drei Monate in den Schuldturm mußte. »Stargagen kriegen in London nur die Kastraten«, maulte er hinter Gittern.

Die Kastraten . . .! Gertrud lernte einen davon kennen: den italienischen Singmeister Pietro Paradisi. Der alte von Podagra gequälte Halbmann bot sich ihr als Gesanglehrer an.

Tag für Tag drückte er seine Greisenfinger gegen das Zwerchfell der jungen Schmeling und brachte ihr den Trick des vierten Registers bei. Gertrud flog und zitterte am ganzen Körper, wenn der Kastrat sie betastete.

»Betty«, sagte Paradisi nach den ersten vier Wochen, »wir sollten weiterhin zusammenarbeiten – sechs Jahre lang! Du kannst bei mir wohnen, ich kleide und beköstige dich. Und du zahlst mir keinen Penny dafür.«

Die Kleine wurde ängstlich. »Womit verdiene ich das?«

»Mit deinem Gesang, Betty!«

»Wie meinen Sie das?«

»Nach drei Lehrjahren wirst du Konzerte geben können. Die Einkünfte des ersten Jahres gehören dann mir. Im zweiten Jahr will ich die Hälfte deiner Einnahmen, im dritten ein Viertel.«

»Und dann?«

»Dann bist du frei, Betty. Frei und berühmt.«

Gertrud fragte ihren Vater. Der lehnte ab: »Soll der Kastrat von dir leben oder dein armer alter Vater?«

Gertrud mußte dem Kastraten kündigen. Die vier Paradisi-Wochen in London blieben die einzige praktische Gesangsausbildung ihres Lebens.

Als die Schmelings nach Deutschland heimkehrten, blieb Gertrud vorerst bei ihrem Namen ›Betty Smeling‹. Damit gewann sie eine Erfahrung, die in deutschen Landen bis heute gültig blieb: wer sich englisch gibt, hat halb gewonnen!

»Betty, wonderful Betty!« jubelten die Leipziger. Und ein greiser Malteserritter radebrechte in einem scheußlichen Englisch einen Heiratsantrag: »Please, Mamsell! Come...«

Miß Smeling: »No! I only love the music!«

Das war ehrlich gemeint. Jungfer Gertruds Liebe galt nur der Musik. Sie suchte Lorbeeren, nicht Myrten. Sie wollte die Einsamkeit ihrer Kinderjahre nicht gegen einen, sondern gegen Millionen Menschen eintauschen. Und die Liebe von Millionen Menschen konnte sie nur durch ihre Kunst erobern.

Sie selbst gab später etwas verschämt eine stete »Begierde nach Ruhm« zu. Weil sie genau das zu besitzen glaubte, was Plato einst den Frauen abgesprochen hatte: das wahre Organ für Musik.

Ehrgeizig bis zum Exzeß, widmete sie sich in Leipzig dem Selbststudium der Gesangskunst. Ihre Stimme wurde kräftiger und geschmeidiger, ihre vokale Artistik, der ›Salto mortale‹ zum Beispiel, faszinierte das Publikum. Mitten in einer Kadenz sprang sie von einem lange ausgehaltenen hohen Ton in eine um zwei Oktaven versetzte gurgelnde Tiefe hinab und packte den Grundton dann mit so fester Gewalt, daß die Zuhörer jedesmal Herzklopfen kriegten.

Zu ihren Bewunderern gehörte ein gutaussehender, wenn auch etwas kurzbeiniger Frankfurter Student, ein galanter Snob mit Zierdegen und Zopfperücke, der genauso hessisch babbelte wie sie. Gertrud muß ihm gefallen haben, denn ein halbes Jahrhundert später schrieb er, der inzwischen weltberühmt gewordene Johann Wolfgang von Goethe, ein Gedicht über sie:

> »Sangreich war dein Ehrenweg,
> jede Brust erweiternd . . .«

Zur Leipziger Messe 1767 erschien Kurfürstenmutter Maria Antonia Walpurgis an der Pleiße und hörte Gertrud singen. Die Fürstin verstand etwas von Musik; als Schülerin von Porpora und Hasse war sie selbst eine hervorragende Sängerin.
»Komm nach Dresden«, sagte sie zu Gertrud, »ich werde dich persönlich unterrichten. Und außerdem . . .«
Kein außerdem! Gertrud war stolz und glücklich, die berühmte Musenmetropole an der Elbe kennenlernen zu dürfen. Sie übersah die Trümmer der Kanonade von 1760, die Aschenspur des Preußenkönigs; sie war so sehr nur dem Gesang ergeben, daß sie schon allein durch diese Indolenz zur Primadonna prädestiniert schien.
Gertrud Schmeling durfte täglich die Kurfürstenmutter besuchen und schließlich – welch ein Sieg – im Opernhaus auftreten!
Das Publikum feierte sie, als wäre sie eine Italienerin.
Graf Brühl gab ein Fest für Gertrud: Bankett, Redoute, Pfänderspiel. Stolz zeigte er ihr seine Sammlung mit den fünfzehnhundert Perücken, die ständig unter Puder gehalten wurden.
»Wissen Sie, was Preußenkönig Friedrich zu diesen Haarbeuteln gesagt hat, Mamsell?«

»Nun?«

»Viel für einen Mann ohne Kopf, hat er gesagt!« Der ansonsten so muntere Graf blieb todernst bei diesen Worten. »Er selbst war kopflos, als er meinen Spiegel zerschlug«, fügte er hinzu. »Als der Spiegel splitterte, verlor Friedrich sein Gesicht.«

Gertrud krauste die Stirn, sie mochte solche Redensarten nicht. Man sollte doch lieber »nett zueinander« sein, meinte sie in dümmlich naiver Auslegung der politischen Widersprüche.

Graf Brühl seufzte.

Gegen Mitternacht Blindekuh im Rosa Salon. Vom Wein verwirrt, vom Tanzen erhitzt, eine Seidenbinde vor den Augen, fand Gertrud sich im Arm eines unbekannten Kavaliers wieder. Sie spürte sein Parfüm, seine Hand, seinen Atem. Und sein Flüsterwort »Amore«.

Seltsam, dieses Wort klang in ihren Ohren noch immer wie eine Aufforderung, die Kunst zu verraten. Nur eins gefiel ihr daran: daß es italienisch war! Daß es italienische Opernkultur suggerierte, Triller wie Tortenverzierungen, schwirrende flirrende Luft.

»Komm, beiß zu«, flüsterte der Kavalier, »beiß in den Apfel, Eva. Sündige doch endlich mal . . .!«

Fräulein Schmeling aber, angesprochen wie der erste Mensch, geformt aus einer Kasseler Rippe, war noch immer nicht bereit, den Garten Eden, ihre Kunst, vorzeitig zu verlassen. Sie riß sich die Binde vor den Augen und rannte davon, Angst in allen Adern.

Mitten in der Nacht suchte sie ihren Vater in der Kneipe auf. »Ich weiß nicht, ob ich noch zu jung und zu blöde bin, Vater, aber ich möchte . . .« Tränen glitzerten in ihren Augen.

Mühsam reckte der Alte sich aus alkoholischen Wolken.

»Laß uns weiterreisen, Vater. Nach Italien, bitte!«
Der Alte starrte auf die Tischplatte und begann zu begreifen. »Ins Land der Kunst, solange wir noch keusch sind, Tochter! Va bene, wir reisen!«

Der Weg nach Italien führte – weiß der Teufel, warum – über Potsdam. Genau in die Arme des musikliebenden Generals Tauentzien.
»Mamsell, mein König will Sie kennenlernen . . .!«
Gertrud nickte und machte sich hübsch. Zum Preußenkönig gehe ich ohne Perücke, beschloß sie. Mit eigenem deutschen Haar.
Am Abend holte Tauentzien sie in einer Hofkutsche ab.

Unter dem Kronleuchter des Konzertsaals von Sanssouci steht Friedrich der Große. Er hat sein sechzigstes Lebensjahr erreicht und trägt noch immer den Uniformrock aus dem Siebenjährigen Krieg. Sein Zopf sieht faserig und vergilbt aus, die Schleife fleckig. Behutsam drückt er seine ›Principessa‹ an den Mund, die geliebte Flöte. Der König spielte eine eigene Sonate. Sein Lehrer Quantz hat sie ihm auf schneeweißes, steifes Pergament aufzeichnen lassen; die Notenlinien sind mit roter Ölfarbe gezogen.
Kielflügel und Baß begleiten den König.
Seine einzigen Zuhörer sind Johann Joachim Quantz und drei Windhunde.
Der Fritz bläst nicht gerade königlich, denkt Quantz. Er pfeift noch genauso brav und geradeaus wie dunnemals in Rheinsberg, als Katte Schmiere stand. Sein Ton ist zwar gesund und stark, doch immer noch gefühlsarm. Die Fingertechnik mag ausreichen – nun ja, lange dünne Hohenzollernfinger, nur Haut und Knochen!
Fast jeden Abend musiziert der König. Er braucht das zur

Glättung seiner Gedanken. Die Flötenkonzerte von Sanssouci sind eine Gewohnheit geworden, unverzichtbar wie spanischer Schnupftabak – und genauso prickelnd. Außerdem Kultur – lebenslanger Trotz gegen den musenfeindlichen Vater.

Tauentzien kommt in den Saal. »Sie ist draußen«, sagt er leise.

»Wer?«

»Die Deutsche.«

»Die Deutsche...« Friedrichs Gesicht ist von hundert kleinen Falten schraffiert. »Und das Frauenzimmer soll hier wirklich singen – meint Er das, Tauentzien?«

Ja, der General meint das!

Friedrich seufzt. Und dann kommt sein berühmtes Wort, das man ihm noch jahrhundertelang ankreiden sollte: »Lieber möchte ich mir von einem Pferde eine Arie vorwiehern lassen als eine *Deutsche* in meiner Oper als Primadonna haben.«

Tauentziens Blick bleibt fest: der hoffnungsvolle Kolin-Blick, der Durchhalteblick aus der Festung Breslau.

Friedrich bettet seine ›Principessa‹ ins violette Samt des Flötenkastens und setzt sich aufs Sofa. Er tätschelt die Windhunde. Dann nickt er.

Zwei Flügeltüren öffnen sich – die Deutsche erscheint: Gertrud Elisabeth Schmeling aus Kassel.

Der König, blind für Frauenschönheit, schaut kaum hin. Die italienischen Windhunde aber springen hoch.

Ohne Scheu nähert sich Gertrud dem Monarchen.

»Wir werden etwas von ihr hören«, sagt Friedrich.

»Euer Majestät Befehl.«

Der König winkt. Musiker treten ein.

Gertrud erklärt ihnen, was sie singen möchte. Dabei spürt sie Abwehr ringsumher.

Ein geheimer Trotz gegen den Preußenkönig steigt in ihr hoch, zitronensauer. Was man von diesem Mann alles erzählt: Pfeffer schüttet er sich in den Kaffee, Brot brockt er sich in die Bouillon wie ein Kutscher. Spiegel zerschlägt er! Man sollte ihm sagen, daß Potsdam nur eine kleine, unwichtige Haltestelle an der Via triumphalis nach Italien ist, mehr nicht.

Während die Musiker das Vorspiel zur Arie intonieren, schaut sich Gertrud seelenruhig die Gemälde an den Wänden an. Dann beginnt sie zu singen.

Der König wundert sich über soviel pomadige Ungerührtheit. Er hebt sich vom Sofa und tritt an sie heran, ganz nahe. Rührend, sie hat den Ausschnitt ihres Kleides besonders tief gewählt.

Am Ende der Arie bleibt er stumm. Seine Finger rascheln im Notenpapier. Er reicht ihr eine neue Arie. ›Mi parenti‹ aus Grauns *Britannico*-Oper. »Kann Sie das vom Blatt singen?«

Gertrud nickt. »Welches Tempo?« fragt sie kalt.

»Wie's da steht, ist's schnell genug«, meint der König; in seinem Blick glitzert die diebische Freude eines Mannes, der andere gern auf den Leim gehen sieht.

»Dann also *mein* Tempo«, sagt Gertrud und schaut erst jetzt ins Manuskript. Ihr schwindelt: Triller, Läufe, Koloraturen, ein Feuerwerk aus glitzerndem Notenstaub. Doch sie bewahrt Nerven. »Geschwinder!« sagt sie, »viel geschwinder!«

Die Musiker schauen sich verblüfft an.

Das wird ein Feuertanz, denkt Quantz und lehnt sich zurück. Er ist gespannt.

Tauentzien hebt beide Fäuste: die Daumen sind gedrückt.

Gertrud singt die Graunsche Bravourarie ungerührt vom Blatt, die Musiker können kaum folgen. Klar und metallisch kommt jeder Ton, schmiegsam sind die Übergänge. Das klingt, als ob tausend Nachtigallen um Rache schlagen.

Als Gertrud am Ziel ist, hält Friedrich sie für eine ausgewachsene Hexe!

Was weiter geschah, ist schnell erzählt. Der König streute eine Prise Schnupftabak in die Daumenmulde, zog den schwarzen Staub in die Nase hoch und nieste. Dann bot er der ›Deutschen‹ an, als seine *Assoluta* in Preußen zu bleiben. Jahresgehalt dreitausend Taler – eine generöse Offerte des Mannes, der im Hinblick auf Lessing und Winckelmann gesagt hat: »Tausend Taler sind für einen Deutschen genug!«

Gertrud aber lehnte ab. »Ich möchte nach Italien, Majestät.«

»Papperlapapp«, sagte der König.

Am nächsten Tag ließ er den alten Schmeling kommen. Als der einen ersten Vorschuß klingeln hörte, redete er seiner Tochter den Italientraum aus und unterschrieb einen Zweijahresvertrag. »Wir bleiben, Tochter! Friedrichstaler glänzen heller als Italiens Sonne . . .«

Gertrud ließ den Kopf hängen. Gehorchen also. Hinnehmen, was befohlen wird – wir sind in Preußen.

Wenig später zog sie als ›deutsche Sängerin, geehrt vom König‹ in die Berliner Hofoper ein. Sie stand sofort höher im Ansehen als die ›preußischen Kastraten‹ Concialini und Porporino, beides Zweitausendtaler-Männer, die kurz zuvor noch in Frauenrollen aufgetreten waren.

Die Berliner freuten sich über die deutsche Gertrud. »Endlich mal wat Echtes unterm Weiberrock!« jubelten sie. »Mal wat fürs Herz!«

Repititorium:

Friedrichs Vater, der gefürchtete Soldatenkönig, hatte die Musen von seinem Hof gejagt. Künstler waren für ihn so etwas wie Jongleure, Taschenspieler oder Equilibristen gewesen – Ungeziefer, reif für den Kammerjäger.

Dann aber mußte er erleben, daß sein eigener Sohn den Musen nachlief. »Der Fritz ist ein Querpfeifer und Poet!« spottete er in seinem Tabakskollegium, und dröhnend lachten die Generale.

Der Kronprinz selber aber hatte sich vorgenommen, später in Berlin genauso eine Musenplantage anzulegen, wie er sie aus Dresden kannte. Er wußte nur zu gut, wie sehr Preußen als barbarische ›Streusandbüchse‹ verschrien war, als Ort, an dem die Musen frieren. Unter seinem Regiment, so beschloß er nicht zuletzt aus politischen Gründen, solle Preußen auch kulturell blühen – koste es, was es wolle!

Es kostete viel.

Der junge Fritz merkte es, als er auf Schloß Rheinsberg erste Generalproben für seine spätere Kulturpolitik abhielt. Tafelmusiken, Abendkonzerte, Maskeraden. Seine Sänger, Tänzer und Musikanten wurden dabei über die Etatposten *Lakaien und Soldaten* entlohnt.

Primadonnen wagte Friedrich nicht über Heeresspesen abzubuchen – sein Vater hätte mit dem Knüppel dreingeschlagen.

Schon früh begann Friedrich prominente Musiker um sich zu versammeln. Als er 1740 die Regierung antrat, war der ›Generalstab‹ seiner Musenbrigade bereits mobilisiert. Der Rest wurde von außen herangeholt: Sängerinnen und Kastraten aus Italien, Tänzerinnen aus Paris, Geiger aus Böhmen. Allen diesen Künstlern schrieb er strikt ›italiänischen Stil‹ vor. Der König selbst fühlte sich als Generalissimus seiner Operntruppe. Er allein diktierte die Orders – und die Rutenschläge gegen Insubordinante. Alles geschah nach *seiner* ›Façon‹.

Die neue Musensaison wurde mitten im Schlesischen Krieg eröffnet, obwohl das Berliner Opernhaus noch gar nicht fertig war. Notenpulte und Instrumente, kalkbestäubt, standen neben Gerüsten, Mörtelwannen und Farbeimern. Eine Heizung war nicht vorhanden. Der König aber wollte nach seinem ersten großen Feldzug partout eine Oper genießen: Triller und Cantilenen sollten den Schießlärm der Schlacht von Mollwitz verjagen.

Friedrich wollte seinen ›italiänischen Frieden‹.

Eine schneidig organisierte Kulturepoche begann. Billettkassen gab es nicht; alle Opernbesucher waren Gäste des Königs. Eine gut funktionierende Verwaltung sorgte dafür, daß jeder mal dran kam, gratis und franco. Einzige Bedingung: anständige Kleidung.

Die Aufführungen selbst klappten wie am Schnürchen. Wenn der König erschien, gab der Kapellmeister, feuerroter Mantel, weiße Allongeperücke, ein Zeichen: Pauken und Trompeten schmetterten dann den ›Tusch aus dem Olymp‹. Sobald der Wildlederbesatz der königlichen Hose das Sesselkissen berührte, begann die Oper.

Gespielt wurde nur zu Karneval: zwischen November und April zweimal wöchentlich. Für etwa vierzehntausend Taler wurden zwei Opern pro Jahr inszeniert. Den Vorstellungen folgten meist Ballette, die in keinem Zusammenhang mit der Opernhandlung standen.

Das Parkett im Opernhaus konnte hydraulisch gehoben werden: für Tanzredouten mit kaltem Buffet. Gelegentlich servierte man dort das ›Hinterteil der Pompadour‹ – Spanferkel in Aspik.

Eines Abends gab es auch gar nichts! Da trat der italienische Baßbuffo Dominique Cricchi an die Rampe, klatschte in die Hände und meckerte: »Meine Damen und Herren, heut ist sich die erste April, haha!« Vorhang runter, Kerzen aus, Schluß!

Friedrich selbst hatte Cricchi diese Pointe eingeblasen. Die Berliner fanden das gar nicht witzig – sie waren sauer!

Aber auch der König hatte immer wieder Anlaß zum Ärger – sehr zum Nachteil seiner Galle.

»Schurken, Huren und Canaillen«, schimpfte er, wenn ihm Intrigen aus dem Opernhaus zu Ohren kamen. Am meisten regte ihn die Eitelkeit der französischen Balletttruppe auf. 1743 verfaßte er ein Pamphlet gegen sie und ließ es in die *Spener'sche Zeitung* setzen. Dabei wünschte er die gesamte ›kopflose Kunst‹ zum Teufel.

Anschließend sorgte er für Ersatz: er ließ die Tänzerin Barberina aus Venedig entführen.

Kidnapping für Preußens Gloria!

Barberina Campanini, eine rassige venezianische Schönheit, strotzend athletisch, galt als Europas begehrtester Tanzstar. Wie ein schöner langhaariger Jüngling sah sie aus: Ihre Augen brannten wie Kohle, ihre Beine, wahre Fußballbeine, führten so kraftvolle Sprünge aus, daß Rom, Paris und Venedig entzückt waren. Prinzen, Chevaliers und Lords setzten ihr Vermögen aufs Spiel, um die Gunst der stolzen Primaballerina zu erwerben.

Besonders die muskulöse Männlichkeit der Barberina-Beine, so meinte Voltaire, habe es dem Preußenkönig angetan.

»Die Capriolenmacherin soll nach Berlin kommen!« befahl Friedrich und bot zweitausend Taler jährlich auf Lebenszeit.

Er beauftragte seinen Pariser Gesandten, mit Barberina

Die Tänzerin Barberina

zu verhandeln. Doch die Tänzerin floh nach Venedig und feierte dort Karneval. Friedrich alarmierte daraufhin sein diplomatisches Korps. Die Gesandten von Österreich, Spanien, England und Frankreich sollten ihren Regierungen klarmachen, wie gefährlich es sei, den Großen König, den Sieger der Schlesischen Kriege, zu düpieren. Die europäischen Großmächte, so meinte Friedrich, sollten lieber mit Preußen zusammen den Dogen von Venedig auffordern, Barberina aus ihrer Heimatstadt zu verbannen.

Ein weitgespanntes Ränkespiel begann.

Der schlaue Doge ließ sich nicht erpressen. Indem er die Verlobung Barberinas mit Lord Stuart Mackenzie, einem Mitglied des britischen Parlamentes, förderte, brachte er ein neues verwirrendes Politikum ins Spiel.

Friedrich konterte mit der Drohung, den venezianischen Gesandten zu verhaften. Gleichzeitig heuerte er eine kleine private Mafia an: Zwölf italienische Lohnschurken sollten unter preußischer Regie eine dramatische Nacht in Venedig veranstalten.

Mitten im Karnevalstrubel fingen die zwölf ›Bravi‹ die Tänzerin Barberina ein, trennten sie mit Gewalt von ihrem englischen Verlobten und brachten sie als Gefangene über die Alpen nach Norden.

Barberina schnaubte vor Wut.

Dann aber handelte sie ihre Bezüge auf 7000 Taler hoch, hatte damit die gleiche Gehaltsstufe erreicht wie Madame Pompadour, die Mätresse Ludwig XV., und versprach zu bleiben.

1745 trat Barberina in der Ballett-Pantomime *Pygmalion* auf. Im fleischfarbenen Trikot spielte sie ein vom Bildhauer erschaffenes Mädchen, das zur Geliebten ihres Schöpfers wird. Das Publikum zeigte sich fasziniert.

Berlin war stolz auf seine Musen. Preußens Hofoper konnte jetzt wirklich eine brillante Besetzung anbieten: neben der Tänzerin Barberina und den Sängerinnen Astrua und Racaille auch den berühmten Kastraten Felice Salimbeni, den Jugendfreund des großen Farinelli.

Die italienische Zierkunst feierte über Jahre hinweg Triumphe in Berlin, erstarrte dann aber in einem konventionellen Hofbühnen-Reglement. Friedrich selbst verfiel schließlich der Langeweile. Verdruß stellte sich ein, Jammer über den Aufwand.

»Ich brauche Geld für Kanonen, Montierungsstücke und Pontons«, knurrte er, »und kann nicht soviel für Haselanten vertun.«

Die Primadonna Giovanna Astrua sei »rappelköpfisch«, beschwerte er sich, und sein Urteil über die Sängerin Racaille fiel noch drastischer aus: »Eine Canaille hierher kommen zu lassen, die fukst aber nicht singt, ist nicht die Mühe wert!«

Der Ärger fraß sich bis in die Galle. Seine allgemeine Menschenfeindlichkeit ging schließlich soweit, daß er den Wunsch äußerte, man möge ihn neben seinen Windhunden begraben.

Genau in diesem Augenblick erschien Gertrud Schmeling in Potsdam – die *Deutsche*!

Sie ahnt nichts von alledem, die Kleine!

Sie hat ihre dreitausend Taler im Jahr, dazu den Titel *Assoluta* und einen Vater, der zufrieden ist. Genug!

Der Spiegel in ihrem Zimmer ist nicht mehr halbblind, und er hat auch keine Blatternarben. Blank und frech schaut er ihr ins Dekolleté. Und die Seidentapete hinter dem Spiegel ist bronzefarben und sanft – sanft wie seine Haut. Elegant wie *er*! Schützend und wärmend wie – heraus mit dem Namen! – wie Johann Baptist Mara, der Cellist von Rheinsberg.

Gertrud Schmeling ist verliebt. Zum ersten Mal in ihrem Leben verliebt. Rettungslos verliebt in diesen Mara!

Was hat der alte Gelehrte, ihr Nachbar im Hotel, gesagt? *Mara,* das komme aus dem Altindischen und heiße Tod, Vernichtung – Teufel sogar. Unsinn ist das! Mara heißt Liebe. Glück heißt es. Alles!

Es klopft. Ihr Blut steht still . . .

Der Kammerdiener kommt, Bräsicke. »Blumen und Äpfel aus dem königlichen Treibhaus«, meldet er. »Und der König läßt ausrichten, daß er für morgen abend eine Heizung im Opernhaus parat habe, damit Mamsell nicht mehr friert . . .«

»Eine Heizung? Woher plötzlich?«

»Eine Kompanie heißgelaufener Soldaten. Das soll wärmen, sagt der König.« Bräsicke verabschiedet sich.

Gertrud riegelt die Tür hinter ihm zu.

Soldaten, Männer. Immer nur Männer, denkt sie. Immer wieder war sie die einzige Frau am Männerhof von Sanssouci. Jedermann weiß ja, daß der König seine Frau am Tage der Thronbesteigung in ein einsames Schloß geschickt hat. Er will sie nicht in der Nähe haben. Auch seine Schwester Amalie hat er verbannt, ins Quedlinburger Schloß. Nur weil sie den Trenck liebte.

Sie suchen wohl kein Glück bei Frauen, die Hohenzollern. Nur immer Pflicht, Ruhm, Ehre. Männer-Männer sind sie, Mannsbilder für Männer. Keine Weiberhelden, ganz gewiß nicht.

In Rheinsberg, wo Prinz Heinrich, der Bruder des Königs, residiert, ist es genauso. Heinrichs Frau, die Schöne, lebt ungeliebt in einsamen Zimmerfluchten. Dafür hat der Prinz Männer um sich versammelt, schlaue, vive Jünglinge. Eine geschmeidige Corona, die sein Laster ausnützt, ihn heimlich erpreßt.

Einer von ihnen ist *er*! Mara, der Cellist!

Man muß ihn retten, er ist gut und schön, zu schade für das. *Ich* muß ihn retten! Durch meine Liebe.

Ob er mich überhaupt mag? Was sucht sein Blick bei mir, sein ständig stöbernder Blick ... Gertrud schaut an sich herab, entdeckt die Fußspitze unter ihrem Kleid und merkt, daß sie zittert.

Und dann hört sie plötzlich seine Stimme.

»Betty«, klingt es von draußen. »Mach auf, Betty!«

Gertrud spürt in dieser Sekunde, daß Schreck und Freude der gleiche Schmerz sein können.

Und Mara hat es geschafft. Johann Baptist Mara, Günstling des Prinzen Heinrich, ›der gemeinste Schurke‹, wie Zelter ihn in einem Brief an Goethe genannt hat, Mara, der Cellist des Teufels, hat sein Opfer im richtigen Moment erwischt.

Haargenau!

Wie sieht so ein Primadonnen-Liebhaber aus?

Hübsch sieht er aus – im allgemeinen! Schlau, agil und weltgewandt, strapazierfähig bis zum Es-geht-nicht-mehr. Ein Mannsbild von hoher erotischer Tauglichkeit.

Baptist Mara, sechsundzwanzig Jahre alt, Sohn des Musikanten Ignaz Mara aus Teuschbrod in Böhmen, galt seit fünfzehn Jahren als Günstling und Cellist des pockennarbigen Prinzen Heinrich. Er diene ihm als ›Leibgeige‹, sagte man bei Hof. Irgendwelche Skrupel besaß Mara nicht, dafür aber schmale, bewegliche Hüften. Und einen unüberwindlichen Hang zum Suff.

Auf Schloß Rheinsberg bewohnte er ein luxuriöses Appartement mit Küche, Dienerschaft und Equipage. In schöner Regelmäßigkeit lud Ehefeind Heinrich ihn ›zur Musik‹ in seine Privaträume.

Ein verdammt hübsches Filou war er! Ein Filou von der abgebrühtesten Sorte. Und Gertrud, die kleine hochbegabte und himmlisch reine Schmeling, war in ihn verliebt! »Ausgerechnet Mara!« knurrte der Alte Fritz. »Meine Primadonna ist in eine Canaille verknallt!« Wütend stieß er den Krückstock aufs Parkett. Mag sie mit dem Kerl machen, was sie lustig ist, dachte er – heiraten soll sie ihn nicht!

Der König war ein Feind von Künstlerehen. Er wollte nicht, daß es während der Opernsaison dicke Bäuche im Korps der Sängerinnen und Ballerinen gab. Er honorierte die Gurgeln und die Waden der Damen, nicht ihre Milchdrüsen. »Ich bezahle sie für Kunstpläsier, nicht um Vexiererreien von ihnen zu haben.«

Auch Prinz Heinrich war entsetzt, als er hörte, daß die Schmeling seinen Günstling liebte. »Ausgerechnet Mara!« ächzte er.

»Verliebt in diesen Mara!« stöhnte auch der alte Schmeling und sah schon seine Felle davonschwimmen, falls Gertrud diese habgierige Hofschranze heiraten würde.

Gertrud selbst aber, zweiundzwanzig Jahre alt und seit sechzehn Jahren mit ihrem Vater unterwegs, wollte endlich ihr eigenes Leben genießen. Sie wollte ihren Mara, auch wenn alle dagegen waren. Im Handumdrehen schrieb sie ihrem Vater eine Leibrente von sechshundert Talern im Jahr aus und trennte sich von ihm.

»Das Geld für den Alten wird uns natürlich fehlen«, monierte Mara und zeigte sich verärgert.

Gertrud seufzte. »Wir sollten Preußen ganz verlassen«, schlug sie vor. »Wir sollten uns selbständig machen – du könntest mein Impresario sein.«

Noch in der gleichen Nacht ging sie zum König. »Ich werde meinen Vertrag nicht erneuern«, sagte sie ihm ins Gesicht und spürte doch, wie sie zitterte.

»Sie wird bleiben«, konterte der König. »Sie ist meine première Chanteuse.« Dann beugte er sich über seinen Schreibtisch.

Es gab Wichtigeres zu tun.

Wir unterbrechen, um einen alten Bekannten zu begrüßen. Dr. Charles Burney ist soeben im Königreich Preußen eingetroffen.

Er ist leichenblaß und zu Tode erschrocken.

Trotz Paßvorlage und Zollrevision an der Grenze hat man ihn wie einen Gefangenen zum Berliner Zollamt geschleppt. Seit zwei Stunden steht er dort im Hof und wartet. Ein grauer, kalter Landregen hat ihn bis auf die Haut durchnäßt, seine Zähne klappern.

Im warmen Zimmer aber sitzen die Beamten und durchwühlen das Reisegepäck des Engländers. Endlich begibt sich der Oberzollsekretär zur Einvernahme nach draußen. Er hat eine Habichtnase und einen vorstehenden Oberkiefer.

»Waf wollen Fie hier?« fragte er Burney.

»Die Kultur dieses Landes studieren.«

»Fpionieren, wie?«

Burney, ärgerlich: »Im übrigen habe ich auch Grüße an den König zu überbringen. Natürlich nur mit Ihrer Erlaubnis.«

»Warum fagen Fie daf nicht gleich?« schnarrt der Beamte und läßt sofort die Koffer bringen. »Gute Fahrt!«

Wenig später notiert Burney in seinem Tagebuch, daß in Preußen nur der musikalische Geschmack des Königs gelte – alles andere sei verboten. Wenn Friedrich selber musiziere, sei auch Beifall verboten; Kritik werde ohnehin nicht für möglich gehalten. Nur Quantz habe das Solo-Privileg, gelegentlich »Bravo« zu sagen. Er gehe aber recht sparsam mit diesem Privileg um.

Wörtlich: »Die Musik ist in diesem Lande vollkommen im Stillstehen, und sie wird es solange bleiben, als Seine Majestät den Künstlern so wenig Freiheit in den Schönen Künsten läßt.«

Baptist Mara steht im Zimmer der Primadonna, ein Glas Wein in der Hand. Sein mattsilbernes Jabot aus geschorenem Samt kontrastiert elegant zur hautengen schwarzen Hose. Das Spitzenhemd ist bis zum Nabel aufgeknöpft; kein einziges Härchen schimmert auf der olivfarbenen Brust.

»Laß uns also fliehen«, sagt Gertrud. »Nach Italien.«

Behutsam spreizt Mara den kleinen Finger vom Glas und nippt am Wein. »Der König hat dich für alle Zeit beschlagnahmt«, sagt er. »Für ihn bist du kein Mensch, sondern ein Bündel Stimmbänder. Er braucht dich für seine Kultur, meine Liebe!«

Sie schweigt.

»Der preußische Adler kann selber nicht singen«, fährt Mara fort, »darum hält er sich eine Nachtigall.«

Gertrud, unvermittelt: »Ich liebe dich.«

In Maras Hand zerbricht das dünne Glas. Rotwein rinnt über seine Finger.

Gleichzeitig springt die Tür auf!

Schritte stampfen. Ein Polizeiwachtmeister und zwei Gendarmen stehen plötzlich im Raum.

Mara schaut auf den blankgezogenen Säbel des Wachtmeisters. »Zwiebelschneiden?« fragt er mokant und trocknet sich die Hände ab. Sein Taschentuch ist rot von Blut und Wein.

»Im Namen des Königs!« sagt der Polizist. »Johann Baptist Mara, Sie sind verhaftet.«

Mara nickt gelangweilt. Dann wirft er einem der Gendarmen das feuchte Taschentuch zu. Der fängt es gehorsam auf, überlegt eine Weile und schleudert es wütend in die Ecke.

Der Verhaftete wird abgeführt. Gertrud, trockene Tränen im Blick, kann kaum noch Abschied nehmen.

Am späten Abend erfährt sie den Grund der Verhaftung: der Violoncellist Mara habe die Primadonna des Königs zur Flucht und damit zum Kontraktbruch überreden wollen. Durch diese Handlung habe er sich als Saboteur gegen Preußens Kulturpolitik ausgewiesen. Ort der Einvernahme: Festung Marienburg.

»Ich konnte den folgenden Tag weder gehen noch stehen«, vertraute Gertrud ihrem Tagebuch an. »Und wenn ich nicht darauf bestanden hätte, mir Krücken zu verschaffen, wäre ich zeitlebens lahm geblieben.« Wenn sie durchs Fenster spähte, sah sie zweibeinige Wachhunde vor der Tür stehen: Zivilagenten, die für ›Zucht und Ordnung der Primadonna‹ zu bürgen hatten (*Preußische Kabinettsorder vom 11. März 1773*).

Gertrud Schmeling lehnte sich nicht dagegen auf. Seltsam ruhig blieb sie, gelähmt von lauter Traurigkeit.

Wieder fuhr sie zum König. Gefaßt schaute sie ihm in die großen hellblauen Augen. Sie sei nunmehr bereit, ihren Kontrakt zu verlängern und der Königlichen Oper treu zu bleiben, erklärte sie. Für den einzigen geliebten Mann aber, für Baptist Mara, erbat sie die Freilassung.

Friedrich nickte. Hatte er überhaupt zugehört . . .?

Mehr denn je fühlte Gertrud Schmeling sich als Sklavin der preußischen Kulturpolitik, der Gnade des Königs anheimgegeben. Ihre gestern noch bewunderte Stimme – sechsundzwanzig Tonstufen, leuchtende Perlenketten der Koloratur – verkümmerte.

Die staatseigenen Stimmbänder kapitulierten.

Nach langer beschwerlicher Reise kommt der Gefangene Baptist Mara in Westpreußen an. Der Kommandant der Festung Marienburg erwartet ihn vor dem Tor.

»Nun, was ist?« fragt Mara lässig.

»Ich freue mich, mein Herr«, sagt der Kommandant, »Ihnen mitteilen zu können, daß Sie frei sind.«

Mara bedient sich aus seiner Schnupftabakdose. »Dann hat die Nachtigall wohl den Adler betört«, sagt er und niest haarscharf am Kommandanten vorbei.

»Wie meinen . . .?«

Mara reist sofort nach Berlin zurück.

Dann wird geheiratet!

»Unsere Schmeling heiratet einen Trunkenbold«, schrieb der Dichter Johann Wilhelm Gleim. »Als ich diese Nachricht erhielt, ging ich zu Apolls Büste und weinte glühende Tränen.«

Gleichwohl wurde Gertrud Elisabeth Schmeling, Preußens Assoluta, von diesem Tage an *die Mara* genannt.

Hingebungsvoll genoß sie die Rosen und spürte die Dornen nicht – eine verliebte Törin! Ihr Busen schwoll, die Wangen röteten sich, und ihre Stimmbänder gaben endlich wieder das altgewohnte Brillantfeuerwerk aus Trillern und Kadenzen her.

Auch in den Berliner Salons ließ sie sich wieder sehen. Sachverständige Kontrapunktisten und Harmonielehrer diskutierten mit ihr, machten ihr Komplimente, fragten sie unermüdlich aus.

»Ist es möglich, Madame«, wollte jemand wissen, »eine Tonleiter aus lauter Ganztönen zu singen und dann die Oktave des ersten Grundtons sauber zu intonieren?«

Gertrud lachte und trat sogleich den Beweis an. Sie sang *c, d, e, fis, gis, ais* und dann wieder ein klares *c*.

»Die Oktave, rein wie Gold!« lobte die Gesellschaft.

Die Primadonna aber gab bescheiden zu, daß sie während des Singens den vorletzten Ton in Gedanken in *b* verwandelt habe. Dadurch sei ihr die letzte Ganztonstufe so sauber gelungen.

In den folgenden Monaten war Gertrud so fiebrig mit ihrer Kunst verbunden, so sehr mit Blut und Nerven der Musik ergeben, daß sie eine Frühgeburt erlitt: ein totes Kind kam zur Welt.

Baptist Mara betrank sich und überließ sie ihrem Schmerz.

Erste Enttäuschungen stellten sich ein. Gertrud sehnte sich plötzlich nach Abwechslung, nach freier Luft. Wie eine Ertrinkende griff sie nach einer Einladung, die 1774 aus London kam. Die Engländer wollten sie für zwölf Konzerte haben und boten dafür 1100 Pfund Sterling.

Der König genehmigte ihr Urlaubsersuchen: »Sie kann gehen. Der Mann aber muß bleiben!«

»Da hast du's! Ein Geisel bin ich«, maulte Mara und hatte neuen Anlaß zum Trinken.

Kurz vor dem Abreisetermin der Primadonna änderte Friedrich seine Meinung: »Ich habe sie jetzt selbst nötig.«

Gertrud, zutiefst verbittert, ließ den Bescheid des Königs durch den britischen Gesandten nach London melden. Dann beschloß sie endgültig die Flucht. Auch Mara war jetzt einverstanden.

Doch schon am Stadtrand von Berlin wurde das Ehepaar festgenommen. Der Hofcellist wurde auf der Stelle zum Trommelschläger degradiert und für zehn Wochen in die Hausvogtei gesperrt.

»Lassen Sie ihn frei!« flehte Gertrud in einem Brief den König an. »Ich brauche ihn.«

Friedrichs Antwort: »Sie ist bezahlt, zu singen, nicht um Briefe zu schreiben.«

Singen, nichts als singen – eine Gurgel nur, ein Bündel Stimmbänder. Ob krank, traurig oder erschöpft: ›Sie ist bezahlt‹! Galeerensklavin auf der Königlich Preußischen Musenbarke.

Friedrich brauchte sie zum Vorzeigen.

Im Sommer 1776 kam der russische Großfürst Paul nach Potsdam, ein splendider Vertreter jener Macht, die noch vor anderthalb Jahrzehnten das Dach des Berliner Opernhauses mit Kanonenkugeln demoliert hatte. Der Großfürst überbrachte Grüße von zwei großen Katharinas: von der Zarin Katharina II. und von der Petersburger Primadonna Katharina Gabrielli.

»Einst haben Majestät der Gabrielli einen Vertrag abgeschlagen«, versuchte der Russe den Preußenkönig zu provozieren, »jetzt ist sie bei uns, die größte Sängerin unserer Zeit.«

»Exzellenz kennen die Mara nicht«, antwortete Friedrich und ließ Gertrud mitten in der Nacht aus dem Bett holen, damit sie dem Großfürsten Preußens Überlegenheit beweise. Gertrud erschien, eierschalenblaß.

Glanzlos und müde tönte ihre erste Arie. Der Russe triumphierte, und Friedrich schrumpfte in seinem Sessel. Dann aber erkannte Gertrud, daß außer der staatlichen Reputation auch ihre eigene auf dem Spiel stand. Die zweite Arie kam deshalb blendend wie eh und je aus ihrer Gurgel, brillant und voller Glut.

Ein heimlicher Blick schoß aus dem Auge des Königs: Du willst dich rächen, Canaille. Nun, meinetwegen – wir sind quitt!

»Was verdient Sie?« fragte der Großfürst hinterher.

Gertrud antwortete nicht.

»Die Gabrielli kriegt mehr!« lachte der Russe. »Als sie sechstausendfünfhundert Rubel nebst Wohnung und freier Tafel forderte, meinte die Zarin, das sei mehr, als ein Feldmarschall verdiene. Daraufhin die Sängerin: *Dann laßt doch Euern Feldmarschall singen!*«

Gertrud lächelte pflichtschuldigst.

Der Großfürst neigte sich an ihr Ohr. »Was die Primadonna der Zarin verdient, steht auch Ihr zu, Madame! Sie sollte sich das einfach nehmen. Angriff ist die beste Verteidigung!«

Gertrud, auf glatten Salonparketts hellhörig geworden, begriff, was hinter diesen Worten steckte: nationales Prestige, kulturelle Großmachtpolitik. Konkurrenzkampf im Konzert der Mächte.

Die schlaue Gabrielli, Gertrud wußte es, war raffinierter und dreister im Umgang mit den Mächten. Dem Vizekönig von Sizilien hatte sie noch im Gefängnis getrotzt. In Wien war sie bereit gewesen, die Geliebte des Kanzlers Kaunitz zu werden, nur um sich Autorität bei Hof zu verschaffen.

Die Gabrielli ließ sich nichts gefallen. Sie wehrte sich!

Wehren muß man sich, wehren oder ausweichen, dachte Gertrud. Nicht mehr Knetwachs in der Hand des Königs sein, nicht mehr willenloses Objekt.

Fliehen . . .! Endgültig fliehen!

Im Sommer 1780, nach neun Jahren Berlin-Aufenthalt, wagten die Mara und ihr Mann ihren letzten verzweifelten Fluchtversuch.

Diesmal *mußte* es gelingen!

Gemächlich rumpelt die Kutsche über preußisches Kopfsteinpflaster. Nur keine falsche Hast – die Fahrt ist offiziell! Die Maras haben Berlin verlassen, damit die Rippenfellentzündung der Primadonna im pommerschen Kurort Freienwalde geheilt werde.

Der König selbst hat Postpferde genehmigt.

Baptist Mara späht aus dem Kutschenfenster: kein Verfolger hinter ihnen, kein preußischer Spion im Gesträuch.

»Nach rechts abbiegen!« befiehlt er kurz vor Freienwalde seinem Kutscher.

Schlamm und Ödnis. Die kahlen Bäume des Oderbruchs haben den Erdhorizont wie mit grauen Fäden an den Himmel geheftet.

Die sächsische Grenze ist erreicht. Paßformalitäten sind nicht nötig. Trotzdem muß man auch hier vorsichtig sein: preußische Agenten sind überall.

Ohne Pause weiter, Tag und Nacht.

Auf der Dresdner Elbbrücke erstarrt Gertrud vor Schreck. Graf Brühl kommt ihnen entgegengeritten – Brühl, der alte Fuchs! Als er die Primadonna des Preußenkönigs erkennt, ruft er laut: »Wie geht's Madame? Wohin?«

Gertrud läßt halten. »Zur Kur, Exzellenz! Nach -- Teplitz! Ich muß mich erholen.«

»Sie kommen doch zurück?«

»Versteht sich.«

»À la bonheur!«

Weiter geht's.

Noch am gleichen Abend wird die böhmische Grenze überschritten. Im ersten besten Dorfgasthof steigen die Maras ab.

Völlig erschöpft von der gefährlichen Reise sinken sie aufs Strohlager und schlafen wie die Murmeltiere, zwanzig Stunden lang. Zwei freie Menschen, irgendwo im Böhmerwald.

»Ich habe öfters auf fürstlichen Betten geschlafen«, schrieb die Mara später im hohen Alter, »aber nie so sanft wie auf diesem Stroh, oh Liberté!«

Die handschriftlichen Mara-Memoiren liegen heute hinter Glas in Reval – in einem sowjetischen Stadtarchiv. Sie sind alles andere als ein maniriertes Primadonnen-Album; aus dem Revaler Konvolut spricht realistische Menschlichkeit.

Hier ist eine kurze Inhaltsangabe:

Vom böhmischen Gasthof ging es über Prag nach München weiter. Dort traf sie Mozart, den sie, genau wie der Alte Fritz, für indiskutabel hielt. Doch diese Abneigung beruhte auf Gegenseitigkeit. »Die Mara hat nicht das Glück gehabt, mir zu gefallen«, schrieb Mozart.

Auch in Paris hatte die Mara zunächst gegen Vorurteile zu kämpfen. Man kritisierte ihre Haartracht, ihre Kleidung, ihre Figur. Dennoch gelang es der deutschen Sängerin, ihre Rivalin Luiza Todi, von den Franzosen ›Sängerin der Nation‹ genannt, erfolgreich an die Wand zu singen. Königin Marie Antoinette empfing die Mara in Versailles und trug ihr die Freundschaft an.

Dann reisten sie nach London weiter. Zur Händel-Gedächtnisfeier in der Westminster-Kirche sang die Mara ›Ich weiß, daß mein Erlöser lebet‹, begleitet von 258 Musikern und 270 Choristen. »Ich selber kam mir heilig dabei vor«, schrieb sie. »Ich fühlte, daß ich mein innerstes Wesen aussprach: Schmach und Liebkosung, Größe, Verfall und tiefe Zerknirschung. Himmel und Hölle!«

Wer will, kann zwischen diesen Zeilen lesen, wie schmählich sich die Mara, bei allem Triumph, ihrem Mann ausgeliefert fühlte. Er verspielte fast alles, was sie ersang. Er liebte und prügelte sie, als ob beides das gleiche sei, und konnte sich selbst nur im Suff ertragen.

Dennoch fanden die Ehegatten Disziplin genug, um sich gemeinsam in die Höhle des Löwen zu wagen – nach Italien! Zitternd vor Angst bestand die Mara ihre bisher größte Prüfung: das Geburtsland der Oper lag ihr zu Füßen – Turin, Mailand, Venedig.

Dann Paris im Revolutionsjahr 1792! Auf der Pont-neuf-Brücke sah sie ihre Freundin Marie Antoinette wieder. Auf einem Karren wurde sie durch eine geifernde Volksmenge ins Gefängnis gebracht, totenbleich, erniedrigt – keine Königin mehr, nur noch ›das Weib Capet‹.

Schaudernd floh die Mara nach London zurück, um es zehn Jahre lang nicht mehr zu verlassen.

Der Alte Fritz, das erfuhr sie, ließ sich gelegentlich über ihre Erfolge im Ausland berichten. Ansonsten resignierte er immer mehr. Kaum noch konnte er seine ›Principessa‹, die geliebte Konzertflöte, in den gichtigen Fingern halten; auch fielen ihm die Vorderzähne aus. Sein Gesicht wirkte faltig wie ein Weiberrock, sein Rücken krumm wie ein Fiedelbogen. Vermißte er seine gehorsame Primadonna, die ihm einst mit ihrem Singsang die Runzeln geglättet und seinem Ohr geschmeichelt hatte?

Seltsam genug: die Mara hing insgeheim noch immer an ihrem Preußenkönig. Sie hielt ihn für einen einsamen Mann – wohl deshalb, weil sie sich selber einsam fühlte. 1795 ließ sie sich von ihrem Mann scheiden.

Baptist Mara preßte ihr das letzte Geld ab und fuhr nach Deutschland zurück. Ein paar Jahre später traf er dort jenen Ernst Ludwig Gerber, der gerade an den Ergänzungsbänden seines *Historisch-Biographischen Lexicon der Tonkünstler* arbeitete. Gerber nahm das Rendezvous mit Mara sogleich in seine *Lexicon*-Spalten auf. »Von seiner Kunst verlassen blieb ihm keine Zuflucht als das Mitleiden anderer«, heißt es da. »Und so wäre denn freylich seine edelmüthige Gattin für das von ihm erlittene Ungemach schrecklich gerochen. Dessenungeachtet soll er noch von ihr von Zeit zu Zeit mit ansehnlichen Geldsummen unterstützt worden seyn.«

Baptist Mara fuhr schließlich nach Holland und tauchte in einer Matrosenkneipe bei Rotterdam unter. Als völlig verarmter Bierfiedler starb er dort im Jahre 1808.

Die Schätze der Sängerin Gertrud Elisabeth Mara wurden inzwischen von einem anderen ›Impresario‹ ausgebeutet. Der Flötist Florio, zwanzig Jahre jünger als sie, ein kleiner, eitler Querpfeifer, wurde ihr ständiger Begleiter. Konzert, Salon, Kutsche oder Bett – Florio war immer dabei.

1805 sang die Mara in Rußland. Zar Alexander I. bekannte sich als ihr größter Bewunderer. Die Sängerin kaufte sich einen Landsitz bei Moskau und legte ihr Vermögen auf russischen Banken an. Bis 1812 ging alles gut – dann brannte Moskau, ein Abschreckungsfeuer gegen Napoleon! Die Mara verlor fast alles, was sie hatte – zu ihrem Glück auch Florio. Baltische Freunde nahmen die dreiundsechzigjährige Heroine in Reval auf.

Ihr Lebenslied war ausgesungen.

Zu ihrem achtzigsten Geburtstag erhielt sie überraschenden Besuch: Anna Milder, Primadonna der Berliner Hofoper, die junge dynamische Nachfolgerin der Mara, erschien mit einem Riesenstrauß Blumen in Reval.

»Jetzt wird bei uns modern gespielt«, sagte die Besucherin.

»Modern?« Ein schmerzhaftes Wort im Ohr der alten Traditionalistin. »Was ist das: modern?«

»Mozart«, sagte die junge Primadonna.

Mozart... Die Greisin dachte an München, an den zarten Mann mit Zopfperücke und Galadegen, der ihr so keck und neutönerisch vorgekommen war und den sie abgelehnt hatte. Warum eigentlich...? Sie wußte es nicht mehr genau.

Tränen schossen ihr in die Augen. Sie spürte in diesem Augenblick mehr als nur einen reinen Generationswechsel. Ein neues musikalisches Weltzeitalter hatte begonnen – eine etwas freiere Kunstepoche.

Während der Duft ihrer Geburtstagsblumen das Zimmer füllte, sang die alte Ex-Assoluta ihrer jungen Besucherin noch einmal jene *Atalanta*-Arie von Händel vor, mit der sie in London immer wieder Da-capo-Rufe geerntet hatte. Schwach und dunkel, kaum vernehmbar, klang die Stimme der Mara: ›Ich verlaß euch, ihr zürnenden Blicke ...‹

»Ich verlaß euch«, sagte die Alte und schloß das Cembalo.

Anna Milder konnte die Schraffur ihrer Züge nicht mehr lesen: lächelte sie – oder war es Trauer?

Vier Jahre später, im Jahre 1833, starb Gertrud Elisabeth Schmeling-Mara in Reval.

8 Oper und Revolution

>»Ich suche eine Musik zu schaffen, die die lächerliche Betonung der nationalen Musik verschwinden läßt.«

Christoph Willibald Gluck

Als Gertrud Elisabeth Schmeling noch wie ein sittsames Wappentier Preußens Hofoper repräsentierte, stolz und traurig zunächst, dann ekstatisch verzückt wie eine verliebte Nachtigall, ohnmächtig ihre Erpreßbarkeit zeigend – als die Schmeling noch still ergeben der Autorität gehorchte, da wichen Frankreichs schönste Musentöchter auf den Rosa Markt aus.

Aus dem Palais Royal flohen sie ins Halbdunkel der Privattheater – aber nur zeitweise!

Einerseits dienten sie dem König weiter, andererseits bestellten sie ihre eigenen Gärten: sehr diesseitige, sehr ökonomisch konzipierte Gärten der Lüste. Eitle, aufbegehrende Blaublütler und arrivierte Bürgerliche finanzierten diese Zweigbetriebe.

Frankreichs prominente Opernstars etablierten sich als Doppelverdienerinnen. Ihr weiblicher Instinkt ließ sie auf *zwei* Farben setzen: auf Staatsautorität und Opposition, auf das Schwindende und auf das Kommende zugleich. Bedenkenlos stiegen sie ins große Vabanquespiel ein. Dabei zeigten sie nicht nur die Kunstfertigkeit ihrer Gurgeln, öffneten sich nicht nur bis zu den Brustspitzen, sondern ließen, wenn die Zahlenden es wünschten, auch das Letzte fallen.

Sie verdienten ihr Geld als pensionsberechtigte Hofbeamtinnen und gleichzeitig als Kurtisanen. Und da sie von Haus aus antitragische Typen waren, bewältigten sie ihre frivolen Doppelrollen ohne jeden Skrupel.

Die einst als Kunstmodell beschworene Insel Cythere, orphischer Garten des ewigen Friedens, wurde zum Bordell, zum erotischen Schnellimbiß für gehobene Kreise. Die Oper mauserte sich als Schauplatz für Prostitution, als Freudenhaus.

»Wo steht geschrieben, daß unsere reizenden Filles de l'opéra immer nur dem König dienen müssen?« fragten reiche Leute in Paris und zwinkerten dabei den Primadonnen und Ballerinen zu. »Außer Louis Quinze gibt es auch noch Louisd'ors!«

Dieses Signal genügte. Immer mehr Theaterkutschen begannen ihre Fahrtrichtungen zu ändern.

»Wohin fahren denn alle jene grauen Kutschen?« notierte der Pariser Chronist Barrière. »Kein Wappenschild ist zu sehen! Den Karossen entsteigen Damen, die alle kleine Masken tragen...«

Sophie Arnould
(Stich von Quentien de la Tour) ▶

Die Kutschen fuhren zu den Privattheatern.

Zwei davon lagen an der Pariser Chaussee d'Antin; das eine gehörte der Primaballerina Guimard, das andere der Primadonna Sophie Arnould.

Ein kalksteinheller Musentempel mit zwei großen dorischen Säulen. Über dem Tor eine Marmorgöttin. Mit geschlossenen Augen strahlt sie ein sybaritisches Lächeln aus – das Lächeln der Sophie Arnould.

Im Vestibül stehen, eingepflanzt in grüne Holztöpfe, sechs kleine Orangenbäume mit echten Früchten. An den rosenholzfarbenen Wänden kleben, wie Zuckerguß, filigrane Süßigkeiten: Venusmuscheln, Dornenranken, vorgetäuschte Fenster.

Die Herren legen ihre Hüte, die Damen ihre Halbmasken ab. Dann greifen sie zum Champagner.

Madame Arnould, vierundzwanzig Jahre alt, begrüßt die Gäste mit distanzierender Höflichkeit.

Ihr Name regt immer wieder die Phantasie an. Wie war das noch . . .? Erzogen von der sagenhaft reichen Prinzessin Conti. Voltaire war Kommunions-Zeuge . . . Die Königin und die Pompadour stritten sich um das junge verlockende Mädchen . . . Gesangsausbildung bei der Primadonna La Fel, Schauspielstudium bei der Clairon. Dann gefeierter Star der Pariser Opernbühne, talentiert, geistreich, kapriziös. Zu ihren Freunden zählten Diderot, Beaumarchais, Rousseau . . .

Die Schönheit der Arnould hat nichts von der Wärme des Goldes, eher ist sie wie schlackenloses Silber – kühl und glitzernd. Dunkle Haare rieseln über die Schultern, die braunen Mandelaugen funkeln. Über dem weißen dünnen Kleid, das ihre Figur makellos nachbildet, hängt eine Kette aus taufrischen Rosenknospen.

»Gut, daß Sie gekommen sind«, flüstert sie einer Herzogin zu. »Das Leben ist viel zu kurz, um es unerlebt zu lassen.«

Ein Abbé verneigt sich: »Ihr Bewunderer, Madame . . .!«

Die Arnould: »Die Wunder an einer Primadonna sollten nicht überschätzt werden, Monsignore, sie sind wie Künste, vor denen man besser die Türen schließt.«

Dann steht ein millionenschwerer Pair vor ihr, dick und selbstbewußt. »Trotzdem«, sagt die Arnould nach einer Weile, »kommt ein großer Mann den Schöpfer da oben billiger zu stehen als eine kleine irdische Fee, die nur durch Liebreiz bezaubern kann . . .«

». . . und durch Esprit!« antwortete der Pair und staunt über die gescheiten Bonmots der jungen Primadonna.

Die Gäste nehmen im Theaterraum Platz. Halbdunkel hüllt sie ein. Das kleine Orchester stimmt die Streichinstrumente.

Was steht auf dem Programm?

An Dienstagen, daß weiß jeder, unterhält Sophie Arnould die Pariser Gesellschaft. An Donnerstagen gehört sie ihren lesbischen Freundinnen im Hochadel. Außerhalb dieser Zeit singt sie als Primadonna an der Oper. Halb Göttin, halb Demimonde . . .

An der Bühnenrampe flammen sechs gelbe Öllampen auf.

Musik ertönt, der Vorhang hebt sich, Tänzerinnen erscheinen: Diana mit ihren Jagdgefährtinnen – zwanglos, wie Jägerinnen es eben sind, wenn keine Hirsche röhren. Immer noch die alte Geschichte aus den *Metamorphosen* des Ovid, inzwischen aber wesentlich pikanter serviert als vor hundertfünfzig Jahren im ›Teatro Barberini‹, der römischen Kardinalsoper.

Ein Einakter folgt: *L'air de Myrza* von Delisle de Sales.

Der junge Chevalier de Grammont steht auf der Bühne

und raspelt Süßholz mit der Arnould, die hinter einer offenen Tür im arabischen Bad beschäftigt ist. Parfümduft breitet sich aus.

Die badende Venus antwortet in Versen. Ihre zungenfertigen Rezitative verraten exzellente Opernschulung. Langsam löst sie sich aus dem Hintergrund und steht schließlich glatt und feucht, so wie sie aus dem Bade kam, an der Rampe. Ihr Blick ist wie versteinert, ohne jeden Ausdruck.

Jetzt gleicht sie aufs Haar der Marmorgöttin draußen vor der Tür.

Just zu diesem Zeitpunkt klagte ein deutscher Komponist »die falsch angebrachte Eitelkeit« der Opernstars an, die »eines der schönsten und prächtigsten Schauspiele zum langweiligsten und lächerlichsten herabgewürdigt haben«. Dabei schüttelte er sich vor Zorn.

Christoph Willibald Ritter von Gluck beschloß die Pariser Oper zu retten. Von Wien aus bereitete er seine »französische Revolution nach Noten« vor.

Gluck war ein Mann, der aus den Wäldern kam. Als Sohn eines Försters war er 1714 im mittelfränkischen Erasbach geboren worden. Ein Breitschädel, ein knochiger Kraftmensch, der nach Tannennadeln roch und sich nicht scheute, barfuß durch den Winterwald zu stapfen. Als Tanzgeiger in Böhmen und als Compositeur in Prag, Mailand, London und Wien hatte er von der Pike an sein musikalisches Handwerk gelernt und sich mit vielen erfolgreichen Opern Ruhm und Ansehen verschafft.

Im Grunde war er ein Typ wie Händel, und er verehrte ihn auch, den großen Meister in London. Bis ins hohe Alter hinein hatte er Händels Bild über seinem Bett hängen. Doch seine Huldigung stieß nicht auf Gegenliebe:

»Vom Kontrapunkt versteht der Gluck ebenso viel wie mein Koch Waltz!« hatte Händel gesagt.

Gluck stand bereits an der Schwelle seines fünfzigsten Lebensjahres, als er sich zur Opernreform entschloß. Er wollte die Oper von Schwulst, Lüge und unnützem Zierrat befreien und sie wieder ihrer »wahren Aufgabe« zuführen. In schöner Einfachheit sollte die Musik allein der Dichtung dienen. Eine Oper sei – so meinte Gluck, indem er Wagner vorwegnahm – ein Tondrama.

Eine solche Reform war wirklich nötig!

Allzu fragwürdige Operntexter und Interpreten hatten, dem Zeitgeschmack angepaßt, die künstlerische Wahrheit manipuliert. Der Librettist Maju zum Beispiel hatte die schreckliche Tat des Orest, den Muttermord, zur Farce herabgewürdigt, indem er Klytemnästra ›aus Versehen‹ umbringen ließ. So als ob Orest sagen wollte: Pardon, Madame, so war es nicht gemeint . . .!

Gluck strebte nun wieder nach Ernsthaftigkeit, nach echtem Espressivo. Indem er sich für Frau Musicas allergetreueste Opposition hielt, verneinte er die reine Repräsentation, die eitle Zeremonie, jene von Maschinisten aufgebaute und dann musikalisch untermalte Wunschlandschaft, die alles andere war als eine Heimstätte für Menschen und Musen.

Gluck besann sich wieder auf Orpheus.

Gemeinsam mit dem italienischen Librettisten Reniero dei Calzabigi, einem schillernden Abenteurertyp, Poeten und Winkeladvokaten zugleich, schrieb er seine Reformoper *Orfeo ed Euridice*.

Orpheus . . . Der unausgesprochene Schmerz, die stumme Klage im Klang verschwebend, aber nicht endend – hier könnte das Publikum begreifen, wie sehr Musik Ausdeutung ist und nicht nur Verzierung. Gluck setzte die

Musik, die gewaltigste und schönste Abstraktionsmöglichkeit unter den Kunstmitteln, wieder in ihre Würde ein.

Die Premiere seiner Oper *Orfeo ed Euridice* fand 1762 in Wien statt.

Sein wichtigster Partner im Bund war der hochintelligente Kastrat Gaetano Guadagni. Für ihn hatte Gluck die Rolle des Orpheus geschrieben. Guadagni, ein ›goldener Ziervogel, verschnitten im Namen der Kunst‹, legte nach der Wiener Reform-Premiere das Bekenntnis ab, seine Männlichkeit sei nicht vergebens geopfert worden. Er blieb so angefüllt mit Glucks Ideen, daß er sich noch als Greis in seinem Palast zu Padua regelmäßig die Orpheus-Oper vorspielte – als Puppenspiel.

Gluck aber war inzwischen über den Orpheus hinweg zu Iphigenie weitergeschritten. *Iphigenie in Aulis* sollte seine erste französische Reformoper werden.

In aller Seelenruhe bereitete er seinen Pariser Einzug vor.

Mit Hilfe des französischen Gesandten in Wien ließ er an der Seine kräftig die Werbetrommel rühren. Außerdem bemühte er sich um die Hilfe einer ehemaligen Schülerin; die österreichische Erzherzogin Marie Antoinette hatte gerade den Dauphin geheiratet und stand kurz davor, Königin von Frankreich zu werden.

Im November 1773 traf Gluck in Paris ein.

Für die Titelrolle seiner Iphigenie-Oper erlegte der Försterssohn auf Reformkurs bereits am zweiten Tag nach seiner Ankunft ein besonders steiles Reh: die Primadonna Sophie Arnould.

Ein historischer Beitrag zur deutsch-französischen Freundschaft: die zwischen Haß und Liebe schwingende Kunst-Liaison des rustikalen Gluck mit der kapriziösen Pariser Primadonna.

Sophie Arnould, inzwischen dreißig Jahre alt geworden, war nicht sicher, ob sie Freude oder Furcht über die Kooperation empfinden sollte. Dieser aufrechtgehende Bär aus den deutschen Wäldern, so meinte sie, könne möglicherweise ihren Liebesgarten zertrampeln.

Mißtrauisch schaute sie Gluck an. Der kugelrunde Kopf mit den tiefliegenden grauen Augen im blatternarbigen Gesicht, der zupackende Blick, das fleischige Kinn – alles das verriet einen starken, unbeugsamen Willen.

»Illusionen scheinen Sie sich nicht zu machen, Monsieur!«

»Im Moment, Madame, mache ich mir die Illusion, daß Sie mit mir essen gehen.«

Sie nickte und folgte ihm. Jetzt wird er mir mit Messer und Gabel seine Weltanschauung zerkleinern, dachte sie.

Bei Tisch trank Gluck viel und war dann auch prompt vergnügt. Bei der Zuteilung der Speisen bewies er einen gesunden Egoismus; schamlos griff er sich die besten Happen aus den Schüsseln. »Die Iphigenie wird Ihnen guttun«, sagte er. »Eine Rolle mit Geheimnis.«

»Geheimnis? Wieso wird mir das guttun?«

»Weil«, sagte Gluck und zermalmte ein großes Stück Fleisch zwischen den Zähnen, »weil das Publikum an der Chaussee d'Antin Sie schon bis auf die Haut durchschaut hat.« Sein Lachen kam breit und fröhlich.

Die Primadonna lachte auch.

»Ab morgen täglich Proben«, fuhr Gluck fort, »von neun bis eins!«

»Aber das ist meine Schlafenszeit, Monsieur!«

»He, versuchen Sie mal nachts zu schlafen, Iphigenie . . .!«

Iphigenie in Aulis. Beschreibung einer Probe:

Gluck erscheint pünktlich. »Ist Fräulein Arnould da?« fragt er laut und schaut sich um.

Christoph Willibald Gluck

Keine Antwort.

Er läßt sich Galarock und Perücke abnehmen und kleidet sich dann in Nachtmütze und Hausrock.

Die Balettmädchen kichern.

Gluck hält einen Vortrag. Der Chor sei unmöglich. Wie diese Sänger schon dastehen, steif und ohne Gebärde: die Männer rechts mit verschränkten Armen, die Frauen links mit Fächern vor der Brust. Unmöglich!

Auch das Orchester sei schlimm. Es spielt mit Handschuhen. Wenn ein Instrumentalist mal Pause hat, verläßt er sein Pult. Ein ständiges Kommen und Gehen, entsetzlich!

Die Kostüme seien indiskutabel. Iphigenie im Reifrock mit weißer Perücke, funkelnde Steine an den Fingern, degoutant, nicht zu ertragen!

»Ist Fräulein Arnould jetzt da?« fragt Gluck.

Keine Antwort.

Das Ballett sei einfach belanglos, fährt Gluck fort. Luftsprünge ohne Sinn, ohne Bezug auf die Handlung. Reine Tanzbubenstücke. Er habe für Paris ausdrücklich auf Kastraten verzichtet und wehre sich dagegen, daß nun über den Tanz eine neue sinnentlehrte Zierkunst in die Oper eingeschleppt werde.

Gaetano Apollino Baldassare Vestris tritt vor und protestiert. Nicht umsonst nenne man ihn den *Gott des Tanzes*.

Gluck: »Wenn Sie der Gott des Tanzes sind, dann tanzen Sie im Himmel, aber nicht in meiner Oper!«

Vestris drohte, das Theater zu verlassen.

Gluck droht, Frankreich zu verlassen.

Beide bleiben.

Dann Orchesterprobe. Als die Bässe falsch spielen, dreht Gluck den Kopf so ruckartig zur Seite, daß ihm die Nachtmütze vom Kopf fällt.

Eine Sängerin hebt die Mütze auf und reicht sie Gluck mit spitzen Fingern. Der erkennt die hilfreiche Dame.

»Fräulein Arnould«, sagt er, »wie lange sind Sie schon im Probenraum?«

»Seit neun.«

»Warum haben Sie mir vorhin nicht geantwortet?«

»Weil ich beleidigt bin.«

»Warum sind Sie beleidigt?«

»Weil meine Arien keine großen Arien, sondern nur gesprochene Musik sind.«

»Um große Arien zu singen, Fräulein Arnould, muß man erst eine große Stimme haben. Ich habe für Sie genau das geschrieben, was Ihren Kräften entspricht. Versuchen Sie also gut zu sprechen – in den vorgeschriebenen Tonhöhen – mehr verlange ich nicht!«

»Wenn Sie so wenig von mir halten, Monsieur Gluck, werde ich von nun an für das Gelingen Ihrer Oper nicht einstehen und mich wenig darum kümmern, Ihren Ruhm zu teilen.«

»Falls Sie das eben ernst gemeint haben, Fräulein Arnould, dann wiederholen sie es. Ich habe Ersatz für Sie.«

»Und ich habe Ersatz für *Sie*, Monsieur Gluck! Trotzdem habe ich meine Worte nicht ernst gemeint.«

Gluck läßt für einige Sekunden Unsicherheit erkennen. Doch dann fängt er sich. »Wir proben weiter!« ruft er.

Das Orchester spielt. Als diesmal die Hörner unsauber klingen, kriecht Gluck zwischen die Stühle der Instrumentalisten und kneift einem Hornisten in die Waden.

Die Ballettmädchen kichern.

Punkt eins ist Schluß.

Gluck glänzt vor Schweiß. Seine Frau kommt, reibt ihm den Kopf mit Spiritus und warmen Tüchern ab, hilft ihm aus dem Hausmantel und zieht ihm wieder den Galarock an. Dann führt sie ihn zur Kutsche. »Mein Mann ist bald sechzig«, sagt sie. »Er hat sich viel vorgenommen.«

»Schon gut«, antwortet die Arnould, »wir helfen ihm.«

In den kommenden Wochen hatten die Schneider und Friseure alle Hände voll zu tun. Ganz Paris sah der Gluck'schen *Iphigenie* mit Spannung entgegen.

Am 18. April 1774 war Premiere.

Gleich im ersten Akt sang Achilles: »Besingt und preist Eure Königin!« Das Publikum erhob sich von den Plätzen und jubelte der jungen Marie Antoinette zu.

Dann konzentrierte man sich auf die Arnould.

Sie war hinreißend! Verständig und feinnervig kostete sie alle Nuancen aus, die die Rolle ihr bot, und ließ doch einen Rest Geheimnis. Gluck hatte den Umfang und die Artikulationskraft ihrer kleinen Silberstimme derart genau beachtet, daß die Primadonna nun in der Lage war, ihre Klangfarben so ausdrucksstark wie nie zuvor zu gestalten.

Die Arnould flehte als aulische Iphigenie so keusch und inbrünstig zu den Göttern, daß selbst jene hartgesottenen Zuschauer, die sie aus der Chaussee d'Antin kannten, tief gerührt ihrer Kunst lauschten.

Der Applaus kam wie ein helles Frühlingsgewitter.

Am Schluß der Oper sank Sophie Arnould ganz vorn an

der Rampe zum ›Primadonnendank‹ in die Knie. Dabei neigte sie ihren Kopf so tief, daß die Stirn fast den Boden berührte und ihre langen dunklen Haare bis weit in den Orchesterschacht hinabhingen.

Als das Publikum nach dem Komponisten rief, war der bereits im Fiaker entflohen.

Iphigenie in Aulis lief zwanzig Tage lang en suite – ein klarer Sieg für Glucks erste Pariser Reformoper.

Gerührt dankte Gluck der zierlichen Französin. »Ohne Ihren Zauber der Betonung und der Deklamation hätte meine Iphigenie nie Einzug in Paris gehalten«, bekannte er. »Ich möchte nun auch die nächste Oper mit Ihnen einstudieren: *Alceste*.«

Sophie Arnould lud Gluck zu Rollenproben in ihr Haus an der Chaussee d'Antin ein.

Die gemeinsame Arbeit verlief außerordentlich harmonisch, solange jedenfalls, bis plötzlich der Liebhaber der Primadonna bei den Proben erschien: der Prinz d'Hénin.

Gluck saß am Cembalo und beachtete ihn nicht.

»Es scheint mir Sitte in Frankreich«, monierte der Prinz, »daß man aufsteht, wenn ein Mann von Namen eintritt.«

Der Deutsche blieb sitzen. »Fräulein Arnould«, sagte er, »wenn Sie nicht Herr in Ihrem Haus sind, gehe ich.«

Die Primadonna zuckte die Schultern.

Gluck ging.

Die Alceste-Rolle gab er an Rosalie Levasseur weiter. Doch die ungeschmeidige, glasharte Stimme dieser Soubrette wurde vom Publikum nicht goutiert. Die Oper fiel durch mit Pauken und Trompeten.

»Alceste ist gefallen«, höhnte ein Kritiker.

»Ja«, konterte Gluck, »vom Himmel.«

Wenig später führte er auch die französische Version

seines *Orpheus* auf; die ursprünglich für den Kastraten Guadagni geschriebene Titelrolle transponierte der Reformer für einen Tenor.

Nach drei Jahren lebhaftester Arbeit verließ Gluck Frankreich. Im Pariser Opernhaus steht noch heute seine Büste. Die Inschrift lautet: ›Er zog die Musen den Sirenen vor.‹

Mit Glucks Weggang endete auch die Karriere der Sophie Arnould. Die abgefeierte Primadonna zog sich mit einer Staatsrente von zweitausend Livres in ein säkularisiertes Kloster zurück, arbeitete dort als Obstgärtnerin und widmete sich, einem untrüglichen Instinkt folgend, den neuen Männern der kritischen Bourgeoisie.

Jakobiner lagen jetzt in ihren Betten.

Aufmüpfige Intellektuelle mit langen Haaren und klirrenden Halsketten kreideten ihr die Allüren einer repressiven Gesellschaft an und räsonierten über die Notwendigkeit einer Revolution. Diese neuen Kavaliere trugen keine seidenen Kniehosen mehr, sondern lange, bunte Pantalons. »Die Zeit der Menuette ist vorbei«, blafften sie und sangen ihren Protest im stampfenden Rhythmus der Carmagnolen: »Ça ira, ça ira . . .!«

Mit offenen Ohren horchte Sophie einer Zeit entgegen, die ihr nicht mehr gehörte.

Sie schlief nicht gut.

Um so besser schlief Marie Antoinette. Sie hatte sich Watte in die Ohren gesteckt und überhörte jeglichen Protest.

Frankreichs Königin tanzte weiter Menuett und erteilte ihrem Friseur Léonard Arité sogar den Auftrag, die italienische Traditionsoper wiederzubeleben.

Natürlich weckte sie damit die Opposition der Opernkenner. »Zum Teufel!« riefen sie und meinten das wörtlich. »Befreit die Oper endlich von der Dekadenz der Herrschenden!«

Ein paar Jahre lang schwankten die Fronten. Die einen predigten musikalische Tradition, die andern Fortschritt. Die Oper selbst aber drohte unter diesem Wortgeprassel in jenes Stadium zurückzufallen, in dem sie sich vor der Gluck-Reform befunden hatte. Sie tendierte wieder zum genüßlichen Spectacle à gogo, zur eitlen Zierkunst.

»Die Sängerinnen bevorzugen Lieder, bei denen man gezwungen ist, die Fächer vor das Gesicht zu heben«, schrieb das *Tableau de Paris.* »Jeder Satz strotzt von Zweideutigkeiten und plumpen Scherzen. In allem herrscht eine tiefe Verderbtheit.«

Der 14. Juli 1789 kam.

Wie eine naturalistische Schreckensoper raste der Bastille-Sturm durch Paris: die Revolution hatte begonnen. Während die Gesellschaft brutal umgekrempelt wurde, spielten die Opernhäuser ungerührt weiter.

Hier ist ein Beispiel aus dem September 1791:

Zur Premiere der Candeille-Oper *Castor und Pollux* erschien die königliche Familie. Als sie sich in ihrer Loge zeigte, ertönte langanhaltender Beifall. Sechsundzwanzig Monate nach dem Bastille-Sturm konnte eine Opernaufführung also noch zur offenen Treuekundgebung für das Königtum werden! Erst im Februar 1792, im dritten Revolutionsjahr also, schlug das Steuer um. Diesmal stand die Grétry-Oper *Unvorhergesehene Ereignisse* auf dem Plan. Als die Königin mit dem kleinen Dauphin die *Opéra Comique* betrat, war plötzlich die Hölle los.

Während sich der größte Teil des Publikums von den Plätzen erhebt und Marie Antoinette applaudiert, bleiben zwei Männer im Parkett demonstrativ sitzen. Sie haben schwarze Hüte auf dem Kopf und brüllen: »Es lebe die Nation! Nieder mit der Königin!«

Das schlägt ein wie der Blitz!

Füße trampeln, Empörung wird laut. Die beiden Demonstranten werden auf der Stelle niedergeschlagen. Da drängen neue Gäste über die Seitengänge nach vorn. Den Platzanweisern gelingt es nicht, sie aufzuhalten.

Der Dauphin fängt an zu weinen. Die Königin nimmt ihn auf den Arm und weicht ins Dunkel der Loge zurück. In diesem Moment ist sie nur noch eine Mutter, die ihren Sohn beschützen will. Die feindliche Menge wird stärker, – Marie Antoinette begreift es plötzlich. Ihre jahrelang geäußerte Meinung, da randaliere nur eine ›extreme Minderheit‹, blättert ab wie die Goldfarbe von der Logenbrüstung.

Der Dirigent ergreift die Initiative und gibt den Einsatz. Musik erklingt, der Vorhang öffnet sich.

Einen Augenblick lang scheint alles gut zu gehen.

Dann erscheint die Sopranistin Dugazon auf der Bühne. Seit zehn Jahren gilt sie als Liebling des Pariser Publikums. Ihre großen dunklen Augen funkeln, als sie die Huldigung ›Ich liebe meine Königin!‹ singt. Mit der Hand auf dem Herzen verneigt sie sich vor der Königin.

Neuer Lärm beginnt. Pfui- und Bravo-Rufe kentern wild durcheinander. »Es gibt keine Herrin!« schreit die Opposition. »Nieder mit der Königin! Es lebe die Freiheit!«

Hunderte von Kartoffeln prasseln auf die Bühne. Junge Leute springen über die Orchesterbrüstung und drehen dem Dirigenten die Arme auf den Rücken. »Ça ira« rufen sie den Musikern zu. »Los, spielen: Ça ira . . .!«

Das Orchester gehorcht, und die Demonstranten singen mit. Die Oper ist umfunktioniert worden!

Während die Königin bleich die Loge verläßt und im Schutz ihrer Offiziere zum Hinterausgang eilt, hört sie das Orchester jene alte Melodie von Bécourt spielen, die einst zu ihren Lieblingsmelodien zählte: »Ça ira . .!«

Jetzt aber wird ein anderer Text dazu gesungen, der neue Protesttext des Bänkelsängers Landré: »Hängt die Aristokraten an die Laternen . . .!«

Königin Marie Antoinette kehrte nie wieder in die Oper zurück. Am 16. Oktober 1793, um 10.30 Uhr, wurde sie vor den Pariser Schloßgärten hingerichtet.

Plakattext, zwei Wochen später:

Das Volk von Paris wird aufgerufen, an der Einsetzung der neuen Hoheit teilzunehmen. Am 10. November 1793, vormittags zehn Uhr, wird die GÖTTIN DER VERNUNFT im alten Dom Notre Dame die Fackel ihrer unangreifbaren Wahrheit erheben.

Die Künstler unserer republikanischen Oper sind beauftragt, diesem revolutionären Akt Würde zu verleihen. *Die Huldigung an die Freiheit* von François Joseph Gossec, ein Hymnus aus dem Repertoire des Opernhauses, wird an der gleichen Stelle erklingen, an der sich das Bild der ehemals heiligen Jungfrau befand und wo selbst nunmehr der Tempel der Philosophie steht.

Nach der Feier im alten Dom folgt das Defilée zum Konvent, dann eine Begrüßung durch die Abgeordneten. Nachmittags Apotheose.

Verkündet nach Beschluß des Großen Rates von Paris.

Unterschrift: *Hebert, Chaumette*

Trommelwirbel und Kanonensalut eröffnen den republikanischen Akt. Dann tritt der Zug aus dem Dom ins Freie. Das Defilée beginnt.

Das Wetter ist kalt und regnerisch.

Fast die gesamte Opernbelegschaft ist auf den Beinen. An der Spitze des Zuges schwebt die ›Göttin der Vernunft‹. Vier starke Männer transportieren sie im schweren Goldsessel von Notre Dame bis zu den Tuilerien, wo der Konvent tagt.

Die Göttin trägt eine weiße Tunika, dünn wie gewebte Luft. Ein blutrotes Band umschlingt ihre Taille, auf dem Kopf sitzt die Jakobinermütze.

Ursprünglich hatte man diese Rolle der Pariser Primadonna Marie Maillard zugedacht. Sie gilt als Nachfolgerin der unbotmäßigen Dugazon und ist ein kollossalisches Weibsbild, fast genau so breit wie groß. Die Maillard wäre eine allzu schwergewichtige ›Vernunft‹ gewesen. Außerdem hatte die Operndirektion Erkältungsgefahr vorgeschützt – die Primadonna werde auf dem windigen Zug durch Paris ihre Stimme verlieren!

Und deshalb sitzt nun die gertenschlanke, einundzwanzigjährige Ballerina Thérèse Aubry auf dem Goldsessel; die Kleine ist ohnehin für das schlechtbezahlte Nebenfach ›Göttinnen‹ engagiert.

»So ist recht: immer auf die Kleinen!« murren die Opernleute. »Primadonnen sind von der Revolution dispensiert, damit sie nicht verschnupfen.«

Hinter der halbnackten Aubry tänzeln weitere Ballerinen durch die Regenpfützen. Mit kurzen Tütüs, zerfransten Frisuren und schmutzbespritzten Beinen, blau vor Kälte waten sie durch den entsetzlichen Pariser Revolutionsdreck (die Straßenkehrer streikten).

»Nahe, oh Freiheit, du Tochter der Natur!« singt der Chor. Und das Volk reißt unflätige Witze über dieses wahrhaft lächerlich wirkende Stück Straßentheater.

Unter den Abgeordneten des revolutionären Konvents,

der den Zug in den Tuilerien erwartet, befindet sich auch Maximilian Robespierre. »Das Weib da wäre genügend aufgeputzt, wenn es nur die Nationalkokarde im Haar trüge«, giftet er und wendet sich ab.

Kurz und hastig segnet der Konvent die Göttin, die aus der Kälte kam. Dann taumelt der Zug unter Absingen revolutionärer Lieder wieder in die Novemberluft hinaus. Es regnet immer noch.

Mit roten Nasen und steifen Knochen kehren Ballerinen und Chorsänger am Nachmittag in ihre ›Kommunen‹ zurück; weil sie allesamt wenig Geld verdienen, wohnen sie seit einiger Zeit in Großfamilien zusammen.

»Es lebe die moderne Kunst«, murmelt ein Statist.

»Mach lieber Feuer an«, sagt ein Mädchen.

Kein Feuer, keine Kohle ... Schlotternd drängen sie zueinander und wärmen sich mit ihren Leibern, die frierenden Kinder der Revolution. *Nahe, oh Freiheit ...!*

Erst als Napoleon Bonaparte Erster Konsul wurde, kam wieder ein bißchen Wärme in Frankreichs erkaltete Adern. Die Woge der Revolution war gebremst, neuer Wohlstand breitete sich aus. Den Salons der Marquisen und den Diskutierclubs der Jakobiner folgten die Tee- und Truthahn-Cercles der neureichen Bourgeoisie.

Die große Gesellschaft besann sich, genau so wie die Oper, auf das vorrevolutionäre Cythere.

Im Januar 1800 flatterte ein höchst seltsamer Brief auf den Tisch des Innenministers Lucien Bonaparte.

»Bürger Minister..! Ich nenne mich Sophie Arnould, vielleicht kennen Sie mich nicht, aber ich war einst sehr bekannt am Theater. Ich singe, falls Ihnen das nicht unangenehm ist! Doch ich möchte Sie nicht mit langen Vorreden aufhalten, um Ihnen meine sechsundzwanzig Unglücksfälle zu schildern.

Ich hatte mir schon erlaubt, meine Klage dem Ersten Konsul einzureichen. Aber ich höre gerade, daß er das nur über Sie hören will. Und deshalb hab ich mir gesagt, sei fesch, Sophie, geh – das ist ein Familienherz, erzähl ihm deinen Kram.

Also, Bürger Minister, bitte helfen Sie mir! Setzen Sie die Unterstützung fort, die mir mein Freund François, als er noch Minister war, besorgte – ich schulde diese Wohltat seinem Herzen. Im Unterstützungs-Etat war ich mit zweitausend Livres registriert – bitte setzen Sie das fort. Tun Sie das!

Sie sind zu jung, um mich zu kennen, aber viele Ihrer Freunde machten einst meine Gesellschaft. Sie werden Ihnen sagen, wer das ist, diese Sophie. Aber welche Vorzüge sie mir auch geben – sie werden Ihnen zu wenig sagen, wenn sie nicht die Liebe und die tiefe Achtung schildern, die ich für mein Vaterland, unsere Gesetze und Ihre Tugenden empfinde. Sophie Arnould.«

Kopfschüttelnd las es der Minister.

Die Mühlen der Behörden mahlen langsam. Als die Notgroschen für die Ex-Primadonna endlich genehmigt waren, hatte man Sophie Arnould bereits begraben.

9 Mozart und die Frauen

»O stru! stri! ich küsse und drücke dich 1095969437082 mal – hier kannst du dich im Aussprechen üben – und bin ewig dein«, schrieb *Mozart* an seine Frau Constanze.

»Krallerballer – Spitzignas – Bagatellerl – schluck und druck!« Koloraturen, die geradewegs von Herzen kommen. »Mauserl, nu, nu, nu! Schnip – Schnap – Snai!« Keine marmorkalte Ornamentik, sondern leichthingetupfte Interpunktion der Seele, lieb und witzig, voller Gefühl. Formtüchtig ohnehin!

Ein Teil von Wolfgang Amadeus Mozart . . .

Sein Lebtag lang war er den Frauen nah. Hat sie entzückt und gefördert, poussiert und verherrlicht. Gespielt mit ihnen, geliebt und gelitten. Selbst die Schrecklichste noch, Vitella, erhielt Pardon: Sakra, geh – sie ist halt so!

Als Wunderknabe mit dem Goldenen Sporn des Papstes

an der Brust sitzt er auf dem Schoß der Kaiserin Maria Theresia: »Madame, lieben Sie mich?« Um ihn zu necken, sagt sie: »Nein!« Da wird er traurig und beginnt zu weinen.

Groß ist sein Bedürfnis nach Zärtlichkeit, leichtverletzlich sein Stolz. Er lacht über kleine Dummheiten: lauthals fröhlich, als wär's vom Himmel. Genauso *weint* er aber auch über kleine Dummheiten. Ernst und vernünftig, sachlich bis zur heiligen Nüchternheit ist er erst dann, wenn Größe ins Spiel kommt: Genie, Kreation!

Schon vor dem Stimmbruch erkennt er den Kuß als Lohn an und verschenkt ihn gleich wieder. Schwester Nannerl ist ihm Postillon d'amour für manche heimliche Freundin – Bäsle, Bäckerstochter oder Hoffräulein.

Mozarts Selbstzeugnis, als er kaum erwachsen ist: »Wenn ich alle heyrathen müßte, mit denen ich gespaßt habe, so müßte ich leicht hundert Frauen haben!«

Eine fast unerschöpfliche Freudigkeit strömt. Heitere Sensibilität im Geben und Nehmen, lebhaft und liebenswürdig.

Leicht zu verstehen . . .?

Doch wohl *nicht*! Als der Erzbischof von Salzburg ihn für einen aus Hochmut geformten Menschen hält, zittert er plötzlich am ganzen Leib und taumelt wie ein Betrunkener auf die Gasse: ohnmächtig, zerschmettert.

Wie leicht ist das Leichte falsch zu verstehen!

Die *Bilder* widersprechen diesem Bild.

Die Porträts zeigen einen anderen Mozart! Sie zeigen ihn ernst, ja verschlossen. Introvertiert bis zur Askese. Sie lassen spüren, wie jäh Wehmut in grelle Härte umschlagen kann. Sie schattieren die Augen mit Trauer, den Mund mit Boshaftigkeit.

Wolfgang Amadeus Mozart (nach einer Zeichnung von Dora Stock)

»Ein paar elende Porträts«, klagt sein Biograph Alfred Einstein, »keins gleicht dem andern!« Die Totenmaske fiel in Scherben, die Chronisten seiner Zeit gaben sich kaum Mühe mit Mozart – nur der Klang blieb übrig.

Mediziner, die seine Musik lieben, meinen bisweilen, es sei manische Melancholie darin: heiter sprudelnde Phasen des gesteigerten Ichs, darunter der dunkle Strom Schwermut. Ein solcher Klang läßt Diagnose zu.

Genie, ein Krankheitsbild?

Melancholie wohl in jenem Sinne, wie Dürer sie mit seinem Meisterstich von 1514 darstellte: keinesfalls stumpfsinnige Trauer, sondern schicksalhafte Veranlagung des geistigen Menschen.

Mozarts wirkliches Porträt steckt im Köchelverzeichnis. Im *Klang* ist sein Bild!

In Mannheim, 1778, schlägt er diesen Klang am Cembalo an. Es ist die Musik eines Verliebten, der den allzu blauen Himmel bewölkt sieht und ihn dennoch preist, zerschmelzend, hingeschmiegt an Aloysia! Liebe, keck und körperlich – und doch schon, wie ein Jahr später komponiert, der Ruf nach *Misericordia*.

Aloysia Weber, ein Mädchen, das er zu kennen glaubte, bevor er es kennenlernte: schlank, schmalwangig, blasser Teint, nichts als schön. Ein graziler Typ, erregbar zwar und anschmiegsam, doch nicht zum Geben geschaffen. Zum Nehmen nur.

Mozart, immerfort bereit, das Geliebte erst zu kreieren, sieht in Aloysia den schönen und makellosen Rohstoff, der auf Verwandlung wartet.

Zweiundzwanzig Jahre ist er damals alt und gerade mit der Mutter nach Paris unterwegs. Er kennt die Seinestadt, er hat dort als Kind mit der Pompadour geschäkert, und er haßt Paris. Die »Engelländer« seien ihm lieber, sagt Mozart.

Nun Mannheim also, letztes Ritardando.

Mitten in den hundertsechsunddreißig Rechtecken der sauberen Pfalzstadt lernt er Mannheims Bohème kennen, kurz vor der Schiller'schen *Räuber*-Premiere. Und bei einem Kirchgang mit jungen Freunden verliebt er sich in Aloysia Weber, »die alle Welt mit ihrem Lied und ihrer Schönheit bezaubert«.

Sie ist die Stütze einer fleißigen pfälzischen Karrierefamilie. Ihr Vater Fridolin Weber ist Hofmusikus, Souffleur, Notenkopist, Bassist. Neben Aloysia blühen drei weitere Schwestern: Constanze, Josepha und Sophie.

Aloysia ist die Schönste von allen. Sie ist Sängerin in der Ausbildung, eine angehende Primadonna, wie es scheint: kehlfertig und galant im Ton, technisch gewandt. Ein Inbegriff von Rokoko: lieblich, zart und doch kühl wie eine Porzellanpuppe, ein elegant geformter Hohlraum.

Mozart glüht vor Leidenschaft. Nie wieder in seinem Leben hat er so geliebt! Er wagt den Versuch, Kunst und Existenz zu vereinen, Himmel und Erde wie mit einem Regenbogen zusammenzuklammern. Aloysias wegen ist er bereit, seine Paris-Tournee und die geplante Karriere zu opfern. Er will nur noch Opern für sie schreiben, mit ihr zusammen »Geld machen«.

Bei ihr bleiben will er – glücklich sein für immer!

Er bewirbt sich um eine Kapellmeisterstelle in Mannheim und teilt seinem Vater Leopold Mozart mit, daß er die Weberin heiraten werde, heiraten auf der Stelle!

Der Vater erschrickt. »Fort mit Dir nach Paris!« schreibt er zornig zurück. »Und das bald!«

Der Sohn gehorcht. »Nach Gott kommt gleich der Papa«, sagt er und verläßt Mannheim.

Aloysia weint beim Abschied.

Weine, *prima donna*, Tränen müssen geübt sein – für die Bühne. Denn Tränen kommen auf Bühnen vor. Nur dort, oder ...?

Bald schon nach Mozarts Abreise fand die schöne Mannheimerin Ablenkung. Der pfälzische Kurfürst Karl Theodor verlegte seine Hofhaltung nach München, und die Webers folgten ihm. Vater Fridolin wurde für vierhundert Gulden als Sänger und Souffleur engagiert, Aloysia für tausend Gulden als Sopranistin – ein sozialer Aufstieg für die Weber-Familie.

In München traf Mozart, von Paris kommend, die Geliebte wieder.

Aloysia gab sich völlig verändert.

Sie hatte ihren ersten Opernauftritt hinter sich, hörte den Applaus noch im Ohr und trug die hübsche Nase höher denn je. Jeder Zoll an ihr gab zu verstehen: ich bin jung, schön und erfolgreich – bessere Kreise begehren mich jetzt! *Ihnen* muß ich mich widmen.

»Schau, ein roter Musikerfrack mit schwarzen Trauerknöpfen!« lachte sie, als Mozart vor ihr stand.

»Jessas!« sagte der, »sind Goldknöpfe dir lieber?«

»Ja!«

Aloysia Weber, eine jener Nachtigallen, die vor lauter Zwitschern nie ihr Flugziel verlieren, hatte in Mozart nur die gute Beziehung gesehen, den Mann, der ihr die Leiter an den Opernhimmel stellen sollte. Jetzt brauchte sie ihn nicht mehr.

Mozart setzte sich ans Klavier und sang: »Ich laß das Mädel gern, das mich nicht will.« Dann schlug er den Klavierdeckel über die Tasten und knurrte leise: »Leck mi am Ursch!«

Als er wieder allein war, weinte er eine Stunde lang, krank vor Enttäuschung. Aloysia hatte ihm, dem stellungslosen Komponisten, den Laufpaß gegeben.

Mit gebrochenen Flügeln kehrte er nach Salzburg zurück.

Der Vater schloß ihn in die Arme. »Geh jetzt nach Wien«, riet er ihm. »Der beste Ort für dein Metier.«

Aber dann war's wieder wie verteufelt: auch die Webers befanden sich in Wien! Aloysias Gönner, der österreichische Kriegsminister Graf Hardeck, hatte der Sängerin ein Engagement an der Kaiserlichen Hofoper verschafft.

Vater Fridolin, kaum in Wien angekommen, war einem Schlaganfall erlegen, und Witwe Weber – vier unverheiratete Töchter im Haus – hatte Aloysia zur Heirat geraten: »Deine vierhundert Dukaten im Jahr und die Huld des Ministers, das reicht nicht!«

Im Sommer 1780 trat Aloysia Weber mit dem Burgschauspieler Joseph Lange, einem berühmten Hamlet-Darsteller, der zugleich Maler und Musiker war, vor den Traualtar der Stephanskirche.

Alsdann begannen die drei anderen Weber-Töchter, Constanze, Josepha und Sophie, sich um Mozart zu kümmern. Sie hatten ihn stets gern gehabt, den jungen Compositeur, der so heiter – melancholisch aussah wie ein roter Musikerfrack mit Trauerknöpfen.

Witwe Weber bot ihm an, in ihrem Haus zur Miete zu wohnen. Mozart, immer noch wund vom Namen Weber, ging auf den Leim.

Vater Leopold wetterte: »Diese Madame Weber sollte in Eisen geschlagen werden, die Gassen kehren und am Hals eine Tafel tragen mit der Aufschrift *Verführerin der Jugend*!«

Vergeblicher Zorn! Mozart suchte im Weberschen Dreimädelhaus das Ebenbild seiner ersten großen Liebe und heiratete nach Jahresfrist jene, die der Verflossenen am ähnlichsten sah: die dunkeläugige, anmutige Constanze.

Eine Überwindung wird's gekostet haben! Dann aber: Stanzerl – stri! stru! Krallerballer mit der Spitzignas – das rechte warme Weiberl für zuhause. Weberin allemal!

Die Zustimmung des Vaters traf einen Tag nach der Trauung ein. Leopold Mozart war froh, daß sein Sohn nicht Gatte, sondern Schwager seiner ehemaligen Geliebten geworden war.

Scherzo d-moll.

Dort, wo der Haydn Sängerknabe war und noch als alter Mann sein Zeitalter prägte – in Wien wurde die Klassik zum Spaß!

Dort, wo die Keuschheitskommission die Hübschlerinnen abführte, ihnen den Kopf schor und dann mit Teer bestrich – Wiener Melange, schlimm zwar, doch schrecklich unterhaltend.

Folter und Pranger gab es noch, Hexengerichte bis 1776.

Aber auch Schönbrunn war da, Wurstelprater und Schanigarten, Milchkaffee, dazu die Zeitung.

Wien, Treffpunkt des Lasters und der Musen. Gold und Elend, Schmäh und Intellekt, beherrscht vom Volkskaiser Joseph, dem aufgeklärten Monarchen. Die Oper war sein Marionettentheater; sie zappelte italienisch. Hofkapellmeister Antonio Salieri, der Mittelmäßige, dennoch Mittelpunkt im Kreis der Primadonnen und Kastraten, führte Regie, eitel und autoritär.

Mozart kränkelte.

Nicht recht erfolgreich war er und knapp bei Kasse. »Mein liebes Weibchen« – Brief an Constanze – »du mußt Dich mehr auf mich freuen als auf das Gelde.«

Unterwegs mit seinem Hunde Pimperl ließ er sich Ver-

Mozarts Frau Constanze geb. Weber

kaufbares einfallen: Divertimenti, Triangelschläge alla turca, Deutsche Tänze für das Ballhaus ›Zur Mehlgrube‹, stets à la mode und dennoch, wie von selbst, *Kunst*. Unterhaltungsmusik für Zahlende.

Mozart selbst war einer der besten Tänzer Wiens – und ein passionierter Billardspieler dazu. Außerdem Mitglied der Bölzelschießgesellschaft.

Zum Fasching machte er den Harlekin. Aloysia war Columbine, Schwäger Lange der Pierrot. Dazu Gespräche beim Wechseltanz, heiter im staccato: »Ein guter Hamlet, dein Mann, Aloysia! Und ein prächtiger Pierrot dazu ...«
Sechzehn Takte später: »Lustig wie Hamlet, melancholisch wie Pierrot ...! Wenn man die Dinge nur recht vereinen könnt ...«
Das Südalpine und das, was nördlicher ist. Den Traum und den wahren Wohnort.

Der *Figaro* brachte die Möglichkeit dazu! Mit ihm Mozarts Susanne. Die lateinische Oper, deutsch im Gemüt.
Anna Selina Storace, genannt Nancy, wurde nun zur Hauptperson!
Nancy Storace, die zarte nordische Blondine mit den südalpinen Samtaugen, war neunzehn Jahre alt, als sie im Mai 1786 die Susanne in Mozarts *Hochzeit des Figaro* spielte. Wer ihren Lebensanfang schildert, stößt auf einen dramatischen Ecksatz mit viel Zweiunddreißigstel-Triolen, sehr italienisch, doch germanisch punktiert, Baß und Flöte gleichberechtigt.
1766 war Nancy Storace als Tochter eines italienischen Kontrabassisten und einer flötespielenden Engländerin in London geboren worden. Mit zwölf Jahren wurde sie Gesangsschülerin des legendären Kastraten Venanzio Rauzzini. Dieser Halbmann war in seiner Jugend so fabelhaft schön gewesen, daß man ihm immer wieder Primadonnenrollen angetragen hatte. Doch dann stellte sich die schreckliche Kastraten-Korpulenz ein; Rauzzini zog sich von der Bühne zurück und wurde Gesangslehrer in London.
Nancy lernte bei ihm so viel, daß sie schon als Fünfzehnjährige in Florenz debutieren konnte und in der Lage

Nancy Storace, Mozarts »Susanne« (Stich von Bettelini)

war, einen anderen Kastraten, den großen Luigi Marchesi, an die Wand zu singen. Marchesi prunkte allabendlich
mit einer sogenannten Oktaven-Volte, einem gurgelnden
Auf und Ab in Halbtönen. Die letzte Note ließ er so
machtvoll anschwellen, daß man sie *la bomba die Marchesi* nannte – die Marchesi-Bombe. Als Nancy Storace eines
Abends die gleiche Koloratur-Bombe abschoß, verlangte
Marchesi ihre Entlassung.

Nancy ging für tausend Dukaten Jahressalär nach Wien. Eine weitere Flucht vor dem Italienertum sollte ihre Heirat mit dem englischen Geiger Fisher sein. Doch dieser zynische Virtuose prügelte sie so windelweich, daß der Kaiser selbst die Scheidung verlangte und den Geiger aus Österreich auswies.

Ein neuer Mann kümmerte sich jetzt um Nancy, der Baron Raimund Wetzlar von Plankenstein. Er besaß großen gesellschaftlichen Einfluß, zahlte die Rechnungen der Sängerin und machte sich Hoffnungen. Doch er kam nicht auf seine Kosten.

Nancy bevorzugte Mozart.

Und er machte sie zu seiner Susanna.

Es ging um die *jus primae noctis,* um das Herrenrecht, mit dem der Graf das Kammerkätzchen ins Bett holen wollte, Susanne, die Braut seines Dieners Figaro.

Wie die Dinge nun mal lagen, wurde eine Revolution daraus.

Der Franzose Pierre Caron de Beaumarchais hatte dieses Stück geschrieben und zwei Jahre zuvor in Paris aufführen lassen. Beaumarchais, ein zügelloser Abenteurer mit gekauftem Adelstitel, Waffenschieber und Geheimagent, serviler Höfling und ausgebuffter Gamin zugleich, zog sich mit dem *Figaro* den Ruf eines Revolutionärs zu.

Bei der Pariser Premiere, so erzählte man, sei der Andrang so groß gewesen, daß einige Personen erstickten. Napoleon urteilte später, die Revolution sei mit dem *Figaro* bereits im Gange gewesen: »La révolution déjà en action!«

Eine Wiener Aufführung dieser Erfolgskomödie war von Kaiser Joseph II. verboten worden – wie üblich, ›nicht aus politischen, sondern aus moralischen Gründen‹.

Mozart und sein italienischer Librettist Lorenzo Da Ponte aber wollten gerade diese Komödie veropern. Dabei hatten sie vor allem die Gestalt der Susanna vor Augen, die nicht nur Objekt sein wollte, kein vom Grafen belegbares Kammerkätzchen, sondern ein lebendes Wesen – eine liebende Frau, die Freiheit für ihre Liebe ersehnte.

Hofdichter Da Ponte, sieben Jahre älter als Mozart, ein Sohn des Juden Jeremia Gerber und seiner Frau Ghela Pincherle, geboren im venezianischen Getto, erwies sich als zungenfertig genug, seinem Kaiser die politischen Bedenken auszureden. »Er erwartet jetzt so etwas wie ein deutsches Singspiel in italienischer Sprache von uns«, sagte er hinterher zu Mozart.

Dann gingen die beiden ans Werk.

Die Premiere war für den Mai 1786 angesetzt worden. Mozart selbst hatte die musikalische Leitung übernommen. Dabei stand ihm ein erstklassiges Ensemble zur Verfügung.

Paolo Mandini von der Mailänder Scala sollte den Grafen spielen, Francesco Benucci den Figaro. Der Ire Michael O'Kelly war für das ›Mistvieh‹ Basilio vorgesehen, und die Bussoni, die Sängerin mit dem ›adorablen Körperbau‹, sollte in die Hosen des weiblichen Jünglings Cherubino steigen.

Susanna: Nancy Storace.

Wie so häufig, wenn Italiener im Spiel sind: das Opernhaus ist voll von Genies und Intriganten. Salieri und sein Anhang schleusen ihre gegen Mozart gerichteten Rankünen bis in den Probenbetrieb hinein.

Der *Figaro*-Komponist, roter Rock und Tressenhut, steht auf der Bühne und ignoriert die Hatz. Er versucht, rein musikalisch zu argumentieren und die Künstler bei guter

Laune zu halten. »Ihr seid allesamt exzellent!« sagt er mit ehrlicher Überzeugung und wirft eine Kußhand. Dann wendet er sich an Nancy: »Miß Signorina, wann's gestatten: da wär noch was Spezielles!«

Er führt sie zwischen zwei Soffitten und küßt sie.

Mozart bewundert seine *Susanna*: ihre Grazie, die Demut, den kindhaften Reiz. »Ich hab der Laschi, der Gräfin, die schönste Arie weggenommen«, sagt er, »damit du sie singst – Nancy, Inglesina, Stubenmädel.«

»Besuch mich heut zum Nachtmahl«, antwortet sie.

Mozart kommt und bringt statt Blumen eine Notenrolle mit: die Konzertarie ›Zittere niemals, Geliebter‹. Er liest die Widmung vor, die drüber steht: *Für Mademoiselle Storace und mich.*

Wenige Nächte später prasselt der Premierenapplaus für den *Figaro:* »Bravo Maestro! Viva grande Mozart!«

Doch die Oper erlebt nur neun Aufführungen. Mozarts Werk wird durch *Cosa rara*, ein Modestück des in Wien lebenden Spaniers Martin y Soler verdrängt. Anschließend folgt *Doktor und Apotheker*, ein heiteres Singspiel von Karl von Dittersdorf.

Mozart verdient nicht viel Geld mit seinem *Figaro*. Die Tantiemen reichen gerade aus, daß Constanze zur Kur nach Baden fahren kann. Sie ist schwanger.

Der *Figaro* war keine ›Kostümoper‹, kein Rokokowerk von nur dekorativem Reiz. Ein *Zeitstück* war er, ein kritisches Kunstwerk.

Daß Kaiser Joseph II. dafür nur das Adjektiv ›entzückkend‹ fand, gesellt ihn jenen Opernfreunden zu, die sich als schmausende Kulinarier bis heute erhalten haben. Wie ein Spiegelsplitter gibt das Josephswort die Tragödie des Komödiantengenies Mozart wieder.

Gioacchino Rossini erobert in Neapel das Herz der spanischen Primadonna Isabella Colbran. Die Ehe des Komponisten mit der außerordentlich temperamentvollen Sängerin war nur vorübergehend
glücklich

Giuditta Pasta, die »Muse« des Komponisten Vincenzo Bellini

Die hübsche Rheinländerin Henriette Sontag wurde von den Berlinern »göttliche Jette« genannt. Ihre große Konkurrentin Maria Malibran-Garcia (Bild unten) war zugleich ihre ganz persönliche Freundin

Beethoven und Wagner schätzten sie als hinreißende Opernschauspielerin: die Hamburgerin Wilhelmine Schröder-Devrient

Giuseppina Strepponi

Pauline Viardot-Garcia

Jenny Lind, die schwedische Nachtigall, als Priesterin Norma

Hortense Schneider, Offenbachs großer Operettenstar, beendete ihr Leben als wohlhabende Frau in Paris

Die Pariser L'amour-Primadonna Blanche d'Antigny wurde zum Modell für Zolas »Nana« und für ein Gemälde von Edouard Manet

Glanz und Gloria im Foyer der Grand Opéra Paris

Die belgische Primadonna
Desirée Artôt galt vorübergehend als Verlobte des russischen Komponisten Peter
Iljitsch Tschaikowsky

Nellie Melba aus Australien,
Königin vom Covent Gar-
den in London

Goldvogel Adelina Patti

Bald nach der *Figaro*-Premiere erscheint Stephan Storace in Wien, Nancys Bruder, ein blasser, kränklicher Jüngling, der Mozart glühend verehrt.

»Kommen Sie zu uns nach London!« sagt er zu Mozart.

Auch Nancy will nach London zurück; mehr denn je empfindet sie diese Stadt als ihre Heimat. Die Intrigen der Wiener Italienerpartei und die Rivalität der Aloysia Lange sind ihr unerträglich geworden. »Komm mit«, bittet sie Mozart.

Ebenso beschwört Michael O'Kelly, der junge Ire, den Komponisten: »Kommen Sie mit nach London! Es tut weh, wenn man sieht, wie Sie hier verkannt werden. Nie hat jemand einen glänzenderen Triumph gefeiert als Sie mit Ihrem *Figaro*, Mozart! Weder der Kaiser noch die Leute haben's begriffen.«

Mozart ist aufgeregt wie selten in seinem Leben.

Lebhaft nickt er den Freunden zu. Er kennt London, er war als Knabe drüben, kniete dort vor Händels Grab. ›Miracle of nature‹ nannte man ihn an der Themse. Wien aber hält ihn bis dato für einen Pianisten, der sich an Singspielen versucht.

Mozart könnte in London ein neuer Händel werden.

»Gern würd ich's tun, jessas!« sagt er. »Ihr wißt ja, daß ich ein Erz-Engelländer bin. Aber . . .«

»Aber?« fragt Nancy.

Mozart: »Das Stanzerl liegt im Wochenbett. Sie soll sich net aufregen und nochmals einen Bub verlieren, wie vor drei Jahren den Raimund. Ja, es soll ein neuer Bub kommen, hier in Wien. Wir sind schon narrisch vor Freud.«

Im Oktober kommt der Sohn wirklich und wird, Mozarts Vater zuliebe, Leopold genannt. Der Kleine stirbt nach vier Wochen.

Mozart steht vor dem seelischen und finanziellen Zusammenbruch. Hauswirt und Gläubige bedrängen ihn. Und die Italienerpartei intrigiert weiter.

Nancy, Stephan und O'Kelly fahren allein nach London. Gelegentlich kommen Grüße per Post.

Mozarts Briefwechsel mit Nancy Storace blieb bis heute verschollen.

Insgesamt gesehen – ob von den Zeitgenossen erkannt oder nicht: Mozart hat die Musik des Rokoko zu sublimer Blüte entfaltet und ihr zugleich den Todesstoß gegeben.

Einige Zeitgenossen haben es erkannt: Sein Schüler Neukomm nannte Mozart einen ›musikalischen Sansculotten‹.

Mozart hat dem starren weiblichen Zierwesen, der italienischen Pomp-Oper, endgültig die Korsettschnüre aufgebunden. Obwohl er die Spielregeln artig einhielt, ließ er die Musik wieder atmen. Den gleisnerischen Trillerketten von gestern folgten herzklopfende Kantilenen – Frauen-Arien vor allem, die so geschlechtsgebunden waren, daß die virtuose Zwitschertechnik der Kastraten vor ihnen kapitulieren mußte.

Mozart verlangte ›richtige Frauen‹!

Kastraten gegenüber zeigte er derbe Verachtung: »Man läßt sie halt absterben«, schrieb er 1777 aus Mannheim. »Der Sopranist möchte schon auch lieber den Alt singen, er kann nicht mehr hinauf. Die etlichen Buben, die sie haben, sind elendig.«

In einem Brief an den Salzburger Abbé Bullinger verhöhnte er vor allem jene italienischen Traditionsopern, »allwo der Primo uomo und die Primadonna niemals zusammenkommen; auf diese Art kann der Kastrat den Liebhaber und die Liebhaberin zugleich machen, und das Stück wird dadurch interessanter, indem man die Tugend der beiden Liebenden bewundert, die so weit geht, daß sie mit allem Fleiß die Gelegenheit meiden, sich in publico zu sprechen. Da haben Sie nun die Meinung eines wahren Patrioten! Machen Sie Ihr Möglichstes, daß die Musik bald einen Arsch bekommt, denn das ist das Notwendigste, einen *Kopf* hat sie itzt.«

Fort mit den leblosen Marionettenfiguren also, hin zu lebenden, liebenden Menschen – zu atmenden Wesen!

Mozart schuf Frauenrollen von so vibrierender Menschlichkeit, daß auch Salieris Primadonnen gerne danach griffen. Doch gerade mit diesen Damen gab's ständig sakrischen Putz.

Besonders lästig fiel ihm die ›geläufige Gurgel‹ Katharina Cavalieri – eigentlich Kätchen Kavalier, ein Schulmeisterstöchterlein aus der Wiener Vorstadt Währing. Weil sie weitaus höher bezahlt wurde als Mozart, sprang sie mit ihm um, als wäre er ihr Narr. Für das deutsche Singspiel *Die Entführung aus dem Serail* mußte er ihr die italienische Koloratur-Arie ›Martern aller Arten‹ auf den Leib schneidern – eine künstlerische Inkonsequenz. Auch für die Elvira-Rolle verlangte die Cavalieri ein funkelndes Extra-Arrangement.

Mozart kam ihr entgegen.

Auch der Primadonna Catarina Bondini gegenüber zeigte er sich hilfsbereit. Als sie bei einer Prager *Don Giovanni*-Probe nicht in der Lage war, den rechten Zerlina-Schrei auszustoßen, gab Mozart eigenhändig Unterstützung: Er zwickte sie in den Hintern!

Wesentlich sanfter ging er mit Josepha Duschek in Prag um; er scheint sie ehrlich geliebt zu haben. Auch Dorothea Wendling, seine Münchner *Ilia*, merkte bald, daß Mozart nicht nur ihren Gesang schätzte, sondern wie der Rokoko-Dichter Wilhelm Heinse es ausdrückte – ›das Anschmiegsame, Feuchte und Glutstillende der Weiberliebe‹.

Der siebzehnjährigen Anna Gottlieb, seiner ersten Pamina, schenkte er in liebgemeinter Verehrung einen kleinen Fächer. Als die Gottlieb, arm und vergessen, im Jahre 1856 starb, hielt sie Mozarts Fächer in den erstarrten Händen.

Frauenrollen, hüpfend und heiter, schön und frivol: wenn Susanne den Pagen Cherubino als Offizier verkleidet, tanzen Fagott und Violine miteinander. Wer soll wen lieben? Frauen wie Männer finden den Cherubino reizend und lieben die Susanne.

Und wie geht es in der Schule der Liebenden zu – *Così fan tutte?* Zwei Liebhaber verkleiden sich, um kreuzweise ihre Bräute zu verführen. Das Liebesviereck gebärdet sich frech und diesseitig wie in einem erotischen Satyrspiel.

Im *Don Giovanni* schattet tragische Tiefe unter der facettierten Oberfläche: Donna Anna und Donna Elvira sind keine Weibsbilder, die nur augenrollend Rache schwören. Hinter Zorn und List steckt weibliche Würde, Eintreten für das verletzte Geschlecht. Metaphysik nach Noten.

Mozarts Frauengestalten sind nicht nur Dekor einer hegemonischen Männerwelt – sie ergreifen Partei: Erbarmen für die Frauen! Mozart stand auch als organisierter Männerbündler zu dieser Losung – im echolosen Versteck der Freimaurerloge ›Zur Wohltätigkeit‹.

Drei Herren mit straffen weißen Zöpfen und dunklen Jabots betreten das Logenhaus. Mozart und seine Wiener Mitbrüder, der Jude Epstein und der abessinische Neger Angelo Soliman.

Im Foyer legen sie ihre Maurerschurze um.

»Meine Frau ist immer bös, wenn i zur Loge geh«, sagt Epstein.

»Genauso bös wie Maria Theres, die Kaiserin«, lächelt der schwarze Soliman. »Jessas, war die grantig, wenn ihr Mann, der Franz, den Schurz umlegte.«

Mozart, nachdenklich: »Die Frauen sind liebe Wesen, wenn auch strapaziös, da kann man nix machen . . . Bewahret euch vor Weibertücken, das ist des Bundes erste Pflicht . . .!«

»Aus deiner neuen Oper, gelt?« fragt Epstein.

Mozart nickt. »Die *Zauberflöte*, ja. Soll eine echte deutsche Oper werden, ein Kassenstück, wie der Schikaneder sagt, was ganz Gescheites.« Logenbruder Emanuel Schikaneder, Schauspieler, Theaterdirektor und gelegentlich auch Regenschirmverleiher, hat das Buch dafür geschrieben und will auch selber mitspielen.

Soliman lacht: »Etwas Gescheites? Weibsleut also nur drumherum, meinst du, nur als Schönheit sozusagen, ohne die unsere Weisheit net leuchten kann?«

»Mach dir's net zu leicht!« sagt Mozart. »Wo immer sie leuchten, ob drumherum oder hier im Herzen – sie *leuchten* halt! Primadonnen san's alle zusamm'!«

Epstein streicht seinen Schurz glatt. »Geh'n ma endlich!« sagt er ungeduldig.

Die drei Maurer setzen ihre mildesten Weltverbesserungsgesichter auf und gehen. Eine dunkle Tür schlägt hinter ihnen zu.

Einige Jahre später erlebte Beethoven in Schikaneders ›Theater an der Wieden‹ eine Aufführung der *Zauberflöte*. Er stand an der Orchesterbrüstung und reckte den Kopf über den Schacht, Hand hinterm Ohr, um besser hören zu können. »Innerlich erregt und stumm wie ein Ölgötze«, bemerkte Kapellmeister Ignaz Seyfried.

Auch Goethe hörte die *Zauberflöte*. Mozart hätte den

Faust komponieren sollen, meinte er und ging daran, einen zweiten Teil der *Zauberflöte* zu schreiben.

Der Stein des Weisen fiel ins Wasser und zog Kreise. Mozarts Wirkung wuchs in die Weite ...

Doch Mozart selber war schon fortgegangen. 1791, im Jahr der Uraufführung seiner *Zauberflöte*, starb er als Fünfunddreißigjähriger.

Anderthalb Tage lang lag er im schwarzen Gewand der Totenbruderschaft neben seinem Klavier aufgebahrt. Dann folgte jenes Begräbnis, das der Präsidialakt ›Mozart‹ der Stadt Wien beschreibt.

6. Dezember, gegen drei Uhr nachmittags. Durch die Schulerstraße trabt ein Leichenzug. Zwei Pferde schleppen einen bäuerlichen Heuwagen, auf den mit zwei Riemen ein Fichtenholzsarg geschnallt ist. Vier Träger gehen nebenher, dunkle Kapuzen mit Augschlitzen über den Gesichtern. Dann folgen ein paar Männer. Nur Männer.

Die Legende spricht von einer starken Regenbö; in Wirklichkeit war es den ganzen Tag über windstill. Die Temperatur lag bei drei Grad über Null.

Keiner weiß, warum am Nordtor des St. Stephan-Friedhofes die letzten Getreuen umkehrten. Nur die bezahlten Konduktmänner schreiten weiter. Sie bringen den Sarg ins Massengrab.

Constanze Mozart liegt krank im Bett. Als sie später das Grab besuchen will, kann ihr niemand sagen, wo es liegt. Als Beleg für die letzte Heimfahrt ihres Mannes hat sie nur eine Rechnung in der Hand: Begräbnis III. Klasse Wolfgang A. Mozart, Compositeur, laut Kaiserlicher Stolordnung acht Gulden sechsundachtzig Kreuzer plus drei Gulden extra für den Leichenwagen.

Weil die Ursache seines Todes bis heute unbekannt blieb,

kamen im Laufe der Zeit zahlreiche Mutmaßungen auf: Zeitgenossen verbreiteten das Gerücht, sein Gegenspieler Salieri habe Mozart vergiftet. Der russische Dichter Alexander Puschkin übernahm diese Version.

Generalswitwe Mathilde Ludendorff mühte sich hundertvierzig Jahre später mit seltsamen Argumenten um den Nachweis, Wolfgang Amadeus Mozart sei von Freimaurern ermordet worden.

Der Dichter Gottfried Benn, im Hauptberuf Krankenkassenarzt, vermutete 1930 in seinem Essay *Das Genieproblem* ›Melancholie mit Vergiftungsideen‹.

Ärzte und Musikwissenschaftler nehmen heute an, der durch manische Melancholie geschwächte Mozart sei an einer infektiösen Grippe gestorben.

Die Frauen, die Mozart nahestanden, überlebten ihn fast alle um mehrere Jahrzehnte.

Nancy Storace lebte bis 1817, meist in London.

Aloysia Lange ließ sich bald nach Mozarts Tod von ihrem Mann Joseph Lange scheiden, privatisierte eine Weile als reiche Frau in Wien und ging dann als Stagione-Primadonna auf Tournee: Bremen, Frankfurt, Hamburg, Amsterdam. In Eutin bei Hamburg besuchte sie ihren Onkel Franz Anton Weber und lernte dessen Sohn kennen, ihren Cousin Carl Maria von Weber, der später Komponist wurde. Aloysia starb 1839 als Neunundsiebzigjährige in Mozarts Geburtsstadt Salzburg.

Ihre Schwester Josepha spielte in Mozarts *Zauberflöte* mit: Sie war die erste ›Königin der Nacht‹. Nesthäkchen Sophie aber, jene kleine Weberin, um die Mozart sich am wenigsten gekümmert hatte, war die einzige Frau, die in seiner Todesstunde bei ihm weilte.

Constanze heiratete einige Zeit nach Mozarts Tod ihren

Untermieter, den dänischen Legationssekretär Georg
Nikolaus Nissen, einen aufrichtigen Mozart-Verehrer.
Als verwitwete ›Etaträtin von Nissen‹ starb Constanze
fünfzig Jahre später als Wolfgang Amadeus Mozart.
Keiner kann ihr nachsagen, daß sie ihren ersten Mann
nicht geliebt hätte. Sie hat nur nie gewußt, wer er eigentlich war.

10 Die große Catalani

»Die Menschenpflanze sprießt nirgends kräftiger empor als in Italien!« behauptete *Vittorio Graf Alfieri*

Porträt einer venezianischen Jungfrau, Karneval 1795.
Gesicht und Schultern sind schmal. Die dunkel züngelnde Haarflamme täuscht Fülle vor – ein feinmaschiges, knisterndes Netz, hinter dem schwarze Pupillen starren. Weich und frisch wirkt die Haut. Zwischen den schön geformten Lippen blinkt ein kleines, feuchtes Tiergebiß. Nicht älter als fünfzehn ist sie. Ihr Busen sieht aus wie von Botticelli gemalt.
Angelica Catalani, Sängerin im ›Teatro La Fenice‹, steht im Karnevalstrubel der Lagunenstadt und schaut den Mann an, den sie liebt.
Erste Liebe, ein tiefinnerer, fast schmerzlicher Taumel.

Er muß es doch spüren, denkt sie – er, Girolamo Crescentini, ihr Lehrer und Kollege vom Opernhaus.

Crescentini steht zwei Schritte von ihr entfernt und rührt sich nicht. Sein pfirsichfarbenes Harlekinkostüm funkelt im Widerschein des Feuerwerks. Die Augen hinter der goldenen Halbmaske sind blicklos. »Nein«, sagt er leise, »nein, Kleines. Es gibt da etwas, das du noch nicht verstehst.«

Angelica bleibt stumm. In ihrem Kopf überschlagen sich die Gedanken.

Die frühreife Diva vom ›La Fenice‹, begafft, bejubelt und doch kaum erwachsen, fragt in diesem Augenblick nach dem Sinn des Lebens. Was nützt aller Ruhm, wenn kein Mensch da ist, der einen in die Arme preßt und mitfühlt?

An der Kaimauer des Canale di San Marco gluckst das Wasser; es reflektiert tausend bunte Lichter – heiße Blumen, die stofflos vom Himmel geregnet sind.

Und plötzlich ist Crescentini verschwunden . . .!

Die jubelnde Menschenmenge hat ihn aufgesogen.

Zwei Tage später, am Aschermittwoch, steht es in den Gazetten: Girolamo Crescentini, dreiunddreißig Jahre alt, vergötterter *Castrato* des venezianischen Opernhauses ›La Fenice‹, ist geflohen. Der Grund ist nicht bekannt.

Die alte Geschichte: Crescentini, weder Mann noch Frau – nur Gesang. Als Knabe, zwölfjährig, an einen Kurpfuscher im Kirchenstaat verkauft. Zum Opfer der Kunst erklärt und entmannt – eine geschlechtliche Null. Reich geworden zwar, doch nicht satt vom Glück.

Angelica wundert sich, daß sie keine Tränen hat. Diese Geschichte klingt für sie so unglaublich, ja unmenschlich, daß sie jenseits aller Tragik liegt.

Tragik hat sie als Sängerin auf der Opernbühne kennengelernt. Als Klytämnestra ermordete sie ihren Gatten, als Alceste gab sie sich den Todesgöttern hin, als Cleopatra setzte sie die Giftnatter an die Brust ... Daß es dies aber gibt, das geraubte Menschenrecht – das hinterläßt nur einen stummen, kalten Zorn in ihr.

Das Wort ›Menschenrecht‹ erinnert sie an einen Mann, über den in diesen Tagen viel gesprochen wurde: an Buonaparte, den jungen jähzornigen Feldherrn aus Korsika. Er hatte das Menschenrecht auf seine Fahne geschrieben. Er könnte der strafende Engel sein, der Mann der Vergeltung.

Rache für die verratene Liebe, denkt Angelica und tupft sich das Aschenkreuz auf die Stirn. Napoleone, zupackender Adler, fahr hinein ins heimliche Hühnervolk der Quacksalber und Barbiere, die mitten im Kirchenstaat solche Sünden begehen! Vater unser ...

Angelica Catalina war im Jahre 1780 als Tochter armer Eltern im Adriahafen Senigallia geboren worden. Im Kloster Santa Lucia zu Gubbio bei Rom wurde sie erzogen. Schon als kleines Mädchen sang sie in der Klosterkirche so laut und inbrünstig das *Halleluja*, daß die Gemeinde gerührt in die Knie ging.

Die Klostervorsteherin aber fand den Vorfall peinlich. Immerhin gehörte Gubbio zum Kirchenstaat, und eine solistische Frauenstimme im Allerheiligsten galt dort immer noch als Sünde!

Die Klosterfrau verbot Angelica das Singen.

Ein paar durchreisende Republikaner aus Venedig aber dachten anders über den Fall. Sie kauften die kleine Stimmkünstlerin ihren Eltern ab, ließen sie ausbilden und gaben sie an das venezianische Opernhaus ›La Fenice‹

weiter. Als Angelica hier zum ersten Mal auf der Opernbühne sang, reagierte das sachverständige Publikum mit
spontanem Jubel.

Mit diesem Debut hatte eine Karriere begonnen, die bald
darauf ein ganzes Zeitalter prägen sollte: die *Catalani-
Epoche*, jenes glanzvolle Halbjahrhundert, das Europas
Primadonnen eigenständiger und selbstbewußter machen
sollte. Innerhalb kürzester Zeit stieg Angelica zu einem
geradezu halbgöttlichen Rang auf. »Die Catalani«, so hieß
am Ende ihres Lebens das Resümee, »kann nur mit sich
selbst verglichen werden.«

Ein großer Teil ihres Lebens stand unter dem zwielichtig
funkelnden Stern Napoleons. Als Fünfzehnjährige hatte
sie dem Helden der ›Menschenrechte‹ noch entgegenge-
fiebert. Bereits ein Jahr später aber erlebte sie ihn persönlich – als Eroberer! An der Spitze einer waffen-
klirrenden Revolutionsarmee kam er nach Oberitalien,
verjagte Venedigs Söldner und verschacherte die Lagu-
nenrepublik an seinen Erbfeind Österreich.

Angelica war verwirrt: ihr Mädchentraum vom Helden
Napoleon brach jäh zusammen. Fluchtartig verließ sie
das besetzte Venedig und ging in den Kirchenstaat. Auf
eigene Faust wollte sie versuchen, mitten in Rom eine
weibliche Solorolle zu spielen.

Sie suchte Verbündete und fand sie auch. »Du hast jetzt
genau das Alter junger Hexen«, lachten die Freunde.
»Trotzdem – wir sollten es wagen!«

Die Zeit der Hexenprozesse, die feuerrote Epoche der
Scheiterhaufen, ging zu Ende. Tausende und aber Tausende von jungen Mädchen und Frauen waren verbrannt
worden, weil sie ›Stimmen‹ gehört hatten, Stimmen des
Bösen angeblich, chtonische Signale wider das Göttliche.

Im Kirchenstaat selbst aber wurden noch immer jene widernatürlichen Stimmen erzeugt, die das Göttliche loben sollten. Bigotte Diener der *Cattolica* sorgten für den Nachschub an singenden Homunculi. Vatikanische Katzenverschneider zückten ihre Messer, um jungen Sängern die Liebe aus dem Leib zu trennen, Gott zu Gefallen!
Den Frauen des Kirchenstaates aber war das Singen nach wie vor verboten. Die Urenkelinnen jener Marien und Magdalenen, die einst in Golgatha weinten, mußten schweigen, stumm wie die Fische in Petri Wappen.

Heiliger Zorn im Herzen der Jungfrau Angelica!
Die Quellen reichen nicht aus, um Einzelheiten zu nennen – dies aber steht fest: zu Karneval 1799 sang und spielte Angelica Catalani auf der Bühne des römischen ›Teatro Argentina‹ die *Iphigenie* von Giuseppe Mosca und wurde damit die erste namhafte Primadonna, die den apostolischen Boykott ›mulier taceat in ecclesia‹ offen durchbrach.
Bevor der allgemeine Beifall wieder in Zweifel umschlug, verließ Angelica die Tiberstadt und ging nach Mailand. Wiederum auf eigene Faust, ohne die Hilfe eines Impresarios, setzte sie 1801 im berühmten ›Teatro alla Scala‹ ihren Triumph fort. Dabei gab sie sich so betont weiblich, daß das Publikum den Anspruch merkte: diese Sängerin wollte kein kokettes Frauenzimmer der gewohnten Art sein, sondern eine heimsuchende ›Erzengelin‹, eine Vollstreckerin.
Ob bewußt geschehen oder nicht: Angelica Catalani war die Frau, die dem Berufsstand der italienischen Primadonnen endgültig Autonomie erkämpfte.
Ihre Bühnensiege in Rom und Mailand, der furchtlose Affront gegen das kanonische Gesetz des Frauenverbots,

Angelica Catalani

schärften nicht nur ihr eigenes Selbstverständnis, sondern auch das ihrer Kolleginnen. Die Ersten Damen der Oper gewannen in den folgenden Jahren mehr Autorität als jemals zuvor.

Dieser neue gesellschaftliche Status zog auch künstlerische Konsequenzen nach sich. Die kraftvolle Menschenpflanze Angelica wies die Offerten feudaler Gönner zurück und verließ sich ganz allein auf ihr gesangliches Können. Dabei verzichtete sie auf einige typische Primadonnenwaffen von gestern. Die vokalen Kraftakte ihrer Vorgängerinnen, der sinnekitzelnde Singsang und das formalistische Reizmittel der Koloraturen erschienen ihr nicht mehr so wichtig. Trotz aller Virtuosität bremste sie das seelenlose Geklingel zugunsten einer neuen Natürlichkeit.

Sie wollte mehr als eine ›kopflose Zierkünstlerin‹ sein.

Das II. Jahrbuch der *Italienischen Ephemeriden* schrieb damals über Angelica Catalani: »Das harmonisch reine, silberartige Anklingen ihrer Stimme an die feinsten Empfindungsnerven, diese Töne, die die melodische Natur mit ätherischen Fingern auf ihren Organen bald mit Liebe spielend, bald mit niegefühlter Kraft stürmend hervorbringt, zeichnen die Sängerin aus, die ihre Kunst in Natur kleidet und nur noch selten in Künstlereien.«

Bei allem Respekt: die Kampfzeit der italienischen Primadonnen war vorüber.

Die Wogen des Sturm und Drangs glätteten sich zur Routine. Nachdem Angelica den entscheidenden Durchbruch erzielt und Ruhm und Ansehen gewonnen hatte, gab sie sich dem normalen Berufsbetrieb des europäischen Opernlebens hin.

Lissabon rief.

Fünf Jahre lang sang sie als hochdotierte Primadonna am Königshof der Braganças und lernte Portugal als ein Land kennen, in dem prominente Opernkünstler wahrhaft Reichtümer scheffeln konnten.

Der musikbeflissene französische Jesuit Jean Jacques Sonetti berichtete zum Beispiel über die portugiesischen Erlebnisse der Samparini, »die bei einem Sturm am Meer ihren Verstand verlor, im übrigen aber gute Geschäfte als Sängerin und Tänzerin machte; sie wurde mit Diamanten bedeckt in Portugal, wo die Mädchen des Theaters sich nur zu bücken und zu nehmen brauchten; und sie *hat* sich gebückt und hat genommen«.

Weil auch die Catalani nichts gegen Geldverdienen einzuwenden hatte, ließ sie sich in Lissabon mit Geschenken überschütten. Eine weitere Bereicherung: sie traf ihren alten Freund Crescentini wieder! Die Wunden ihrer ersten Liebe waren verheilt; sie konnte dem großen Kastraten jetzt ohne Gemütsbewegung in die Augen sehen.

Crescentini hatte sich in Portugal nicht nur als Sängerstar, sondern auch als Impresario etabliert. »Ihr Frauen macht uns mehr Konkurrenz als bisher«, sagte er. »Bald ist es soweit, daß unsere Sopranrollen nur noch von Frauen gesungen werden.«

»Es wäre das Natürlichste von der Welt«, antwortete Angelica Catalani.

Der Kastrat überhörte die Bemerkung und bot Angelica einen Primadonnenvertrag für seine eigene Operntruppe an. Er zahlte ihr die sensationelle Summe von 50 000 Francs. (Zum Vergleich: Der Sopranist Matucci, ebenfalls für Primadonnenrollen engagiert, erhielt nur 18 000 Francs.) Angelica war in zehn verschiedenen Opern beschäftigt; drei davon sang sie als Partnerin von Girolamo Crescentini.

Einerseits mitleidig, andererseits peinlich berührt erfuhr sie eines Tages von einem Vorfall, der deutlich zeigte, wie altmodisch die Kastraten inzwischen ihre schrumpfende Autorität verteidigten. Der ansonsten so vornehm und milde gestimmte Crescentini befahl hinter der Bühne einem Tenor, daß er sich auf der Stelle entkleide und mit ihm die Kostüme tausche. Der Tenor hatte nämlich die ›Frechheit‹ besessen, in roter Bordüre aufzutreten, während Crescentini nur Schwarz vorweisen konnte. »Die Herausforderung eines Dummkopfes«, erregte sich der Kastrat. »Wie kann ausgerechnet ein Tenor es wagen, besser gekleidet zu sein als der *primo virtuoso*!«

Im Jahre 1803 hatte Crescentini Abschied von Lissabon genommen. Er war nach Wien gereist.

Angelica aber heiratete!

Paul de Valabrègue, Attaché der napoleonischen Botschaft in Lissabon, ein eleganter, schlanker Adelsherr mit ruhigen Manieren, wurde ihr Gatte. Die Catalani gab später zu, daß sie diesen Franzosen nie geliebt habe. Andere Gründe hatten sie zur Ehe mit Valabrègue veranlaßt: erstens sollte der in der großen Gesellschaft anerkannte Blaublütler die emanzipierte Primadonna auch rein äußerlich zur Standesperson machen. Zweitens brauchte Angelica die Verhandlungskünste eines gelernten Diplomaten. Valabrègue sollte ihr als Impresario und Informationschef dienen.

Vom ersten Tag an nannte der frisch gebackene Primadonnengatte sich Paul de Valabrègue-Catalani. Der Name einer senigallischen Handwerkerstochter hatte somit absolute Egalité mit einem altfranzösischen Adelsnamen.

Tischgespräch 1805.
»Madame, ich habe eine sensationelle Information für Sie. Eine Genugtuung!«
»Bitte reden Sie, Monsieur!« Die Gatten sprechen sich mit ›Sie‹ an, wie es in vornehmen Kreisen üblich ist.
»Napoleon hat in seiner Eigenschaft als König von Italien das Kastratenwesen verboten und jedes weitere Verschneiden unter Todesstrafe gestellt.«
Ihr Besteck klirrt auf den Teller. Eine ganze Minute lang schweigt sie, überwältigt von der Nachricht. Dann aber fängt sie zu lachen an, leise und verächtlich: »Ihr großer Napoleon! Ich kann mir vorstellen, warum er . . .«
»Wie meinen Madame?!«
»Die Menschenrechte – falls Sie daran denken, Monsieur – die Menschenrechte haben bei diesem Entschluß überhaupt keine Rolle gespielt.«
»Sondern . . .?«
»Ausschließlich militärische Gründe, Monsieur! Der Kaiser braucht Soldaten. Mit Eunuchen kann er keine Kriege gewinnen. Echte Mannsbilder will er haben! Kerle, die kämpfen, töten und – vergewaltigen können.«
Valabrègues strafender Blick scheint einen halben Zentner zu wiegen.
Sie entschuldigt sich. »Weitere Informationen, Monsieur?«
Er nickt. »Ich habe einen Gastspielvertrag für längere Zeit im Auge, einen ausgezeichneten sogar. Falls Sie einverstanden sind, Madame . . .«
»Wohin?«

»Paris! Der Kaiser selbst hat für den Fall Ihres Erscheinens seinen Besuch in der Oper zugesagt.«

Kaiser Napoleon I. interessierte sich für die Oper; sie gab ihm Gelegenheit, sich mit den Halbgöttern der Schönen Künste zu messen. Ins Dunkel seiner Loge zurückgelehnt konnte er seine berühmte stumme Dämonie entfalten und der gesamten Bühnenprominenz damit die allgemeine Aufmerksamkeit stehlen.

Nur in Wien war ihm das nicht gelungen!

In Wien hatte der Kaiser geweint. Eine überirdisch schöne Sopranstimme hatte Napoleon Bonaparte 1805 zu Tränen gerührt. »Wie ist es möglich, daß ein Mensch so göttlich singen kann!« schluchzte er.

»Das kann nur Crescentini!« flüsterte sein Adjutant.

Zur gleichen Zeit hörte auch der Philosoph Arthur Schopenhauer den berühmten Kastraten in der Wiener Hofoper singen. »Crescentini«, so schrieb der skeptische Weiberfeind in sein Reisetagebuch, »vielleicht der wunderbarste aller Kastraten! Seine übernatürlich schöne Stimme kann mit keiner Frauenstimme verglichen werden. Es gibt keinen volleren und schöneren Ton in solch silberner Reinheit, der bald in einer unbegreiflichen Stärke in allen Ecken widerhallt, bald sich im leisesten Piano verliert.«

Welch ein Lob: Crescentini, mit keiner Frau zu vergleichen – ›übernatürlich schön‹.

Napoleon zögerte keine Minute, den Kastraten nach Paris einzuladen. Crescentini, so höhnte die *Allgemeine Musikalische Zeitung*, zähle »unter die Kunstschätze, die der Kaiser von Wien nach Paris versetzt hat«.

Herbst 1806.

Frankreichs Große Oper strahlt im Glanz einer außerordentlichen Attraktion. *Tout Paris* ist erschienen, um nach dem Sopranisten Crescentini nun auch Angelica Catalani zu feiern, die Siegreiche, die Sagenhafte.

In ihrer Hofloge wartet Kaiserin Josephine . . .

Die schöne Kreolin gibt sich ruhig und gelöst. Interessiert betrachtet sie das Publikum, die blaublütigen Herren und die rosafarbenen Damen. Das Dekolleté der Kaiserin, zweifellos die Krönung ihres Tunikakleides, ist provozierend offenherzig.

Josephine genießt es, daß sie noch allein in der Loge und damit Mittelpunkt des Galaabends ist. Bevor *Er* nicht kommt, der gespreizte Buchstabe N, kann die Vorstellung nicht beginnen. Ohne *Ihn* läuft nichts in Paris. Er ist die grelle, allesverzehrende Sonne des neuen Kaiserreichs der Franzosen.

Im Moment ›regiert‹ der Kaiser noch. Polizeiminister Fouché soll bei ihm sein . . . und Talleyrand, dieses ›Stück Mist in einem seidenen Strumpf‹ . . .

Warten, denkt Josephine, während sie sich dem Kreuzfeuer der Lorgnons hingibt – warten, welch ein Genuß!

Auch Angelica muß warten. *Sie* aber ist verärgert darüber! Die Primadonna hat sich so sehr an den Status der Ersten Dame gewöhnt, daß sie jedes Warten nun als pure Entwürdigung empfindet.

Geschminkt und kostümiert, in der Tunika der Iphigenie, sitzt sie in ihrer Operngarderobe und denkt über Napoleon nach, der ihr mehr denn je wie Mars vorkommt – nicht wie Apoll.

Wie war das noch . . .?

Vor einem knappen Jahrzehnt war er in Mailand einmarschiert. »Die Italiener sind das einzige Volk, das komponieren kann!« entschied er und ließ sogleich einen Stern der Oper antanzen: die vierundzwanzigjährige Mailänder Primadonna Giuseppina Grassini. Auf der Trauminsel Isola Bella mußte sie ihm *con amore* ihre großen Arien vorsingen.

Angelica kennt die Grassini: die hübsche Bauerntochter aus dem Mailändischen war damals ihre Nachfolgerin am ›Teatro La Fenice‹ in Venedig geworden. In einer glänzend inszenierten Cimarosa-Oper hatte sie die Damen mit ihrem Gesang, die Herren aber mit ihren körperlichen Reizen entzückt. »Ihr Zauber liegt unten, in den tieferen Tönen«, hatten die Connaisseure gelobt.

Drei Jahre später, nach der Schlacht von Marengo, war Napoleon, Lorbeer im Haar, ein zweites Mal nach Mailand gekommen. Wiederum lud er die Grassini zur Privataudienz: »Bon soir, Madame! Hier ist Champagner, dort eine Spanische Wand und eine Stuhllehne für die Kleider. Deshabillez-vous!«

Die Primadonna wurde seine Geliebte. Er nahm sie mit nach Paris, ließ sie zum Nationalfest im Marstempel mit achthundert Sängern und Musikern zusammen auftreten und gewährte ihr eine Zuwendung von fünfzehntausend Francs. Freilich hatte sie ihm versprechen müssen, über diese Summe zu schweigen.

Die folgsame Sängerin hielt ihr Versprechen – auch dann noch, als sie längst mit einem Geiger durchgebrannt war ...

Es klopft! Angelica schrickt aus ihren Gedanken hoch.

Der Operndirektor betritt die Garderobe und bittet die Primadonna zum Auftritt. »Der Kaiser ist da«, sagt er und »eh bien Madame, noch dies hier!« Lächelnd überreicht er ein weißes Kuvert.

Ein großes N steht darauf. Der Absender bittet um eine Privataudienz, pünktlich zur Mitternacht im Tuilerien-Schloß.

Angelica erbebt. Dann geht sie auf die Bühne.

Iphigenie, das Hohelied einer jungen Frau, die ihr Leben opfern soll, damit das Kriegsglück sich wende. An diesem Abend in der Pariser Oper ist nicht viel Göttertreue in Angelicas Gesang zu spüren. Eher ein Protest gegen jenen König Thoas, der die Menschenverachtung Napoleons vorwegnahm.

Der Applaus überfällt sie wie ein kaltes Gewitter. Paris lobt diktatorisch. Die Primadonna aber dankt mit italienischem Stolz; ihr Rücken bleibt gerade dabei.

Am Künstlerausgang wartet schon die Hofequipage; moschusduftende Fauteuils, dichtgeschlossene Vorhänge. Angelica steigt ein, ohne ihren Mann natürlich. Sie wird zum Schloß gefahren.

Wenig später steht sie im Arbeitszimmer Napoleons.

Der Kaiser ist siebenunddreißig Jahre alt und sieht aus, als habe er nur eins im Sinn: die Kontinentalsperre gegen England. Er hat sein Arbeitsgesicht aufgesteckt und ist in diesem Augenblick kein Adler mehr – eher eine Eule, breitgesichtig und schlau. Seine Zornesfalten sind verschwunden, die Stirn ist eine blasse, gutgepolsterte Bastion des Willens.

Er legt seinen Federkiel weg.

»Madame«, sagt er leise, und seine grauen Augen sehen sie an, als könnten sie die Geheimschrift ihrer Seele lesen, »ich schätze es nicht, wenn Frauen sich mit Politik befassen!« Es klingt wie ein Vorwurf.

»Es ist mir eine Ehre, Sire«, haucht Angelica und merkt kaum, daß sie in den Hofknicks sinkt.

Er küßt ihr die Hand und bittet sie, Platz zu nehmen. »Hier ist Champagner, Madame«, sagt er. »Ist die Stuhllehne bequem genug . . .?« Scharf beobachtet er sie.

Zäh tropfen die Worte, das Gespräch schleppt. Es ist, als ob alle Uhren stehengeblieben sind. Dafür aber ticken tausend Höllenmaschinen, irgendwo im Verborgenen – vielleicht auch hinter jener Spanischen Wand dort.

»Es war die schrecklichste Stunde meines Lebens«, berichtet Angelica beim Frühstück ihrem Gatten. Obwohl sie sich auf äußerste Abwehr vorbereitet habe, sei nichts passiert, absolut nichts!

»Nichts?« fragt Valabrègue. »Kein Angebot oder so ...?«

»Angebot ...?« Sie denkt nach. »Allenfalls dies: der Kaiser bietet hunderttausend Francs, wenn ich als Primadonna in Paris bleibe.«

»Als *seine* Primadonna?« Valabrègue tupft sich betont ruhig die Lippen ab. »Was haben Sie geantwortet?«

»Ich habe abgelehnt.«

»Abgelehnt?!« Jetzt hat er doch seine Ruhe verloren. »Ich kriege keinen Bissen mehr herunter«, ächzt er.

Angelica: »Lassen Sie uns nach England reisen. Wir durchbrechen seine Kontinentalsperre wie Emigranten. Wären Sie damit einverstanden, Monsieur?«

Er zuckt die Schultern. »Francs oder Pfunde, einerlei!« Behutsam köpft er sein Ei und frühstückt weiter.

Er ist ein Kassierer, denkt sie. Ein Kassierer, nichts weiter! Ein Mann, der nur das Geld sieht, nicht die Tugend.

Sie selbst aber hält sich, drei Wolkenetagen höher, für eine *virtuosa*.

In dem Wort *virtuosa* steckt ›virtus‹ – also Tugend.

Das alte, vom heiligen Augustin geprägte Weltbild hatte vorgeschrieben, daß ein künstlerisches Werk nicht dem Erfolg, sondern der *Ehre Gottes* gewidmet sein solle. Auf die Gesangskunst bezogen meinte Augustin: Wer nur Ruhm und klingende Münze sucht, verkauft seine Stimme an einen anderen!

Für einen universal gebildeten Mann wie Händel *galt* dieses Wort – trotz aller Einsicht in wirtschaftliche und organisatorische Unerläßlichkeiten. Dennoch, wir wissen es, fand Händel keinen rechten Modus vivendi für soviel Tugend.

Virtuosi und Komponisten hatten überhaupt nur selten Gelegenheit, reine ›virtus‹, Tugend also, weiterzugeben. Ihre Kunst war vor allem *Ware* – ein Tauschwert, der ihnen Geld oder Macht einbrachte. Macht auch im Sinne des augustinisch gesinnten Tolstoi und seiner *Kreutzersonate:* Macht über Hirne und Herzen.

Schon der Garten Eden war voll von Verführungen; wie sollte das nach dem Sündenfall verlorene Paradies frei davon sein . . .?

Um künstlerische Tugend ins sogenannte Kulturleben zu übertragen, bedarf es fast immer eines Unternehmers. Das italienische Wort dafür heißt *Impresario.*

Der Impresario, Nachfolger des feudalen Mäzens, unternahm es seit Mitte des 17. Jahrhunderts, virtuose Leistungen vor ein möglichst breites und damit gewinnverheißendes Publikum zu bringen. Private Opernunternehmungen mußten organisiert, finanziert, produziert und oft genug auch transportiert werden.

Der auf Zusammenarbeit mit dem Impresario angewiesene Virtuose wurde in dieser Partnerschaft gelegentlich zum Antipoden des Unternehmers, objektiv gesehen auch oft zum ausgebeuteten Kultursklaven.

Der Impresario wiederum geriet, dem wirtschaftlichen Zwang folgend, allzu leicht auf kunstferne Bahnen. Natürlich hatte er im Hinblick auf den Markterfolg sein Bündel Risiko zu tragen. Francesco Mionei zum Beispiel, ein Bologneser Impresario der Catalani-Zeit, fiel angesichts der roten Zahlen unterm Strich einer Stagione-Abrechnung tot um. Als man daraufhin jenem Mann, der die Wechsel quergezeichnet hatte, die Zahlenkolumnen zeigte, erlag auch der einem Herzschlag und legte sich neben Mioneis Leiche. Erst der dritte Unternehmer, ein gewisser Signor Mazzini, war robust genug, um das Defizit zu überleben. »In Zukunft sollen gefälligst die Virtuosen sterben«, sagte er kühl.

Dieses klare Wort entlockte dem Bürgermeister von Bologna ein spontanes Jammern. »Nein!« rief er aus. »Lieber verpflichten wir, die Stadtväter, uns, die Oper am Leben zu erhalten.«

Die Subventionierung aus Steuermitteln begann, das ›moderne Operngeschäft‹: Kulturförderung als öffentliche Aufgabe.

Kulturelle Werte in einer verwalteten Welt zu verkaufen, setzt im allgemeinen hohe Bekanntheitsgrade voraus, *Ruhm* also. Der gut annoncierte Primadonnenkult zum Beispiel ersetzt den Zwang, kulturelle Werte immer wieder ästhetisch abzuwägen. Hohe Bekanntheitsgrade ersparen dem Impresario und dem Publikum das Denken. Die repressive Selektion wird zum Modus vivendi, besser noch: zur Überlebenschance des Kulturunternehmers.

Das Bekannte wird zum Erfolgreichen, und ›nichts ist erfolgreicher als der Erfolg‹.

Zahlreichen Impresarii erschien es erfolgversprechender zu sein, statt großer Theater und ambulanter Operntruppen die Betreuung einzelner Stars zu übernehmen. Sie wollten keine Karawanenführer mehr sein, sondern Primadonnen-Dompteure: während die ihnen anvertrauten Damen zumindest so taten, als schauten sie auf Kunst, richteten die Impresarii ihren Blick auf den Kommerz.

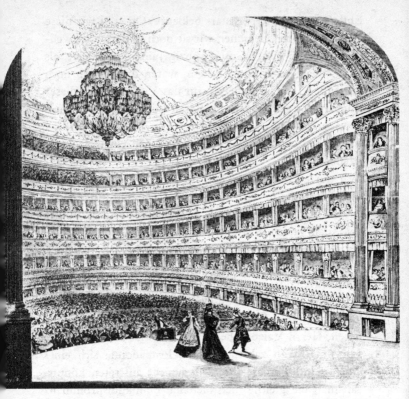

Das Royal Opera House am Londoner Covent Garden

Viele dieser Männer arbeiteten, wie im Maklergewerbe üblich, für Erfolgshonorare. Andere spekulierten auf eheliche Gütergemeinschaft: sie heirateten ihre Primadonnen und wurden zu natürlichen Nutznießern ihres Ruhms. ›Augustinischer‹ oder gar preiswerter wurde das Virtuosentum dadurch natürlich nicht.

Um 1780 hatte Englands Volkswirtschaftler und Moralphilosoph Adam Smith sich noch über die ›enorm hohe

Entlohnung‹ der Opernstars beklagt: »Obwohl wir diese Leute verachten, belohnen wir sie doch in der verschwenderischsten Weise!« Gute zwanzig Jahre später aber, als die Catalani nach London kam, waren die gestern noch klagenden Engländer bereit, für das Virtuosentum dieser singulären Primadonna die Rekordsumme des Jahrhunderts zu zahlen: 90 000 Guinen (etwa eine halbe Million Mark nach heutiger Rechnung) für einen einzigen Benefizabend.

Wir dürfen mutmaßen, daß für diese Stimme nicht ›virtus‹, sondern ›Fetisch‹ gekauft wurde, und sind damit einem Mann nahe, der als prominentester Nachfolger des Adam Smith, ebenfalls in London, den Fetischcharakter der Ware definierte – Karl Marx.

Eine Kette von Triumphen!
Das Jahr 1807 wurde in der britischen Hauptstadt als Catalani-Jahr gefeiert. Verwöhnte Opernfreunde waren bereit, Herrn Valabrègue-Catalani das Dreifache für ihre Logenplätze zu zahlen. Als die Primadonna sich eines Abends indisponiert fühlte und nicht auftreten konnte, sah man die gleiche meistbietende Publikumsprominenz wutentbrannt Stühle und Bänke demolieren.

Angelica Catalani war zum Opernfetisch ihrer Zeit geworden, zum alles überragenden Solo-Ereignis. London tauschte gleißende Reichtümer gegen ihre allzu weltliche ›virtus‹.

Nach dem Sturz Napoleons reiste Angelica wieder nach Paris. Doch kaum hatte sie dort ihre ersten Konzerte gegeben, als der Kaiser überraschend aus Elba zurückkehrte.

Erneut floh Angelica nach England.
Das dramatische Schachspiel zwischen dem Kaiser und

der Primadonna endete erst nach Napoleons Niederlage bei Waterloo.

In Frankreich regierten jetzt wieder die Bourbonen. Sie übertrugen der Catalani die Leitung des Italienischen Opernhauses in der Rue Favart und zahlten dafür eine Subvention von 160 000 Francs. Angelica aber – inzwischen Mutter von drei Kindern – scheiterte an dieser Aufgabe.

Den Rest an Chaos besorgte ihr Mann. Dank der schöpferischen Leistungen seiner Frau war der smarte Adelsherr in die Finanzaristokratie aufgestiegen und hielt es nun für eine Repräsentationspflicht, das ersungene Geld zu verspielen und zu vertrinken.

Das ›Théatre Italien‹ verzopfte und verlotterte; es siechte am Wundfieber dahin.

Die Catalani gab die Direktion des Hauses auf. Eine andere sehr eigenwüchsige ›Menschenpflanze‹ aus Italien wurde ihr Nachfolger: der Komponist Gioacchino Rossini aus Pesaro.

Der Ruhm der Catalani als Sängerin aber blieb ungebrochen. Die majestätische Würde dieser einzigartigen Künstlerin, die erstaunliche Präzision ihrer Stimmbänder und – vor allem – ihr Bekanntheitsgrad galten weiterhin als durable, gut verkaufbare Kostbarkeiten.

Zum großen Aachener Friedenskongreß, der den Sieg über Napoleon spektakulär feiern sollte, wurde auch Angelica Catalani eingeladen. Tausend prominente Gäste machten ihr die Honneurs, darunter Preußenkönig Friedrich Wilhelm III., Kaiser Franz von Österreich, Zar Alexander von Rußland, der Herzog von Wellington und die Fürsten Metternich und Blücher.

Angelica sang ›Non più andrai‹, die Baritonarie aus Mozarts *Figaro*.

»Madame, Sie leisten Männerarbeit!« spottete Fürst Metternich. »Bitte, beschränken Sie sich damit auf das Gebiet der Oper.«

Preußens Marschall Blücher aber zeigte eine andere Reaktion auf die Mozart-Arie. Mit blitzenden Augen trat er vor die Sängerin und krächzte ihr das Papageno-Lied vor: ›Ein Mädchen oder Weibchen‹.

Angelica applaudierte: »Jetzt haben Sie nicht nur Napoleon besiegt, sondern auch die Catalani!«

Weiter lief die Spur des Ruhms ...

Berlin, München, Wien, St. Petersburg. Immer wieder London und immer wieder Paris. Angelica Catalani wurde reich wie kaum eine Primadonna vor ihr. Baron Rothschild bot sich ihr als Vermögensberater an und half dabei, eine Catalani-Stiftung in Florenz zu gründen. In einer großen und komfortablen Villa begann die Sängerin kostenlos Unterricht für begabten Opernnachwuchs zu geben. Vogelsang und Arien-Wollust füllten das weiße Haus am Arno.

Angelica wirkte am Ende ihres Lebens wie eine verglühende Sonne; ihre Ausstrahlung wärmte noch, obwohl sie ihren Scheitelpunkt längst überschritten hatte.

In ihrem neunundsechzigsten Lebensjahr meldete sich plötzlich ein ungebetener Gast in der florentinischen Villa: die Cholera! Angstgepeinigt floh die Catalani nach Frankreich.

Die Cholera folgte ihr.

Als eines der ersten Opfer dieser schrecklichen Seuche starb die große Primadonna am 12. Juni 1849 in Paris.

Mit ihr versanken die letzten Relikte der Rokoko-Oper.

11 Der Kleidertausch

> »Die eigentliche Kunst des bel canto hat mit den Kastraten aufgehört; man muß das zugestehen, wenn man sie auch nicht zurückwünschen kann.« *Gioacchino Rossini*

Kein linder Blütenregen mehr. Kein Seufzerlein, kein Puderdunst. Kein Rokokokokottenzauber.
Neue heiße Vitalität! Himmel und Hölle in einem ...
Ein Beispiel gibt die letzte Regiebemerkung in Cherubinis berühmter Primadonnen-Oper *Medea:* »Auf einen Wink von ihr erscheint ein Wagen mit feuerspeienden Drachen, der sie durch die Lüfte davonträgt. Erdbeben und Feuerregen, unter deren Wirkungen Tempel und Palast in Trümmern fallen.«
Luigi Cherubini, der in Paris ansässige Florentiner, ein wahrer ›Opernbildhauer‹, sättigte den Schauhunger der Menge und erschloß zugleich eine neue Dramatik: den

Feueratem der Rettungs- und Befreiungsoper. Obwohl er dabei so napoleonisch wie kein anderer zu Werk ging, konnte Napoleon ihn nicht ausstehen: er verweigerte Cherubini den Einzug in die große Pariser Oper.

Das Ausland aber horchte auf.

Wien vor allem! Cherubini sei ›der größte lebende Opernkomponist‹, akklamierte Ludwig van Beethoven, Ehrenbürger der Französischen Revolution, und lieh sich Bouilly, den Librettisten des verkannten Italieners, für einen eigenen Opernplan aus.

Im Jahre 1805, sieben Tage nachdem französische Truppen unter Marschall Murat in Wien eingerückt waren, führte Beethoven dort seine Befreiungsoper *Fidelio* auf. Ihr dramatisches Motiv: Auflehnung gegen die Willkürherrschaft.

Zahlreiche Militärs der französischen Besatzungsmacht saßen zur Premiere im Theater. Napoleon selbst war nicht erschienen. Er zog es vor, die herzerweichenden Trillerketten des Kastraten Crescentini zu beweinen.

Die Uraufführung des *Fidelio* wurde eine Niederlage. Beethovens Freiheitsfackel hatte nicht gezündet.

Grollend ging der Meister daran, die Oper umzuarbeiten.

Fidelio – ein *nom de guerre* für Leonore, die Gattin des Staatsgefangenen Florestan. Eine junge Frau in Männerverkleidung.

Die Hosenrolle des Fidelio war von der zwanzigjährigen Primadonna Anna Milder gesungen worden. Beethoven schwor auf sie, auch nach der Niederlage noch, und Goethe-Freund Karl Friedrich Zelter, Dirigent und Maurermeister in einem, meinte: »Dem Weibsbild kommt der Ton armesdick zur Kehle heraus.«

Anna Milder, jene Primadonna, die später die Greisin

Gertrud Schmeling-Mara in Reval besuchen sollte, war als Tochter eines Konditors und einer Kammerfrau des österreichischen Gesandten in Konstantinopel geboren worden und als Zofe einer adligen Dame nach Wien gekommen. Mozart-Freund Schikaneder hatte sie entdeckt, Mozart-Feind Salieri bildete sie aus. Sie besaß wirklich ›eine Stimme wie ein Haus‹.

Als Beethovens zweite *Fidelio*-Fassung ebenfalls erfolglos blieb, verbot der Verlobte der Primadonna, ein Juwelier namens Hauptmann, seiner Braut das Weitersingen.

»Dummer Esel!« schnauzte Beethoven.

Anna Milder sang weiter. Und als der hochmütige Hauptmann, inzwischen ihr Gatte, seine Opposition gegen ihren Gesang nicht aufgeben wollte, ließ sie sich kurzerhand von ihm scheiden.

Erst mit Beethovens dritter *Fidelio*-Fassung von 1814 kam Anna Milder auch endlich zu ihrem persönlichen Erfolg.

»Es schlägt der Rache Stunde!« hallte ihre machtvolle, tremolierende Stimme gegen die Holzmauern des Bühnengefängnisses. Wie ein tatendurstiger Männerheld, selbstbewußt und nervenlos, von Leidenschaften durchglüht, stampfte sie durch den Festungskeller, ließ die Liebe der Kerkermeisterstochter Marzelline über sich ergehen und setzte die Pistole schließlich jenem Tyrannen auf die Brust, der ihren Florestan gefangenhielt.

»Wer ein holdes Weib errungen«, jubelte der Chor am Schluß der Oper, und Anna Milder stand schluchzend an der Rampe und spürte in diesem Augenblick ihre Berufung.

Fidelio – holdes Weib in Hosen! Mit solchen Rollen muß es weitergehen, dachte die Primadonna und fühlte sich als *primo uomo* einer neuen Opernepoche.

Äußerer Grund: die italienischen Verschneidefabriken waren bei Todesstrafe verboten worden. Innerer Grund: die Oper wurde realistischer, das Publikum aufgeklärter. Die große Ablösung begann. Frauen übernahmen in zunehmendem Maße die klassischen Kastratenrollen. Viele von ihnen schossen dabei weit über das Ziel hinaus: sie griffen auch nach männlichen Heldenpartien! Der neue Hosenrollentyp wurde so extrem hochgespielt, daß bald auch Sprechbühnen damit glänzten.

Im Jahre 1782 konnte man in einem deutschen Bühnenkalender lesen: »Der Geschmack an Beinkleiderrollen ist ein Lieblingsgeschmack der deutschen Schauspielerinnen geworden.« In Gotha riß eine gewisse Madame Abt sogar die Hamlet-Rolle an sich. Der Schauspieler, der diese Rolle vor ihr gespielt hatte, übergab ihr als Bühnenrequisit nicht den üblichen kleinen Kavaliersdegen, sondern einen überschweren spanischen Sarraß. Resultat: Madame Abt brach unter der Last ihrer Männerrolle zusammen.

Doch das war für ihre Nachfolgerinnen kein Grund zu kapitulieren. Am 31. Oktober 1812 notierte Goethe in seinem Theater-Tagebuch, daß eine Sängerin »sehr brav und – sonderbar genug – als *Frau* den Titus von Mozart« gespielt habe. Wenig später übernahm die Sängerin Karoline Botgorschek die Tenor-Rolle des Edelmanns Belmonte in Mozarts *Entführung aus dem Serail.*

Sprechbühne oder Oper – die Hosen der Damen erwiesen sich als derart spannend, daß in einer Londoner Opernaufführung schließlich genauso viele Sängerinnen in Hosen wie Kastraten in Kleidern auftraten: ein apartes Vergnügen für das Publikum.

Die außer-ordentliche Wirkung der großen Kastraten-

Auftritte vollzog sich jetzt mit umgekehrten Vorzeichen. Der Geschlechtertausch auf offener Bühne übte nach wie vor einen verwirrenden, aber nicht wegzuleugnenden Reiz aus.

Ein schöner Jüngling ...
Wie ein lebendes Denkmal steht er auf der Bühne des Berliner Opernhauses. Sein silbergraues Wams ist knapp geschnitten. Enganliegende Trikothosen modellieren jeden Muskel seiner Beine.
Die Damen im Zuschauerraum zücken die Operngläser.
Der Jüngling ist von Liebe erfüllt – man sieht's! Flehend schaut er das kleine Porträt an, das er in Händen hält.
›Dies Bildnis ist bezaubernd schön‹, singt er.
Tamino ist allein mit seiner Liebe.
Plötzlich grollt ein Donnerschlag! Magisch angestrahlt erscheint die *Königin der Nacht* – das tückisch glitzernde Böse, funkelnd und furchterregend.
Tamino erschrickt ein bißchen zu heftig. Die Damen mit den Operngläsern sehen seine Beine zittern.
»So zittert kein Mann«, flüstert eine junge Opernfreundin im Parkett.
»Da hat ja auch ein Weib die Hosen an«, antwortet ihr Kavalier.
Ein Weib, jawohl! Der Theaterzettel wies es aus:

Mozarts ZAUBERFLÖTE
mit Anna Milder-Hauptmann
als Tamino

Der Berliner Theaterintendant hatte richtig spekuliert: Das Publikum war nicht trotzdem erschienen, sondern gerade deshalb!
Geschehen 1816. Über ein gutes Jahrzehnt hinweg blieb die Hosenrollen-Primadonna Anna Milder-Hauptmann

an der Berliner Hofoper. Schließlich stand sie mit 3000 Talern pro Saison an der Spitze der Gagenliste.
Hinzu kamen 500 Taler ›geheime Zulage‹ vom König.

Die Hosenrolle, ursprünglich ein berufsständisches Kampfmittel, mit dem die Primadonnen gegen das Kastratentum antraten, blieb – weit über den *Rosenkavalier* hinaus – bis in unsere Zeit hinein attraktiv.

Wer mutmaßt, es könnten dabei auch andere als ›gewerkschaftliche‹ Motive im Spiel gewesen sein, lese bei Magnus Hirschfeld nach: *Die Transvestiten*, Berlin 1912. Als Klara Ziegler, die Heroine mit dem Stampfschritt, 1869 den *Romeo* spielte, rief ein Kritiker: »Das kommt alles bloß aus dem Halse, tiefer herauf wird nichts geholt!« Die resolute Klara kassierte trotzdem warmen Beifall.

Für wesentlich sinnvoller wurde die Besetzung der Gluckschen Orpheus-Rolle mit Altstimmen gehalten. Die einst für den Kastraten Guadagni geschriebene Titelrolle des *Orpheus* wurde zum Beispiel 1859 in Paris von Pauline Viardot-Garcia gesungen, 1860 in London von Rosa Czillag, 1909 in der New Yorker Metropolitan-Aufführung unter Arturo Toscanini von Louise Homer, 1920 im Londoner Covent Garden unter Sir Thomas Beecham von Clara Butt und 1947 in Glyndebourne von Kathleen Ferrier.

Die Umkehr der Fronten war damit in aller Sachlichkeit vollzogen worden.

Als Beispiel aus neuerer Zeit erregte die Mailänder Inszenierung der *Belagerung von Corinth* Aufsehen. Unter dem Titel *Mohammed II.* hatte Gioacchino Rossini diese Oper 1820 in Neapel uraufgeführt. Die Rolle des griechischen Offiziers Neocle war damals für den Contr'alto-Kastraten Giovanni Velluti komponiert worden. Sechs

Jahre später führte Rossini diese Version unter dem Titel *Le siège de Corinth* in Paris auf und schrieb die Kastratenrolle für einen Tenor um. Als der amerikanische Dirigent Thomas Schippers die Oper schließlich im April 1969 für die Mailänder Scala inszenierte, besetzte er die Neocle-Rolle mit der Altistin Marilyn Horne.

Dieser Kunstgriff machte es möglich, daß die alten neapolitanischen Kastraten-Fioriituren wieder zur Wirkung kamen. Die ebenso schwierigen wie süffisanten Verzierungen, vorgetragen im flexiblen, warmen Belcanto einer weiblichen Altstimme, machten das inzwischen fast vergessene Opernwerk zu einer neuen Sensation – zu einem echten Rossini.

Rossini, divino maestro, Helios von Italien . . .
Zweimal im Leben soll dieser Musenschlingel geweint haben. Einmal, als ihm bei einer Kahnpartie ein mit Trüffeln gefüllter Kapaun ins Wasser fiel. Ein weiteres Mal, als der Kastrat Velluti ihm Fioraturen in die Arien schmuggelte, die Rossini nie geschrieben hatte.

»Rossini, divino maestro, Helios von Italien, der du deine klingenden Strahlen über die Welt verbreitest!« schrieb Heinrich Heine. »Verzeih meinen Landsleuten, die dich lästern auf Schreibpapier und auf Löschpapier! Ich aber freue mich deiner goldenen Töne, deiner melodischen Lichter, deiner funkelnden Schmetterlingsträume, die mich so lieblich umgaukeln und mir das Herz küssen wie mit Lippen der . . .!«

»Ich schwöre«, schrie Rossini den Kastraten Velluti an, »daß ich deine Fioriituren nie mehr dulden werde!«

»Und ich schwöre«, antwortete Velluti, »daß ich nie mehr in einer Rossini-Oper singen werde!«

». . . wie mit Lippen der Grazien!« dichtete Heine weiter.

»Divino maestro, verzeih meinen armen Landsleuten, die deine Tiefe nicht sehen, weil du sie mit Rosen bedeckst, und denen du nicht gedankenschwer und gründlich genug bist, weil du so leicht flatterst, so gottbeflügelt!«

Lassen wir ihn flattern, es wird hohe Zeit . . .!

»Schweinehirt, Kneipenkellner, Makkaronibäcker, Kriegs-gewinnler«, schimpfte Rossini, »Scheusal!«

Recht hatte er! Der Impresario, der ihn drangsalierte, der fette Glatzkopf Domenico Barbaja, hatte in seinem Leben tatsächlich alle diese Berufe ausgeübt – und dazu noch den eines Spielbankdirektors! Jetzt aber war er der Chef der ›San Carlo‹-Oper in Neapel, und als solcher hatte er ein Recht auf delikates Primadonnen- und Kastraten-Futter. Laut Vertrag standen Barbaja zwei Rossini-Opern pro Jahr zu; für jedes Werk zahlte er 800 Franken.

Gioacchino Rossini, an einem Schalttag im Jahre 1792 in Pesaro an der Adria geboren, Sohn eines Stadttrompeters und einer Sängerin, komponierte seit seinem achtzehnten Lebensjahr Opern.

Für Barbaja in Neapel war er von 1815 bis 1823 tätig. Zwei abendfüllende Werke im Jahr – eine wahre Noten-sklaverei! Rossini arbeitete mit einer permanenten Wut im Bauch, dennoch so flink und agil, daß die Notenko-pisten kaum folgen konnten. Die Einfälle sprudelten nur so aus seinem Kopf. Als ihm einmal ein Notenblatt vom Tisch fiel, bemühte er sich gar nicht erst, es aufzuheben – er komponierte die Arie einfach noch mal.

Schlimmsten Verdruß bereitete ihm die Maßarbeit für Isabella Colbran, die Primadonna vom ›San Carlo‹. Diese verwöhnte Spanierin, eine Meisterschülerin des Kastraten Girolamo Crescentini, fraß nämlich nur feinste Kolora-turen, zuckerige Cantilenen und kandierte Triller.

Ihre Spezialität: pikant gewürzte Hosenrollen!

»So etwas steht nur dem Velluti zu!« fauchte Rossini.

»Tatsächlich? Woher nehmen Sie den Mut, mir zu widersprechen?« mokierte sich die Colbran. Immerhin war sie Barbajas Geliebte.

Pfui und Hosiannah zugleich – Rossini schüttelte sich.

Einerseits stöhnte er unter der Pflicht, Fronarbeit für eine Primadonna leisten zu müssen, andererseits verehrte er sie, die verführerisch schöne Spanierin! Mit jeder Note, die er für sie schrieb, küßte er heimlich ihren Mund. Jede Arie war eine Liebeserklärung, jeder Triller ein Kitzel, jede Fermate eine Umarmung.

Während der Uraufführung seiner Oper *Elisabeth, Königin von England,* übermannte ihn plötzlich die Leidenschaft. Mitten im Beifall stürzte er auf die Bühne und küßte die Primadonna. Er küßte sie mit dem Anspruch eines Künstlers, der sein Musengeschöpf verehrt.

Während er sie umarmt, merkt er: Die Colbran küßt zurück. Sie reagiert!

Tausende von Neapolitanern applaudieren.

Bei der anschließenden Premierenfeier gibt Rossini bekannt, er habe sich soeben mit ›seiner Primadonna‹ verlobt. Der dicke Barbaja fällt fast vom Stuhl. Doch dann begreift er: Sängerinnen kann man kaufen – einen so schlauen Notenfuchser wie Rossini aber, dieses tönende Füllhorn, muß man festhalten!

Barbaja erhebt sich und gratuliert. »Wie fein«, sagt er, »daß ihr beiden Täubchen jetzt noch enger zusammenarbeiten könnt. Morgen geht's an die neue Oper. Viel Spaß!« Dann winkt er aus der nächsten Ecke eine kleine Ballerina heran. »Wie hab ich dich bis heut nur übersehen können . . .!« sagt er und füttert sie mit Pralinen.

Am nächsten Tag werden Rossini und seine Primadonna in ein Zimmer gesperrt, in dem sich nur Tisch und Stühle, zwei große Schüsseln mit ungewürzten Makkaroni, Notenpapier und ein altes Klavier befinden. Außerdem ein großes, breites Bett.

Am Fenster steckt ein Zettel. »Nutzt die Zeit, ihr Täubchen. In Zukunft ist nicht nur die ›San Carlo‹-Oper zu versorgen; ich habe auch das ›Del Fondo‹ gekauft. Domenico Barbaja.«

»Gut, daß er jetzt zwei Theater in petto hat«, sagt Rossini ein paar Nächte später und ruft seine Braut ans Fenster. »Bella Isabella – schau, da brennt San Carlo!«

Isabella schmiegt sich an ihn und genießt in dem kleinen verschlossenen Zimmer einen grandiosen Anblick. Schaurig schön wirft der Golf von Neapel den Flammenschein des brennenden Theaters zurück. Die Szene hat Opernpathos . . . !

»Deine Kostüme brennen übrigens mit«, sagt Rossini.

Die splitternackte Primadonna ist erschrocken. »Jetzt habe ich absolut *nichts* mehr anzuziehen«, seufzt sie.

Und Rossini lacht, lacht bis tief in die Nacht hinein . . . !

Doch jedesmal, wenn er den Velluti sah, verging ihm das Lachen. »Dieses verdammte Mannsbild hätt ich beinahe gesagt – wie nennt man eigentlich diese Kerle – halt, wieder ein falsches Wort! Ich hab was gegen ihre verdammten Schnörkeleien. Wenn sie schon selber keine Schnörkel besitzen, dann sollen sie wenigstens nicht meine Arien verschnörkeln, diese – diese –!« Und dann lacht er wieder laut und lange.

In Wirklichkeit war Rossini nämlich mit dem hochintelligenten Kastraten Giovanni Velluti befreundet; er bewunderte seinen Kunstverstand.

Als Crescentini in Paris sang, um Napoleon zu gefallen, hatte Velutti sich in Italien den Ruhm des größten Sängers seiner Nation erworben. 1807 sang er zum ersten Mal am ›San Carlo‹ in Neapel. Dann ging er nach Mailand, dann nach Wien – und jetzt war er wieder in Neapel und pflegte seine Freundschaft mit Crescentini, der von Napoleon den Orden der Eisernen Krone und damit den Adelstitel erhalten hatte. Velutti besuchte ihn oft auf seinem Landsitz bei Neapel und –

»Ja, und dann besprechen diese beiden Kerle, oder wie soll man sie nennen – wahrscheinlich besprechen sie dann jedesmal, welche neuen dummen Ornamente sie in meine Arien schnörkeln, zum Teufel!«

Rossini war am Ende so böse, daß er Velutti tatsächlich zum Teufel jagte und dann beschloß, alle Schnörkel in seinen Arien fortan selbst zu komponieren. Damit keine Möglichkeit mehr zum Improvisieren blieb.

Diese Handlungsweise ging dem guten Velutti gegen die Kastratenehre! Er verließ endgültig Neapel und begab sich nach Venedig, wo Giacomo Meyerbeer 1824 für ihn die Oper *Il Crociano in Egitto* schrieb.

Das war die letzte Oper, die speziell für einen Kastraten komponiert wurde – Vellutis Schwanengesang.

Ein Jahr später reiste der Kastrat nach London, sang dort fünf Monate lang für 2300 Pfund, privatisierte ein bißchen und trat dann wieder in London auf. An der Themse konnte man immer noch das beste Geld verdienen.

Doch das Brot wurde härter für die Kastraten.

Als Velluti eines Abends in der Oper *Romeo und Julia* von Zingarelli seine Arien derart mit Koloraturen verzierte, als wäre er ein Musik-Stukkateur, trat seine Duettpartnerin, die kleine, dünne Maria Malibran, kaum siebzehn Jahre alt, mit brennenden Augen und rotgefleckten

Wangen zum Gegenangriff an. Auch sie verzierte ihre Julia-Arien – und zwar so genial, daß der Beifall *ihr* und nicht dem Kastraten zuflog.

Velluti kniff ihr wütend in die Hüfte. »Briccona!« knirschte er – Schurkin!

Das Los, ein Kastrat zu sein, wurde von Jahr zu Jahr schwerer.

»Eben geht der verfluchte Velluti vor meinem Fenster vorbei«, schrieb Felix Mendelssohn-Bartholdy aus London, »er ist ein erbärmlicher, jämmerlicher Kerl, dessen Gesang mich so anekelte, daß ich in der Nacht davon träumte.«

Ähnliche Gefühle überfielen den Dichter Franz Grillparzer, als er Velluti in Wien singen hörte; er litt plötzlich unter einem so »widerlichen Gefühl«, daß er »halbtot aus dem Theater wankte«.

Arrivederci, castrati...!

Der Heimflug der goldenen Ziervögel, der geweihten Kapaune. Zwei Jahrhunderte lang tänzelten und tapsten sie über die Opernszenerie. Im Ruhm suchten sie ein Entgelt für jene Sünde, die man ›zur höheren Ehre Gottes‹ an ihnen begangen hatte.

Ausnahmemenschen waren sie, viele von ihnen Genies! Das überreiche Füllhorn ihrer knorpellosen Kehlen spendete Kunstfertigkeiten, musikantische Galanteriewaren, kulinarische Feinkost – oft genug auch Kunst.

Ob mit tränentreibender Ekstatik oder mit hodenloser Frechheit – die Kastraten, Töchter des Orpheus wie die Primadonnen, haben in jedem Fall die Oper bereichert.

1846 starb, sechsundsiebzigjährig, der große Kastrat Girolamo Crescentini als Königlicher Kammersänger in Neapel. 1861 folgte ihm, achtzigjährig, Giovanni Velluti, der letzte berühmte Opernkastrat Italiens. Er starb mitten im Sommer auf seinem blumenduftenden Landgut bei Venedig.

Gioacchino Rossini, der Komponist, der den Kastraten ihre letzten Blumen, die Fiorituren, entwand, überlebte sie beide.

1822 hatte er die spanische Primadonna Isabella Colbran geheiratet – samt ihrer 20 000-Lire-Rente und ihrem Landhaus in Bologna. Domenico Barbaja war als Trauzeuge erschienen.

Dann ging Rossini nach Wien und anschließend nach London, um dort als Dirigent gewaltige Summen zu verdienen. 1824 übernahm er die Leitung des ›Théâtre Italien‹ in Paris.

Er war ein Lebenskünstler ersten Ranges!

Viehzüchter war er, Pastetenbäcker, Weinkellermeister, Opernkönig, Liebhaber, Meisterkoch und schließlich Rentner. Er schuftete und kassierte, entbehrte und genoß, lebte mit seiner Kunst wie mit einer Konkubine, hängte sein Mäntelchen munter in den Wind, verachtete die Akademien, klaute wie eine *Diebische Elster* bei sich selbst und bei Mozart (»Der ist so reich, da darf man nehmen!«), grunzte im Federbett, wenn seine Premieren stiegen, und hatte tränennasse Taschentücher nur dann, wenn er lachte.

Von seinem siebenunddreißigsten Lebensjahr an komponierte er keine Opern mehr, sondern bestenfalls noch *Tournedos à la Rossini.* Die zweite Hälfte seines Lebens privatisierte er, schrieb noch das schöne *Stabat mater* und erreichte ein patriarchalisches Alter.

Wenn's mal brennt, Freunde, macht euch nichts draus! Das Leben kann bei ungewürzten Makkaroni zwar schön

sein, noch schöner ist es, wenn pikante Saucen dazukommen, Sherry, Lauch, Anchovis, ein mit Mehl verknotetes Stück Butter, sowie die rechte Prise Pfeffer und Salz. Einkochen lassen, anrichten, servieren und sofort zubeißen oder schlürfen. Möglichst unter freiem Himmel!
Die Luft ist lau und voller Lalalas . . .

12 Biedermeier-Primadonnen

»Das holde Wesen (gemeint ist die Bürger-Primadonna Henriette Sontag), ist leider zu schade, um eine Gräfin zu werden«, schrieb *Zelter* an Goethe.

»Der Ruhm nagt am Körper«, sagt die göttliche Jette.

Dabei ist sie, rein körperlich gesehen, prächtig beieinander! Wer die schöne zwanzigjährige Primadonna Henriette Sontag im Rosina-Kostüm in ihrer Pariser Operngarderobe erblickt, genießt ein wirklich zauberhaftes Bild: da ist nirgends etwas zu wenig; alles sitzt am rechten Fleck, vorne wie hinten.

Wenn sie nur nicht so nervös wäre . . .! Die Zunge fühlt sich pelzig an, ihre Finger flattern, der Puder auf der Haut ist pappig.

Neben ihr steht jemand, der sie tröstet: Gioacchino Rossini, vierunddreißig Jahre alt, Komponist und Direktor des ›Théatre Italien‹ in Paris, Jahresgehalt 30 000 Francs, jährlicher Zuschuß für die Oper 400 000 Francs. Sein pausbäckiges, von mächtigen Koteletten umwölktes Bacchusgesicht strahlt fröhlichen Kampfgeist aus.

»Ich gratuliere schon jetzt!« trompetet er. »15. Juni 1826 – das ist ein historisches Datum für Sie, Mademoiselle! Wer die Rosina in meinem *Barbier* singt, wird automatisch berühmt.«

»Aber ich *bin* berühmt, Maestro!«

»Nicht in Paris, Mademoiselle, ich bitte Sie! Sie stehen heute vor einem völlig neuen Anfang.«

»Schon gut«, Henriette lächelt. Ihr natürlicher, fast naiver Liebreiz wirkt immer wieder ansteckend. »Es ist ja auch nicht die Rolle, die mir Sorgen macht, sondern . . . sozusagen . . .«

»Die Claque, Mademoiselle . . .? Meinen Sie die Claque?« Sie nickt.

»Mamma mia! Waren Sie denn nicht bereit, den Applaus im voraus zu zahlen?«

»Nein!« ruft Henriette und fällt plötzlich, ganz unbewußt, in ihre rheinische Muttersprache zurück. »Isch han diesem feinen Herrn Sauton jesagt, Herr Sauton, han isch jesagt, dat jeht nicht, diese Klack, dieses Jeckentheater, han isch jesagt!«

Rossini hebt die Augbrauen; er hat kein Wort verstanden und doch alles erraten. »Die Claque des Monsieur Sauton«, erklärt er voller Geduld, »ist ein gewerkschaftlich organisiertes, ein höchst nützliches Unternehmen, Mademoiselle. Es arbeitet absolut korrekt! Eine ›Assurance de Succès‹, wenn Sie so wollen, eine perfekte Erfolgsversicherung. Das gab's schon bei den alten Römern, und das gibt es seit sechs Jahren auch in Paris. In meinem Theater allerdings nur, wenn ganz große und berühmte Stars . . .«

»Reine Erpressung! Isch mach dat nicht mit, Herr Rossini«, ereifert sich Henriette.

»Die Claque des Monsieur Sauton«, Rossini hebt den Zeigefinger, »arbeitet nicht gegen, sondern *für* die Stars!«

Henriette muß in diesem Augenblick an Berlin denken. Vor vierzehn Tagen noch taumelte Preußens Hauptstadt im *Sontag-Fieber*. ›Göttliche Jette‹, riefen die Leute und liefen aufgeregt neben ihrer rotlackierten Kutsche her.

»Ich brauche keine Claque!« sagt sie entschlossen.

Rossini wiegt den Kopf.

Dann kommt der Inspizient. »Noch fünf Minuten bis zum Auftritt«, meldet er.

Das Publikum ist glänzend gelaunt. Es freut sich auf die Rossini-Oper *Der Barbier von Sevilla* und auf den berühmten deutschen Gast Henriette Sontag.

Kunstkenner aus Wien, London, Mailand und Paris sind erschienen. Die Sontag genießt europäisches Interesse.

Parkett zweite Reihe sitzt Monsieur Sauton, der Chef der Pariser Claque. Er gibt sich betont seriös. Seine Leute sind so über das Theater verteilt, daß sie ihn von überall her sehen können.

Hochoben auf der Galerie sitzen die *Rieurs*, die Männer für das ansteckende Lachen an falschen Stellen. Die *Sfumato*-Leute, die schmachtenden Seelenseufzer, haben sich über die Proszeniumslogen verteilt. Auch einige *Schnarcher* sind erschienen, dazu zwei *Pleureusen*: Heulweiber mit ergreifenden Schluchzern und gutgetarnten Flacons, die die Tränendrüsen der Nachbarn reizen sollen. Auf den Stehplätzen warten die Männer mit den ekelhaften Störsalven, die *Tireurs*.

Der gefährlichste Mann aber, der *Spezialist für satanisches Lachen*, sitzt genau unter dem Kronleuchter! Wenn der mal richtig loslegt, so sagt man, gibt es Fehlgeburten in den Logen.

Alle diese Claqueure sind natürlich in der Lage, auch das glatte Gegenteil zu bieten: lauten, satten Applaus. Es kommt nur auf die Bezahlung an! Für heute wissen sie, daß die Primadonna Henriette Sontag um ihr europäisches Ansehen kämpft. Und dafür hat Monsieur Sauton ihnen ganz spezielle Anweisungen gegeben.

Die Oper beginnt. Der erste Aufzug kommt gleich so lebendig daher, daß das Publikum fröhlich mitgeht.

Dann ist Henriette dran. Sie setzt zur großen Kavatine an. Es wird totenstill im Zuschauerraum.

Ist das Ergriffenheit, stille Neugier oder Ruhe vor dem Sturm? Henriette weiß es nicht. Mit behutsamer Hingabe singt und spielt sie ihre Rolle, ›Frag ich mein beklommen Herz‹, und vergißt dabei das dunkle tausendköpfige Ungeheuer – das Publikum.

Am Ende der Kavatine bricht ein Tumult ohnegleichen aus, ein unaufhörliches Dröhnen und Knattern.

Henriette schreckt wie aus einem Traum hoch. Erst als sie genau hinhorcht, wird ihr klar, daß das Theater voller Jubel ist, voller Begeisterung! Sogar die Claque jubiliert! Die grauen Glitzeraugen des Monsieur Sauton signalisieren pure Bewunderung.

»Bravo!« klingt es laut, »Wonderful!« und »Encore!« Der Beifall will überhaupt kein Ende nehmen.

Als Henriette nach Aktschluß die Bühne verläßt, fällt sie dem Maestro Rossini weinend um den Hals.

Der schnurrt wie ein Kater. »Si, bambina, va bene . . .!«

»Oh, Maestro . . .! Sogar die Claque . . .«

»Jaja, Mademoiselle, der Monsieur Sauton und seine Mitarbeiter, das sind exzellente Musikkenner. Echte Opernfreunde sind das!«

»Kann man ihnen nicht nachträglich noch etwas Gutes antun..?«

»Aber, aber...! Die Pariser Claque ist keine Mafia, die sich bestechen läßt!«

Wie eine Nachtwandlerin wankt Henriette in ihre Garderobe, überglücklich.

Rossini lächelt zufrieden. »Selbst wenn ich die Claque vorher nicht so großzügig bezahlt hätte«, sagt er zu seinem Inspizienten, »der Publikumsapplaus hätte diesmal alles übertönt!«

Der Inspizient, Italiener wie sein Chef, grinst: »Bravo, Figaro!«

»Nie ist die Rolle der Rosina in befriedigenderer Weise wiedergegeben worden«, schrieb der französische Romancier Henri Beyle, genannt Stendhal, am nächsten Tag im *Journal de Paris*. »Mlle. Sontag verfügt über Lustigkeit und Verve der ersten Jugend.«

Verve der ersten Jugend – das war tatsächlich jene besondere Note, die Henriette Sontag von den großen Primadonnen ihrer Zeit unterschied.

Noch trat Angelica Catalani auf, würdig, virtuos. Noch sang Anna Milder-Hauptmann, wenn auch inzwischen in Skandinavien und Rußland. Auch Mozarts Primadonna Aloysia Weber lebte und sang noch.

Henriette Sontag war jünger als diese Heroinen, moderner auch als jene Brigitta Banti, die mit aller Macht den Primadonnen-Stil des gerade angebrochenen 19. Jahrhunderts hatte prägen wollen. Dieses rassige Geschlechtswesen schlang sich vor ihren Opernauftritten mit heißen Maronen voll, goß kalten Wein hinterher, nicht zu knapp, und betrat dann die Bühne wie eine Siegesgöttin. Sie war so stolz auf ihre gefährlich gurgelnde Stimme, daß sie in-

teressierten Gästen gelegentlich gern das Geheimnis enthüllte: ihren mächtigen, gutgepolsterten Brustkorb. In
einem letzten Akt von Selbstüberschätzung vermachte sie
noch vor ihrem Tod ihren Kehlkopf einem Anatomen.

Wesentlich vornehmer trat Giuditta Pasta auf, die Tochter eines jüdischen Dottore aus Mailand. Diese außergewöhnlich schöne Frau, acht Jahre älter als Henriette
Sontag, verstand es, Würde und Sinnlichkeit in ein harmonisches Lot zu bringen. Die Pasta präsentierte weder
kalten Glanz noch grellen Opernflitter; sie war eine geschmackvoll ausgewogene, zutiefst frauliche Sängerin.

Wirklich nennenswerte Konkurrentinnen für die göttliche Jette aber waren eigentlich nur die etwa gleichaltrigen
Sängerinnen Wilhelmine Schröder-Devrient aus Hamburg und die spanische Pariserin Maria Malibran.

Der funkensprühende Wettbewerb mit diesen beiden
Stars stand unmittelbar bevor. Henriette Sontag fühlte
sich dafür gerüstet.

1806 war sie in Koblenz am Rhein geboren worden – ein
echtes Theaterkind: der Vater war Bassist, ihre Mutter
Schauspielerin. Als Zwölfjährige begann Henriette Musik
zu studieren.

Im gleichen Prager Theater, in dem Mozart seinen *Don
Giovanni* uraufgeführt hatte, erlebte Henriette ihre ersten Bühnenerfolge: zunächst in Pagenrollen, dann als
Prinzessin von Navarra in einer Boieldieu-Oper.

Mit fünfzehn Jahren war sie die jüngste Primadonna
ihrer Zeit, außerdem – so bemerkte der Opernhistoriker
Oskar Bie – »vielleicht die hübscheste Sängerin, die es je
gab«. Auf Prag folgte Wien. Henriette sang die Titelrolle
in der Uraufführung der *Euryanthe* von Carl Maria von
Weber.

Es war ein großer und befriedigender Erfolg. »Das freut mich!« lobte Premierengast Beethoven. »Das freut mich! So muß der Deutsche über den italienischen Singsang zu Recht kommen!«

Das sittsame Primadonnenmädchen Henriette begriff damals ihren eigentlichen Typ. Webers Librettistin Helmine von Chézy hatte dafür gesorgt, daß sich die deutsche Euryanthe recht schicklich vom französischen Original unterschied: sie brauchte dem Grafen von Forest nicht das heimliche Veilchenmal unter der linken Brust zu zeigen.

Frivolitäten blieben Henriette erspart.

Biedermeier. Lindgrüne Postkutschenzeit . . .

Auch die Oper wird zur Guten Stube. Ein Hauch von Kaffee, Tobak und *Oh, Tannenbaum*, dazu ein Spritzer Lavendel. In den Garderoben werden neben Schirm und Degen auch Galoschen abgegeben; sie sollen die Schuhe schonen.

Ein bissel arm ist man geworden.

Doch man verzichtet mit Anmut. Man weint hinterher und fühlt sich beim Weinen wohl. Not wird zur Tugend, Leere gilt als Tiefe.

Vormärz: RUHE IST DIE ERSTE BÜRGERPFLICHT! Heimarbeit ist Linderung, nicht Ausbeutung. Die Behörden erlauben kein Aufmucken, eher das Muckertum.

Was soll man also machen . . . ?

Man besinnt sich auf gute Erziehung und schlichten Stil, auf Seele und Gemüt. Und auf den bürgerlichen Stolz: »Was erlauben Sie sich, Herr Baron – mein Mann ist Unterpräfekt der dritten Kategorie, nehmen Sie die Hand da fort, sonst . .!«

Und der Nachtwächter tutet ins Horn.

Langeweile . . .?

Nur scheinbar! Die schneeweißen Trikothosen der Beamtengattin sind unten mit Spitzen besetzt; sie umkosen die Knöchel. Die Wespentaille ist eng geschnürt, Nährpülverchen für die ideale Büste sind willkommen.

Moralität bis an die Grenze jener geheimen Erwartung, daß der Herr Baron in Abwesenheit des Herrn Unterpräfekten dennoch zugreifen möge. Warum auch nicht? Die Gardinen, vom warmen Sommerwind umworben, bauschen sich vor dem halboffenen Balkonfenster. Alles ist halboffen und halbdunkel.

Na, wie wär's . . .? Ein jeder ist, Gott segne euch, bereit, an der Sünde zu naschen.

Dummerweise macht die einst so verrufene Bühnengilde nicht mit. Ausgerechnet sie hat sich vorgenommen, bürgerlich sittsam zu erscheinen. Henriette Sontag zum Beispiel, die rundum pastellfarbene Biedermeier-Primadonna, möchte eine betont gepflegte Kunstgattung vertreten. Eine echte und rechte *diva* will sie werden – eine wahrhaft Göttliche.

Der Himmel willfahrte ihrem Wunsch: er machte sie zur ›göttlichen Jette‹.

Vorzimmer zum Götterhimmel: Beethovens Junggesellenwohnung in Wien.

»Zwei junge Mädchen wollen Sie kennenlernen!« brüllt Sekretär Schindler dem tauben Meister ins Ohr. »Zwei Sängerinnen von der Hofoper! Sie haben's mir gestern mitgeteilt!«

Das pockennarbige Gesicht des Meisters läßt keine Antwort erkennen. Schindler unternimmt also nichts.

Die beiden Mädchen kommen trotzdem!

Henriette Sontag und Karoline Unger überfallen Beethoven mit soviel heißer Verehrung, daß der noch am gleichen Abend seinem Bruder schreibt: »... und da sie mir durchaus die Hände küssen wollten und recht hübsch waren, so trug ich ihnen lieber an, meinen Mund zu küssen.« Jawohl – wörtlich Beethoven!

Karoline Unger, eine Sängerin aus Stuhlweißenburg, drei Jahre älter als Henriette, formulierte diesen außerordentlichen Vorgang später etwas sachlicher: »Jette und ich traten in diese Stube wie in eine Kirche, und wir versuchten – leider vergebens – dem teuren Meister vorzusingen.« Ursache des vergeblichen Versuchs: Beethoven litt seit vier Jahren an fortschreitender Schwerhörigkeit.

Die beiden Sängerinnen lassen nicht locker: sie laden den dreiundfünfzigjährigen Junggesellen zu einer Landpartie ein. Beethovens Gegenvorschlag: »Die schönen Hexen sollen zum Essen in meine Wohnung kommen. Damit wir ein paar Soli durchgehen.«

Ein paar Soli . . .? Hat er also für sie komponiert?

Henriette und Karoline suchen im März 1824 erneut den Meister auf. Er spricht über die Solopartien seiner *Neunten* und der *Missa Solemnis* und bittet die beiden Mädchen dann zu Tisch.

Es gibt Poularde und dazu ein paar Portionen Fleisch, die die Haushälterin aus dem Gasthof geholt hat, hinterher einen Gugelhupf. Dazu wird Wein getrunken, kein sehr guter, dafür aber literweise.

»Eine Fourage für Landsknechte mit blechgefütterten Mägen«, flüstert Karoline ihrer Freundin zu.

Henriette versteht kein Wort: sie ist betrunken.

Kichernd verabschieden sich die beiden Sängerinnen. Arm in Arm stelzen sie die knarrende Stiege hinunter; über ihnen im Treppenhaus schwebt wie ein milder Mond das Beethovengesicht.

Zwei Tage später schreit Schindler das taube Genie an: »Die kleine Sontag hat schwer gelitten!«

Beethoven lacht ein bißchen unsicher.

»Sie hat sich die Nacht fünfzehnmal übergeben«, fährt Schindler fort. »Gestern abend war's schon besser.«

Der Meister nickt lebhafte Zustimmung.

»Die beiden Schönen lassen sich empfehlen«, ruft Schindler schließlich, »bitten in Zukunft aber um besseren, gesünderen Wein.«

Beethoven schaut stumm an die Wand.

»Ganz recht, das sagten sie!« insistiert Schindler.

Henriette Sontag und Karoline Unger waren und blieben die einzigen Primadonnen, die die Ehre hatten, sich bei Beethoven den Magen zu verrenken. Doch ihr Einsatz lohnte sich: der Komponist trug ihnen tatsächlich die weiblichen Solorollen für sein nächstes Konzert an.

Für die Proben lud er sie wiederum in seine Wohnung.

»Geht das Tempo nicht geschwinder?« fragte Henriette.

»Nein«, antwortete Beethoven.

»Darf ich das nicht etwas italienischer singen?« wollte Karoline wissen.

Beethoven schüttelte böse den Kopf.

»Eine schreckliche Höhe!« beschwerte sich Henriette und zeigte auf die Stelle ›Küsse gab sie uns und Reben‹.

Beethoven blieb unnachgiebig.

»Schön, dann quälen wir uns eben weiter«, hauchte Henriette. Die Atemanstrengung für die hohe Diskantlage hatte ihre kleine Mezzosopranstimme mächtig echauffiert; ihr Busen wogte.

Das Konzert fand statt, und die beiden Sängerinnen taten ihr Bestes. Beethoven schrieb ihnen hinterher einen Brief und bekannte sich darin als ihr ›dankbarer Freund‹.

Bis zum Rand gefüllt mit solchem Lob und trotzdem aufatmend verließen die beiden Mädchen wenig später die Donaumetropole.

Henriette reiste über Prag und Leipzig nach Berlin und verlor die Verbindung mit ihrer launigen Wiener Jugendfreundin.

Ludwig van Beethoven

Karoline Unger verlobte sich mit dem schwermütigen Poeten Nikolaus Lenau, liebte ihn heiß und hungrig und lief ihm, als sie satt war, wieder fort. Sie reiste nach Italien, nannte sich dort Carlotta Ungher, gab Gastspiele in Paris und heiratete dort den sehr vermögenden Monsieur Sabatier.

Alsdann privatisierte sie als Luxusdame in Florenz.

Spannung herrschte in Preußens Hauptstadt.

Die Kunde von der bemerkenswerten Schönheit der Henriette Sontag war ihrer Anreise vorausgeeilt. Doch als die Sängerin dann wirklich kam, übertraf sie alle Erwartungen: ihre Schönheit war mit Talent gepaart!

Das ›Sontag-Fieber‹ brach aus.

Die achtzehnjährige Primadonna trat im neuen ›Königstädter Theater‹ am Alexanderplatz auf – fast ausschließlich in Rossini-Rollen. Charmant und sympathisch, dabei sittsam bis zur platten Naivität, trieb sie ihr sorglos sicheres Spiel mit den munteren Melodien des italienischen Opernmonarchen.

Es ist gewiß nicht übertrieben, wenn man sagt, daß Henriette Sontag den Berlinern einen Kunstgeschmack soufflierte, »der sich durch alle Volksklassen verbreitete«. Das jedenfalls attestierte der Berliner Theaterchronist Friedrich Tietz. »Wir gehörten nicht mehr dem kalten Norden zu, wir waren Südländer geworden.«

Der Operndirektor, ein ehemaliger Pferdehändler, zahlte ihr 5000 Taler Gage, dazu für Mutter und Schwester, die in Nebenrollen und als Anstandsdamen der Primadonna tätig waren, nochmals 2500 Taler. Außerdem stellte er ihr eine Leibkarosse.

Jettes rote Kutsche wurde schnell zum Fanal – zum rollenden Feuermelder, der die Herzen des Volkes alarmierte.

Das Opernhaus am ›Alex‹ erlebte Beifallsorgien wie noch nie. Papierschlangen und bunte Seidenpapierrollen, mit Dankeshymnen bekritzelt, regneten von den Balkonlogen. Die Gardeoffiziere zerfetzten bei den Applauskanonaden ihre weißen Handschuhe. Und Preußenkönig Friedrich Wilhelm III. lud die blutjunge Primadonna nach Potsdam ein, veranstaltete einen ›großen Bahnhof‹ und überreichte ihr einen kostbaren Schmuck.

Das war richtungsweisend für den Primadonnenflirt künftiger Hohenzollern! Das Haus Preußen gewöhnte sich daran, Operndiven in Zukunft würdiger zu behandeln, als es noch Friedrich II. mit seiner Assoluta-Sklavin Gertrud Schmeling-Mara getan hatte.

Der Kotau der Hohenzollern für die ›göttliche Jette‹ ging soweit, daß zwei Kritiker der Primadonna offiziell bestraft wurden. Der Satiriker Moritz Saphir erhielt einen ministeriellen Verweis, und der Schriftsteller Friedrich Ludwig Rellstab wurde wegen seines persiflierenden Buches *Henriette oder die schöne Sängerin* gar zu sechs Monaten Festungshaft verurteilt.

Im Mai 1826 nahm die göttliche Jette Urlaub von Berlin und fuhr nach Paris. Wir wissen was dort geschah: Rossini, Rosina und jubelnde Claque.

Als Henriette nach Berlin zurückkehrte und bekanntgab, sie habe einen Pariser Kontrakt unterschrieben, gab es fast einen Theaterskandal. Das Berliner Publikum pfiff die ›Treulose‹ in Anwesenheit des Königs auf offener Bühne aus. Doch Henriette ließ sich nicht beirren. Der Liebreiz ihrer dunkelbraunen Augen dämpfte die Revolte. Die Vorstellung endete mit Jubel.

Der Preußenkönig machte Henriette Sontag zur Kammersängerin und schenkte ihr zwei goldene Teller.

Donna Anna, Agathe, Susanna, Desdemona und Italienerin in Algier – eine Weile noch verbreitete die ›göttliche Jette‹ ihren Zauber in Berlin; dann nahm sie Abschied.

Bei ihrer letzten Vorstellung standen so viele Blumen und Kränze auf der Bühne, schwerduftend und pompös, als ginge es um die Leichenfeier einer Königin.

»Leb wohl, Berlin!« rief Henriette.

Die Antwort war ein allgemeines Schluchzen.

Ganz Europa erwartete sie jetzt mit offenen Armen.

Die Siegesmeldungen erreichen sogar den Weimarer Olymp.

Am Stehpult in seinem Gartenhaus: Goethe, siebenundsiebzig Jahre alt, vom Zweiten Teil seines *Faust* bewegt.

Goethe kennt die Sontag. Er hat sie selbst in seinem Hoftheater erlebt. Jetzt notiert er ein paar Gedanken über sie. Er preist ihre eigensinnige Individualität: »Gerade deshalb achte und liebe ich sie – nicht der sentimentalen oder graziösen Mienen wegen, die sie sich antrillert.«

Für einen skeptischen Hoftheaterdirektor wie Goethe, der immerhin einhundertundvier Opernwerke aufführen ließ, klingt das bemerkenswert privat.

Literaturwissenschaftler haben nachgewiesen, daß bei Goethe eine Art blaues Flämmchen aufgezuckt sein muß, als er die hübsche Sängerin in Weimar kennenlernte. In seinem Gedicht *Die neue Sirene*, das auf die Sontag zielt, heißt es genießerisch:

> *Vom küßlichen Mund*
> *floß ein verführendes Lied.*
> *Eine geschwisterte*
> *nun zum Gürtel ab*
> *griechische Schönheit.*

Handfester als Goethe äußerten sich im gleichen Monat ein paar Göttinger Studenten: sie warfen die Postkutsche, mit der die Sängerin zu ihnen gekommen war, in den Fluß; niemand sollte nach ihr das Gefährt benutzen!

Henriette war jetzt ständig unterwegs: Den Haag, Brüssel, Frankfurt. Und immer wieder Paris.

Als sie in Paris eines Tages krank wurde, reisten ein paar Berliner Verehrer mit Schnellpost an die Seine, erkundigten sich dort nach Jettes Befinden, galoppierten an die Panke zurück und teilten den besorgten Berlinern das Bulletin mit.

Dann folgte ein neuer dramatischer Höhepunkt: London, die Stadt der Supergagen.

In einer lavendelduftenden Equipage, gezogen von zwei Schimmeln, fährt Henriette Sontag zum Palais des Herzogs von Devonshire. Sie ist zum Frühlingsball 1828 geladen worden.

Ihr offizieller Begleiter, der französische Gesandte Graf Polignac, macht sie im Foyer mit dem Herzog bekannt. Der spricht, wie jeder Engländer, zunächst vom Wetter.

»Bisher hatten wir in London noch keine rechte Sonne«, sagt er und schaut Henriette Sontag an, als nehme er einen tiefen Schluck. »Jetzt aber ist sie endlich erschienen!«

Beifall rieselt, nicht zu laut und keineswegs zu lange. Die Gäste des Herzogs taxieren die Primadonna mit kritischen Kennerblicken.

Ihr durchsichtiges, weißes Kreppkleid wirkt außerordentlich pikant; es ist mit Borten aus echtem Gold besetzt. Sie trägt ein kostbares Diadem im Haar, dazu gleißendes Kettengeschmeide und Goldspangen um die bloßen Arme. Ihre nackten Füße stecken in goldenen Sandalen.

Stimmen schwirren, Gläser klirren, Tafelmusik ertönt.

»Haben Sie die Deutsche in der Oper gehört?« fragt ein junger Lord im Damenkreis. »Als Rosina und Donna Anna – göttlich!«

»Der Andrang im Foyer war so groß«, ergänzt ein Pair, »daß die Herren ohne Frackschöße und die Damen ohne Coiffure zu ihren Plätzen gelangten.«

»Ist das nicht etwas übertrieben, Sir?«

»Nicht stärker übertrieben, als wenn jemand diese Frau hier als göttlich bezeichnet!«

Ein paar Nischen weiter spricht ein erfahrener Opernkenner von Henriettes gefährlichster Konkurrenz: von der zwanzigjährigen Maria Felicità Malibran. »In der Pariser Grand Opéra hat sie mit der Sontag im Duett gesungen«, sagt er.

»Und?«

»Es war ein Sieg für die Malibran.«

»Paris ist nicht London«, bemerkt eine ältere Dame.

»Das stimmt insofern, Madame, als daß die Malibran zur Zeit nicht in London, sondern in Paris singt.«

Plötzlich aber verstummt jede Kritik: der Herzog von Devonshire hat Henriette Sontag aufs Parkett geführt.

Eine schwungvolle *Allemande* erklingt.

Und dann tanzt der unverheiratete Herzog mit der deutschen Primadonna, tanzt so leicht und nobel swingend mit ihr, als glitten zwei Porzellanpuppen über eine glänzende Ölfläche.

An allen Bankettischen sitzt mit flackernden Augenlichtern die Neugier. Obwohl zwischen Adel und Hochbürgertum noch immer Seidenschnüre gespannt sind, ist die Society sich einig: »Die Gurgel der Kleinen ist aus Gold, zugegeben – ihr Herz aber scheint aus Marmor zu sein: unbewohnt!«

»Wissen Sie Genaueres?«

Niemand weiß etwas Genaueres. Alle fragen sich, wie das zusammenpaßt: diese keusche, fast naiv wirkende ›Miß Biedermeier‹ – und dazu durchsichtiger Krepp! Ein Engelchen mit brav gespitztem Mund – dazu liebeshungrige Kulleraugen . . . Gibt es ein Geheimnis?

Henriette Sontag trug ein Kind unter dem Herzen!

Ihr Liebesleben war von jeher kompliziert gewesen. In den ersten Jahren ihrer Karriere war sie von Mutter und Schwester streng behütet worden. Als Achtzehnjährige lernte sie den böhmischen Grafen Eduard Clam-Gallas kennen, mußte aber hinnehmen, daß die Eltern des Grafen die Verbindung untersagten.

Natürlich wurde Henriette weiterhin mit Anträgen bestürmt. Fürst Hermann von Pückler-Muskau, Reiseberichter, Landschaftsgärtner und Erfinder einer weltbekannten Eissorte, schrieb ihr schwärmerische Liebesbriefe. Der belgische Violinvirtuose Charles de Bériot hielt um ihre Hand an. Und auch der Herzog von Devonshire wälzte Heiratspläne.

Doch die Sontag wies alle Anträge ab.

Sie *war* bereits verheiratet – und zwar heimlich! Mann ihres Herzens war der Diplomat Graf Carlo Rossi, Gesandter des italienischen Fürstentums Piemont.

Henriette hatte den gutaussehenden und feinsinnigen Grafen Rossi im ›Beethoven-Wien‹ kennengelernt. Im ›Rossini-Paris‹ traf sie ihn wieder.

Die Liebe der beiden trug Früchte.

Dann aber erlebte Henriette das gleiche wie mit dem Grafen Clam-Gallas: die adlige Familie des Mannes protestierte! Heftig wehrten sich die Rossis gegen die Verbindung mit einer deutschen Bürgerstochter, die außerdem einem nicht gesellschaftsfähigen Gewerbe angehörte: der Bühne. Der reaktionäre Hof von Turin, Stammplatz des Fürsten von Piemont und Königs von Sardinien, tat ein übriges: er drohte seinem Gesandten Graf Rossi die Entlassung an.

Niemand in Turin hätte die Nase gerümpft, wenn der junge Graf sich das ›Opernflittchen‹ als Geliebte geleistet hätte. Eine Ehe aber – laut Bibel die natürlichste Konsequenz der Liebe – wurde von den piemontesischen Blaublütlern als unmöglich empfunden.

Dem Grafen Rossi, der kein eigenes Vermögen besaß, blieb unter solchen Vorzeichen nichts anderes übrig, als seine Henriette heimlich zu heiraten. Er tat es.

Im Dezember 1828 kam das erste Kind.

Die Turiner überschlugen sich vor sittlicher Entrüstung. Sie blieben auch dann noch hart, als das Kind wenige Monate später starb. Um angebliche Peinlichkeiten zu vermeiden, wurde der Graf nach Brüssel versetzt. Und die illegale Gräfin erhielt aus Turin den Befehl, sich sofort von der Oper zurückzuziehen.

Friedrich Wilhelm III. von Preußen versuchte seiner Kammersängerin zu helfen; er verlieh ihr den Phantasieadel einer ›Gräfin Sontag zu Lauenstein‹. Doch der Zaunkönig von Piemont ließ sich nicht beeindrucken. »Ich jage den Grafen nach Rio de Janeiro!«, polterte er.

Da packte Henriette endgültig die Furcht. Sie wollte nach dem schmerzlichen Verlust ihres Kindes nicht auch noch den geliebten Mann hergeben. Tage und Nächte lang rang sie mit sich.

Dann kroch sie zu Kreuze.

Auf der Höhe ihrer Karriere entsagte die Primadonna Henriette Sontag der Oper; sie war erst vierundzwanzig Jahre alt.

Einen letzten Höhepunkt erlebte sie im Herbst 1829 in Paris. Mit ihrer Konkurrentin Maria Felicità Malibran zusammen spielte sie *Romeo und Julia* – die Geschichte einer jungen Liebe vor dem Hintergrund eines fanatischen Familienhasses.

Während Henriette ihr eigenes Erleben mit der Julia-Rolle identifizierte, spielte Maria Malibran den Romeo – als Hosenrolle! Die kaum einundzwanzig Jahre junge Spanierin, eine rassige, braunhäutige Schönheit mit ständig wachsamen Gazellenaugen, ein schlanker biegsamer Typ, entfaltete auf der Bühne soviel Knabencharme, daß sie ihrer Partnerin eine optische Attraktion voraus hatte.

Bei ihrem gemeinsamen Auftritt vor einem Jahr war Henriette die Unterlegene gewesen. Diesmal empfingen beide Primadonnen ungeteilten Beifall.

Opern-Auguren, die auf professionelle Feindschaft getippt hatten, irrten sich: Henriette und Maria schlossen echte Freundschaft. Sie verstanden einander.

Das Romeo-Mädchen entbot ihrer Julia die ehrlichsten Segenswünsche. »Werde glücklich mit deinem Grafen, Henriette. Glück ist mehr als Ruhm. Leb wohl und mach's gut!«

Von dieser Stunde an, so schien es, hatte die Malibran weit und breit keine Konkurrenz mehr. Jetzt war *sie* die Eine und Einzige: die Erste Dame der europäischen Oper!

Die kreolische Gräfin Mercedes Merlin, intime Freundin zahlreicher Opernsängerinnen in Paris, schrieb ein Buch über die Malibran.

In Augenhöhe mit ihr standen höchstens noch die zehn Jahre ältere Giuditta Pasta und die furiose Deutsche Wilhelmine Schröder-Devrient.

Wir werden über dieses Triangel noch sprechen . . .

Als Sproß der berühmten spanischen Sänger-Dynastie Garcia war Maria 1808 in Paris geboren worden. Ihr Vater, der große Manuel Garcia, hatte sie mit rücksichtsloser Strenge ausgebildet.

Einzelheiten über die Dressurakte im Haus Garcia beschrieb die aparte kreolische Gräfin Mercedes Merlin, Inhaberin eines musikalischen Salons und spätere intime Freundin der Malibran, in einem zweibändigen Werk über die Primadonna.

»Ich kann nicht mehr, Papa«, flehte Maria immer wieder.

»Was hast du gesagt?!«

Vor den wilden Andalusieraugen ihres Vaters schmolz die Kleine jedesmal dahin. »Verzeih, ich will es machen, Papa. Verzeih . . .«

»Papas Blick«, gab Maria zu, »hat einen solchen Einfluß auf mich, daß er mich vom fünften Stock auf die Straße springen lassen könnte, ohne daß ich mir weh täte.«

Der alte Garcia: »Man macht mir Vorwürfe, aber es muß sein. Maria kann nur um diesen Preis eine große Künstlerin werden. Ihr unbezähmbarer Charakter braucht eine eisern führende Faust.«

Wesentlich sanfter erzog er Pauline, Marias jüngere Schwester, die später als die große Viardot-Garcia weltberühmt werden sollte. »Bei der zarten Pauline«, sagte Vater Garcia, »genügt ein Seidenfaden, um sie zu leiten.«

Maria erlebte eine schmerzhafte, aber schnelle Karriere. Die Tränenspur ihres Ruhms führte sie über den großen Teich bis nach New York.

Vater Garcia hatte ein eigenes Ensemble zusammenge-
stellt und reiste damit als erste europäische Operntruppe
nach Amerika. Neun Monate lang stand Maria fast täglich
auf einer New Yorker Opernbühne und entfachte wahre
Applaus-Delirien.

Garcias Impresario in New York war ein italienischer
Emigrant, der seit einem guten Jahrzehnt als Tabak-
händler, Schnapsfabrikant, Buchhändler und Sprachlehrer
in Manhattan tätig war: Lorenzo Da Ponte, Mozarts ehemaliger Librettist in Wien. Kein Wunder, daß bei dieser
Zusammenarbeit auch die Oper *Don Giovanni* von Mozart und Da Ponte am 26. Mai 1826 zur amerikanischen
Erstaufführung kam.

Maria gelang es, als Zerline heftige Kavaliersgefühle in
den Herzen der New Yorker Männer zu wecken. Der
am Hudson lebende französische Kaufmann François-
Eugène Malibran, fünfundvierzig Jahre alt, war der erste, der kurz entschlossen um ihre Hand anhielt. Die junge Sängerin erkannte die Chance, sich vom künstlerischen
Zwang des Vaters zu lösen, und trat, kaum siebzehnjährig, mit dem Franzosen vor den Traualtar.

Die väterliche Truppe zog ohne sie nach Mexico weiter.

Marias Ehe aber, kaum geschlossen, zerbrach wieder.
Monsieur Malibran entpuppte sich als Bankrotteur und
verschwand in irgendeinem Gefängnis.

Die junge Primadonna sah ihn nie wieder. Allein reiste
sie nach Europa zurück. Paris, London und Brüssel wurden die Hauptstationen ihrer neuen Siege.

Kurz nach Marias Abschied von Henriette Sontag kehrte
der alte Garcia unerwartet aus Mexico zurück. Arm und
verbittert kam er in Paris an.

Im Hafen von Vera Cruz hatten Banditen seine Truppe

überfallen und ausgeplündert. Dabei verlor der alte Löwe alles, was er besaß. »Weil wir ohne Talisman waren«, sagte Garcia, »ohne dich«, und strich seiner Tochter über das Haar.

Dann trat er mit ihr in Rossinis *Othello* auf.

Als sich am Schluß der Aufführung der Vorhang wieder hob, sah man Vater und Tochter in enger Umarmung auf der Bühne stehen. Das Publikum applaudierte, und die beiden trennten sich so ruckartig, als seien sie aus einem gemeinsamen Traum erwacht.

Tränenbäche hatten sich mit der Mohrenschminke des Vaters vermengt und Marias Gesicht schwarz gefärbt. Das Publikum schwieg tiefgerührt.

Wenig später starb Manuel Garcia, der Ältere.

Fortan schien es, als wolle die Malibran mit ihrem Gesang nur noch einen inneren Schmerz übertönen. Schmachtend genoß Europas Opernpublikum diesen tragischen Reiz.

Bilderbogen aus dem Leben der Primadonna Maria Felicità Malibran.

Der Kampf gegen den Ruhm der Giuditta Pasta beginnt. Der Name der schönen Jüdin hat noch Leuchtkraft. Vergleiche werden gezogen. Die Pasta, feinnervig, instinktsicher, geht als Desdemona mit dem stillen Mut der Tragödin auf den gezückten Dolch des Othello zu. Die Malibran hingegen flieht dem Dolch, angstdurchzittert, flatternd wie ein aufgescheuchtes Reh. Die Pasta steht im dritten Akt stark und ruhig auf der Bühne, kraftvolle Sinnlichkeit ausstrahlend; ihr stattliches Nachtgewand ist luxuriös bestickt. Die Malibran aber, goldene Reflexe in den braunen Mandelaugen, sitzt im dünnen Musselin an der Harfe; das aufgelöste Haar fällt auf die schmalen Schultern nieder, Tränen rollen über ihre Wangen.

Manuel Garcia der Ältere, Vater der Maria Malibran, als Othello

Soirée auf dem Schloß der französischen Prinzessin de Chimay. Neben der Malibran ist auch der belgische Geiger Charles de Bériot anwesend, der einst um die Hand der Henriette Sontag angehalten hatte. Voller Begeisterung gratuliert er der Malibran nach ihrem Auftritt. Maria hält seine Hand fest, spürt plötzlich heiße Tränen in den Augen und flüstert: »Mein Gott! Sehen Sie denn nicht, daß ich Sie liebe...?« Fortan reisen die beiden gemeinsam durch Europa.

Der französische Poet Lamartine: »Sie sprechen fünf Sprachen, Madame – mein Kompliment!«

Die Malibran: »Das ist bequem! Fehlt mir ein Wort aus der einen Sprache, so nehme ich es aus einer anderen: einen *Ärmel* aus dem Englischen, einen *Kragen* aus dem Deutschen, ein *Mieder* aus dem Französischen.«

»Ein charmantes Harlekinkostüm!«

»Möglich...! Aber der Harlekin trägt eine Maske!«

Felix Mendelssohn-Bartholdy über die Malibran: »Eine junge, schöne, herrlich gewachsene Frau, voll Feuer, Kraft, Coquetterie.« Franz Liszt: »Die Malibran, angesteckt von der allgemein verbreiteten Leidenschaft der Frauen für Männerrollen, dehnt diesen Bereich sogar auf den Othello aus.« Ergänzend dazu Chopin: »Madame Malibran hat die Rolle des Othello gespielt und die Schröder-Devrient die Desdemona. Die Malibran ist klein, die Deutsche riesenhaft; man meinte, die Deutsche würde den Othello erdrosseln.«

Grund dazu hätte Wilhelmine Schröder-Devrient schon gehabt! Die Malibran kämpfte in jener Aufführung verzweifelt gegen ihre Konkurrentin, die sich als echte Vollblutschauspielerin erwiesen hatte. Am Schluß schleppte Maria die tote Desdemona mit letzter Kraft an die Rampe und ließ sie genau dort liegen, wo der Bleisaum des herabsinkenden Vorhangs ihr den Kopf zerschmettern mußte. Im letzten Moment sprang die ›Tote‹ hoch. Das Publikum lachte; die Malibran hatte gesiegt.

Weiter im Bilderflug: Maria Malibran in Italien.

Rom. Sie geht mit Freunden im Park der Villa Doria-Pamfili spazieren. Vergnügt wie ein Kind stürzt sie sich in den Sprühregen einer Fontäne, steht da, von Regenbogenfarben umleuchtet, und wird vollständig naß. Ihr Haar hängt in Strähnen, ihr Kleid klebt am Körper. Dann springt sie zehn Marmorstufen aufwärts, reckt auf der Spitze des Piedestals ihre Arme zum Himmel und singt die *Norma*-Arie ›Casta Diva‹.

»Reine Eifersucht!« scherzen die Freunde. »Bellini hat die Arie für die Pasta geschrieben, nicht für Maria. Jetzt verrät sie sich: die Pasta ist für sie ein Trauma!«

Szenenwechsel: Senigallia an der Adria. Maria reitet. Sie ist wie ein Mann gekleidet und galoppiert ihren Freunden davon: braungebrannte Amazone, staubbedeckt, der Schweiß rinnt in Bächen. Als die Freunde sie endlich erreichen, ist sie bereits nackt in die Adria gesprungen, schwimmt wie ein Delphin und lacht. Dann wieder hinein in die Reiterhosen, ab ins Hotel, für den Abend umgezogen, Diner auf der Terrasse, geistvoll plaudernd in fünf Sprachen.

Schließlich Venedig. Aus Angst vor der Todesfarbe läßt Maria ihre Gondel taubengrau streichen und mit Gold und Scharlachrot verzieren. Die Quasten der blauen Vorhänge schleifen träge im Wasser. Der Gondoliere, purpurne Jacke, safrangelber Strohhut, singt. Weitere Gondeln folgen, beladen mit neugierigen Verehrern.

Maria: »Da weiß jeder gleich, daß ich es bin!«

Überwindung des Traumas: Im ›Teatro San Carlo‹ in Neapel sang Maria 1833 endlich die Titelrolle der *Son-*

nambula, die Vincenzo Bellini zwei Jahre zuvor für seine Muse Giuditta Pasta komponiert hatte. Drei Monate später trat Maria mit der englischen Version dieser Oper im Londoner ›Drury Lane‹-Theater auf; sie hatte die Rolle in einer Nacht auswendig gelernt.

Bellini saß persönlich im Parkett, bleich, zart und glutäugig, ein ›Seufzer in Seidenstrümpfen‹, wie Heinrich Heine ihn beschrieben hatte.

Die Malibran spielte die Rolle der nachtwandlerischen Amina so hinreißend, daß Bellini noch am gleichen Abend an einen Freund schrieb: »Wie soll man es machen, um sich in diesen kleinen Teufel Maria Malibran nicht zu verlieben?«

Giuditta Pasta, anderweitig verheiratet wie Bellini auch, dennoch mit ihm befreundet, sagte gereizt: »Sie gehen nicht aus London fort, ohne sich mit Bériot duelliert zu haben!«

Bellini reiste ab. Als er drei Jahre später starb, murmelte Maria: »Ich fühle, daß ich ihm bald nachfolgen werde.«

Im März 1836 wurde sie in Paris Madame de Bériot. Der gemeinsame Sohn Charles Wilfried war inzwischen fast drei Jahre alt.

Ein halbes Jahr nach der Hochzeit gastierte das Ehepaar beim *Großen Musikfest* in Manchester.

Zwei Marien stehen auf dem Konzertpodium und singen im Duett: die Londoner Sängerin Maria Caradori und – bleich, zitternd, die Hand an die Brust gepreßt – Maria Malibran.

Das Publikum, blind vor Begeisterung, verlangt Wiederholung.

Die Malibran faltet ihre Hände wie zum Gebet, flehentlich. Ihre Augen sagen *Ich kann nicht mehr . . .!*

Die Zuhörer applaudieren weiter.

»Es geht nicht, ich sterbe«, sagt die Malibran zum Dirigenten.

»Gehen Sie gleich in die Garderobe, Madame. Wir spielen etwas anderes.« Doch Maria schüttelt den Kopf.

Immer noch gellen Da-capo-Rufe. Die Platzpreise für das Festival waren teuer. Das Publikum erwartet etwas für sein Geld.

Das Duett wird wiederholt. Es endet für die Malibran mit einer der schwierigsten Finalefiguren, die überhaupt möglich sind: mit einem Triller auf dem hohen C.

Dann bricht sie ohnmächtig zusammen.

Ihre Kollegin fängt sie auf und bringt sie in die Garderobe. Ein Arzt wird gerufen.

Inzwischen steht Charles de Bériot auf dem Podium.

Wie in Trance spielt er die *Cadence du diable*. Seine Violine klebt unter den schweißfeuchten Fingern. Was ist mit Maria, denkt er, und wann ist diese elende Kadenz endlich zu Ende? Er beschleunigt sein Tempo und geigt wie der Teufel.

»Da capo!« röhrt es ihm entgegen.

Als Bériot nach der Wiederholung endlich in die Garderobe stürzt, hat man der todesmatten Primadonna bereits die schönen langen Haare abgeschnitten, um Umschläge machen zu können. Bériot ergreift flehend ihre Hände; sie sind kühl und reglos.

Am 23. September 1836, kurz nach Mitternacht, stirbt in Manchester die Primadonna Maria Felicità Malibran. Sie ist achtundzwanzig Jahre alt. Das Kind, das sie unter dem Herzen trug, stirbt mit.

›Isteralgie‹ wird die Todesursache genannt: Gehirnüberreizung.

13 Die schwedische Nachtigall

»Sie trank mit mir Brüderschaft!«
schrieb *Hans Christian Andersen*
in sein Tagebuch. Einen Tag später: »Jenny Lebewohl gesagt.«

Die Enthüllungsfeier der Primadonna fand am 20. April
1894 in London statt.

Adel und Geistlichkeit, Diplomatie und Kultur wohnten
dem denkwürdigen Akt bei. Außerdem, als steinerne
Zeugen im *Poet's Corner* der Westminster-Abtei, ein
paar große Tote wie Shakespeare, Dickens, Händel und
sein Gegenspieler John Gay.

Der Dekan sprach ein Gebet. Dann zog Prinzessin He-
lene, eine Tochter der englischen Queen Victoria, die
weiße Hülle fort.

Das Monument wurde sichtbar: eine steinerne Orpheus-
Leier, lorbeergeschmückt, darüber ein Medaillonporträt
der Jenny Lind.

Ergriffen starrten die Gäste in die Marmoraugen der toten Primadonna: Jenny Lind, schwedische Nachtigall. Keusche Muse, Opern-Anemone. Showstar des amerikanischen Zirkuskönigs Barnum, Multimillionärin und christliche Wohltäterin . . . Benedicimus te!

Mit feierlichem Pomp ehrte Englands Kulturprominenz an jenem Vormittag im April, sechs Jahre post mortem, die schlichte Stockholmer Mädchenfrau, die einst das Wort geflüstert hat: »Mögen die Wogen der Vergessenheit über mein armes kleines Leben hingehen.«

»Eine Frau in Englands Pantheon!« verkündete am nächsten Tag die Londoner Presse. »JENNY LIND ALS HEILIGE CÄCILIE«.

Cäcilie . . . Wer war diese Heilige?

Sie lebte im 3. Jahrhundert n. Chr. und war eine römische Aristokratentochter aus dem Geschlecht der Cäcilier. In eifernder Frömmigkeit hatte sie den jungen Patrizier Valerianus für das Christentum geworben und ihm die Ehe versprochen; gleichzeitig überredete sie ihn zu ehelicher Enthaltsamkeit. Als bei der Hochzeitsfeier plötzlich weltliche Unterhaltungsmusik auf der Orgel gespielt wurde, verweigerte Cäcilie die Trauung und floh in ihr Kämmerlein. Vom orgelnden Rhythmus der Sünde erschreckt, sang sie »in ihrem Herzen zu Gott allein« und flehte dabei um die Erhaltung ihrer Jungfräulichkeit.

Heidnische Richter verurteilten sie zum Tode.

Cäcilie wurde in einem römischen Dampfbad erstickt. Zwölfhundert Jahre später sprach die Kirche sie heilig und machte sie zur Schutzpatronin der Musik. Raffael und Rubens haben die Heilige gemalt: eine herbe Schönheit von gefälliger Figur.

Im Gedenken an diese Märtyrerin wurde die Primadonna

Jenny Lind nun in Londons Westminster Abtei geehrt. Weil auch sie, eine herbe Schönheit von gefälliger Figur, wie eine Heilige durch die weltliche Unterhaltungsmusik der Oper geschritten war. Weil sie ein Leben lang dem orgelnden Rhythmus der Sünde widerstand. Weil sie trotz aller Masken eine ›christliche Primadonna‹ blieb.

Ihre Zeitgenossen verehrten sie wie ein Wunder.

Immer wieder hatte Jenny ihr Geld für wohltätige Stiftungen hergegeben; sie half, wo sie konnte. Sie verbreitete Andacht.

Und gerade deshalb . . .

Deshalb – weil das Publikum sie schon zu Lebzeiten mit einem Heiligenschein krönte – rief Jenny Lind die abgebrühtesten Manager auf den Plan. Als Objekt eines sensationellen Reklamerummels wurde sie zum Spitzenstar des victorianischen Show-Business – zum internationalen Millionengeschäft.

Jenny schien das goldene Stigma zu haben.

Ihre Eltern seien Spießbürger gewesen, liest man in einigen Biographien. Andere Quellen nennen sie gewöhnliche Leute oder gar Bettler. Genau besehen war es so: ihre Mutter, eine leichtlebige schwedische Kapitänswitwe, hatte einen sehr jungen Stockholmer Büroarbeiter geheiratet und am 6. Oktober 1820 das Töchterchen Jenny zur Welt gebracht.

Das blasse Arme-Leute-Kind hatte nicht viel Freude daheim, kein harmonisches Zuhause.

Zur Entlastung des familiären Wohnküchenbetriebes wurde Jenny als Neunjährige dem Grafen Pake, Chef des Stockholmer Hoftheaters, überstellt. Der zahlte Kost, Logis und Unterricht für die Kleine und erwartete als Gegenleistung »zehn Jahre Dienst für die Direktion«.

1832 debütierte Jenny in einer Kinderrolle in Bellinis *Straniera*. Ihr erster entscheidender Opernauftritt fand am 7. März 1838 statt: die siebzehnjährige Jenny Lind sang die Agathe im *Freischütz* von Carl Maria von Weber. »Ich stand an diesem Morgen als eine Kreatur wie sonst auf«, schrieb sie darüber, »und legte mich schlafen als eine neue Kreatur.«

Eine designierte Primadonna hatte ihre Kraft erkannt! Den 7. März feierte sie fortan wie einen Geburtstag.

Ihr Debut-Datum schien günstig gewesen zu sein. Die liebenswerte Maria Malibran war anderthalb Jahre zuvor in einem prunkvollen Mausoleum zu Brüssel beigesetzt worden. Henriette Sontag hatte auf Befehl der adligen Familie ihres Mannes die Opernbühne verlassen müssen, und Wilhelmine Schröder-Devrient, so schien es, war leergebrannt; als Sklavin ihrer erotischen Leidenschaften war sie zum willenlosen Werkzeug geworden. Ihr britischer Impresario Alfred Bunn, ein rüder Rohling, bedrohte sie und betrog sie – Wilhelmine sehnte sich nach Ruhe.

Auch unter den Komponisten hatte es eine Wachablösung gegeben. Die neuen Opernlöwen hießen Gasparo Spontini und Giacomo Meyerbeer. Ihre modischen Spektakelstücke kitzelten die allgemeine Sensationslust mit Mordbrennerei, falschem Religions-Pomp und echten Elefanten an der Rampe.

Das Opernpublikum, derb und abgebrüht, erwartete neben den heißen Hummersuppen in den Pausen und dem Panorama der Dekolletés in den Goldlogen immer neue ausgefallene Sensationen auf der Bühne: etwas Noch-nie-Dagewesenes!

Welch eine Kondition für die Wiederkehr einer leibhaftigen ›Cäcilie‹! Jenny Lind – ausgefallen genug – betrat die Stockholmer Opernbühne so jungfräulich scheu, so provozierend keusch und gottergeben wie einst Jeanne d'Arc ihren Scheiterhaufen. Dabei zitterte sie jedesmal vor Lampenfieber. Nach Schluß der Vorstellungen kniete sie hinter den Kulissen nieder und dankte Gott dafür, daß sie alle Versuchungen überstanden hatte.

Was sie auch immer überstand, Euryanthe, Pamina oder Julia – Jenny rührte ihr Publikum auf eine nahezu atavistische Weise: die Zuschauer erlebten in ihr ein Stück verlorener Jugend, genossen einen geheimen vorpubertären Reiz. Ganz besonders dann, wenn sie sich als Donna Anna dem skrupellosen Verführer hingab, wenn sie als Norma mit ihrem Geliebten den Flammentod suchte oder als wahnsinnige Lucia den Gatten tötete. Am liebsten hätte man Jungfer Jenny auch noch als Meyerbeers *Afrikanerin* unter dem giftigen Pollenstaub des Manzanillobaums verröcheln sehen.

Nach knapp zwei Jahren galt Jenny Lind als Schwedens unbestrittene Primadonna.

»Immer dieselben Rollen«, sagt Jenny heiser, »manche davon fünfzigmal hintereinander. Es geht nicht mehr so weiter ..!«

Ihr Stockholmer Opernkollege Giovanni Belletti schaut sie mitleidig an. »Sie haben eine falsche Gesangstechnik, Signorina: zuviel Kraft, zuviel Germanisches. Sie singen sich kaputt.«

Jenny nickt. »Was tun?«

»Italienische Technik!« lacht Belletti und zeigt auf seine Kehle. »Hier: Lalala – dolce lingua del sol. Umlernen!«

»Wo?«

»Bei Garcia in Paris.«

Garcia – das Zauberwort einer ganzen Opernepoche!

Manuel Garcia der Jüngere, ein Bruder der unvergessenen Maria Malibran und der Pauline Viardot – der genialste Gesangslehrer seiner Zeit. Nur er kann in solchen Fällen helfen – wenn man zahlt!

Jenny kann nicht zahlen. Sie verdient 1500 Mark im Jahr, und das reicht nicht.

Die Königin schaltet sich ein.

Königin Desirée von Schweden, Tochter eines Marseiller Seidenhändlers, schreibt einen Brief an die französische Marschallin Soult. Die kennt den Garcia und kann etwas arrangieren.

Im Sommer 1841 reist Jenny Lind nach Paris.

Im Empire-Salon der Marschallin Soult sitzt Manuel Garcia, der ›Kolumbus der Stimme‹.

Jenny errötet: ein attraktives Mannsbild, schlank und braungebrannt, ein geschmeidiges Lachen, ein nervig zupackender Blick.

Die lampenfiebrige Jenny zwingt sich ans Klavier, spielt eine Introduktion und singt dann ihre *Lucia*-Arie.

Garcia hört unbewegt zu. Als Jenny die Arie beendet hat, sagt er: »Mademoiselle, Sie haben keine Stimme mehr!«

Irgendwo tickt eine Uhr, unmäßig laut. Die Kerzenflammen flackern, als flehten sie um Gnade. Das Oberste Gericht hat ein Urteil gesprochen, gegen das es keine Berufung gibt.

»Was kann Mademoiselle Lind tun?« fragte die Marschallin gespannt.

Garcia: »Zunächst nichts!« Seine Augen lassen das Schwedenmädchen nicht los; Jenny glaubt, sie müsse unter diesem Blick verbluten. »Ausruhen, Mademoiselle! Sechs Wochen lang nicht singen und nur das nötigste sprechen. Körperlich entspannen und erst dann neu anfangen. Unterricht nehmen. Bei mir . . .«

Jenny nickt. Sie akzeptiert das Urteil.

Obwohl sie weiß, daß sie mittellos und allein ist, beschließt sie, länger als geplant in Paris zu bleiben.

Ein tolles Abenteuer für ein so evangelisches Herzchen wie Jenny Lind.

Pariser Fotos.

Vor einem guten Jahr hatte Monsieur Daguerre sein Lichtbild-Patent angemeldet: Schnappschüsse mit einer halben Stunde Belichtungsdauer, Bilder wie diese:

Über den Boulevard rollen Pferde-Omnibusse mit bunten Laternen in Richtung Opernhaus.

Im Foyer der Oper löffelt man als Erfrischung Milchreis in Silberschalen, mit Orangenwasser versüßt. Nebenan wird Domino gespielt: Zahlentäfelchen klappern auf die Marmortische.

Am Kronleuchter brennen siebzig, an den acht Armleuchtern der Säulen zweiundsiebzig Gasflammen. Ein Arbeiter mit Gießkanne sprengt das Proszenium. Über die Logenbrüstungen hängen Schals, Hüte, Jacken – der bunte Plunder eines Trödelladens.

Während der Vorstellung werfen einige Damen Blumensträuße auf die Bühne. Über fast zwanzig Schritte hinweg treffen sie ihr Ziel: das Gesicht des Stars.

Lautes Männerlachen: gelbe Zahnperlen in der Bartwildnis, schwitzende Gesichter.

Hector Berlioz schrieb damals an die Fürstin Wittgenstein: »Mich erstaunt sehr, daß man diese Spießer ins Theater läßt. Wäre ich Großherzog, schickte ich jedem der guten Leute einen Schinken und zwei Flaschen Bier mit der Bitte, zu Hause zu bleiben.«

Der Berliner Mime Ludwig Devrient: »In Paris betreibt

man eine Operndirektion wie eine Fabrik oder sonst ein Geschäft.« Ein junger Direktor hatte ihm wörtlich gesagt: »Wir greifen nach allen Mitteln, die das Publikum anziehen, suchen Stücke, die der allgemeinen Unsittlichkeit schmeicheln, Schauspielerinnen, deren Liederlichkeit notorisch ist und die Herren ins Theater locken.«
Der in Paris lebende Heinrich Heine bemerkte, »daß der fünffüßige Jambus in die vierfüßige Unzucht übergeht«.

Idealistisch verklärende Jenny Lind-Biographen übergehen das Pariser Kapitel gern mit allzu niedlichen Bemerkungen. Die Kleine sei tapfer und fleißig gewesen, heißt es da, dennoch hätten die Ereignisse sie so niedergedrückt, daß sie später niemals ein Engagement nach Paris angenommen habe.
Wie eine junge Priesterin schritt sie durch das Sündenbabel an der Seine, von einem Schutzengel detektivisch beschattet. Als sie einmal per Eisenbahn von Versailles nach Paris fuhr, explodierte die Lokomotive. Vierhundert Personen verunglückten – Jenny aber blieb unverletzt! Es rollte nur ein Apfel aus ihrem bändergeschmückten Biedermeierkorb – das war alles.
Schwedische Touristen brachten ihr gelegentlich Knäckebröd mit. Wie eine Heimwehkranke biß sie in die knirschende Kruste und ersetzte mit diesem Genuß manchen Verzicht auf vitalere Kost: Jenny war eben kein Fleisch- und Blut-Typ.
So oft es ging, besuchte sie die Oper. Besonders interessiert lauschte sie dem Gesang der Pauline Viardot.
Diese kleine, schlichte Nachtigall, eine Schwester ihres Lehrers Manuel Garcia, trillerte ihre Lieder, als wären es Tartini-Sonaten oder Chopin-Arpeggien: süffisant, luxuriös, salonreif. Die Viardot war eher ein häßlicher Typ.

Wenn sie aber in ihrem schwanenweißen Kleid auf der Bühne stand, ein schwarzes diamantbesetztes Stirnband unter dem Madonnenscheitel, dann beschwor sie die Erinnerung an die kultivierte *virtuosa* Vittoria Archilei, die einst in Florenz über das höfische Madrigal zum *dramma per musica* kam.

Als das genaue Gegenteil empfand Jenny die großen Auftritte der Giulia Grisi. Diese neapolitanische Offizierstochter galt als wahre Primadonna von Paris. Ihre ebenfalls singende Schwester Giuditta, eine verheiratete Contessa Barni, war 1840 gestorben, und Giulia, seit ihrer Trauung eine Gräfin de Melcy, glänzte nun allein. Sie hatte ihr Fach bei der Pasta gelernt, und ihre kleine Sopranstimme strahlte ›mit halber Kraft‹ jenen modischen Zauber aus, den man *morbidezza* nannte: lukullische Gelassenheit, eine angekränkelte Süße.

»Sie trillerte uns den blühendsten Frühling vor«, schrieb Heinrich Heine, »während draußen Schnee und Wind und Deputiertenkammerdebatten und Polkawahnsinn tobten.«

Auch die dritte Grisi von Paris, Kusine Carlotta, hatte adelig geheiratet; sie war eine Gräfin Ragoni. Als fröhlich zwitschernde, nimmersatte, höchst kulinarische Singvögel füllten die drei ›Grisetten‹ das Pariser Nachtigallennest.

Das begehrteste Notenfutter für Primadonnen lieferte damals der Komponist Gaetano Donizetti, der nach bösen Schwierigkeiten mit der italienischen Zensur 1839 nach Paris emigriert war.

Donizetti erwies sich als ein genialer Marionettenspieler, der seine hübschen und sehr fleischfarbenen Göttinnen souverän am Band hielt. Obwohl er ein Höchstmaß an *grazioso* bescherte, litt gerade er an fortschreitender Schwermut. Das war so schlimm, daß er sich mitunter

tot bei lebendigem Leib fühlte und seinen Freunden zu-
rief: »Der arme D. ist gestorben!«

Einige Jahre später, 1848, endete Donizetti im Wahnsinn: Hirn-Paralyse.

Paris bescherte Jenny Lind ein paar aufwühlende und
zugleich nützliche Erlebnisse. Doch die prüde Schwedin
hat ein Lebtag lang darüber geschwiegen, so stumm ver-
bissen, als wäre sie eine Franzosenfeindin oder – um
dieses Pauschalurteil gleich wieder zu löschen – das Sa-
krileg-Opfer eines einzelnen Franzosen gewesen.

Verläßlich bekannt ist eigentlich nur dies: zweimal in der
Woche nahm Jenny Unterricht bei Manuel Garcia.

Der routinierte Stimmphysiologe ließ sie meist quälend
langsame Triller singen und kontrollierte die Vibrationen
mit dem von ihm erfundenen Kehlkopfspiegel. Niemals
kam das Wort ›Kunst‹ über seine Lippen. Singen war für
ihn eine mechanische Funktion: ein Zusammenwirken
von Lippen, Zähnen, Zunge, Gaumen, Stimmbändern,
Kehlkopf und Luftröhre. Garcia arbeitete wie der Chef-
ingenieur einer Primadonnenfabrik: er justierte Jenny
wie eine Maschine.

Nach einem guten Jahr hatte Jennys Stimme soviel an
Glanz und Festigkeit gewonnen, daß sie sich wieder hören lassen konnte.

Heimreise über Kopenhagen.

»Ich liebe Sie!« schrieb Hans Christian Andersen, Däne-
marks stiller Märchendichter, an Jenny Lind. Eine erstaunliche Aussage für einen Mann, dessen Veranlagung
eigentlich gegen jede Frauenliebe sprach. Im Laufschritt
brachte er seinen Brief zum Schiffszoll.

Doch Jenny wies ihn ab. »Ich möchte Sie auch weiterhin
Freund und Bruder nennen dürfen.«

Im *Märchen meines Lebens* beschreibt Andersen die geliebte Sängerin mit so distanziert romantischen Worten, daß man die Art seiner Leidenschaft nur ahnen kann. Zur deutlichsten Herzensbotschaft wurde sein Märchen von der Nachtigall, die dem Kaiser von China Trost schenkt. Freunde des Dichters errieten schnell, daß dieses legendäre Vögelchen keine chinesische, sondern eine *schwedische Nachtigall* war.

Königin Desirée empfing Jenny in Stockholm. »Nun?« fragte die immer noch schöne alte Monarchin. »Ist Paris nicht wunderbar? Ist es nicht der Ort, an dem die edlen Künste wohnen?«

»Ja, Majestät«, hauchte Jenny mit krauser Stirn und sank in den Hofknicks.

1844 wurde Preußen auf Jenny Lind aufmerksam.

Giacomo Meyerbeer, der neue Chef der preußischen Hofoper, hatte die Schwedin in Paris kennengelernt und lud sie nun nach Berlin ein. Auf einer Soirée stellte er sie dem Hof vor.

Jenny sang Lieder und Arien am Klavier. Unter den Zuhörern befand sich eine besonders kompetente Kritikerin: Gräfin Rossi, die einst gefeierte Primadonna Henriette Sontag.

»Meine Nachfolgerin!« applaudierte die ›göttliche Jette‹.

Meyerbeer lobte die junge Schwedin als ein »wahrhaft diamantenes Genie«. Englands Botschafter Lord Westmoreland schwärmte von der »erhabenen Reinheit ihres Wesens, die ihrem Vortrag religiösen Charakter verlieh«. Felix Mendelssohn-Bartholdy: »In Jahrhunderten wird nicht eine Persönlichkeit gleich der ihrigen geboren!«

Druiden-Priesterin Norma (Zeichnung von Carl Haag 1878) ▶

Kein Zweifel: Die Weltkarriere der schwedischen Nachtigall hatte begonnen.

Sie begann mit einem zünftigen Krach.

Meyerbeer wollte ihr sogleich die Hauptrolle seiner neuen Oper *Feldlager von Schlesien* geben, weckte damit aber den Zorn der Ersten Dame des Berliner Hauses. »*Mir* steht die Hauptrolle zu!« protestierte Josephine Tuczek, »keiner anderen!«

Die verschreckte Jenny verzichtete und sang Bellinins *Norma* – die Rolle ihres Lebens.

Aus der rachedurstigen Priesterin machte sie eine jungfräuliche Gralshüterin, mädchenhaft und mondlichthell. Das war nicht mehr die südalpine Dramatik der Pasta, nicht die belkantistische Verlockung der Sontag – Jenny gab sich frömmelnd, hochanständig, gefällig, opferbereit.

Biedermeier in Reinkultur! Bürgertum ohne vormärzliche Eintrübung. Nicht mehr das bislang gewohnte faszinierende Zwittertum zwischen Sexualität und Kunst, sondern vokale Jungfernschaft. Antiprimadonnen-Kult.

Fazit: die Berliner bedankten sich mit langanhaltendem Jubel – sie huldigten der ›Priesterin‹.

Fast zwei Jahre lang beklatschten sie den Silbersang der Jenny Lind, die virginischen Werte der jungen Nachtigall. »Wunderbar!« riefen sie und meinten damit im Grunde das Häutchen.

Einige Gruppen aber schrien auch »Skandal ...!«

Jennys Ruhm und die damit verbundenen Gagen hatten die Eintrittspreise so in die Höhe – und damit auf den Schwarzmarkt der Billetthändler – getrieben, daß das Publikum drakonische Maßnahmen gegen das ›Gaunergewerbe‹ der Opernmanager verlangte.

Direktor Meyerbeer brauchte Nerven wie Stricke, um die

zwischen Jubel und Empörung schwankende Öffentlichkeit bei Laune zu halten. Außerdem machte ihm eine gewisse junge Garde zu schaffen, die ›moderne Opern‹ verlangte. Heftig polemisierten die Wagner-, Weber- und Lortzing-Freunde gegen den Modergeruch verwelkter Lorbeerkränze, gegen Muff und Mottenfraß der feudalen Traditionsoper.

»Gut«, sagte Meyerbeer schließlich, »ab sofort mindestens drei Opern jährlich von lebenden deutschen Komponisten.«

»Vier, fünf, sechs!« verlangte die Opposition.

»Eine genügt – mein *Tannhäuser!*« schlug Richard Wagner vor und schickte seine Partitur an Herrn Jacob Liebmann Beer, genannt Giacomo Meyerbeer. Antisemit Wagner hatte diese romantische Ritterromanze in Heines drittem Salon-Band entdeckt – genauso wie die *Holländer*-Fabel. Bei Heine hieß es:

> *Der Teufel, den man Venus nennt,*
> *Er ist der Schlimmste von allen;*
> *Erretten kann ich dich nimmermehr*
> *Aus seinen schönen Krallen.*

»Bitte«, sächselte Wagner, »da sind doch brächtige Rollen für eure Brimadonnen drin!«

Recht hatte er! Ein Engel ging durch den Raum – an Jenny vorbei! Welch eine Rolle hätte der *Tannhäuser* gerade ihr gegeben: Landgrafentochter Elisabeth, der irdische Engel mit der immer neuen Liebe: sehnsüchtig, barmherzig, todesbereit. Eine Erlöserin.

Doch Jenny merkte kaum etwas von den ›Neutönern‹ ihrer Zeit, wußte nichts von ihrem progressiven Drängen. Sie las die Bibel, nicht die Gazetten. Und so konnte Direktor Meyerbeer ihr weiterhin die altbewährten Kostüme der *Vestalin* und der *Hugenotten* umhängen.

»Kalter Egoismus!« knurrte Wagner die Primadonna an. Jenny überhörte es.

Die Entwicklung kam einfach nicht voran; es war, als ob eine Kuh auf Schienen stand.

Nur die Jenny Lind-Verehrung ging weiter.

Einige Berliner Rezensenten sprachen von Jenny fast nur noch per ›Du‹ – wohl deshalb, weil man eine Göttin nicht mit ›Sie‹ oder gar ›Madame‹ anreden kann. »Augen hast du wie Sterne«, dichtet einer von ihnen, und ein anderer verquaste ihren Gletscherblick zu »göttlichen Teufelsaugen«. Die Rezensenten wurden zu Schwärmern.

Als man Jenny diese Kritiken vorlas, winkte sie so heftig ab, als hätte jemand der heiligen Cäcilie weltliche Orgelmusik empfohlen. Erschreckt wies sie auf ihre angebliche Häßlichkeit hin: Kolbennase, plumpe Hüften.

»Im Gegenteil!« heulte der Chor der Hofberichterstatter. »Dein haselnußbraunes Elfenhaar, dein Teint so hell wie Nordlicht, die liebliche Figur . . .«

Im Grunde hatte dieser Chor sogar recht! Jenny Lind war zwar kein von Heine gedichteter ›Venusteufel‹, doch sie blieb die ätherisch schöne Heilige – ein Typ, wie es ihn auf Opernbühnen noch nicht gegeben hatte.

Kein Wunder, daß nun auch London hellhörig wurde!

Bunn kreuzte auf – Alfred Bunn, der Direktor des Londoner ›Drury Lane‹-Theaters.

Er lüpft den Zylinderhut. »Mademoiselle«, sagt er mit breitem Lächeln, »ich bin eigens aus London hierher nach Berlin gekommen, um Ihnen zu sagen, daß wir das beste Theater der Welt sind. Wir zahlen die besten Preise, wir haben das beste Publikum . . .«

Jenny sitzt da wie eine Nymphe, die dem Murmeln des Quellwassers lauscht.

»Singen Sie für uns, Mademoiselle. Wir sind eine Aktien-
gesellschaft und haben seit dem letzten Brand 3611 Plätze
anzubieten.«

»Sagten Sie Brand?«

»Ja, Mademoiselle. Wir bestehen seit 1663, wie sollten
wir da nicht auch mal brennen. Im ganzen sind wir sechs
mal neu aufgebaut worden, doch seit fünfzig Jahren ist
›Drury Lane‹ absolut feuersicher! Wir können uns völlig
unter Wasser setzen – staunen Sie nur, Mademoiselle –
und sind dann mit einem Kahn befahrbar.«

Jenny staunt wirklich. »Sind Sie schon mal mit einem
Kahn von Loge zu Loge geschwommen, Mister Bunn?«

Der Direktor ist gerührt. »Wunderbar, Ihr Humor, Mademoiselle! Ich sehe schon, daß wir zu einem kleinen,
feinen Vertrag kommen.«

Das kommen wir nicht, denkt Jenny.

»Ich garantiere Ihnen, Mademoiselle, daß wir Sie nicht
unter Wasser setzen werden!« Bunn lacht wie ein guter,
alter Onkel.

Er hat schlechte Zähne, bemerkt Jenny.

Zubeißen, denkt Bunn, während er die junge Schwedin
anschaut. Ich muß sie haben, koste es, was es wolle . . .

Zuviel darf es natürlich nicht kosten!

Aber dieses gottgefällige Lächeln da, kalkuliert Bunn,
wird totsicher eine Abendkasse von 16 000 Mark bringen.
Himmel, das wird ein Erfolg! London ist in den letzten
Jahren so mit Glanz und Gloria überfüttert worden, daß
es nun reif für keusche Typen ist – für diesen schwedischen Rauschgoldengel da!

Jenny weiß nicht viel von Alfred Bunn.

Sie weiß nicht, daß Englands Mimen ihn empört ohr-
feigten und daß der geniale Kean sich in seiner Kutsche
von vier Negern vor das ›Drury Lane‹-Theater ziehen

ließ, nur um Bunn zu provozieren. Jenny weiß nicht, daß dieser Primadonnen-Dompteur die ohnmächtige Wilhelmine Schröder-Devrient an die Rampe schleppte, um sie dem Publikum zu zeigen, und sie anschließend um ihre Gage betrog.

»Der Bunn ist eine Theaterhyäne«, sagen ihre Freunde. »Trotzdem wird ›Drury-Lane‹ Sie reich und berühmt machen.«

Jenny unterschreibt den Vertrag.

»Gratuliere, Mademoiselle«, sagt Bunn, haucht die Tinte trocken und vermeidet es tunlichst, den Primadonnen-Vertrag selbst zu unterschreiben.

Bereits wenige Tage später beschlich Jenny Lind ein tiefes Mißtrauen. Aus Ablehnung gegen Bunn ging sie *nicht* nach London.

Sie gab Gastspiele in Weimar, Leipzig, Hamburg und Wien. London aber ließ sie aus wie ein Kind, das heiße Suppe meidet.

Bunn jagte mit Briefen hinter ihr her. Er pochte auf seinen Vertrag, mahnte, drohte, kam sogar mit rüden Erpressungsversuchen.

Jenny hatte Angst. Sie reagierte nicht.

Im Juli 1846 bekam sie auch in Deutschland Ärger. Auf Hamburgs Liebesinsel St. Pauli wurde sie in einer Kabarett-Kaschemme als halbseidene Göttin dargestellt und mit Gassenhauern verhöhnt. Jenny: »Ich sehne mich von der Bühne weg über alle Maßen.«

Wohin aber fliehen?

Eine unerwartete Wendung stellte sich ein: Bunns intimster Feind, der Londoner Impresario Benjamin Lumley, Chef von ›Her Majesty's Theatre‹, besuchte Jenny Lind in Darmstadt. Er suchte händeringend nach einem

Star. Als eleganter Gentleman, verbindlicher als Bunn, schaffte Lumley es, daß die völlig verschüchterte Jenny einen neuen London-Vertrag unterschrieb.

Diesmal erfüllte sie den Vertrag! Obwohl Bunn ihr von London aus mit Gefängnis drohte, trat Jenny ihre Englandreise an.

An der Spitze eines prominenten englischen Publikums wartete Queen Victoria in ›Her Majesty's Theatre‹ auf das Erscheinen der schwedischen Nachtigall. Als Jenny Lind endlich auftrat, warf die Königin als erste ihren Blumenstrauß auf die Bühne – *das* hatte London noch nicht erlebt!

Lumley atmete auf: der Erfolg war gesichert!

Die Jenny Lind-Begeisterung steckte ganz England an.

In einer britischen Provinzstadt wurden zur Begrüßung der Primadonna die Glocken geläutet. Der Bischof begrüßte Jenny als einen »Heiland in Weiberkleidern, als eine Frau Erlöserin, die vom Himmel herabgestiegen, um unsere Seelen durch ihren Gesang von der Sünde zu befreien, während die anderen Sängerinnen ebenso viele Teufelinnen sind, die uns hineintrillern in den Rachen des Satans«.

Diese Worte sind nicht aus erster Hand zitiert; Heinrich Heine hörte sie von seinem Freund Benjamin Lumley und gab sie von Paris aus an die Augsburger *Allgemeine Zeitung* weiter.

Jennys England-Tournee wurde zum Triumphzug.

Einen Teil ihres Geldes gab sie für wohltätige Zwecke aus, einen anderen überschrieb sie Bunn, der einen Schadensersatz-Prozeß gegen sie gewonnen hatte.

Gleißende Helle, gletscherkalt – der Zenith ist erreicht!

Gagenangebote überschlagen sich, die noble Gesellschaft

überschüttet Jenny mit Einladungen. England verehrt sie wie eine Repräsentantin des Königreichs. Queen Victoria bietet ihr die persönliche Freundschaft an.

Jenny Lind aber beendet ihre Opernkarriere!

»Kein neuer Bühnenvertrag mehr!« verkündet die Neunundzwanzigjährige. Sie will jetzt nur noch Lieder und Oratorien singen.

Und endlich einmal Urlaub machen!

Die Diva fährt nach Frankreich, genießt den frischen Odem der Atlantikküste und besucht dann in Paris die achtundsechzigjährige Angelica Catalani. Tiefgerührt spürt die Greisin, einst Europas mediterrane Sonne, nun das Nordlicht, silbrig mild in kühler Schönheit.

Wenige Tage später stirbt die Catalani an der Cholera.

Blick in den Nachthimmel: Primadonnen kommen und gehen – sekundenlang blitzende Sternschnuppen am Opernhimmel.

Die schwedische Nachtigall fühlt sich frei wie noch nie – dem Käfig entronnen! Es wird für sie kein Zurück mehr in die allzu weltliche Welt der Oper geben.

Jenny Lind hat ihren Abschied von der Opernbühne nie bereut.

Benjamin Lumley hielt erneut Ausschau. Mit wem sollte er die nächste Opernsaison schmücken? Wo gab es noch Primadonnen, die reif für Londons verwöhntes Publikum waren?

In seinem Club traf er Lord Westmoreland, Englands Botschafter in Preußen. »Wie sieht es in Berlin aus?« fragte er den alten Opernkenner.

Der Botschafter begann sofort von der Gräfin Rossi zu erzählen, mit der er befreundet war. Lumley spitzte die Ohren. »Gräfin Rossi, sagten Sie?«

»Sie ist die treueste Ehefrau, die ich kenne. Großartig hat sie ihrem Mann, dem Gesandten, dabei geholfen, das Königreich Sardinien zu vertreten: in Petersburg und dann in Berlin. Die Rossis hatten sechs Kinder, aber nur drei sind noch am Leben. Jetzt fürchtet die Gräfin um die Existenz der drei . . .«

»Warum, Euer Lordschaft?«

»Weil es kein Königreich Sardinien mehr gibt! Die Österreicher haben die Turiner Herren entmachtet.«

»Und der Graf ist jetzt arbeitslos, stimmt das?«

Westmoreland nickte. »Mittellos, ja.«

»Wie lebt die Gräfin?«

»Sie läßt sich nicht unterkriegen. Mitunter singt sie auf Soireen.«

»Für Geld?«

Der Lord ignorierte die Frage. »Als sie noch Henriette Sontag hieß und Primadonna war, genoß sie allgemeinen Respekt. Jetzt aber, als ›falsche Gräfin‹, wie der Berliner Hofadel sagt, stößt sie auf Ablehnung. Sogar Bismarck hat den angeblich peinlichen Kontrast zwischen ihrem Stand und ihrem Beruf moniert.«

Lumley dankte für das Gespräch und verließ den Club.

Der Botschafter lächelte listig; er schien zufrieden zu sein.

Ein Comeback, schnell und reißend wie der Blitz!

Lumley suchte die Rossis in Berlin auf. In kürzester Zeit hatte er seinen Vertrag unter Dach.

Vier Wochen später erlebte Henriette Sontag in Londons ›Her Majesty's Theatre‹ ein sensationelles Wiedersehen. Fünf Minuten lang dauerte der Antrittsapplaus. Die immer noch mädchenhaft liebliche Dreiundvierzigjährige faszinierte ihr Publikum wie vor zwanzig Jahren; ihr Gesang hatte den Duft frischer Blumen bewahrt.

Von London aus fuhr sie nach Paris, dann auf Deutschland-Tournee. Zwölf Städte zwischen Maas und Memel bejubelten die Wiederkehr der göttlichen Jette.

Im Sommer 1852 startete Henriette Sontag ihr bisher größtes Abenteuer: Amerika! An der Seite ihres Mannes bestieg sie einen Ozeandampfer, kämpfte sich durch einen Atlantik-Orkan und ging drüben auf Tournee. Ein unbeschreiblicher Jubel begleitete sie.

»Ein smash hit, diese Deutsche – toll wie Jenny!«

Smash Hit . . .? Das klang nach Barnum!

Bitte herhören, Herrschaften!

Mister Phineas Taylor Barnum, Schausteller und König des Humbugs, gibt sich die Ehre, Sie mit den Sensationen dieser Welt bekanntzumachen. Smash Hits für räsonable Preise! Das bisher Gebotene bürgt für die Qualität weiterer Angebote – das Publikum weiß es!

Mister Barnum brachte einen veritablen Eisberg im Schlepptau nach New York. Er verhandelte mit der türkischen Regierung über die Gebeine Abrahams. Er zeigte die hunderteinundsechzigjährige Negerin Joyce Heth, die Amme des Generals Washington.

Mister Barnum scheut weder Kosten noch Mühen. Mit einem Fingerschnicken serviert er Seejungfrauen, Liliputaner, bärtige Damen, feuerfressende Indianer. Sensation jagt Sensation, in den Pausen keine Pause.

Diesmal aber, Herrschaften . . .

Diesmal präsentiert Mister Barnum auf einer Konzert-Corrida kreuz und quer durch die Staaten eine Frau, vor der sogar die Weltkugel auf den Hinterpfoten Männchen machen wird:

JENNY LIND, die schwedische Nachtigall!

Kartenverkauf, solange Vorrat reicht.

Kommentar zu diesem Plakat:

Im Januar 1850 hatte der Amerikaner P. T. Barnum seine Agenten nach Deutschland geschickt, um das ›Weltwunder‹ Jenny Lind für eine USA-Tournee zu gewinnen. Er bot einhundertfünfzig Konzerte für je tausend Dollar an, dazu alle Spesen.

Jenny unterschrieb nach einigem Zögern und fuhr mit Pianist, Gesellschafterin, Sekretär, Butler, Zofe und ihrem alten Stockholmer Kollegen Giovanni Belletti nach Amerika. Nach neunzig Konzerten machte sie sich selbständig und kassierte von nun an bis zu fünftausend Dollar pro Auftritt!

New York Tribune: »Jenny Lind lockt keine Tränen hervor! Wahre Kunst vertritt die Stelle der Tränen. Sie ist für uns ›the artist woman‹. Ihre wirkliche Stimme ist die hörbare Schwingung ihrer wirklichen Seele!«

Tourneegewinn: zweihundertachtzigtausend Dollar.

Weiterer Gewinn: im Februar 1852 heiratete Jenny Lind in Boston ihren Pianisten, den neun Jahre jüngeren Otto Goldschmidt.

Unter einem ähnlichen Goldregen singt nun auch Henriette Sontag in Amerika. New York, Philadelphia, Buffalo – die Rossis genießen die Jubelfahrt wie im Traum – Cincinatti, New Orleans.

»Und jetzt Mexico!« freut sich Henriette und fällt ihrem Mann um den Hals. »Da war bis jetzt noch keine deutsche Primadonna!«

Der Graf bereitet sofort das Nötigste vor – er hat sich inzwischen als glänzender Impresario bewährt.

Immer heißer wird die Sonne, immer glühender das Land. Kandelaberkakteen markieren die Reiseroute.

Im April 1854 treffen die Rossis in einer Galakutsche mit

sechs Schimmeln, eskortiert von zungenschnalzenden Pistoleros, in Mexico-City ein. Tausende von Menschen winken ihnen zu.

Henriette, von Staub und Hitze gepeinigt, läßt sich in ihrer Villa sofort eine Wanne mit kaltem Wasser füllen und taucht hinein. Im Vorraum warten Indio-Diener mit bunten Handtüchern.

Da tönt plötzlich ein furchtbarer Krach! Es poltert und rüttelt, Tapeten reißen auf . . . Revolution?

Zu Tode erschrocken rennt Henriette ins Nebenzimmer: die Indios liegen auf dem Boden und beten.

»*Terremoto*«, murmelt jemand, während es draußen weiterpoltert.

Nach zwei Minuten ist das Erdbeben wieder vorbei.

Ähnlich temperamentvolle Erschütterungen, diesmal mit Jubel gepaart, erlebt Henriette auch in den Theatern. »Prima – Primadonna!« gellen die Rufe. Und dazu regnet es Blumen, Blumen, Blumen.

Einen Monat später ist Henriette Sontag tot.

Cholera und Typhus waren über sie hergefallen. Sie starb am 17. Juni 1854 nachmittags drei Uhr in einer Villa in Sant'Agostino bei Mexico-City.

Die Zeitungen der mexikanischen Hauptstadt erscheinen mit Trauerrand. Auch New York, Paris, Berlin und London veröffentlichen spaltenlange Nachrufe.

Ein Jahr später wird der Sarg mit einem dänischen Schiff von Vera Cruz nach Hamburg gebracht.

Im Zisterzienserkloster Marienthal bei Görlitz, in der Obhut ihrer Schwester Nina, einer Nonne, wird Henriette beigesetzt. Graf Carlo Rossi schmückte ihren Sarkophag mit dem Adelswappen seiner Familie. Darunter ließ er die Worte meißeln: ›Die Liebe höret nimmer auf.‹

Jenny Lind überlebte die göttliche Jette, deren Konkurrentin sie nie zu sein brauchte, um dreiunddreißig Jahre.

Als Grand Old Lady im mattschwarzen Kleid mit Spitzenhäubchen bewohnte sie mit ihrem Ehemann das Landgut Malvern Wells bei London. Ihr letzter öffentlicher Auftritt fand 1883 zum Wohle eines Fonds für britische Bahnbeamte statt.

Dann kamen nur noch Touristen in ihren Garten. Die betagte ›Cäcilie‹ trippelte heran und verbeugte sich: »Jetzt habt ihr meine Vorderansicht!« Dann drehte sie sich herum, verbeugte sich abermals und sagte: »Und jetzt seht euch die Rückseite an!«

Also *doch* ein Mensch! dachte mancher Tourist.

Jenny Lind starb als Siebenundsechzigjährige im November 1887. Ihr Monument in Londons Westminster-Abtei verkündet Worte aus dem *Messias* von Händel:

›Ich weiß, daß mein Erlöser lebet!‹

14 Die Oper soll brennen!

Kundry (grell lachend): Haha! Bist du keusch?
Klingsor (wütend): Was
fragst du das, verfluchtes
Weib? (Er versinkt in fin-
steres Brüten)

Richard Wagner: ›Parsifal‹

Biedermeiers Ende ...
Am frühen Morgen des 4. Mai 1849 bricht in Dresden der
bewaffnete Aufstand aus. Er soll die Frankfurter Pauls-
kirchen-Beschlüsse im Königreich Sachsen durchsetzen.
Die Regierung ruft preußische Truppen zu Hilfe und
flieht aufs Land.
Der Rest – wie immer in Bürgerkriegen: Volk gegen
Soldaten!
Kolbenschläge, Peletonfeuer, Barrikadenkampf. Die Re-
volutionäre, angeführt durch den russischen Anarchisten
Michail Bakunin, machen sich auf den Weg zum Schloß.
Am Dresdner Markt sehen sie im offenen Erkerfenster

eines Eckhauses eine walkürenhafte Gestalt mit langen wehenden Haaren stehen: die Sängerin Wilhelmine Schröder-Devrient! Sie ruft etwas in die Menge und zeigt zum Schloß hinüber.

»Alles für das Volk...!« vernehmen die Aufständischen. Dann verzerrt sich die Szene im bellenden Schießlärm.

Auch das Opernhaus brennt. Durch die Flammen schreitet ein Mann mit Barett, revolutionäre Manifeste unterm Arm, aufrecht wie Wotan im Feuerzauber: Richard Wagner persönlich.

Zwei Seelen, ein Gedanke!

Wilhelmine Schröder-Devrient und Richard Wagner haben beide Grund, die demokratische Freiheit herbeizusehnen. Die Primadonna und ihr Kapellmeister, eng befreundet, träumen schwarzrotgold.

Wilhelmine mehr nach Rot hin, Wagner nach Gold.

Wilhelmine Schröder-Devrient kam im Dezember 1804 in Hamburg zur Welt. Ihre Mutter war Sophie Schröder, die wohl größte Tragödin ihrer Zeit, ihr Vater der Bariton Friedrich Schröder, ein exzellenter *Don Giovanni*.

Ihre ersten Bühnenschritte tat Wilhelmine als Tänzerin und Schauspielerin im Wiener Burgtheater. Dann nahm sie Gesangsunterricht. Bereits nach einem Jahr debütierte sie als Pamina im ›Kärntnertortheater‹.

Es gibt Bilder von ihr aus jener Zeit. Ein schwedischer Maler fertigte Aktskizzen der Sechzehnjährigen an: ein liebesreifer Mädchenkörper, stattlich gerundet, schwellend gesund – ohne Gesicht! Wir ergänzen die Bilder: messingblonde Haare, stahlblaue Augen, ein starkgeschwungener Mund, straffe Haut, Grübchen am Kinn.

Dieser Körper trug die Bauernbluse der Agathe und das

Nachtgewand der Donna Anna; die Augen weinten die eruptiven Tränen der Leonore.

1922 spielte Wilhelmine in Wien Beethovens *Fidelio;* seit dem Weggang der Anna Milder-Hauptmann hatte die Oper keine Aufführungen mehr erlebt. Ab jetzt aber sollte sie zum permanenten Welterfolg werden.

»War denn keine andere Leonore aufzutreiben als dieses Kind?« fragte Beethoven während der Proben. Skeptisch hockte der taube Meister, eingehüllt in seinen alten grauen Radmantel, im Orchesterschacht und sah Wilhelmines Gesang zu.

»Töt erst sein Weib –!« Sie sang es nicht, sie schrie es in schriller Todesnot. Wilhelmine zeigte Pathos, Plastik und deklamatorische Mimik. Sie entfesselte die Sinne – bei sich selbst und bei ihren Zuhörern. Beethoven zögerte nicht, ihr hinterher für den neuen Lebensatem zu danken, den sie seiner Oper eingehaucht hatte.

Ostern 1823 ging Wilhelmine an die ›Deutsche Oper‹ nach Dresden. Sie bezog ein hübsches Gartenhaus und war froh, nun endlich allein zu sein – ohne die Eltern. Sie lernte das blanke, gute Feuer der Freiheit kennen – und das Mysterium der Liebe.

Obwohl sie den Ruhm wie ein Sonnenbad genoß, verachtete sie die Satten und Reichen, die zu ihr in die Oper strömten, um ihr die Leidenschaft wie eine Ersatztugend abzukaufen. Die Opernspießer mit den Schwalbenschwanzfräcken, die Damen mit den Kapotthüten und den männerabwehrenden Falbelröcken – Wilhelmine fand das alles zum Fürchten konventionell. Dann schon lieber Körper ohne Gesicht!

»Da blüht kein Weizen für meine Kunst!« rief die Neunzehnjährige und stürzte sich in immer neue Liebesverbindungen mit Gleichgesinnten.

Die Amerikanerin Geraldine Farrar machte in Preußen Karriere

Unvergessen: Maria Cebotari

Die tschechische Primadonna Emmy Destinn trat 1913 hochversichert im Berliner Löwenkäfig auf (Bild oben)

Maria Jeritza als »Turandot« in der New Yorker Metropolitan Opera
(Bild rechts)

Luiza Tetrazzini, genannt »Lucky Girl«, mit ihrem jungen Ehemann
Pietro Venati 1929 in London

Joan Sutherland als Lucia di Lammermo

Links: Renata Tebaldi, die große Konkurrentin der Callas, als Butterfly
Rechts: Die dunkelhäutige Primadonna Leontyne Price

Maria Callas mit dem Kopfputz der Prinzessin Turandot

»Television-Primadonna« Anna Moffo als La Traviata

Doch bald schon wurde das Liebesnest im Dresdner Gartenhaus zum bürgerlichen Haushalt. Wilhelmine heiratete den berühmten Hamlet-Spieler Karl Devrient, ein besonders gutaussehendes Mitglied der prominenten Berliner Schauspielerfamilie.

Vier Kinder kamen in der gebotenen Neunmonatsfolge zur Welt – dann zerbrach die Ehe wieder.

Wilhelmine, nunmehr Deutschlands erste dramatische Sängerin, hatte ihren Lebensdurst noch nicht gelöscht! »Wär ich der Don Juan gewesen, mein Gott – ich hätt die Mädchen besser verführt . . .!« rief sie aus.

1829 spielte sie den *Fideli*o auch in Leipzig. Der sechzehnjährige Gymnasiast Richard Wagner, neuntes Kind eines unterbezahlten Polizeiaktuars, sah zu: »Diese Frau traf mich elektrisch. Beim Erwachen badete ich in Tränen.« Wagner schrieb einen Huldigungsbrief, stürzte ins Hotel der Primadonna und gab das Schreiben für ihr Schlüsselfach ab. Würde sie es lesen?

Wilhelmine verließ Deutschland, ging nach Paris, sang dort mit der Sontag und der Pasta, duettierte sich als Desdemona mit der Malibran. Würde in London als ›Queen of tears‹ gefeiert, bekam die verhaßten Standesvorurteile zu spüren – und Bunn, ›das Schwein‹!

Weiter nach Weimar. Goethe küßte ihr die Stirn. »Das ist der schönste alte Mann, den ich je gesehen«, rief Wilhelmine aus. »In den könnt ich mich sterblich verlieben.«

Verlieben, verlieben! Ganz Europa bemerkte die ständig knisternde Erregtheit dieser Sängerin, das von Begierde zu Genuß taumelnde Geschlechtswesen. (Später tauchte das Gerücht auf, daß die berüchtigte Porno-Biographie *Die Memoiren einer Sängerin* ihr Leben schildere; Wilhelmine wehrte sich mit Rechtsmitteln).

Dann lernte sie Döring kennen!

Hans Christian von Döring: Offizier und ›Berufsverbre-cher‹ aus Dresden.

Wilhelmine war keine Assoluta, die mit glitzernden Bäl-len jonglierte, sondern ein Instinktmensch mit ehrlicher Leidenschaft und schnell entflammbarem Mitgefühl. Und genau diese Eigenschaften waren es, die sie zur Sklavin des sächsischen Junkers von Döring machen sollten.

Döring spielte den Unglücklichen, den Gezeichneten. Das Roulettefieber hatte ihn gepackt; Dostojewskis Dämon saß ihm im Nacken. Er schrie nach Geld und Liebe.

Wilhelmine rettete ihn.

Da wendete Döring das Blatt. Der Kavalier mit der düste-ren Schönheit und dem mahagonifarbenen Pathos wurde zum Vampir. Indem er die erotischen Passionen der Pri-madonna aufpeitschte und brutal befriedigte, wurde er ihr Ausbeuter, seelisch wie materiell – ihr Zuhälter mit Epauletten und Schärpe unterm Frack.

Wilhelmine verfiel diesem Mann, schenkte ihm ihre Liebe und ihr Geld und isolierte sich damit von den übrigen Freunden. 1845 heiratete sie Döring und mußte ihm im Ehekontrakt ihr gegenwärtiges *und zukünftiges* Vermö-gen überschreiben. Damit hatte sie endgültig alles ver-loren: Wohnung, Schmuck, Kapital, Selbstvertrauen.

Nur ein einziger Kollege hielt damals noch zu ihr: Dresdens Kapellmeister Richard Wagner.

Es war die Zeit, da Wilhelmine Schröder-Devrient mit-half, die ersten großen Opernwerke des sächsischen Mei-sters zu kreieren. Im *Rienzi* sang sie die in Kastraten-manier geschriebene Altpartie des Adriano. Es folgten die Senta im *Fliegenden Holländer* und dann die Venus im *Tannhäuser*.

»Vergeb'ne Hoffnung! Furchtbar eitler Wahn . . .! Treue bis zum Tod!« – Wagner-Worte.

»Ich bin vernichtet, zertreten, eine Bettlerin an Leib und Seele, todkrank ... Daß doch der Geist dem Körper so oft untertan ist!« – Wilhelmines Worte.

Nach zwei Jahren, Ende 1847, gelang es ihr endlich, die Scheidung durchzusetzen. Dabei mußte sie dem Ausbeuter Döring ihr gesamtes Vermögen überlassen: alles, was sie hatte! Ihr blieb kein einziger Pfennig. Sogar die Pension der Dresdner Hofoper, die ihr dereinst zustand, warf sie ihm hin: »Dies noch, und dann bin ich frei!«

Nackt der Hölle entflohen. Losgekauft und bettelarm geworden. Eine soziale Katharsis, eine wortwörtliche Selbstentäußerung.

Alsdann versuchte Wilhelmine, neues Geld zu verdienen: Leipzig und Paris. Dann Dresden.

Am 4. Mai 1849 schneite sie mitten hinein in die Revolution.

Sie ließ sich mitreißen. »Es gibt nur die Aristokratie des Verdienstes! Befreit euch aus der Sklaverei der Unterdrückerkaste. Alles für das Volk ...!« rief sie laut.

Resultat: Anklage wegen Hochverrats!

Wilhelmine wurde in die Liste der ›suspekten Personen‹ aufgenommen und befand sich nun endlich wieder in guter Gesellschaft: Ludwig Uhland, Ferdinand Freiligrath, Friedrich Theodor Vischer, Richard Wagner.

Die Schröder-Devrient war die einzige Primadonna der neueren Operngeschichte, die politische Leidenschaft und gesellschaftliches Engagement zeigte. Das einzige ›gefährliche Subjekt‹ im ansonsten so friedfertig trillernden Nachtigallennest.

Die Stimme eines wahrhaftigen Menschen.

Eine echte *vox humana* unter den Primadonnen – endlich!

Richard Wagner:

»Ich will zerbrechen die Gewalt der Mächtigen, des Gesetzes und des Eigentums. Der eigene Wille sei Herr der Menschen.«

»Im Jahre 1848 hat der Kampf der Menschen gegen die bestehende Gesellschaft begonnen!«

». . . wittert ihr hierin etwa Lehren des *Kommunismus*?«

Resumee des Dresdner Aufstandes: einhundertachtundsiebzig Aufständische sind getötet worden. Die Regierungstruppen gaben ihre Verluste mit vierunddreißig Toten an.

Wagner floh in die Schweiz.

Seine Frau, die Sängerin und Schauspielerin Minna Planer, ließ er nachkommen, ebenfalls Minnas uneheliche Tochter Natalie, die in dem Glauben aufgezogen wurde, die Mutter sei ihre ältere Schwester. Außerdem kamen Wagners Hund Peps, der Papagei Popo und die Dresdner Möbel am Zürcher See an.

Der sechsunddreißigjährige Richard Wagner dachte über sein Leben nach. Er wurde zum Prediger. Er leierte, schimpfte, schrumpfte wieder, erfrischte sich und schrieb weitere Sermone. Rede, Künstler, bilde nicht!

Er war damals noch nicht der Trinkhorn- und Ebereschen-Wagner, er beschwor noch nicht die Fossilien aus dem Teutoburger Wald. Noch träumte er von einem hellen Feuer, nicht von schwelender Glut. Die Idylle suchte er – Liebe, nicht Minne.

Wagner, der Tonschriftsteller, der Kunstwerker, Feuerwerker und Werkgewaltige, strebte nach einer Synthese zwischen Jesus und Apoll. Sein orphischer Gedanke: »Jesus, der für die Menschheit litt, und Apollon, der sie zu ihrer freudevollen Würde erhob!«

Als den Feind dieses Ideals klagte er immer wieder Gott Merkur an, den er als rüden, bigotten Bankier erkannte, der die Kunst als Ware verschleudern wollte. Als zeitweiliger Anhänger des Sozialutopisten Proudhon (»Eigentum ist Diebstahl«) haßte Wagner das Geldkapital und die mit ihm verbundene Genußsucht der oberen Stände. Diese Verbindung, so meinte er, sei der Grund für die ›Rekord-Oper‹, die das rein Quantitative als Wertmaßstab ansah.

Richard Wagner

Schon zehn Jahre zuvor, in seinen Pariser Hungerjahren, hatte er behauptet, daß »unter Meyerbeers Geldeinflusse die Pariser Opernkunstangelegenheiten so stinkend scheußlich« wurden, »daß sich ein ehrlicher Mensch nicht mit ihnen abgeben kann«.

1850 wurde seine tiefe Abneigung gegen Paris in einem Brief deutlich, den Witwe Cosima später sorgsam zusammengestrichen hat. Wagner sah seine Kunst erst dann befreit, »wenn das ungeheure Paris in Schutt gebrannt ist, wenn der Brand von Stadt zu Stadt hinzieht, wenn sie endlich in wilder Begeisterung diese unausmistbaren Augiasställe anzünden, um gesunde Luft zu gewinnen«. Wagner bekannte, daß er an keine andere Revolution mehr glaube als an die, die »mit dem Niederbrande von Paris« beginne.

Wagner-Kritiker deuten solche Worte als Vorsignal einer

späteren Bayreuth-Sinnlichkeit: Barrikadenpathos, Pulverdampf und stirnrunzelnd eingesogener Blutgeruch – vorweggenommener Feuerzauber, pedantisch geplant und irrational artikuliert.

Da sei bereits der Wurm drin, meinen diese Kritiker – der Tatzelwurm der späteren Nibelungen!

Kampfeslust und Erotik – zwei Arten von Wonne, die bei Richard Wagner und seiner Primadonna Wilhelmine Schröder-Devrient aus der gleichen vitalen Blutader sprudelten. Tiefenpsychologen können das genauer erklären; wir begnügen uns mit einem Hinweis auf Ritter Gahmuret, den Vater des Parsifal, der das weiße Unterhemd seiner Gattin Herzeloyde über den Brustpanzer zog, bevor er in die Schlacht ritt. Nach seiner Rückkehr streifte er das zerfetzte, blutige Hemd wieder über ihren so lange entbehrten Leib.

Die Schröder-Devrient mag für Wagner eine Art Herzeloyde gewesen sein, eine Darstellerin, die seinem Trachten und Treiben kongenial entgegenkam. Ansonsten aber beschwerte sich der sächsische Meister gern über die Weiberherrschaft in der Oper. Über jene Sängerinnen und Ballerinen nämlich, die weiter nichts im Sinn hatten, als ihren blaublütigen Verehrern und der Geldbourgeoisie zu gefallen – fern jeglicher Kunst.

»Die Musik ist ein Weib«, grollte er gelegentlich und verglich die französische Oper dann mit einer ›Kokotte‹ und die italienische gar mit einer ›Lustdirne‹.

Natürlich war Wagner nicht der einzige Komponist, der gegen den weiblichen Drachen kämpfte. Sein gleichaltriger Zeitgenosse Verdi hatte sich genau so dagegen gewandt, allerdings nicht mit weltanschaulichen Waffen, sondern – italienisch!

Bevor wir Wagner wieder heimsuchen, sei das Beispiel des Italieners Giuseppe Verdi geschildert.

Verdi hatte etwas gegen Primadonnen.

Doch als er 1836 *Oberto,* seine erste Oper, schrieb und dafür die Gunst des Scala-Direktors Bartolomeo Merelli brauchte, mußte er sich an dessen Geliebte wenden: an die Mailänder Primadonna Giuseppina Strepponi.

Verdi, junger Ehemann und Vater von zwei Kindern, war gezwungen, ausgerechnet eine Primadonna um Schönwetter zu bitten. Verbittert machte er sich auf den Weg – voller Bewunderung kehrte er zurück.

Sie war unglücklich, die dreiundzwanzigjährige Strepponi – vielleicht hatte sie sich deshalb so menschlich gezeigt!

Ihr Beherrscher Merelli, ein ehemaliger österreichischer Spion, behandelte sie wie ein Stück Eigentum, wie irgendeine Pappkulisse im Bühnenfundus. Obwohl Guiseppina ein Kind von ihm hatte, haßte sie ihn, wie nur eine Italienerin hassen kann.

Verdi gegenüber zeigte sie sofort Zutrauen. »Ich werde Ihren *Oberto* der Scala empfehlen«, sagte sie.

Die Oper wurde tatsächlich aufgeführt, und der Erfolg war so groß, daß Merelli den Komponisten um weitere Werke bat.

Doch Verdi lehnte ab: »Ich schreibe keine Opern mehr!« Ein harter Schicksalsschlag hatte ihn getroffen; seine Frau Margherita und beide Kinder waren gestorben.

Wenig später traf Verdi die Strepponi wieder.

Die beiden verstanden sich in ihrem Unglück. Die Primadonna erwartete ein zweites Kind, diesmal von Napoleone Moriani, dem ›Tenor des schönen Todes‹; er hatte sie angeblich befreien wollen, sie dann aber noch schäbiger behandelt als Merelli.

»Ich bin nicht viel wert«, sagte die Strepponi, »aber ich habe den Wunsch, besser zu werden.« Und dann: »Gibt es eine weitere Oper von Ihnen, Signor Verdi?«

»Nur ein Libretto bisher. *Nabucco* . . .«

»Ist eine Rolle für mich darin?«

Verdi schwieg.

»Schreiben Sie für mich, Verdi. Schreiben Sie, bitte!«

Verdi schrieb – für Giuseppina!

Im März 1842 wurde *Nabucco* in der Scala uraufgeführt. Giuseppina Strepponi sang die Rolle der Abigail. Groß war der Triumph; Verdi hatte sich als Opernkomponist endgültig durchgesetzt!

Er verliebte sich in seine Muse Giuseppina.

Die aber wollte Italien verlassen und in Paris eine Gesangsschule eröffnen. Verdi beschwor sie zu bleiben.

Doch sie floh seiner Liebe. Den Beschwörungsbrief fügte sie in Paris ihrem Testament bei: »Er soll auf meinem Herzen liegen, wenn ich tot bin.«

Nach vielen Bemühungen gelang es Verdi endlich, ihre Liebe zu gewinnen. Er war inzwischen außerordentlich reich geworden – seine Opernerfolge brachten ihm Ströme von Geld ins Haus, und er konnte Giuseppina nun ein schönes und gesichertes Leben bieten.

Im Palazzo auf seinem Landgut Busseto lebten die beiden zusammen. Doch die frommen Einwohner des Ortes gossen Haß und Hohn über Verdis Geliebte. Sie verachteten Giuseppina und betraten die Kirche nicht, wenn sie am Altar betete. Jahrelang wohnten die beiden Liebenden in ihrem unwirklich schönen Palast wie im luftleeren Raum. Von Federpalmen und Gobelins umgeben, von der eigenen Dienerschaft beargwöhnt, waren sie die Eingeschlossenen von Busseto.

1852 flohen sie dem Luxusgefängnis und fuhren nach Paris. In einer goldglänzenden Galaloge erlebten sie die Aufführung des Schauspiels *Die Kameliendame* von Alexander Dumas – die Geschichte der todgeweihten Kurtisane Marie Duplessis.

Verdi drückte Giuseppina die Hand. Indem er an ihr Leben dachte, wußte er plötzlich: sie war seine *Traviata!*

Noch im gleichen Jahr schrieb er die Oper und erfand dafür die schönsten Melodien, die er Liebenden je gewidmet hat. Eigenes Erleben mit Giuseppina und Kritik an der bigotten Umwelt geronnen zu einem Zeitstück, böse und kulinarisch zugleich: »Auf, schlürfet in durstigen Zügen den Kelch . . .«

Die Premiere fand 1853 im ›Teatro La Fenice‹ in Venedig statt.

Sie wurde ein Fiasko ersten Ranges!

Die Zuschauer trauten der dicken Titelheldin Fanny Salvini-Donatello weder Männerverschleiß noch Schwindsucht zu. Als der Arzt ihr im letzten Akt gar mitteilte, sie habe nur noch eine Stunde zu leben, brach das Publikum in ein schallendes Gelächter aus.

Dennoch wurde *La Traviata* im Laufe der Jahrzehnte zum triumphalen Welterfolg.

1856, drei Jahre nach der venezianischen Premiere, heiratete Verdi seine Geliebte Giuseppina Strepponi.

La Traviata – ein musikalischer Beleg zu Balzacs Pariser Rechnung: einhundertfünfzigtausend illegitime Liebesbeziehungen pro Jahr! Verdi überhöhte den Gesellschaftsklatsch seiner Zeit, doch er tat das keinesfalls philosophisch, kaum kritisch – nur weinrot satt und sehr, sehr deutlich: sich selbst genügend. Er ließ den Tod tremolieren und seine Schatten hörbar über die luxuriösen Seidentapeten huschen.

La Traviata läutete mit düsterem Pomp die Belle époque ein, beschwor die Lebenslust einer selbstzerstörerischen Gesellschaft: ein Bacchanal in Giftfarben, dazu Kleiderluxus, Kronleuchterpracht und Champagner-Kribbel.

Während der Komponist sein eigenes privates Glück kirchlich und zivilrechtlich sanktioniert und Giuseppina in eine neue heile Welt hineingeführt hatte, verharrte die Pariser Snob-Gesellschaft in ihrer Traviata-Halbwelt. Die Liebe wurde zum Maskenspiel, zur hochbezahlten Leibesübung, zur praktizierten Subkultur. Käufliche Lebenslust stand schwindelhoch im Kurs.

Alexander Dumas selbst war Liebhaber seiner authentischen Titelheldin Marie Duplessis gewesen, genauso wie Frauenpriester Franz Liszt. Wenn Dumas seine Pariser Feste gab, endeten sie meist erst gegen neun Uhr morgens mit einem tollen Galopptanz. Männchen wie Weibchen brachen dann zwischen leeren Flaschen, Aschenbechern und verstreuten Dessous wie Marionetten zusammen, die man von ihren Bändern gekappt hat.

Das Leitbild der gewagten Lebensart, der Hunger auf neuartige Sättigungsgrade faszinierte sogar die ansonsten so scheue und edle Sängerin Pauline Viardot. Obwohl sie eine passable Ehe führte, erlaubte sie sich eine zweite Herzensbindung: der russische Dichter Iwan Turgenjew wohnte im Hause der Viardots! Er liebte Pauline so abgöttisch, daß er sie aufforderte, ihren Absatz in seinen Nacken zu treten – das werde ihn glücklich machen. Natürlich verzichtete die Sängerin auf diese Art von Partnerbeglückung.

Da ging es bei der Heinefetter noch handfester zu!

Kathinka Heinefetter, eine beliebte deutsche Sängerin in Paris, konnte es nicht verhindern, daß ein junger Liebhaber in ihrer Wohnung Selbstmord verübte: er hatte auf der Walstätte seines Glücks einen zweiten Liebhaber angetroffen! »Da hat sie nun die Schweinerei mit der Leiche!« höhnte Paris.

Im gleichen Paris geschah es aber auch, daß Wilhelmine Schröder-Devrient endlich ihr lange gesuchtes Lebensglück fand: den kultivierten livländischen Gutsherrn Heinrich von Bock. Im März 1850 heiratete sie ihn. Nach einigen Querelen – Rußland verweigerte ihr wegen Teilnahme am Dresdner Aufstand die Einreise nach Livland – kehrte Ruhe in Wilhelmines Leben ein.

Zehn Jahre später, 1860, starb sie in Dresden.

Im gleichen Jahr beschloß Wagner, Paris in Brand zu stecken.

Flammen der Begeisterung sollten ihm entgegenschlagen.

Der Meister inszenierte die französische Fassung seines *Tannhäuser*.

Und tatsächlich gab es Furore!

Zweiunddreißig Ballettratten überfallen den Pariser Jockey-Club. »Er läßt uns nicht!« rufen sie.

Die jungen Snobs in den Polsternischen rücken so eng zusammen, daß die Mädchen Platz nehmen können. »Was ist los?« wollen sie wissen. »Wovon sprecht ihr?«

»Richard Wagner will kein Ballett im zweiten Akt!«

»Kein Ballett...?« Der Chef des Jockey-Clubs sieht plötzlich aus, als hätte er eine faule Auster verschluckt. »Aber das ist ja unmöglich – eine Todsünde wäre das!«

Die Diskussion dauert bis Mitternacht.

Dabei geht es um die Verteidigung einer französischen Tradition. Der Sonnenkönig selbst hatte vor zweihundert Jahren angeordnet, daß jede Oper im zweiten Akt ein Ballett zu bieten habe. Für die Jockey-Leute war das ein

Grund gewesen, die Opernhäuser immer erst zum zweiten Akt zu betreten: sie wollten ihre Freundinnen auf der Bühne tanzen sehen und anschließend mit ihnen soupieren – voilà!

Will dieser Deutsche ihnen jetzt den Spaß verderben? Es sieht so aus . . .!

Richard Wagner wollte tatsächlich in Paris die Oper reformieren, so wie einst Gluck es tat. Das Theater in der Rue Pelletier sollte sein Reformhaus sein.

Frankreichs Kaiser Napoleon III. und die schöne Kaiserin Eugenie hatten Wagner nach Paris eingeladen und ihm alle nötigen Mittel zur Verfügung gestellt. Fürstin Pauline Metternich, Eugenies intime Freundin, sorgte außerdem dafür, daß das sächsische Genie auch genügend Kraft durch Freude gewann.

»Ich bin ein vom Leben Ausgestoßener«, hatte Wagner geklagt. »Ich bin anders organisiert, habe reizbare Nerven. Die Welt ist mir schuldig, was ich brauche.«

Jetzt gab Paris ihm, was er brauchte: absolute Gewalt über die Oper! Als die Direktion ein Ballett-Intermezzo im zweiten Akt forderte, lehnte Wagner kategorisch ab. Dafür hatte er in den ersten Akt eine choreographische Szene eingebaut: das Bacchanal.

Hundertvierundsechzig Proben führte er durch – ein wahrer Rekord. Bevor ein einziges Opernbillett verkauft war, hatte das Unternehmen schon hundertfünfzigtausend Francs verschluckt.

Und dann kam der Skandal.

Bei der ersten Aufführung am 13. März 1861 lachten die Franzosen über Hörselberg und Pilgerchor. Zur zweiten Aufführung – Wagner selbst war zuhause geblieben – erschienen die Kavaliere vom Jockey-Club und taten genau das, was sie ihren Ballettmädchen versprochen hatten: sie zogen Hausschlüssel und Trillerpfeifen aus den Taschen und pfiffen so schrill sie konnten.

»Raus mit den Jockeys!« riefen die Wagner-Freunde.

Die Dandies konterten mit schallenden Lachsalven.

Zu lauterem Überfluß war auch noch eine zweite Oppositionsgruppe erschienen: Besucher aus Deutschland! Eichenholzharte Nationalisten, Widersacher des verbannten Revolutionärs Wagner, schrien gemeinsam mit den Pariser Aristokratensöhnchen den *Tannhäuser* nieder.

Nach der dritten Aufführung zog Wagner seine Oper zurück.

Siebenhundertfünfzig Francs Honorar für elf Monate Arbeit, das war alles, was ihm von seinem Pariser Reformversuch geblieben war.

Drei Jahre später bot König Ludwig II. von Bayern Richard Wagner lebenslängliche Gastfreundschaft an.

Aus dem Dresdner Revolutionär wurde der Bayreuther Meister. In die Grundsteinkassette seines Theaters legte er den Spruch

> Hier schließ ich ein Geheimnis ein,
> Da ruh’ es viele hundert Jahr’ . . .

Es regnete in Strömen an jenem denkwürdigen Tag im Wonnemonat Mai 1872. Keine Brandgefahr mehr . . .

15 Die große und die kleine Oper

»Schau nicht so fromm darein,
wir kennen dich, Jupiterlein!«
heißt es in *Jean Jacques Offenbachs* ›Orpheus in der Unterwelt‹.

Wagners nachtschwarze Posaunenstöße und das Tannen-
nadel-Parfüm, das aus den Partituren des Meisters wölk-
te, hatten im Pariser Publikum heftige Adrenalinaus-
schüttungen verursacht.
Überall wurde diskutiert.
Siegreich blieben am Ende jene Stimmen, die der alt-
bewährten Luxusoper das Wort redeten und sich für
Primadonnenseide und Ballerinenhaut einsetzten.
Restauration statt Reform!
Satte und kraftvolle Grandeur, bevor der Untergrund
eine neue *Beggar's Opera* präsentierte.
Napoleon III. war der Forderung nach einem solchen

kulturellen Kraftakt bereits nachgekommen. 1860 gab er die ›Grand Opéra‹ von Paris in Auftrag. Sie sollte das steinerne Futteral für die Kulturerwartungen des Zweiten Kaiserreichs werden, ein Symbol für ungebrochene Gloire, eine riesengroße, luxuriöse Mausefalle für Musenfreunde.

Architekt Charles Garnier hatte insgesamt dreißigtausend Entwurfszeichnungen vorgelegt. »Alle Planbogen hintereinander ergeben dreiunddreißig Kilometer weißes Papier«, schwärmte er. »Auf diesem weißen Teppich werden die größten Primadonnen, die berühmtesten Künstler der Welt nach Paris schreiten.«

Fünfzehn Jahre lang dauerten die Bauarbeiten.

1875 wurde die ›Grand Opéra‹ mit feierlichem Pomp eröffnet.

Das größte Opernhaus der Welt: siebzig Meter Frontfassade, zweiundfünfzig Meter Bühnenbreite. Auf goldschimmernden Säulen schwebte eine Märchendecke voll von Putten, Schmetterlingen und Orpheus-Leiern. Gesamtkosten: sechsunddreißig Millionen Francs.

»Ein seidengefütterter Sarg!« rief der Pariser Journalist Gaston Leroux und lieferte einige Jahre später mit seinem Buch *Das Phantom der Oper* eine gespenstische Synopsis nach.

Plötzlich biegt sich der Haken im Plafond, langsam und bedächtig wie in Zeitlupe. Eisen kreischt, Gips bröckelt ... und dann reißt der sieben Tonnen schwere Kronleuchter von der Decke.

Klirrend schlägt er im Parkett ein.

Monokel zerspringen, Seidenkleider platzen. Blut trieft über Frackbrüste und Dekolletés. Eine Dame ist tot.

Querschnitt durch die Pariser Grand
Opéra, eröffnet 1875 (Zeichnung von
Fichot und Meyer in der Leipziger Illu-
strierten Zeitung)

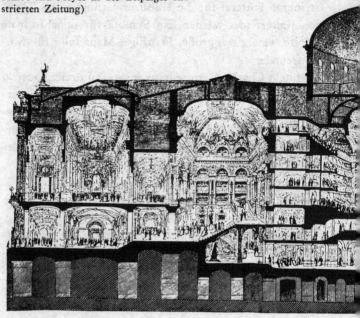

»Das Phantom...!« keucht ein Platzmieter und reibt sich
Kristallstaub aus dem Vollbart. Aus den Garderoben
klingt das irre Lachen der Ballerinen.

»Das Phantom hat wirklich gelebt!« behauptete Leroux.
Doch seine Leser hatten Grund, skeptisch zu sein. Dieser
raffinierte Pokerspieler wollte weiter nichts als die Belle
époque verunsichern. Er wollte das Establishment schok-
kieren.

Kein Wunder! Das neubarocke Gebäude der ›Grand
Opéra‹ symbolisierte ein *juste milieu* aus grinsendem Be-

hagen: die dünnblütiger werdende Aristokratie und das robust erstarkende Großbürgertum. Diese von Gaslicht erleuchtete Arche Noah war mit den unterschiedlichsten aufrecht gehenden Wesen bevölkert – Kulissenschieber, Ballettratten, Heizer, Masseure, Austernbrecher, Saucenköche, Lampenputzer, Feuerlöscher, Kellner, Kammerjäger, Kleiderschlitzer, Stukkateure, Logenschließerinnen, Freudenmädchen, Maschinisten und kein Ende.

Man stelle sich vor: achtzehn Stockwerke, verschachtelt und verbaut, fünf davon unter der Erde. Ein Monstrum, dieses Haus, ein babylonischer Turm! Von der Kloake, dem schwarzen, glucksenden ›See der Unterwelt‹, führte eine eiserne Stiege, ›Apollos Leiter‹ genannt, bis zur Dachzinne, von der aus man auf die Boulevards und ihre Pferdeomnibusse herabblicken konnte.

Das Eingeweide dieses tollen Hauses bestand aus Geheimgängen, Badezimmern, Maschinenräumen, Liebesnestern, unterirdischen Riesenküchen, Scheiterhaufen, Eisernen Jungfrauen. Im ›Foyer de Danse‹ schillerten die Liköre, und in den plüschverhängten Séparées konnte der zügellose Ehebruch nur noch durch die Fischbeinkorsetts der Damen gebremst werden.

In diesem Haus wurde Graf Cagny ermordet, malte Degas seine Ballerinen, dirigierte Gounod seinen *Trauermarsch für eine Marionette* und kreierte Saint-Saëns den *Sterbenden Schwan*. Die Sängerin Corelli, so hieß es, trug stets ein Stilett im Mieder, und Meyerbeers *Propheten*-Schimmel verschwand samt Pferdeäpfeln und Schabracken spurlos von der Bühne. Während im dritten Souterrain der Chefmaschinist erwürgt wurde, lächelte in Parterreloge Nr. 20 Seine Exzellenz der Ministerpräsident.

Die ›Grand Opéra‹ in Paris, das steht fest, verschaffte dem Publikum vom ersten Tag an ein todsicheres Vergnügen.

Belle époque, Zeit der großen Hoffnungen und der schlimmen Erwartungen. Der Untergang des Abendlandes findet zeigergleich mit der Stunde des Sonnenaufgangs statt.

Unter gutgebohnerten Parketten rumort eine neue Subkultur, rüttelt wie Dreyfus an den Gitterstäben.

Jünglinge lassen Bart und Haupthaar wachsen, höhere Töchter pfeifen auf Klavier und Nähkorb, ziehen sich vor Maleraugen aus, behalten nur den Blaustrumpf an und diskutieren über Marxens ›Mehrwert‹. Der Antibürger *Bohème* kann besichtigt werden. Eintritt fünfzig Sous.

Da sitzt er und schreibt Manifeste, propagiert neue Verhaltensformen, gurgelt mit Absinth und hebt zur großen Publikumsbeschimpfung an: Tod der heiligen Mittelmäßigkeit, nieder mit der selbstsicheren Borniertheit der herrschenden Gesellschaft!

Recht hat er!

Bei allem Zorn aber Pinsel statt Pistolen, Lasterhöhlen statt Barrikaden, weißes Papier statt Schwarzpulver. Heimliche Neugier auf beiden Seiten, Haßliebe im Reigen. Schleimige Kröten schnappen nach schlanken Libellen. Grünhaarige Nachtvögel verspeisen rosa Ohrwürmer.

Und im Kanonenofen geht derweilen das Feuer aus. Rudolf heizt mit Manuskripten. Trotzdem hustet Mimi sich zu Tode. Ihr ›eiskaltes Händchen‹ wird zum Sensationserfolg für Allewelt.

Betet inzwischen Misia Sert, die hübsche, die echte Bohemienne in Paris: »Lieber Gott, lieber Gott, mach, daß es Krieg gibt . . .!«

Nicht nur die ›Grand Opéra‹, auch das ›Théatre de la Gaieté‹ sorgt für todsicheres Vergnügen.

Die Subkultur hat viele Wurzeln, überall in Europa: die italienische Stegreifkomödie, die deutsche Wanderbühne, das französische Singspiel, das Wiener Raimund-Theater, Nestroys dreiundachtzig Possen.

Das Singspiel und die frühe Operette wollten, genau so wie die Oper, eine Mausefalle für Musenfreunde sein; auch sie hielten pikant gewürzten Speck bereit.

Doch es war ein bissel Gift im Speck.

Singspiel und Operette waren in ihren Anfängen kein reines Vergnügen. Sie präsentierten sich als buntverklei-

dete Gesellschaftskritik. Lauthals verspotteten sie die
opera seria und erfrechten sich gar, ihr die Schau zu stehlen. Sie opponierten.

Schon in der Wiener Backhendlzeit, als Ferdinand I. auf
den Tisch schlug und rief: »I bin der Kaiser, und i will mei
Nudl'n hab'n«, servierte das Singspiel gezuckerte Bittermandeln.

Genau das richtige für den ehemaligen Konditorlehrling
Ferdinand Raimund! Mit Volkesstimme raunzte er die
Wiener Zustände an. Er jagte die feudalen Schattenge-
stalten und die Hanswurste von der Bühne und ersetzte
sie mit echten Menschen – mit sozial scharfumrissenen
Vorstadttypen.

Das Publikum aber erkannte vor lauter Lachen kaum die
Sarkasmen; wohlig schleckte es den Zucker und spuckte
die Bittermandeln aus. 1830 schoß sich Raimund eine
Kugel in den Mund.

Im gleichen Jahr starb, ebenso tragisch umwittert, die
junge Raimund-Primadonna Therese Krones.

Porträt einer Wiener Volksmuse:
Therese pflückte die Stunden, zog die Minute der Ewig-
keit vor und lebte im fröhlichen Telegrammstil.

Geboren 1801 in Freudenthal. Keinerlei Erziehung genossen, trotzdem gescheit genug, um mit Raimund zusammen zu spielen, selber Stücke zu schreiben und den
Leuten in eigenen Couplets die Wahrheit ins Gesicht zu
sagen – lachend natürlich!

Ob Hosenrolle oder Dirndlkleid – stets küßlich, genüßlich
und liebesbereit: volksnah in jeder Beziehung. Eine kommune Freude der Wiener Leopoldstadt. Jedermann
wünschte sich, Therese nahe zu sein.

Einer ihrer allzu vielen Liebhaber, ein gewisser Graf

Jaroschinski, wurde von ihrer Seite weg verhaftet, als Raubmörder entlarvt und an den Galgen gebracht.

Die Wiener gingen krumm vor Schreck und beschlossen, sich sittlich zu entrüsten. Doch schon in der nächsten Vorstellung lagen sie ihrer Therese wieder zu Füßen. Denn sie sang wunderschön das

>Brüderlein fein, Brüderlein fein,
es muß geschieden sein . . .!«

Bald danach legte sich Therese a bissel sterben. »Alle meine Sünden sind die«, murmelte sie, »daß ich ein zu lustiges Madel g'wesen bin, geistlicher Herr, und die Männer so gern g'habt hab. Das muß mir der liebe Gott schon verzeihen, bittschön!« – Neunundzwanzig ist sie geworden. Schmunzelndes Gedenken, als die *Wiener Zeitung* »die traurige Nachricht vom Hinscheiden der Jungfrau Theresia« brachte.

Die erste echte Wiener Operetten-Soubrette trat erst dreißig Jahre später an die Rampe: Josephine Gallmeyer. Namhafte Kritiker nannten sie >das größte theatralische Genie Wiens‹.

Ihr Debut-Stück hieß *Therese Krones*. Der Höhepunkt ihrer Karriere aber wurde *Pariser Leben*, die große Operette von Jean Jacques Offenbach.

Dieser Offenbach, Sohn des jüdischen Kantors Isaak Eberst aus Offenbach am Main, hatte in Paris eine wahrhaft phantastische Karriere hinter sich gebracht. Ein genialer Fleißschreiber war er, ein Komponist, der etwas vom zupackenden Esprit der Herren John Gay und Gioacchino Rossini hatte. Rossini wiederum nannte ihn den >Mozart der Champs Elysées‹.

Richard Wagner drückte sich weniger freundlich aus: »Diese Musik verbreitet den Dunst eines Misthaufens,

Therese Krones als
Jugend in Raimunds
Bauer als Millionär

und alle Schweine Europas sind herbeigeeilt, um sich darin zu wälzen.«

Offenbach schwang die Peitsche gegen die Ölgötzen falscher Tradition. Er verspottete das sogenannte ›höhere Genre‹ als Kitsch, vermenschlichte die antiken Götter und machte klassische Heldinnen wie die Schöne Helena zu liebenswerten Zeitgenossinnen.

Tränen waren für ihn eine Variante des Lachens, Geist weiter nichts als Mangel an Dummheit. Obgleich er alles andere als ein Prometheus war, formte er Puppen nach seinem Bilde. Ein romantisch skuriller Schattendieb war er, ein gichtgeplagter Doktor Mirakel, der die Fadheit haßte und alle jene, die Langeweile verbreiteten, für unhöflich hielt. – Offenbach brachte den Göttern den Cancan bei und dem Zweiten Kaiserreich die Flötentöne.

»Echt, spontan, großartig!« schrieb Graf Leo Tolstoi in sein Pariser Tagebuch.

1856 gebrauchte Jean Jacques Offenbach zum ersten Mal in seiner Zeit das Wort ›Operette‹ – kleine Oper also.

Zwei Jahre später führte er *Orpheus in der Unterwelt* auf, in seinem Theater ›Bouffes Parisiens‹.

Laufsteg zum Himmel, sanft gewölbter Teppich der Götter: Bergwiese im griechischen Sommer. Darauf eine Hütte mit der Aufschrift:

ORPHEUS, DIREKTOR DES KONSERVATORIUMS ZU THEBEN.

Der Vorhang ist kaum geöffnet, da lachen die Leute bereits. Offenbach überfällt sein Operetten-Publikum mit optischem Witz, mit Rhythmus und Esprit.

Kidnapper Pluto entführt Eurydike in die Unterwelt, und Orpheus atmet auf: diese Ehe war eh nicht sehr glücklich!

Trotzdem muß er seine Frau zurückholen. Erstens braucht er sie als Ernährerin, zweitens verlangt das die ›öffentliche Meinung‹.

Orpheus steigt also in die Unterwelt hinab – und staunt! Einige Götter schlafen, andere sind in Liebesspiele verstrickt; der Rest ist korrumpiert – Sinnbild einer morbiden Oberschicht also, frühkapitalistische Struktur.

Als Orpheus das erkennt, formuliert er mitten in der Unterwelt seine Protestmeinung: »Schüttelt ab die Tyrannei – das Regime ist unerträglich!« Dazu dröhnt, damit auch der Letzte es versteht, als Kontrapunkt die *Marseillaise*.

Offenbach konzipierte seine Operette als Contra-Oper, als Gegenargument. Als dialektische Erfrischung.

Seine Primadonna war Hortense Schneider aus Bordeaux, die Tochter eines ständig betrunkenen deutschen Schneidermeisters. Die hübsche, rotblonde Hortense war nicht weniger prominent als die Ersten Damen der ›Grand Opéra‹. Ganz Paris nannte sie La Snedér. Ihre Galane waren der Vizekönig von Ägypten und der Nabob von Abessinien. Die Kunstschätze ihrer Sammlung konnten sich mit denen der Rothschilds messen, und ihr Vermögen wurde auf drei Millionen Francs geschätzt.

La Snedér war Offenbachs kongeniale Interpretin. Immer wieder gelang es ihr, die Ideen des kleinen backenbärtigen Komponisten in Fleisch und Blut umzusetzen. La Snedér überzeugte – sie erwies sich als Genie.

Die übrigen Pariser Operettendiven aber waren oft nicht mehr als Halbweltdamen inmitten einer Welt von Lüstlingen. Heinrich Heine bemerkte an ihnen »die gewaltigste Sucht, sich auf dem Theater zu zeigen, eine Sucht, worin Eitelkeit und Kalkül sich vereinigen, da sie dort am besten ihre Körperlichkeit zur Schau stellen. Diese Personen erhalten gewöhnlich gar keine Gage, im Gegenteil, sie bezahlen noch monatlich den Direktor für die Vergünstigung, daß sie sich produzieren können«.

Stellvertretend für diese Boulevard-Primadonnen sei hier das Leben der berühmten ›Nana‹ umrissen. Für diese kleine, aber nicht zu übersehende Rampen-Venus waren Leben und Theater eins. Ihr irdisches Reich war durch Bettpfosten abgesteckt.

In Wirklichkeit hieß sie Blanche d'Antigny.

1840 wurde sie als Tochter eines Dorftischlers geboren. Eigentlich wollte sie Nonne werden. Dann aber wurde sie Verkäuferin in Paris, wühlte mit ihren dummen, kleinen Fingern in Luxuswaren herum und lachte sich Liebschaften an.

Ein armenischer Erzbischof hätte sie beinahe geheiratet! Weil sie hübsch war, wurde sie vom Sportpalast als Reiterin im weißen Trikot engagiert. Als Achtzehnjährige stand sie im Jahre 1858 zum ersten Mal auf der Bühne – diesmal ohne Trikot. Sie mimte in der *Schönen Helena* des Buffotheaters ›Saint Martin‹ mit. Der Maler Paul Baudry war von diesem Akt

Jean Jacques Offenbach

so begeistert, daß er Blanche zum Modell machte; er malte sie als büßende Magdalena.

Auch Edouard Manet hat Blanche d'Antigny porträtiert, und Emile Zola schrieb unter dem Titel *Nana* den Roman ihres Lebens. Darin heißt es – haargenau – so: »Ein Frösteln ging durch den Saal, Nana war nackt. Sie war nackt mit einer ruhigen Kühnheit, der Allmacht ihres Fleisches sicher ... Wenn Nana die Arme emporhob, sah man bei dem Lampenlicht die Goldhärchen in ihren Achselhöhlen. Niemand applaudierte, niemand lachte ... Ein leiser Lufthauch, eine dumpfe Drohung enthaltend, schien über die Versammlung zu gehen.«

»Jetzt bin ich Künstlerin«, beschloß Blanche, »Buffo-Primadonna!« Und das bedeutete Halbwelt für sie: Singen, um geliebt zu werden, lieben, um leben zu können!

Sie lernte ein bißchen Gesang und etablierte sich am Montparnasse. Bevor sie sich dort abends schlafen legte, nähte sie ihr Nachthemd mit dem ihres jeweiligen Liebhabers zusammen.

Eines Tages traf sie beim Absinth einen russischen Großfürsten. Der legte ihr sofort ein Palais zu Füßen.

Das Unglaubliche daran war: der Mann meinte das ehrlich! Und er bot auch sofort den Beweis an.

Blanche reiste mit ihm nach Sankt Petersburg und trat dort als Pariser Primadonna auf. Weil sie sich ein extrapikantes Dekolleté zurechtgezirkelt hatte, blieb der Erfolg nicht aus.

Doch der russische Geheimdienst schob sie wieder ab.

In Paris nahm Blanche nochmals Gesangsunterricht und ließ dann soviel Geld springen, daß sie im ›Palais Royal‹ auftreten konnte. Dafür kriegte sie acht begeisterte Pressekritiken.

Eingeweihte Kreise aber wußten, daß dieser papierene

Boulevard-Vedette
der Pariser
Belle époque

Lorbeer vom Bankier Raphael Bischoffsheim bezahlt worden war. Blanche nannte ihn kurz ›Bisch‹; er war ihr Liebhaber. Und er sorgte nicht nur für gute Kritiken, sondern auch für angemessenes Dekors.

In Offenbachs *Chateau de Toto* trat Blanche in einem Kleid auf, das sechzehntausend Francs gekostet hatte. In Hervés *Chilpéric* aber trug sie nur drei Sternchen für je einen Franc auf dem Leib. »Mit ihrer überschäumenden Lebensfreude«, so schrieb die Presse, »erheitert Blanche die Zuschauer, von denen sie ja die meisten persönlich kennt!«

Inzwischen führte sie ein großes Haus an der Avenue Friedland. Kronleuchter, Diener, Dantebüste und eine gutgepolsterte Spielwiese verliehen den Räumen wohlige Nestwärme. Ihrem Butler läutete Blanche mit einer kleinen bronzenen Kremlglocke.

Natürlich besaß das ehemalige Dorfmädchen auch ein Onyxbad. Wenn sie darin saß, wirkte sie schön wie der Himmelstau, an dem die Götter ihren Durst stillen. Die Götter oder die Bankiers – einerlei! »Die Religion des Geldes ist die einzige, die keine Ungläubigen kennt«, schrieb damals Théophile Gautier.

1871 machte Blanche mit Rücksicht auf Krieg und Kommune eine Pause – dann trat sie erneut auf. Nicht nur in Paris, sondern auch in London, Alexandria und Kairo.

1874 war es plötzlich aus – Pocken oder Typhus, keiner wußte etwas Genaues. Jedenfalls war die Krankheit tödlich. Blanche d'Antigny starb als Vierunddreißigjährige.

Ihre vielen, vielen Freunde feierten sie als die lebendigste Tote von Paris.

Ein Jahr später machte Theaterdirektor Jean Jacques Offenbach bankrott.

Wien trug seine Ideen weiter.

1863 hatte Offenbach die Donaumetropole besucht und dort den Walzerkönig Johann Strauß angeregt, ebenfalls Operetten zu schreiben. Außerdem war es ihm gelungen, die Soubrette Maria Geistinger zur begeisterten ›Offenbacchantin‹ zu machen.

Wiens charmante Sängerinnen waren – wenn man La Snedér ausklammert – den Pariser Boulevard-Primadonnen an Genie und Ausstrahlung weit überlegen. Namen wie Josephine Gallmeyer und Maria Geistinger blieben bis dato unvergessen.

Trotzdem wirkte das schöne blaue Donauwasser verdünnend auf Offenbachs pikante Essenz. Die Operette holte sich in Wien zwar eine weiche und gesunde Haut, doch sie verlor dabei ihre Zähne. Sie verniedlichte. Sie wurde zur Traumfabrik.

Die Wiener Operette war kein Kontrapunkt der Oper mehr, sondern eine süße kleine Terz. Ein hübsches Glöckchen an Thalias Gewand, fein abgestimmt und – trotz musikantischen Genies – harmlos bimmelnd.

Keine feindliche Schwester, sondern ein Vetter aus Dingsda. Und zwar ein reicher Vetter. Einer, den die Leute mochten. Ein Freund der breiten Massen.

Die goldene Wiener und die silberne Berliner Operette kamen als reine Schaumusik daher. Sie muteten ihrem Publikum nicht jenes zeitkritische Mitdenken zu, das Offenbach noch einkalkuliert hatte. Sie verzichteten auf alle polemischen Experimente und bewahrten sich damit vor einem Bankrott. Wien und Berlin erzielten mit ihren harmlos-kulinarischen Operetten einen so sensationellen Kommerzerfolg, daß auch namhafte Operndiven zur Leichten Muse überliefen.

In diesem Sinne: Keine Experimente!

Duiduu – duiduu – trallala lalala . . .

16 Goldvögel am Abendhimmel

>»Krönung und Symbol des Gan-
zen ist das verlogene Makart-
bukett, das mit viel Anmaßung
Blumenstrauß spielt.«

Egon Friedell

Die Kleine steht vor einem Spiegel.

Sie drapiert sich Vaters roten Königsmantel um die ma-
geren Lenden, setzt Mutters Pleureusenhut auf und spielt
Primadonna. Sie trillert wie eine Nachtigall und bewegt
sich wie eine Schlange. Dann bricht sie plötzlich ab,
klatscht Beifall und bewirft ihr Spiegelbild mit Blumenkränzen, die sie sich aus alten Ausgaben der *New York
Times* geflochten hat.

Jeden Abend, wenn ihre Eltern auf der Bühne stehen,
übt sie in der kleinen Wohnung in Manhattan den ›großen Auftritt‹. Wie im Spiel lernt sie dabei die Arien und
Allüren der Primadonnen.

Adelina Patti wuchs als Theaterkind auf.

Ein Schminktuch war ihre erste Windel, ein Reisekoffer ihre Wiege. Als Tochter eines sizilianischen Tenors und einer römischen Sopranistin war sie im Februar 1843 in Madrid geboren worden. Ihre Mutter stand gerade als hochschwangere *Norma* auf der Bühne und hatte die Vorstellung abbrechen müssen.

Von Madrid aus ging die Patti-Familie nach New York, wo der Vater eine feste Anstellung als Opernregisseur angenommen hatte.

Seitdem Maria Malibran, Henriette Sontag und Jenny Lind in der Neuen Welt gastiert hatten, war dort ein wahrer Heißhunger auf *bel canto* ausgebrochen. Amerika war dabei, ein eigenes, starkes Opernleben zu entwickeln und auch einheimische Sängerinnen zu fördern. Schon 1834 war die fünfzehnjährige Altistin Julia Wheatley in New York aufgetreten, ein Jahr später die junge Amerikanerin Charlotte Cushman.

Acht Jahre alt war Adelina Patti, als sie zum ersten Mal in einem New Yorker Konzert glänzte. Ihr Operndebut leistete sie als Sechzehnjährige; ohne das geringste Lampenfieber sang sie die berühmte Primadonnenrolle der *Lucia di Lammermoor*.

New Yorks Presse verglich ihre Leistungen mit dem Notenfeuerwerk des Hexenmeisters Paganini.

1861 fuhr Adelina nach Europa zurück – zunächst, versteht sich, ins Gagenparadies London. Mehr noch als New York lobte jetzt das ›Covent Garden‹-Publikum das junge Stimmphänomen mit dem hübschen Figürchen und den schwarzen Kulleraugen.

Aus Adelina wurde ›die Patti‹, das eigenwillige Rassetier mit dem perfekten Kehlkopf, der trillernde Goldvogel der Makartzeit.

»Ein idealer Fall für mich!« sagte der schöne Eduard, schmückte sich mit seinem besten Schottenrock und zwirbelte den Schnurrbart hoch. »Wollen doch mal sehen, ob die hübsche Kleine auch einen Sinn für königliche Überlegenheit zeigt!«

Auskunft über Eduard:

Bevor er als Edward VII. Englands Friedenskönig wurde, nannte alle Welt ihn den ›König vom Pariser Maxim‹. Queen Victoria, seine Mutter, hatte ihn bewußt mit Politik verschont. Eduard, von der Welt ferngehalten, widmete sich daraufhin der Halbwelt.

Gähnend verließ er die sittenstrengen Salons seiner Mutter, in denen sogar die Pianobeine Überzüge trugen, und vergnügte sich in Paris, wo es echte Frauenbeine zu bewundern gab. Weitab vom seichten Teegewässer seiner Heimat tauchte er in absinthene Tiefen. Eduard verzichtete auf standesgemäße Partnerschaften und ließ sich lieber von Grisetten, Salonschlangen und Tingeltangeldamen den rostroten Backenbart kraulen.

Als Adelina Patti merkte, daß Englands zwanzigjähriger Thronfolger ihr nachstellte, reiste sie nach Deutschland ab – nach Baden-Baden.

Herzensbrecher Eduard ließ sich nicht entmutigen. Er steckte sich eine sechzig Zentimeter lange Hahnenfeder an den Hut und flog hinter dem Goldvogel her.

»He, da werden Federn fliegen!« lachten seine Landsleute beim Whisky. »Hahnenfedern oder Bettfedern . . .«

Blaublütige Herren galten nach wie vor als bevorzugter Modeschmuck für Luxusprimadonnen. Metternichs zynischer Ausspruch, daß der Mensch erst beim Baron beginne, wurde ernst genommen.

Vor allem in Bühnenkreisen! Marietta Albani, die Altistin der Pariser Komischen Oper, hatte sich die Fürstenkrone der Pepoli aufs Haupt geflirtet. Die Schwedin Christina Nilsson, Primadonna der Pariser ›Grand Opéra‹, residierte, nachdem ihr erster Mann im Irrenhaus verkommen war, als Comtesse de Casa-Miranda. Caroline Bauer lebte in morganatischer Ehe mit dem Prinzen Leopold von Coburg, und Pauline Lucca gefiel sich als Gräfin von Rhaden. Die bösen gesellschaftlichen Schwierigkeiten der Gräfin Rossi alias Henriette Sontag waren längst vergessen.

Adelina Patti in der Karikatur

Und jetzt schien die Patti den Vogel abgeschossen zu haben: Englands Kronprinz machte ihr die Honneurs!

Eine willkommene Reklame für sie, ein Tratsch, der ihren Marktwert erheblich steigerte. Schon feierte Europas Presse sie als heimliche Kronprinzessin.

Doch Adelina ließ den königlichen Playboy abblitzen!

Da es für sie keinerlei Chance gab, an Eduards Seite Königin von England zu werden, konzentrierte sie sich lieber auf ihre Rolle als ›Königin der Oper‹. Unter diesem Titel stand ihr immerhin ein Imperium offen, das weit über England hinausging.

Zunächst dehnte sie es bis nach Preußen aus: sie fuhr nach Berlin! Die ›Kroll-Oper‹, der Tempel der preußischen Bürgermuse, wollte Adelina Patti als *Traviata* erleben.

337

Eine Stunde vor Beginn der ersten Berliner Vorstellung erleidet sie einen Ohnmachtsanfall. Carl Jacob Engel, Direktor der ›Kroll-Oper‹, bricht fast zusammen, als er das erfährt. Sein Theater ist bis zum letzten Stehplatz ausverkauft, das Publikum wartet.

Als ehemaliger Orchestergeiger kennt Engel sich in der Künstler-Branche aus: man muß hart sein, autoritär! »Wennse schon sterben will«, entschied er, »dann bei uns uff die Bühne; als Traviata im letzten Akt.«

Sechs starke Männer werden ins Hotel geschickt, um die Patti zu holen. Kostbare Zeit vergeht, das Publikum wird immer ungeduldiger.

Da bürstet der Kroll-Engel seinen Gala-Zylinder, schluckt noch einmal trocken und tritt an die Rampe. »Meine Herrschaften«, ruft er, »unsere hochvaehrte Sängerin, die jroße und heißjeliebte Adelina Patti, is plötzlich krank jeworn. Ehrlich: Ick bedaure det mehr als Sie! Bitte jehnse nu an der Kasse und lassense sich det Jeld zurückjeben.«

»An *die* Kasse!« tönt es aus dem Parkett.

»Ejal, ob die oder der Kasse«, poltert Engel. »Hauptsache, det jenügend drin is!«

Die letzte Bemerkung jagt das Publikum ruckartig von den Plätzen. Alles eilt nach draußen.

Mitten im großen Gedränge erscheint Engel erneut an der Rampe, diesmal mit strahlend roten Bäckchen. »Herrschaften!« brüllt er und schwenkt seine Glanzröhre. »Kommense zurück, bleibense weg von *die* Kasse! Soeben is Frau Patti einjetroffen, es jeht ihr wieda bestens! Die Traviata steigt, Owatüre bitte!«

Berlin bereitete der Patti zwar schmetternde Ovationen, ließ aber auch Skepsis erkennen. Vielen Spreebewohnern lag diese ›einjebildete Trillertype‹ nicht.

Ähnlich ging's in Wien.

Der gefürchtete Musikkritiker Eduard Hanslick lobte zwar den appetitlichen Wohllaut der Patti-Stimme, meinte dann aber, daß damit auch die Grenze erreicht sei. Die sachverständigen Wiener verglichen das Hirnchen der Patti mit einem Nähkorb, vollgestopft mit Trillern, Cantilenen und anderen Posamenten. Adelina Patti galt als Frau ohne geistige Ambitionen; sie las keine Bücher und interessierte sich nicht für das Zeitgeschehen. Sie spielte keine Rollen, sondern immer nur sich selbst.

Mozart, so meinten die Wiener, hätte diese ›geläufige Gurgel‹ wahrscheinlich erwürgt.

Bevor jemand auf die Idee kam, diese Meinung tatkräftig zu überdenken, reiste Adelina nach Sankt Petersburg weiter. Hinter der Weichsel, diese Information war sogar bis zu ihr gedrungen, öffnete sich ein Opernland von märchenhaftem Glanz.

Intermezzo á la russe.

1736 war in Petersburg Rußlands erste Oper aufgeführt worden. Ihr Titel *Die Macht der Liebe und des Hasses* sollte das Leitmotiv der Weiterentwicklung bleiben.

Der Westen ließ fast ununterbrochen Operntruppen gen Osten reiten. Stars wie die Mara, die Gabrielli und die Milder-Hauptmann oder Kastraten wie Marchesi, Putini und Luini fanden Ruhm und Reichtum im russischen Reich. Sie stießen allesamt auf brennendes Interesse.

Zarin Katharina die Große schrieb persönlich Operntexte. Ihr Urteil war so gefürchtet, daß man erleichtert aufatmete, wenn sie zum Schluß einer Vorstellung als Zeichen des Lobes einmal kurz und heftig in die Hände klatschte.

Auch Rußlands Feudalherren frönten der Oper. Sofern

sie sich in der Zeit der großen Schneeschmelze nicht der Trunksucht, dem Glücksspiel oder der manischen Depression hingaben, widmeten sie sich ihren Privattheatern, in denen leibeigene Bauern und Mägde oft glänzende Leistungen vollbrachten.

Ein besonders fanatischer Musik- und Opernfreund war Fürst Potemkin, der heimliche Ehemann der Großen Katharina. Er unterhielt ein Riesenorchester aus Leibeigenen – einige Quellen sprechen von allein dreihundert Hornisten. Zu seiner Bühnentruppe gehörten Bauerntöchter, Schönheiten vom türkischen Sklavenmarkt und französische Kurtisanen mit falschen Adelsnamen. Als Potemkin ins Feldlager am Dnjestr zog, führte er eine zwanzig Planwagen starke Reisebühne mit.

Sogar der Rebellenhauptmann Pugatschow zog mit einer Riesenschar von Musikern und Sängern umher.

Bei einer so exzessiven Vorliebe für großes Musiktheater war es kein Wunder, daß die Reise-Stars aus dem Westen in Rußland ein wahres Eldorado vorfanden.

Kurz bevor Adelina Patti nach Petersburg kam, hatte die belgische Primadonna Désirée Artôt an der ›Kaiserlichen Oper‹ in Moskau gastiert. Die hochbegabte Brüsseler Blondine, eine Schülerin der Pauline Viardot, stiftete bei dieser Gelegenheit eine folgenreiche Verwirrung: sie begeisterte den jungen Komponisten Peter Tschaikowsky derart, daß er ihr spontan einen Heiratsantrag machte.

In Moskau blühte der Klatsch. »Unmöglich!« riefen die Freunde des Komponisten und wußten zumindest zwei Gründe zu nennen, die ganz entschieden *gegen* eine Tschaikowsky-Ehe sprachen.

Erster Grund: der ins Musikfach umgeschwenkte Finanzbeamte Tschaikowsky hatte zwar seinen ersten Opernerfolg hinter sich, galt aber als mittellos; wollte er jetzt ein ›Monsieur Artôt‹ werden? Den zweiten Grund formulierte der Vater des Komponisten in einem Brief: »Du liebst sie, und sie liebt Dich; damit wäre diese Sache erledigt, wenn ... O dieses verfluchte *Wenn!*«

Unruhe und Besorgnis zittern zwischen diesen Zeilen. Tschaikowskys Freunde fragten sich, ob die Institution der Ehe wirklich ein probates Heilmittel gegen Homosexualität sein könne.

Sollte Désiré in diesem Sinne ›die Erwünschte‹ sein?

Es konnte nicht gelingen! Das Experiment schlug fehl.

Ohne ihrem Verlobten etwas zu sagen, zog sich Désiré Artôt nach Warschau zurück und heiratete dort den spanischen Supermann Mariano Padilla y Ramos, einen hervorragenden Bariton.

Ein Jahr später trat Désiré erneut in Moskau auf.

Tschaikowsky saß im Parkett der Hofoper und fieberte vor Aufregung. Unentwegt preßte er sein Opernglas an die Augen – seine Freunde sollten ihn nicht weinen sehen.

Ansonsten verlor er kein Wort über den mißglückten Eheversuch. Erst aus späteren Jahren ist eine Tschaikowsky-Bemerkung überliefert, die wie bitterer Trost klingt: »Die Artôt ist abscheulich dick geworden ...«

Und jetzt ist Adelina Patti in Rußland!

Ihr Petersburger Hotel gleicht einem zwitschernden Vogelnest. Die russischen Gastgeber haben ihre zwölf Zimmer in eine exotische Traum-Etage verwandelt: Topfpalmen, Orchideen, Straußenfedern, Liegeteppiche, Früchteberge und ringsumher goldene Käfige mit Singvögeln aus aller Welt.

Ein Kurier des Zaren überbringt der Primadonna die Grüße der Romanows. »Rußland salutiert, Madame!« sagt er schneidig, drückt ihr eine Kristalltulpe mit hundert

Gramm Wodka in die Hand, trinkt mit ihr und schmettert das Glas gegen den Kamin.

Zur Opernpremiere wird Adelina Patti minutenlang mit Blumen überschüttet. Der adlige *Jockeyclub* von St. Petersburg hat sich diesen Blütenregen sechstausend Rubel kosten lassen. Auch das Zarenpaar wirft Kamelien.

Nach der Vorstellung wird der hohe Gast mit einer Goldkarosse ins Hotel zurückgebracht. Wieder gibt es einen Grund zum Staunen: das Foyer ist in ein üppig parfümiertes Blumenmeer verwandelt worden. Sechs kaiserliche Generale heben die Primadonna in eine extra angefertigte Blumensänfte und tragen sie in ihre Luxusgemächer hinauf.

Etwa hundert geladene Gäste folgen dem Zug.

Lachend wirft sich die Gesellschaft ins weinrote Daunenlager, pfeift Balalaikas heran und säuft, tanzt, singt und weint bis zum Morgengrauen. Wie eine honigfarbene Lavamasse fließt der Wachs von tausend Kerzen über Tische, Teppiche und Blumen.

Mancher brutale Haudegen weint dabei an Adelinas weißer Brust die heißesten Wodkatränen.

Doch das rührt sie nicht! Diese Kissenorgie ist ein Stück verlängerter Opernszene für sie, eine in Ikonenfarben blakende russische Götterdämmerung hinter Spinnweben aus Perlenschnüren.

Adelina verliert sich nicht in den Untiefen des Seelenlebens; mit ungetrübtem Blick schaut sie auf Juwelen, Geld und Adelswappen. Nur mit solchen Werten, so lautet ihr Wahlspruch, lohnt sich eine Liaison.

Die wahre Liebe hingegen ist problematisch.

Schon früh hatte sie ihre Verlobung mit einem italienischen Kaufmann in London aufgelöst – der Herzbube war pleite gegangen. 1868 fand sich in Baden-Baden ein neuer ernsthafter Freier: der Marquis de Caux, Stallmeister Napoleons III. – ein Mann, der Rasse wie ein Rennpferd und Geld wie Heu besaß.

Die Patti heiratete ihn und wurde Marquise.

Pompös war die Hochzeit, doch die Ehe verödete schnell. Adelina indessen war pedantisch genug, sich erst dann in eine echte Herzensaffäre zu stürzen, als ihr Privatvermögen ausreichende Sicherheiten bot.

Sie verliebte sich in einen jovialen Spießbürger. Ernesto Nicolini, eigentlich Ernst Nicolas, ein österreichischer Tenor mit fünf Kindern, wurde ihr Partner, und das nicht nur auf der Bühne, sondern auch im Bett.

»Ehebruch!« schrie der Marquis de Caux und zeigte sich bis in die Wurzeln seines Stammbaums hinein erschüttert. Dann forderte er eine Entschädigung.

Adelina zahlte dem napoleonischen Stallmeister das sagenhafte Lösegeld von zweihundertfünfzigtausend Francs, opferte ihren Marquisentitel und heiratete den Tenor.

Höhepunkt der neuen Ehe wurde eine gemeinsame Tournee durch die Vereinigten Staaten.

Hello America . . .!

Da rast sie vorbei – splendid Adelina! Ihr stratosilberner Reisewaggon poltert *from coast to coast.* Ein musikliebender US-Eisenbahnmillionär hat das Luxusgefährt mit Klaviersalon, Küche und Schlafzimmern ausstatten lassen. Die Patti reist mit Zofe, Koch, Agent, Papageien, Schoßhunden, Schmucktruhe und Gemahl.

Jedes Konzert bringt ihr viereinhalbtausend Dollar ein. In Louisiana läßt ein Baumwollkönig für einen einzigen Patti-Abend sogar einundsechzigtausend französische Francs springen.

Dabei werden der Primadonna kaum Opernarien abverlangt. Amerikas ›gesund denkende‹ Plutokraten schätzen vor allem Sächelchen wie ›Home sweet home‹ und ›Last rose of summer‹.

Boston aber verlangt *La Traviata*. Impresario Mapleson bietet fünftausend Golddollar für einen geschlossenen Opernabend.

Adelina will das Geld vor Beginn der Vorstellung haben.

Mapleson: »Tut mir leid, Madame, mir fehlen noch tausend Dollar. Aber die werden bestimmt aus der Abendkasse kommen.«

Die Patti: »Eigentlich müßte ich Sie jetzt sitzen lassen, Mapleson, aber ich will gnädig sein. Ich werde in der Garderobe meinen Auftritt erwarten, im vollen Kostüm – allerdings ohne Schuhe. Und merken Sie sich: barfuß trete ich *nicht* auf!«

Mapleson eilt zur Theaterkasse. Nervös kontrolliert er den Eingang der Münzen und Scheine. Als er die ersten achthundert Dollar beisammen hat, rennt er zur Patti.

Die zieht wortlos *einen* Schuh an.

Während der Ouvertüre bringt Mapleson das restliche Geld. Er zählt Dollar für Dollar auf den Schminktisch der Primadonna.

Da steigt sie in ihren zweiten Schuh und begibt sich mit majestätischem Schritt zur Bühne.

»Man muß hart mit den Amerikanern sein«, lehrt die Patti. »Vor allem: man muß sie praenumerando zahlen lassen. Sicher ist sicher!«

Diese Weisheit hat sie von Sarah Bernhardt!

Così fan tutte – so machen es alle:

Die Pariser Schauspielerin Sarah Bernhardt war kurz zuvor, ähnlich wie ihre gleichaltrige Bühnenkollegin Adelina Patti, mit Papageien, Katzen, Schildkröten und Schoß-hündchen durch Amerika gereist. Außerdem führte sie einen goldbeschlagenen Sarg mit sich, ein Verehrerge-schenk. Eines Tages legte sie sich weißgepudert in den Sarg, ließ sich fotografieren und schickte das Bild an ihren Theaterdirektor nach Paris. Der erbleichte.

Der Bischof von Chicago donnerte Protest gegen das zügellose Benehmen europäischer Bühnenstars in den USA. »Monsigneur!« konterte die Bernhardt. »Ich pflege vier-hundert Dollar für Reklame auszugeben, wenn ich Ihre Stadt besuche. Da Sie mir diesmal die Arbeit abgenom-men haben, sende ich Ihnen zweihundert Dollar – für die Armen!«

Als Sarah sich wenig später eine Beinverletzung zuzog und die Presse daraufhin von ›Amputation‹ sprach, bot Zirkuskönig Barnum zehntausend Dollar *praenumerando* an: für das Bein!

Er wollte es in Spiritus ausstellen.

Adelina Patti kassierte für dreißig USA-Auftritte fast siebenhunderttausend Mark und kehrte nach Europa zu-rück – reicher und verwöhnter denn je.

Ein Jahr später starb ihr Mann Ernesto Nicolini. Die Patti beweinte ihn ehrlich und zog dann ein Resümee ih-res Lebens.

Sie beherrschte etwa vierzig Opernrollen, vor allem Gil-da, Zerline, Lucia, Martha und Rosina. Ihre Stimme schien ungebrochen, Glanz und Geläufigkeit ihrer Koloraturen bis zum hohen f waren nach wie vor perfekt. Ihre kon-servative Kundschaft ehrte sie weiterhin mit dem monar-chischen Titel ›Königin des Gesanges‹.

Außerdem war sie die Sängerin der Könige.

Hier ist ein Auszug aus ihrem Poesiealbum: ›Nichts

schmeichelt so wie Ihr Gesang!‹ schrieb Zar Alexander II. ›Nachtigall aller Jahreszeiten‹ nannte Kaiser Wilhelm I. die Primadonna. Königin Christina von Spanien ehrte die zufällig in Madrid geborene Italienerin mit den Worten: ›Die Königin an einen spanischen Untertan, auf den sie stolz ist.‹ Englands Queen Victoria: ›Wenn König Lear recht hatte, als er sagte, daß eine süße Stimme ein Preisgeschenk für eine Frau ist, dann sind Sie, teuere Adelina, die reichste aller Frauen.‹ Präsident Adolphe Thiers, Frankreichs großer Republikaner: ›Ich strecke meine Hände nach dir aus, o Königin des Gesanges!‹

Die Patti galt als mehrfache Goldmillionärin. Hinzu kam ein bemerkenswerter Reichtum an Juwelen. Bei einem *Traviata*-Auftritt in Londons ›Covent Garden-Opera‹ trug sie Privatschmuck im Werte von zwanzigtausend Pfund auf der Bühne. Fünf Detektive bewachten argwöhnisch ihre Schritte.

Durch einen unerhörten Reklameapparat hielt Adelina Patti die Welt in Atem. Die Metropolen zweier Erdteile beschäftigten sich ständig mit den Ausgeburten ihres kleinen Hirns, das immer dann aktiv wurde, wenn die Primadonna Geld witterte.

Ihr bestes Kapital aber blieb ihre Stimme. »Keiner kann sie kopieren«, behauptete die Patti, »sie ist einmalig.«

Bald darauf wurden die Trichtergrammophone erfunden und zum Modeartikel ersten Ranges hochgespielt.

Wie garstige kleine Saurier mit langen, unförmigen Hälsen bedrohten sie die Einmaligkeit der großen Primadonnen.

Frankreichs Fabelfürst Jean de Lafontaine schien diese Pointe vorausgeahnt zu haben: »Und der Höhepunkt des Schreckens – die Maschinen sprechen!«

Die Stars der großen Opernhäuser wichen entsetzt zurück! Sie trauten ihren Ohren nicht ...

Xylophon- und Trompetentöne dröhnten aus den Trichtern, Bauchredner, Kunstpfeifer und Evangelisten wurden unter den Grammophonnadeln lebendig, und oft genug blieben die neuen Schallplatten auch noch stecken ... stecken ... stecken ...

»Schrecklich!« stöhnte der baumlange Russensänger Fedor Schaljapin und warf den Grammophonisten vor, sie wollten ihm »die Stimme aus dem Leibe reißen«.

Es war, als habe Griechengott Hephaistos in der Unterwelt eine Orpheus-Leier geschmiedet und wolle nun, neidisch auf den Charme der Schönen Künste, das platonische Ideal *musikē* mit *techne* verschwistern. Ein monströser künstlicher Papagei war dabei herausgekommen, ein nach Nähmaschinenöl und Holzpolitur riechendes Wesen mit Schrauben, Kurbel und quietschenden Spannfedern.

»Letzte Errungenschaft, Kinder, Ia, ff, was Besseres gibt es nicht in dem Janger«, ließ Thomas Mann später seinen Hofrat Behrens im *Zauberberg* sagen, »ein Instrument von ausgepichtestem Raffinemang. Wollen wir mal probeweise eine erbrausen lassen?«

Erst im März 1902, zwölf Jahre nach der Erfindung der Schallplatte, erklärte der große Tenor Enrico Caruso sich bereit, die damals noch als ordinär geltende phonographische Industrie mit seinem Gesang zu adeln.

Dem Italiener Caruso folgte die Südfranzösin Emma Calvé, Star der New Yorker ›Metropolitan Opera‹.

Als Emma zum ersten Mal vor dem Aufnahmestudio stand, einem mausgrauen Häuschen in der Londoner Maiden Lane, erschrak sie heftig. »Das ist ja eine Kaschemme!« rief sie. »Da mache ich nicht mit!« Aber dann machte Emma, die ›beste Carmen aller Zeiten‹, doch mit.

Sie sang die Seguidilla aus *Carmen* und tanzte dazu vor dem Trichter. Es dauerte lange, bis die Techniker ihr klarmachen konnten, daß jegliches Tanzen für Schallplatten sinnlos sei.

Die Calvé personifizierte auf faszinierende Weise eine Zeitenwende. Sie war die letzte Primadonna, die bei einem Kastraten gelernt hatte: der türkische Sopranist Domenico Mustafa von der Päpstlichen Kapelle hatte sie in die Kunst des ›vierten Registers‹ eingeweiht. Zugleich war sie die erste Primadonna, die auf Schallplatten von sich hören ließ.

Im gleichen Jahr, da Emma vor den Trichter trat, 1902 also, wurde auch die erste und einzige Schallplattenaufnahme mit einem Kastraten gemacht. Alessandro Moreschi sang unter dem Titel *Soprano della Capella Sistina* zwanzig religiöse Lieder.

Ein Jahr später trat die gedrungene Wagner-Walküre Ernestine Schumann-Heink vor den Aufnahmetrichter. Dann die Pariser Tragödin Sarah Bernhardt.

1904 wurde schließlich jene Frau ins Schallplattenstudio geholt, die als stärkste Konkurrentin der Patti galt: die dreiundvierzigjährige Australierin Helen Porter Mitchell, die sich nach ihrem Heimatort Melbourne Nellie Melba nannte und in England lebte.

Um einer katastrophalen Ehe zu entfliehen und ihre Opernkarriere abzurunden, war Nellie Melba 1886 nach Europa gereist. In London hatte sich die fünfundzwanzigjährige Diva mit den rotbraunen Augen blitzschnell in die High Society eingeführt.

Mit elegantem Selbstverständnis bewegte sie sich in den Salons der tonangebenden Ladies, sang auf den *Royal Commands* und speiste im Hause Alfred de Rothschilds,

der in die Servietten der Damen gern Hundertpfundnoten
steckte. Sie interessierte sich für Antiquitäten, wußte
herrlich unverbindlich zu plaudern und ignorierte sehr
gekonnt ihre Kollegen vom ›Covent Garden‹.

»Nellie Melba war ein Teufel!« urteilte die deutsche Primadonna Frieda Hempel.

Als Gilda in *Rigoletto* aber war sie ein Engel.

Ansonsten wurde sie wegen einer gewissen wohlschmek-
kenden Eisspeise geschätzt. Die Savoy-Köche Ritz und
Escoffier hatten das Rezept erfunden und nach ihr be-
nannt: *Pfirsich Melba*.

Mit bedeutsamen Handbewegungen pflegte die eigensinnige Australierin im Foyer des Londoner Savoy-Hotels
ihren Goldlöffel an den Mund zu führen: alle Welt sollte
sehen, mit welchem Wohlgefühl sie Vanilleeis, Pfirsich-
hälfte und Himbeermark auf der Zunge zergehen ließ.

Eines Tages saß der Vater des *Sterbenden Schwans* neben
ihr, der fast siebzigjährige Komponist Camille Saint-
Saëns. »Dieses Rezept, Madame«, lobte er, »wird Ihren
Ruhm verewigen!«

Die Melba ließ den Löffel sinken. »Und mein Gesang
reicht nicht zum Ruhm?«

»Jeder Mensch, Madame, kann *Pfirsich Melba* genießen,
jederzeit und überall. Ihren Gesang aber . . .« Saint-Saëns
löffelte.

Die Luft im Foyer war schwül vom Duft verblühender
Rosen; das Eis im Glas zerschmolz zu einem unansehn-
lichen Brei.

»Bitte, Maestro – reden Sie weiter.«

Saint-Saëns nickte und empfahl dann ein Rezept, mit dem
auch der Gesang der Melba zu dauerndem Ruhm gefrie-
ren könne: »Schallplattenaufnahmen!«

Die Primadonna dachte lange nach. Schließlich sagte sie:

»Falls ich jemals Platten besingen sollte, Maestro, dann *nur* für meinen Vater in Australien.«

Einige Monate später erschienen vierzehn Melba-Aufnahmen und wurden mit großen Auflagen in der ganzen Welt verkauft. Die Primadonna unterschrieb einen lebenslänglichen Vertrag mit *His Master's Voice* und hat diesen Schritt nie bereut.

»So, und jetzt die Patti!« beschlossen die Plattenleute im Herbst des Jahres 1905.

Erwartungsfreudig läßt der amerikanische Schallplattenpionier Fred Gaisberg sein Automobil hinter dem Pennwyllt-Bahnhof zu Tal knattern. Dann nehmen ihn die grünen Waliser Hügel auf.

»Hier gibt es sehr viele Nachtigallen«, bemerkt einer seiner Mitarbeiter. »Der ganze Wald ist voll.«

»*Eine* Nachtigall genügt«, murmelt Gaisberg und fühlt seinen Puls; er steht wieder mal vor einem nervenaufreibenden Abenteuer.

Gaisberg gibt sich nicht damit zufrieden, daß er die Stimmen von Caruso, Emma Calvé und der Melba vervielfältigt hat; er möchte am liebsten alle Künstler seiner Zeit mit der Grammophonnadel impfen.

Nach einer knappen Fahrtstunde erreicht er das walisische Prachtschloß Craig-y-Nos. Die Apparate werden abgeladen: Kisten, Kästen, Säurefässer, Trichter, Wachsmassen, Drähte. Einige Stunden später sind Musikzimmer und Ankleideraum restlos vollgepackt.

Dann erscheint die Schloßherrin: Adelina Patti.

In ihrem juwelenbesetzten Kleid aus rauchfarbener Brüsselspitze sieht sie so schlank und rank aus, als kennte sie das Geheimnis der ewigen Jugend.

»Ich singe nicht!« ruft die Patti, als sie den häßlichen Aufnahmetrichter sieht. Dann klatscht sie in die Hände und bestellt Tee. »Was soll ich anziehen?« fragt sie nach einer Weile. »Ich meine, *falls* ich singe.«

»Ihr Lieblingskleid«, sagt Gaisberg und zeigt erste Anzeichen von Nervosität; er hat sich fünf Löffel Zucker in den Tee getan und lächelt reichlich süß.

In der Zwischenzeit dürfen die Herren das Schloß besichtigen: den Wintergarten, das Privattheater und die fast unberührte Bibliothek. Außerdem die vielen Vogelbauer. Papageien, Zaunkönige, Seidenschwänze und Pirole zwitschern fröhlich um die Wette.

Drei Tage lang geschieht nichts.

Am vierten Tag, Punkt elf Uhr, erscheint die Patti in ihrem Lieblingskleid. »Ich habe in meiner Privatkapelle um Erfolg gebetet«, sagt sie freundlich, erblickt dann den Aufnahmetrichter und fügt hinzu: »Ich singe nicht!«

Gaisberg stellt die Apparaturen ein und gibt das Zeichen.

Die Patti singt.

Klar und hell steigt ihre Stimme bis in jene Höhen hinauf, wo die Sterne silbern werden. Sie ist in diesen Minuten nur noch Sang und Klang, reiner Engelsatem.

Als sie ihr Lied beendet hat, bleibt sie eine Weile versonnen stehen. »Abscheulich, dieser Trichter!« sagt sie dann. »Ich singe nicht noch einmal, Mister Gaisberg. So, und jetzt will ich die Aufnahme hören.«

»Pardon, Madame, ich muß Ihnen leider sagen . . .«

»Die Aufnahme, bitte! Spielen Sie!«

»Aber der Stichel wird das Wachs zerschneiden . . .«

»Ist das *meine* Sorge? Spielen Sie!« sagt die Patti, öffnet die Tür zum Nebenzimmer und ruft: »Darling, please! Es ist soweit.«

Der schwedische Baron Rolf Cederström erscheint: blond,

athletisch, humorlos. Er hat der Primadonna lange Zeit als Masseur gedient und ist nun ihr dritter Ehemann. Vierzig Jahre ist er alt.

Die Patti ist dreiundsechzig!

Cederström fixiert mit wasserblauen Augen die Herren der Schallplatten-Company. Dann sagt er: »Spielen!«

Gaisberg muß gehorchen. Die Aufnahme erklingt.

Adelina lacht wie ein Kind. »Da capo!« ruft sie begeistert.

Gaisberg: »Es geht leider nicht, Madame. Die Wachsplatte ist beim Abspielen zerstört worden. Sie müssen noch einmal singen.«

»Aber gern!« sagt die Patti und geht sofort an ihren Platz zurück. Voller Sympathie betrachtet sie den Aufnahmetrichter. »Sie sind ein richtiger Zauberer, Gaisberg, ein echter . . .«

»Schon gut«, winkt Cederström ab.

Vier Tage hintereinander werden Aufnahmen gemacht: eine *Figaro*-Arie, ›Home sweet home‹, ›Last rose of summer‹, ›Wenn du mir nichts mehr zu sagen hast‹, eine Komposition von Baronesse Willy de Rothschild, und zwanzig weitere erlesene Tonstücke.

Im Februar 1906 kommen die Patti-Platten heraus. Zweihundert englische Zeitungen werben dafür mit dem Slogan: »Heute singt die Patti!« An den Schaufensterscheiben der Plattenläden kleben gleichzeitig Plakate: »Heute singt *hier* die Patti!«

Der Erfolg blieb nicht aus.

Vierzehn Jahre später, 1919, starb Adelina Patti auf ihrem Schloß Craig-y-Nos. Baron Cederström begrub sie in Paris, brachte ihre Kostüme, Bilder, Plakate und andere Souvenirs in ein Stockholmer Museum und lebte fortan vom Erbe der Primadonna.

Nellie Melba überlebte ihre Rivalin.

Im Todesjahr der Patti war sie in den Adelsstand erhoben worden. Als Dank für eine Rote Kreuz-Tournee durch Australien, von der sie hunderttausend Pfund mitbrachte, ernannte Englands König Edward VII. sie zur ›Dame‹.

Im übrigen blieb die Melba eine Operndiva alten Stils, eine fast unnahbare *persona grata*.

Die Abende, an denen sie vor Englands Königsfamilie sang, wurden ›Melba Nights‹ genannt. Dem berühmten irischen Tenor John McCormack verbot sie, daß er sich zusammen mit ihr auf der Bühne verneige. Als der heruntergekommene Poet Oscar Wilde sie kurz vor seinem Tod auf der Straße anbettelte, beschimpfte die Melba ihn mit ausgesucht giftigen Worten.

Oscar Wilde: »Frauen sind da, um geliebt, nicht um verstanden zu werden.«

Mit großem Elan inszenierte *Dame* Nellie, ›Königin vom Covent Garden‹, sich als legitime Nachfolgerin der Patti. Doch mit diesem Anspruch scheuchte sie die Eifersucht einer anderen Primadonna auf.

Die korpulente Florentinerin Luisa Tetrazzini schwor Stein und Bein, daß die Patti ganz allein *ihr* und keiner anderen die Krone übergeben habe.

Die leidenschaftliche Luisa Tetrazzini hatte ihre Karriere mit sechzehn Jahren in der Alt-Lage begonnen und sich dann bis zum millionenschweren Koloratursopran hochentwickelt. Sie zeigte unerhört viel Fleiß; ihr Notenverbrauch war enorm.

Ihr Männerverschleiß nicht minder.

Ob Zwerchfelltraining oder Vital-Therapie – Luisa brauchte körperliche Anregung. Jeder ihrer erfolgreichen Liebhaber, so hieß es, kriegte von ihr eine Taschenuhr.

Fred Gaisberg, der 1908 die ersten Platten mit ihr aufnahm, erhielt sogar eine Standuhr.

Obwohl sie kugelrund und prall aussah wie eine nette Italiener-Mamma, riß sie auch das schönheitsdurstige Amerika mit ihrem Gesang hin. Luisa, genannt ›Lucky Girl‹, mietete sich Pinkerton-Detektive als Begleitung, reiste im eigenen Pullman-Waggon durch die Staaten und bestach das Publikum mit ihrer unerreichten Stakkato-Technik. Sie kassierte überall Höchstgagen.

Am Ende ihrer großen Karriere schätzte man sie auf eine Million Goldpfunde. Doch diese Pfunde nützten ihr nichts. Ihr viel zu junger und viel zu hübscher Gatte Pietro Venati brannte mit dem Vermögen durch. Luisa blieben nur die Schulden.

Sie soll Tränen gelacht haben, als sie das erfuhr . . . heiße, silberne Tränen . . .!

Die Zwangsversteigerung ihres pompösen Lugano-Besitzes reichte zur Schuldentilgung nicht aus; Luisa mußte ihren Gläubigern und dem Gerichtsvollzieher über die Hintertreppe entfliehen. Nach und nach verkaufte sie, um überhaupt existieren zu können, ihre letzten wenigen Habseligkeiten.

Als bettelarme Greisin, fast achtzigjährig, starb die betrogene Primadonna Luisa Tetrazzini 1940 in Mailand.

Der Trost ihres Alters waren spiritistische Kontakte gewesen. Die Greisin mit dem zerzausten weißen Haar verkehrte in okkulten Séancen vor allem mit der Patti.

Goldvogel Adelina habe sie in der Abenddämmerung besucht, behauptete Luisa, um ihr – *ihr* ganz allein – die unsichtbare Krone der ›Königin des Gesanges‹ aufs Haupt zu drücken. »Ich bin ihre Nachfolgerin, hat sie gesagt – *ich* allein!«

Goldvögel am Abendhimmel . . .

Achtunggebietend schwirren sie heran, unsere gefiederten Freundinnen – großäugig, schillernd, purpurn aufgeplustert. Während sie singen, taxieren sie mit rollenden Pupillen das Feld zwischen Eduard, Rothschild und Cederström. Sie tirilieren bis zum dreigestrichenen f und entfleuchen dann mit samtenem Schwingenschlag zum nächsten ›Grand Arbre‹ – Perlenketten in den Raubtierkrallen.

Opern-Ornithologen reihen sie trotzdem in die Familie der Singvögel ein.

17 Primadonnen in Gefahr

> »Um die allerletzte ideale Vollendung zu erlangen, dazu ist die Gesangskunst zu schwer und das Leben zu kurz.« *Lilli Lehmann*

Urteile über *Salome:*

»Wahnsinn!« fauchte Cosima Wagner, und Marie Wittich, die Titelheldin der Dresdner Uraufführung von 1905, gab ihr recht: »Ruchlos und pervers!« Giacomo Puccini sprach gar von einem »schlecht zubereiteten russischen Salat«.

Der vierzigjährige *Salome*-Komponist Richard Strauß bewahrte seine Münchner Bierruhe: »Eigentlich ist das eine Operette mit leider tödlichem Ausgang.« Mit giftgrünem Notenstift hatte er das Porträt einer verfaulenden Welt gemalt und damit die größte Opernsensation der Kaiser-Wilhelm-Zeit geschaffen.

Kaiser Wilhelm II. selbst aber weigerte sich, der Berliner Aufführung beizuwohnen. Gleichzeitig ordnete er an, das sittenlose Spektakelstück moralisch abzurunden: im Finale sollte ein heller Stern das Kommen der Heiligen Drei Könige ankündigen.

Doch des Kaisers Stern wurde mühelos von einem tschechischen Star überstrahlt: von der Prager Primadonna Emmy Destinn!

Da kniet sie an der Rampe, knisternd vor Erotik – eine orientalische Jungfrau hinter sieben Schleiern. Auf ihrem Kopf lastet die Silberschale mit dem blutigen Haupt des Jochanaan.

Die Berliner drücken sich schaudernd in ihre Sessel zurück und wissen nicht, ob sie lieben oder hassen sollen. Auf alle Fälle sind sie schockiert. Vor ihren Operngläsern vibriert ein neuer provokanter Weibstyp, ein Teufelskind innen wie außen.

Dabei ist die Destinn, rein äußerlich gesehen, alles andere als ein Salome-Typ. Dreiunddreißig Jahre alt ist sie, vollbusig wie eine Galionsfigur, ausgestattet mit einer markerschütternden Isoldenstimme. Sie hat nichts mit jenem lasziven Backfisch zu tun, der kurz vor Christi Geburt den Hof des Herodes verwirrt hat. Als Emmy Destinn gar noch den Schleiertanz selbst ausführen wollte, protestierte der Intendant: der Striptease-Akt wurde von einer gertenschlanken Ballerina gedoubelt.

Ständig sorgte die Destinn für Aufregung, auf der Bühne und im Privatleben. Sie war eine Primadonna mit Herz und Haut.

Was das Herz betrifft: für notleidende tschechische Landsleute trug sie stets eine Schatulle mit Geld bei sich. Und was ihre Haut betrifft: einige Berliner Kavaliere behaupteten, die etwas pummelige Primadonna sei am ganzen Körper tätowiert.

Eine attraktive Spannung zwischen Kern und Schale prägte das Künstlertum dieser Frau. Sinnliche Gestaltungskraft bei disziplinierter Formbeherrschung. Präzise Maßarbeit der Gefühle.

Eigentlich hieß sie Emmy Kittl. Ihren Künstlernamen bezog sie von ihrer Prager Lehrerin Marie Loewe-Destinn. Fünf Jahre lang sang sie an der Berliner Hofoper, dann folgte der große Primadonnen-Slalom zwischen Wien, London, Prag, Paris und Bayreuth.

1908 reiste Emmy Destinn nach New York. Das ›Goldene Hufeisen‹ hatte gerufen – die ›Metropolitan Opera‹.

In Manhattan trifft Emmy ihren alten Freund, den Jäger, Autofahrer, Frauenfreund und Richard Strauß-Konkurrenten Giacomo Puccini, wieder.

Für achttausend Dollar soll der italienische Maestro sich bei den Aufführungen seiner Opern in der ›Met‹ verbeugen. Die großen Familien in den dreißig Goldlogen wollen ihn sehen: die Kahns, Roosevelts, Morgenthaus, Guggenheims, Guggenheimers und Ickenheimers – die ganze Moselweinkarte des New Yorker Geldadels.

Puccini hat seine Frau Elvira mitgebracht. Voller Eifersucht bewacht sie das Gespräch, das Emmy mit ihrem Mann führt.

»Wissen Sie noch, Giacomo – unsere *Butterfly* damals in London? Die englische Königin weinte in jeder Vorstellung bittere Tränen . . .«

»Kein Wunder, Emmy. Sie sind als Cho-Cho-San jedesmal so leise gestorben wie eine Schneeflocke auf dem Fujijama.«

»Arbeiten Sie an einer neuen Oper?«

»Ja, an einer Indianer-Story: *Das Mädchen aus dem Goldenen Westen.* Die Met will's aufführen.«

»Bleibt die Heldin diesmal am Leben, oder haben Sie wieder mal eine schreckliche Todesart ersonnen?«

Er lächelt. »Diesmal gibt es ein Happy-End, Emmy – Amerika zuliebe. Am Ende steht nicht der Tod, sondern etwas, das gerade *Ihnen* besser liegt: die Liebe.« Er schaut sie prüfend an. »Minnie, meine Hauptfigur, ist ein Saloon-Girl unter Goldgräbern, gesund, verlockend und dabei keusch wie . . . wie . . .«

Elvira Puccini hat genug. Sie zerrt ihren Mann fort.

Nachdenklich schaut Emmy hinter den beiden her. In ihrem Herzen keimt die Hoffnung, daß *sie* vielleicht Puccinis ›Golden Girl‹ werden könnte. Warum eigentlich nicht? New York und seine Oper bieten unbegrenzte Möglichkeiten.

Natürlich kann man in der Neuen Welt auch Pech haben, wie ihr großer Kollege Enrico Caruso; er ist gerade verhaftet worden! Eine gewisse Miß Stanhope hatte ihm unsittliches Verhalten vor einem Affenkäfig im Zoo vorgeworfen. Das frauenfreundliche us-Bezirksgericht hielt es daraufhin für nötig, den Tenor zu verurteilen. Und Frau Ada Caruso verließ ihren Mann.

Emmy denkt: wenn ich zum Beispiel der Frau Puccini auch nur den geringsten Anlaß zur Eifersucht geben würde, wäre ich für Amerika erledigt. Vorsicht also! Ein Millimeter Blinzeln kann schon zuviel sein!

Puccini hat ihren Wink ohnehin verstanden.

Gute zwei Jahre später, am 10. Dezember 1910, findet in der New Yorker ›Met‹ die Uraufführung der Puccini-Oper *Das Mädchen aus dem Goldenen Westen* statt. Arturo Toscanini dirigiert. Enrico Caruso spielt den Räuberhauptmann Dick Johnson.

Das Saloon-Girl Minnie wird tatsächlich von Emmy Destinn gesungen!

Puccini erscheint zur Premiere – diesmal ohne seine Frau. Elvira sitzt im Gefängnis. Ein toskanisches Gericht hat sie zu fünf Monaten Gefängnis verurteilt, weil sie aus eifersüchtigem Haß das unschuldige Hausmädchen Doria in den Selbstmord getrieben hat. Während dieser Affäre hatte der Maestro »mit zerbrochener Seele und dem Revolver in der Hand« seine Oper komponiert.

Das Premierenpublikum applaudiert fast eine Stunde lang. Fünfundfünfzigmal muß Puccini vor den Vorhang treten. Er hat Emmy Destinn dabei an der Hand.

Das Herz der Sängerin schlägt höher. Sie schaut den eleganten Maestro an – glücklich, erwartungsvoll.

Doch dann ist Puccini plötzlich verschwunden. Über die Eisentreppe des Hinterausgangs hat er die ›Met‹ verlassen und streunt nun mit hochgeschlagenem Kragen über den Broadway.

Kalt ist die Dezembernacht. Seine Zigarette glüht, das Herz ist wie leergebrannt. In einem Jazzlokal am Eastriver feiert der Maestro seine Premiere allein. Er beschließt in dieser Nacht, trotz alledem zu seiner Frau Elvira zu halten.

Im Mai 1911 wurde *Das Mädchen aus dem Goldenen Westen* in Paris aufgeführt, wieder mit Emmy Destinn in der Titelrolle. Doch hier blieb der Erfolg aus. Puccinis ›Pferdeoper‹ entsprach nicht dem europäischen Kunstgeschmack.

Seine ersten veristischen Opern – das Blumenpflücken am Kraterrand, die schwimmenden Quinten und das süße Todesweh – waren wesentlich erfolgreicher gewesen. Puccinis schwache Goldgräber-Oper lenkte die Aufmerksamkeit nun auf seinen ›Busenfeind‹ Richard Strauß, der zum gleichen Zeitpunkt einen wahren Welterfolg gestartet hatte: den *Rosenkavalier!*

Darin gab es Rollen, die jedes Opernherz höher schlagen ließen: Oktavian, einen Nachfahren des seligen Mädchenknaben Cherubino, die Marschallin und den Buffo-Ochs, Mohr, Flötist, Friseur und ständige Begleiterin. Rokoko-Esprit und ein bissel Wurstelpraterduft, dazu den wohl raffiniertesten Walzer aller Zeiten.

Gemessen an Puccinis Traumfrauen hatte Richard Strauß seidige Pantherkatzen präsentiert, deren Tatzenmonogramme die Klaue des Löwen erkennen ließen.

Amerika aber blieb zunächst Puccini treu. Bis in den ersten Weltkrieg hinein sang Emmy Destinn in der ›Metropolitan Opera‹ vorwiegend seine Rollen.

1913 wurde sie amerikanische Staatsbürgerin. Im gleichen Jahr fuhr sie nach Berlin, um dort den Stummfilm *Die Löwenbraut* zu drehen. Höhepunkt des Streifens: eine Arie im Raubtierkäfig!

Im modischen Seidenkleid, brillantengeschmückt, ein monogrammverziertes Täschlein in der Hand, trat sie durch die Gittertür, stellte sich unerschrocken vor die vierzehn Mähnenlöwen und sang die *Mignon*-Arie ›Kennst du das Land, wo die Zitronen blühn‹.

Am Klavier begleitete sie eine Dompteuse mit Turban.

Emmy erhielt fünfzigtausend Reichsmark für die Käfig-Arie. Außerdem war ihr Leben auf fünfzigtausend englische Pfunde versichert worden. Eine Zeitung schrieb, daß »im Augenblick, als Emmy Destinn zu singen begann, die Löwen ihr Gebrüll einstellten«.

Ein Jahr später brach der 1. Weltkrieg aus.

Die tschechische Patriotin Emmy Destinn eilte sofort nach

Rosenkavalier 1. Akt
(Figurine von Roller)

Prag, um für die Unabhängigkeit ihres Volkes zu kämpfen. Weil sie das aber mit einem amerikanischen Paß tat, wurde sie von den österreichischen Behörden interniert.

Wieder eine Rolle hinter Gittern also! Diesmal *ohne* Gage und Lebensversicherung, dafür aber mit hohem Reklame-Effekt. Als Emmy 1919 nach Amerika zurückkehrte und ihre Erlebnisse erzählte, wurde sie prompt als Märtyrerin gefeiert.

Ihre letzten Lebensjahre zwischen 1926 und 1930 verbrachte sie als reiche, einsame Frau auf ihrem Schloß Stràz in Böhmen. Auf spiritistischen Sitzungen rief sie, genauso, wie ihre Kollegin Luisa Tetrazzini es tat, die Geister der Vergangenheit an ihren Tisch.

Mitten in den tollen zwanziger Jahren erschien ihr der Kaiser Napoleon. Artig nahm er seine Hand aus der Knopfleiste, schwenkte den Dreispitz und grüßte: »Salut, Madame!«

Emmy sprach mit ihm über Gott und die Welt, über Cognac, Jena und Auerstädt. Obwohl sie eine umfangreiche Spezialbibliothek über Napoleon besaß, war sie an Einzelheiten interessiert.

Der Kaiser gab höfliche Auskünfte. Emmy dankte es ihm, indem sie aus ihrem eigenen Leben erzählte: selbstgefällige Erinnerungen aus einer Zeit, die ebenfalls schon historisch war.

Doch genau das schien den Kaiser zu verdrießen. »Der einzige Sieg über die Frauen ist die Flucht«, sagte er und entschwand für immer aus ihrem Leben.

Die alte Primadonna schlief ein. An der Empire-Tapete über ihrem Kopfkissen schwebte ein duftlos gewordener Lorbeerkranz.

Auch Puccinis Geist erschien ihr nicht mehr.

Requiem in einem Badeort:

1924 hatte man Puccinis Sarg genau hinter jenem Klavier, an dem er nachts bei rotem Licht und vielen Zigaretten seine blutrünstigen Lieblichkeiten schrieb, in die Wand gemauert.

Ruhe herrscht nun dort, wo der Meister einst komponierte, Karten spielte und sich gelegentlich mit hübschen Damen verkleidete, um mit ihnen bei Mondschein durch den Garten zu tanzen.

Die Oper seines heiter-tragischen Lebens war endgültig ausgesungen.

Der Ort, an dem er wohnte, trägt noch heute seinen Namen: Torre del Lago Puccini. Er liegt ein paar Kilometer vom italienischen Badeort Viareggio entfernt.

Es kreuzten sich die Wege . . .

Während die Europäerin Emmy Destinn ihren Ruhm in Amerika suchte, strebte die Amerikanerin Geraldine Farrar nach Europa.

Das Imperium der Primadonnen hatte Kugelform angenommen: der ganze Globus spielte mit.

Die siebzehnjährige Geraldine Farrar war im Jahre 1899 von Massachusetts/USA zunächst nach Paris und dann nach Berlin gereist, um dort Opernkarriere zu machen.

Hochbegabt war sie, diese Farrar, außerdem hinreißend hübsch. Auf einer Opernbühne aber hatte sie noch nicht gestanden.

Ein privater Empfehlungsbrief sollte ihr wichtige Türen in Berlin öffnen. Viel wichtiger jedoch wurde jene Hoteltür für sie, die sich eines Tages vor dem deutschen Kronprinzen öffnete. In scharlachroter Uniform schritt der ›lange Willem‹ durch das Foyer und kreuzte den Weg der jungen Amerikanerin.

Diese Begegnung wurde zu einer intimen und dauerhaften Freundschaft. Noch nach dem Zweiten Weltkrieg sollte Kronprinz Wilhelm auf Schloß Hechingen generöse Care-Pakete von Mrs. Farrar aus Ridgefield in Connecticut/USA erhalten.

Er wird der Farrar damals gut gefallen haben, der schlanke, mondäne Wilhelm. Er gefiel überhaupt den Frauen, nicht nur Primadonnen, sondern auch Kinostars, Friseusen, Tänzerinnen, Nummerngirls und Bardamen. Unvergessen bleibt der rührende Ausspruch des Tennis-Stars Cilly Außem: »Wenn Wilhelm zuschaute, spielte ich doppelt so gut.«

So freimütig sich der Kronprinz zu seinen Damen bekannte, so chevaleresk deckte er ihren guten Ruf. Doch weil er meist sehr offenherzig deckte, kannte alle Welt bald seine Romanze mit Geraldine Farrar.

Die Amerikanerin hatte nichts dagegen. Ihre Freundschaft mit dem Kronprinzen erwies sich als außerordentlich nützlich. Geraldine war bereits Primadonna seines Herzens gewesen, bevor sie 1901 als *Margarethe* in der Berliner Hofoper debütierte.

Auch das Publikum liebte die lustige Farrar. Ganz Berlin war eine Wolke.

Sogar Kaiser Wilhelm II. zählte zu den persönlichen Verehrern der jungen Amerikanerin. Bei Hof erzählte man sich damals folgende Geschichte: der Kronprinz war eines Abends zu spät in die Oper gekommen. Die Tür zur Kaiserloge knarrte, und der Monarch schreckte aus seinem Nickerchen hoch. Fragend schaute er seinen Sohn an – dann stand er auf und ging.

Und Geraldine hatte sich nach kurzer Pause wieder mit einem Hohenzollern zu beschäftigen!

Als sie nach einer sensationellen Blitzkarriere Deutsch-

Lilli Lehmann

lands Hauptstadt im Jahre 1906 wieder verließ und in ihre Heimat zurückkehrte, kannte Amerika sie als die Geliebte des deutschen Kronprinzen – ein wirkungsvolles *bally hoo*.

Geraldine Farrar trat nun in der ›Metropolitan Opera‹ auf. Caruso wurde ihr Partner, Toscanini ihr Dirigent. Geraldine sang alles, was gut und teuer war: Butterfly, Manon, Carmen, Mignon, Tosca, Zerlina, Julia, Gilda, Violette und Gänsemädchen.

1910 kam sie noch einmal nach Europa. Lilli Lehmann hatte sie nach Salzburg eingeladen, um dort mit ihr zusammen Mozart zu singen.

Die Rache-Arie der Donna Anna war der Schwanengesang der Primadonna Lilli Lehmann. Die Zweiundsechzigjährige gab mit Mozarts *Don Giovanni* ihre Abschiedsvorstellung. Mit Geraldine Farrar zusammen, die als Zerlina auftrat, klagte sie den großen Verführer an.

Ein ganzes Lebensalter lag zwischen den beiden Primadonnen – fünfunddreißig Jahre.

Als Knabe in der *Zauberflöte* hatte die Würzburgerin Lilli Lehmann einst ihre Karriere begonnen. Und mit Mozart endete sie auch. Das Salzburger ›Mozarteum‹ gilt als ihr Werk.

Eine zutiefst bürgerliche Primadonna ist sie gewesen, frei von jeder brennenden Leidenschaft, dabei aber werktreu und außerordentlich kunstbesessen. Eine wilhelminische Idealistin.

Wagner hatte ihr noch persönlich sein »Alles immer voll und ganz!« gepredigt. Er nannte sie seine »erste Flamme«, wollte sie partout adoptieren und schrieb ihr einen der tollsten Liebesbriefe seiner Zeit: »Oh! Lilli! Lilli ... Das kommt nie wieder!«

Kein Wunder, das Lilli später Krach mit Cosima kriegte. Müssen Witwen so sein, fragte sich die Sängerin.

Sie müssen wohl so sein. Cosima fan tutte ...

Ein Leben lang hat Lilli ihrem Bayreuther Meister treu gedient. Als junge Rheintochter schwebte sie am langen Seil aus dem Schnürboden herab. Als Waglinde, Ortlinde, Waldvogel und Brünnhilde wallte sie mit wogender Wonne wider das Allzuweltliche – ein wahres Wagner-Wunder. Und das nicht nur in Berlin, Wien und Bayreuth, sondern auch in London, Paris und Prag, ja sogar an der New Yorker ›Metropolitan Opera‹.

Nun kreuzten sich zwei Sterne in Salzburg: Lilli und Geraldine. Sterne im Zeichen Mozarts – hell und blank, weitab von Wagners Walhall.

Während die Lehmann bald darauf als Professorin im Lehrbetrieb untertauchte, wurde der andere Stern, die Farrar, zum Flimmerstar.

Hollywood holte sie!

Für die kalifornischen Filmpioniere gab es keine Götterdämmerung, sondern einen verheißungsvoll flimmernden Sonnenaufgang: das Kino als Anti-Oper!

Samuel Goldwyn engagierte die Primadonna Geraldine Farrar für einen Stummfilm. Er brauchte ihren Namen und ihr Gesicht, *keinesfalls* ihre Gesangskunst. Für zehntausend Dollar Gage mimte Geraldine das Zigarettengirl

Carmen. Der große Cecil de Mille führte Regie – weltenweit von Bizet entfernt.

Während der Dreharbeiten heiratete Geraldine Farrar ihren Filmpartner, den morbiden Leinwandhelden Lou Telegen.

Als der *Carmen*-Film nach einiger Zeit in Berlin anlief, wurden die Zuschauer eifersüchtig. »Nu jehtse fremd!« sagten sie, während sie Geraldine an Telegens Flimmerheldenbrust schmachten sahen und dabei an Seine Hoheit den Kronprinzen dachten. In Übereinstimmung mit der Volksseele hatte der deutsche Filmverleih diesem Hollywood-Streifen den beziehungsreichen Titel *Das Weib und der Hampelmann* gegeben.

1931 zog sich Geraldine Farrar ins Privatleben zurück.

Sie hatte Karriere gemacht wie eine moderne Amerikanerin, die genau weiß, daß sie hübsch und begabt ist. Ohne alle Vorurteile beschritt sie ihren ›american way of life‹: zu jedem persönlichen Einsatz bereit. Liebe war immer im Spiel – ob als Antrieb oder nur als Mittel, bleibt ihre Sache. Geraldine Farrar gehorchte allgemein menschlichen Zwängen.

Sechs Jahre nach ihrem Rücktritt kamen ihre Memoiren heraus. Titel: *Welch süßer Zwang.*

Die Tatsache, daß die Destinn und die Farrar vorübergehend als Kino-Primadonnen erfolgreich waren, kam nicht von ungefähr.

Die Opernhäuser waren seit langem nicht mehr die einzigen Stätten des Vergnügens. Krieg und Nachkrieg hatten das Victorianische Zeitalter zu Grabe getragen. Das Publikum war ernster und kritischer geworden.

Neben der Oper bemühten sich weitere Unterhaltungsmedien um die Gunst des Publikums: Operette, Film,

Rundfunk, Revue und Cabaret. Hinzu kam die Tatsache, daß die Schallplatte manchen Opernfreund vom regelmäßigen Besuch der Musiktheater abhielt. Die Sessel am Plattenspieler waren zu neuen demokratischen Königslogen geworden.

Bei soviel Ablenkung gerieten die Primadonnen in Gefahr, ihren traditionellen Rang als Erste Damen zu verlieren. Das exklusive Schmuckwort ›Diva‹ wurde nun auch Filmstars wie Asta Nielsen, Mary Pickford oder Henny Porten zugesprochen. Wer in Berlin nach einer ›Primadonna‹ fragte, wurde gern auf Fritzi Massary hingewiesen, den Operettenstar mit dem gewissen Olala.

Die Galawelt der großen Oper schrumpfte – in Europa wie in Amerika.

Die hinreißende Mailänder Primadonna Amelita Galli-Curci imponierte den Amerikanern vor allem deshalb, weil sie in anderthalb Monaten 460 000 Schallplatten verkauft hatte. »Bei solchem Kommerz muß die Dame ja gut sein!« Und Ernestine Schumann-Heink galt als ›The Greatest‹, weil sie zeitweilig auf das Hojotoho in Wagner-Opern verzichtete, statt dessen mit dem Revue-Spektakel *Liebeslotterie* durch Amerika tingelte und dafür eine Viertelmillion Golddollar kassierte.

Neben solchen kommerziellen Bedrängungen mußten die Primadonnen auch die immer stärker werdende Konkurrenz der großen Tenöre ertragen. Die Ersten Damen gerieten in den Schlagschatten ihrer singenden Kollegen.

Die ›Met‹-Primadonna Rosa Ponselle mußte es zum Beispiel hinnehmen, daß man sie mit der Tenor-Elle maß und ›Caruso in Unterröcken‹ nannte. Stärker als andere Bühnen war gerade die ›Metropolitan Opera‹ auf den Zuspruch des weiblichen Publikums angewiesen. Jedenfalls bemühte sie sich mehr um männliche als um weibliche Stars: nach Tamagno, Caruso und Schaljapin hatte sie inzwischen auch Slezak und Melchior aus Europa herbeizitiert.

Die *Wiener* Oper hingegen blieb eine Primadonnenbühne – ein zutiefst weibliches Musiktheater.

Ein ganzes Opernjahrhundert hindurch dominierten im großen Haus am Ring die Frauen. Wien war der rechte Nährboden für virtuose Ziergeschöpfe. Mit Charme, Genie und Schlendrian, unterstützt von einer potenten Kavaliers-Claque, triumphierte hier das Primadonnen-Regime. Selbst Direktoren wie Richard Strauß oder Gustav Mahler fügten sich darein – das Gegenteil wäre ihnen auch schlecht bekommen.

Eine besonders beherrschende Rolle spielte in Wien lange Zeit hindurch das böhmische Theaterkind Marie Jedlitzka, genannt Maria Jeritza. 1912 war sie als Fünfundzwanzigjährige mit ihrer *Ariadne*-Kreation eine wahre ›Königin vom Ring‹ geworden.

1921 fuhr die Jeritza über den Atlantischen Ozean nach New York.

Es war dasselbe Jahr, da die ›Metropolitan Opera‹ einen weiteren Weltstar nach New York berief: den großen italienischen Tenor Benjamino Gigli!

Ein Zylinder fällt zu Boden.

Gigli erschrickt über sein Versehen. Da steht er nun mit zwei linken Händen auf der Metropolitan-Bühne; die Giordano-Oper *Fedora* läuft, und das Publikum beginnt zu lächeln.

Ein Gentleman bückt sich nicht, überlegt sich Gigli, was also tun . . .?

Seine Partnerin Maria Jeritza hilft ihm: mit einem wütenden Fußtritt kickt sie die Glanzröhre in die Bühnenecke.

Gigli stöhnt auf, seine Augäpfel rollen.

Im nächsten Akt passiert der Jeritza ein Mißgeschick: sie strauchelt! Verwirrt sitzt sie am Boden und schaut sich um. Ihr Blick wandert wie ein Suchscheinwerfer ...

Nur Gigli steht neben ihr. Er lächelt.

Nach Vorstellungsschluß klirren in der Garderobe der Jeritza die Schminktöpfe gegen die Wand. »Er will mich umbringen!« tobt voller Wut die blonde Böhmin mit der herausfordernden Stupsnase. »Dieser rachsüchtige Kerl mit seinem widerlichen Lächeln! Ich singe nicht mehr mit ihm!«

Der Metropolitan-Direktor hört die Worte und droht den beiden Stars sofort Konventionalstrafen an, falls sie weiterhin den Opernbetrieb gefährden.

Einen Monat später kriecht die Jeritza als Floria Tosca auf den Bühnenbrettern herum und singt dabei die Arie ›Nur der Schönheit weiht' ich mein Leben‹. Dann erdolcht sie den Polizeibaron Scarpia. Und *das* alles nur ihrem geliebten Cavaradossi zuliebe – dem Mann also, hinter dessen Maske Gigli steckt!

Gigli hingegen muß sich an die Mauer der Engelsburg stellen und sich für die Tosca erschießen lassen – für jene Frau also, hinter deren Maske die Jeritza steckt.

Beide Stars sterben den Bühnentod. Dann fällt endlich der Vorhang.

Als das Publikum stürmisch applaudiert, erscheint nur Gigli an der Rampe – er allein. Lächelnd quittiert er den Beifall.

Auf der Hinterbühne streikt inzwischen die Jeritza. »Ich lasse mich nicht noch einmal mit diesem Kerl sehen!«

Als der Direktor sie mit Gewalt auf die Bühne schleppt, erschrickt das Publikum: in den grünen Augen der Jeritza glänzen Tränen.

»Der Gigli benimmt sich unanständig!« heult sie in die atemlose Stille. Dann sinkt sie dem Dirigenten an die Brust.

Das Publikum, frauenfreundlich, wie in Amerika üblich, ergreift sofort für die Jeritza Partei. Es tobt und trampelt: »Weg mit Gigli!«

Benjamino Gigli, des Englischen nicht mächtig, versteht kein Wort. Er deutet den Tumult als Begeisterung und bedankt sich mit mildem Lächeln. Dabei steht er – diesmal wirklich ohne Absicht – auf Floria Toscas weinroter Schleppe.

Als die Jeritza entschlossen die Bühne verläßt, hört man das knirschende Reißen von Seide. Toscas Rock bleibt an der Rampe.

Und Gigli lächelt, lächelt, lächelt . . .

Es blieb dabei: die Primadonnen des 20. Jahrhunderts mußten härter um den Gipfel kämpfen als ihre victorianisch verwöhnten Vorgängerinnen. Um so mehr blieb der alte Branchen-Grundsatz gültig: ›Sicherheit geht vor Ruhm. Heirate gut!‹

Wer weiß, wie lange die Oper noch existieren wird, sagte sich Maria Jeritza – Regen aber wird's immer geben! Dann vermählte sie sich mit dem Regenschirmfabrikanten Baron von Popper. Die holländische Primadonna Julia Culp ehelichte den Teppichgroßhändler Baron von Ginsky, und die Berliner Hofopernsängerin Cläre Dux heiratete nach einer verunglückten Ehe mit Hans Albers den bekannten Corned-Beef-Millionär Charles H. Swift aus Chicago.

Es gab aber auch noch andere Rückversicherungen für Primadonnen. Der Metropolitan-Star Helen Traubel, einst Wagner-Walküre von der vollbusigsten Sorte, hängte die Oper an den Nagel und sang nur noch in Nachtclubs. Die Koloratur-Sopranistin Queena Mario, Carusos Freundin, wurde Professorin in Philadelphia und schrieb den Krimi-Bestseller *Murder in the Opera House*. Opernstars wie Grace Moore, Lily Pons und Jarmila Novotna bemühten sich um tragende Rollen beim Film. Leinwand und Lautsprecher wurden ihr neues Medium.

Die Kunstgattung Oper hatte ihren Alleinvertretungsanspruch verloren.

Sie war nicht mehr die große goldene Mausefalle – weder für das Publikum noch für die Primadonnen.

Nur die Herren Direktoren saßen fest in ihren großen Häusern, stöhnten unter dem Druck und versuchten einen rettenden Ausgleich zwischen Stargagen und Subventionen, zwischen Kunst und Kommerz zu finden.

»Jedes Theater ist ein Narrenhaus«, seufzte der Wiener Operndirektor Franz Schalk, »aber die Oper ist die Abteilung für Unheilbare.«

18 Das letzte Kapitel

Kunst, so meinte *Maria Callas*, sei einer der Wege geworden, schnell viel Geld zu verdienen. »Aber wo das Geld zur Tür hereinkommt, flieht die Kunst.«

Ein Titel drohte abzuwandern: der Ehrentitel ›Diva‹.

Einst hatten die Römer ihre toten Kaiserinnen so genannt: ›Göttliche‹. Später wendeten die Italiener diesen Titel für die Ersten Damen der Oper an; die gefeierten Primadonnen galten als Göttliche – jahrhundertelang.

In den zwanziger Jahren unseres Jahrhunderts griff der Film nach diesem Titel.

Hollywoods Reklame-Bosse erfanden das Wort von der ›Filmdiva‹. Die Göttliche im Abendkleid, Pyjama oder Badeanzug, als Flapper, Vamp oder Dame von Welt. Das internationale Traumsymbol, Fetisch für Millionen. Sogar eine bellende Diva wurde vorgestellt: Rin-tin-tin, der Filmhund mit dem Kassenrekord.

Als die berühmteste ›Göttliche‹ des Films galt Greta Garbo. Ihr Ruhm sollte sogar zum Maßstab für Primadonnen werden.

Die New Yorker Sopranistin Lucrezia Bori, eine späte Nachfahrin der spanischen Borgia-Familie, Caruso-Partnerin und erste Frau im Direktorium der ›Metropolitan Opera‹, wurde ›die Garbo der Oper‹ genannt. Und die Wiener Sängerin Hilde Güden schaute sich erst sechsmal den Garbo-Film *Die Kameliendame* an, bevor sie *La Traviata* auf der Opernbühne spielte.

Eine Künstlerin wie Maria Cebotari, der legendäre Sopranengel aus Kischinew, wurde nicht nur als Opernsängerin, sondern auch als Filmdiva bewundert. Ihr unvergessenes Zusammenspiel mit Benjamino Gigli und ihre Leistung als *Madame Butterfly* galten vor allem als Leinwandsiege. Der populäre Kosename von der ›kleinen Frau Schmetterling‹ entstand im Kinoparkett – nicht in den Opernlogen.

Ihre Butterfly-Arie ›Ehrenvoll sterbe‹ war auch ihre letzte Schallplattenaufnahme. Wenig später erlag Maria Cebotari als Neununddreißigjährige einer tückischen Krankheit. Die zehntausend Wiener, die im Juni 1949 an ihrem Sarg vorbeischritten, bestanden zur Hauptsache aus Kinogängern. Sie beweinten einen toten ›Filmstar‹.

Der Ruhm der Maria Cebotari war im Nachrichtenteil der Zeitungen stärker verbreitet worden als in den Kulturbeilagen. Ihre ›Geschichten‹ fanden mehr Interesse als ihre künstlerischen Leistungen. Die Öffentlichkeit wußte fast alles über ihre beiden Ehen mit dem russischen Grafen Alexander Wiruboff und dem Filmschauspieler Gustav Diessl und nur wenig über ihre Verbindung mit Künstlern wie Richard Strauß oder Gottfried von Einem, mit denen sie immerhin zwei wichtige Uraufführungen bestanden hatte: *Die schweigsame Frau* (Dresden 1935) und *Dantons Tod* (Salzburg 1947).

Auch in der Vergangenheit hatten die ›Geschichten‹ der Primadonnen oftmals mehr Geschichte gemacht als ihre künstlerischen Leistungen. Neu war im 20. Jahrhundert nur die Tatsache, daß der Bekanntheitsgrad der Primadonnen-Geschichten meist hinter dem der Filmstar-Geschichten zurückblieb.

Als die amerikanische Sängerin Grace Moore im Januar 1947 bei einem Flugzeugunglück ums Leben kam, beweinte die Welt nicht so sehr den Verlust einer ›Met‹-Primadonna, als vielmehr den Abschied von einer Hollywood-Diva.

Die Primadonnen verloren immer mehr an Kurswert.

Der Liebestod der schönen russischen Sängerin Sinaida Jurewskaja, der ersten *Jenufa* in Berlin, wurde 1925 kaum beachtet. Die Neunundzwanzigjährige hatte aus Liebeskummer Gift genommen und sich in einen Gletscherbach gestürzt.

Auch der Tod der Wagner-Heroine Gertrud Bindernagel erregte im November 1931 nur wenig Aufsehen. Als Brünhilde hatte sie in Berlin die Finale-Arie ›Leuchtende Liebe, lachender Tod‹ gesungen – eine knappe Stunde später knallten Revolverschüsse. Ihr Mann, der Bankier Wilhelm Hintze, war zu ihrem Mörder geworden.

Wo gab es noch eine Primadonna, die auf jeden Filmruhm verzichtete und trotzdem in der Lage war, auch über den Nachrichtenteil der Zeitungen die Weltbevölkerung zu erregen?

Warten auf *Pallas Athene* . . .

Warten auf jenes klassische Wesen, das einerseits Kultur bringen und andererseits eine Frau der Tat sein sollte.

Im Todesjahr der Cebotari, 1949, führten die Götter des Olymp dem verdämmernden Opernforum eine Athene zu, die ein neues, wahrhaft dramatisches Feuer entfachen sollte – ein Fanal.

Callas Athene!

Präziser ausgedrückt: der italienische Industrielle Giovanni Battista Meneghini rüstete seine junge Frau Maria Callas zum Sturm auf die Mailänder ›Scala‹. Er hatte seine Ziegeleien zu Bargeld gemacht und sein gesamtes Vermögen auf die ›Primadonna des 20. Jahrhunderts‹ gesetzt.

War die Situation günstig? Wie stand es mit der internationalen Konkurrenz? Gab es starke Rivalinnen?

Die ruhmvolle ›alte Garde‹ zog sich gerade zurück. Frieda Hempel erfreute sich an ihrem Kosmetiksalon in Manhattan. Frieda Leider, Erna Berger und Maria Ivogün waren Professorinnen geworden, andere Primadonnen privatisierten: Emmi Leisner auf Sylt, Lotte Lehmann in Kalifornien und Maria Müller in Bayreuth.

Auf der Opernbühne jener Jahre agierten vor allem drei nordische Damen. Die schwedische Gutstochter Birgit Nilsson hatte eine erfolgreiche Italien-Tournee hinter sich gebracht und war auf dem Weg zur großen Wagner-Sängerin; Astrid Varney, ebenfalls Schwedin, machte in London und Florenz Furore, und die norwegische Heroine Kirsten Flagstad sang noch als Dreiundfünfzigjährige eine hochdramatische Leonore in Salzburg.

Die Bulgarin Ljuba Welitsch hatte sich in einer von Salvadore Dali ausgestatteten *Salome*-Aufführung den Londoner ›Covent Garden‹ erobert, die Jugoslawin Zinka Milanov triumphierte in der New Yorker ›Met‹ und die Spanierin Victoria de Los Angeles in der ›Grand Opéra‹ von Paris.

Mitteleuropa wurde von starken deutschsprachigen Kräften beherrscht. Allen voran Elisabeth Schwarzkopf, die Grande Dame von Wien, Berlin, Salzburg und Bayreuth, Wagner genauso ergeben wie Mozart, Strauß und Strawinsky. Lisa della Casa hatte ihr berühmtes *Arabella*-Debut geleistet. Martha Mödl, Christel Goltz, Rita Streich, Elisabeth Grümmer und andere Sängerinnen waren dabei, ihren internationalen Ruhm zu festigen.

In ihrem ureigenen Fach aber – italienischer Sopran – hatte die Callas eigentlich nur mit der etwa gleichaltrigen Renata Tebaldi zu rechnen.

Die Tebaldi war als Tochter eines Kinomusikers im Adriahafen und Rossini-Geburtsort Pesaro zur Welt gekommen. Ihre Jugend war recht freudlos verlaufen; der häufig arbeitslose Vater verließ die Familie, Renata litt drei Jahre unter spinaler Kinderlähmung.

Der Dirigent Arturo Toscanini entdeckte ihre Stimme und rühmte sie als »himmlisch und engelhaft«. 1946 führte er sie in der Eröffnungsvorstellung der wiederaufgebauten Mailänder ›Scala‹ Italiens Fachleuten vor – mit spontanem Erfolg!

Die Tebaldi aber behielt ihre Scheu vor der Öffentlichkeit; sie blieb bürgerlich, artig, ja fast farblos. Ihre reine und schöne Lyrik, von eleganter Technik diszipliniert, fand keine theatralische Entsprechung.

Maria Callas hielt das Täubchen aus Pesaro jedenfalls nicht für eine Rivalin. Sie lehnte es ab, Sekt mit Cognac zu vergleichen – oder gar »Sekt mit Coca-Cola«, wie sie es später einmal auszudrücken beliebte.

Die Tebaldi ließ der Callas ihren ›Sekt‹, kreidete ihr dafür aber einen erheblichen Mangel an ›Herz‹ an. Im übrigen: »Ich bin fast 1,80 Meter groß, also doch die größere Sängerin.«

Lag ein neuer Cuzzoni-Faustina-Streit in der Luft? Wollte der griechische Habicht die Adria-Taube verjagen? Konnte die Dramatik die Lyrik besiegen?
Oder würde am Ende einfach nur die bessere ›Geschichte‹ triumphieren?

Maria Anna Sofia Cecilia Calogeropoulos, Tochter eines griechischen Apothekers. Geboren im Dezember 1923 im New Yorker Stadtteil Brooklyn. Ernährt mit Mehlspeisen und fettem Käse, schwergewichtig durch die Jugendjahre tapsend.
Ihre Musikausbildung genoß sie in Athen.
Während des Zweiten Weltkriegs lernten deutsche Landser die etwas schüchterne Griechenmaid im Freilichttheater am Fuß der Akropolis kennen. Sie sang die Hosenrolle des *Fidelio*. Den Taktstock schwang damals Dr. Hans Hörner, der Musikchef des Soldatensenders Athen.
1947 tauchte Maria erstmalig in Italien auf.
Sie präsentierte sich vor dreißigtausend Menschen in der Arena von Verona – ohne Mikrofon unter freiem Himmel. Ihre geschmeidige und doch stahlharte Stimme trug einen halben Kilometer weit, bis zur vierzigsten Reihe. Der Blick ihrer kurzsichtigen Augen aber reichte nicht einmal bis zum Dirigenten.
Auf den klobigen Holzbänken der Arena saß auch ›Signor Titta‹, der als Opernnarr bekannte Ziegeleibesitzer Battista Meneghini. Er war sofort begeistert von der jungen Griechin.
Meneghini beschloß, Maria zu fördern. Dabei setzte er nicht nur sein Vermögen aufs Spiel, sondern auch seinen Ringfinger.
1949 heiratete er die Sängerin.
Und bereits ein gutes Jahr später begann mit dem Debut

an der ›Scala‹ der Welterfolg der Maria Callas. Qualifizierte Opernkenner bezeichneten die Griechin spontan als »die beste singende Schauspielerin der modernen Theatergeschichte«.

Achtundzwanzig Jahre alt hatte sie werden müssen, bis man sie zum ersten Mal ›Primadonna‹ nannte.

Dann aber wollte sie es auch wissen!

Kampflustig spreizte sie ihr Nachtigallengefieder und ließ die Krallen schießen. Triumphe und Skandale überschlugen sich in rascher Folge.

Die Callas unterwarf sich einer robusten Abmagerungskur, warf fünfundsiebzig Pfund ab und hatte es fortan mit den Nerven. Wie ein immerzu schreiendes Geniebaby hielt sie die Welt in Atem. Fauchend zeigte sie, daß Goldkehlen hinter einem Gehege aus blitzweißen Raubtierzähnen liegen.

Man taufte sie ›Tigerin‹.

Ihr Fauchen erschien dem Publikum bald genauso attraktiv wie die Brillanz ihrer Arien. Die Callas erkannte das und kalkulierte diese Attraktion fortan in ihre berufliche Taktik ein.

»Ich bin unschuldig an allen Callas-Skandalen!«

Dieser Pilatus-Spruch, formuliert von der Callas selbst, darf im Hinblick auf die nun folgenden Geschichten zumindest als umstritten gelten.

New York: Als ›Met‹-Partner Enzo Sordello den Schlußton eines Duetts länger aushielt als die Callas, kniff sie ihm auf offener Bühne in den Arm und sorgte hinterher für seinen Rausschmiß.

Mailand: Im ›Teatro alla Scala‹ brachte die Callas ihre Kollegin Renata Tebaldi so weit, daß sie weinend verkündete, sie werde Mailand für immer verlassen, solange

Callas-Anhänger ihr Radieschen auf die Bühne würfen. Wenig später drohte Scala-Intendant Antonio Ghiringelli mit der Herausgabe eines Weißbuches über die Callas. Als die Primadonna daraufhin erklärte, sie werde nie mehr einen Fuß in die ›Scala‹ setzen, mußte Ghiringelli zu Kreuze kriechen: er schickte einen Armvoll Rosen und ein Pardon-Kärtchen für die »göttliche Maria«.

Paris: Die Callas verzögerte den Start eines Kursflugzeugs nach Kanada, weil sie den Schlafsack ihres verhätschelten Pudels Toy vermißte. »Ohne diesen Schlafsack drückt Toy kein Auge zu!« flennte die Primadonna.

Chicago: Die Callas wurde handgreiflich gegen zwei Justizbeamte, die ihr eine Gerichtsvorladung zustellen wollten. Es kam zur Rauferei. Ein Agent hatte die Primadonna verklagt, weil sie ihm angeblich ihre Schulden nicht zurückzahlen wollte.

Edinburgh: Vergeblich wartete das Festspielpublikum auf den Callas-Auftritt; die Primadonna war verschwunden! Kurz darauf tauchte sie bei einem Gartenfest ihrer Freundin Elsa Maxwell in Venedig auf.

San Francisco: Der Intendant der Städtischen Oper war so verärgert über die Callas, daß er zum Boykott aufrief. Er forderte ein für alle amerikanischen Staaten geltendes Auftrittsverbot.

Rom: Das *Norma*-Gastspiel der Callas wurde fast zur innenpolitischen Staatskrise. Die Parkettpreise lagen damals bei einhundertachtzig Mark, die Gage der Primadonna bei etwa achttausend Mark (1,2 Millionen Lire) – gemessen an späteren Callas-Gagen, die bis zu vierzigtausend Mark pro Auftritt reichten, keinesfalls zu viel. Trotzdem geschah es, daß . . .

Hier ist ein Zeitlupenblick auf die heißen römischen Wintertage im Januar 1958.

Roms Opernhaus strahlt im Schmuck von fünftausend weißen Nelken. Staatspräsident Giovanni Gronchi sitzt in der Königsloge. Minister, Aristokraten und Playboys sind in Frack und Ordensschmuck erschienen. Stars wie Gina Lollobrigida, Anna Magnani und die Hollywood-Klatschtante Elsa Maxwell führen verschwenderische Abendgarderoben vor.

Allgemeine Gesprächsthema: ein Mailänder Radiointerview mit Maria Callas.

Obwohl die Primadonna die traditionelle Rivalität der Opernhäuser Rom und Mailand genau kennt, hatte sie vor dem Mikrofon erklärt, daß sie nur ungern ihr geliebtes Mailand verlasse, um in Rom zu singen.

Die stolzen Römer merkten sich diese Worte . . .!

Bereits im ersten Akt lassen sie die Callas auflaufen. Nach der Arie ›Keusche Göttin‹, ansonsten eine Glanzleistung der Primadonna, ertönt nur plätschernder Beifall. Sogar die Pfiffe sind müde. Dann aber klingt es plötzlich brutal vom dritten Rang herunter: »Und so was kostet uns eine Million!«

Die Callas zuckt erschrocken zusammen: mit einem solchen Affront hatte sie nicht gerechnet! Zornig hebt sie den Arm, als wolle sie Ohrfeigen austeilen. Dann verläßt sie schnaubend die Bühne.

»Für mich ist die *Norma* zu Ende!« ruft sie, wirft die Garderobentür ins Schloß und riegelt sich ein.

Peinliche Minuten vergehen. Hundert kleine Wölkchen, beladen mit Ressentiments aller Art, ballen sich zu einem gefährlichen Gewitter zusammen.

Ein Arzt wird in die Garderobe gerufen.

Die Primadonna liegt auf ihrem Divan und weint. »Trotz starker Erkältung«, sagt sie, »habe ich versucht durchzuhalten. Dieses Chininzeug habe ich genommen und die

Injektion, Mittel, um Tote auf die Beine zu stellen – aber dann habe ich meine Stimme trotzdem verloren.«

»Schon gut, Madame«, sagt der Arzt. »Sie haben Fieber.«

»Fieber!« nickt Primadonnengatte Meneghini. »Halten Sie das fest, Dottore!«

Das Publikum empfindet die lange Pause inzwischen als Beleidigung. Nervös ticken die Finger des Staatspräsidenten auf dem roten Samt der Logenbrüstung; seine Gattin beginnt zu frieren.

Erst nach dreißig Minuten gibt die Direktion bekannt, daß die Vorstellung ›wegen höherer Gewalt‹ abgebrochen werden müsse.

Der Präsident verläßt mit seiner Frau das Opernhaus und ruft die Limousine – doch die kommt nicht! Für den Chauffeur war der Name Callas eine Garantie für drei freie Stunden gewesen – er saß im Kino und sah sich einen Krimi an.

Der ›Fall Callas‹ hat sich inzwischen schnell herumgesprochen. Mehr als tausend Personen drängen sich vor dem Opernhaus. Drohende Rufe ertönen. Polizisten kreuzen auf. Journalisten erscheinen.

Die Primadonna und ihr Stab fliehen durch die Hintertür und fahren im Geschwindtempo zum Hotel Quirinale. Aber auch dort stehen bereits protestierende Menschen. Ganz Rom scheint plötzlich auf den Beinen zu sein.

»Schrecklich«, schluchzt die Callas einen Reporter an. »Ich mache mir große Vorwürfe . . .«

»Vorwürfe, Madame? Bitte, geben Sie uns eine Erklärung ab . . .!«

»Ich hätte die Bühne gar nicht erst betreten sollen. Aber alle bestanden darauf, ich konnte nicht widerstehen. Jetzt hoffe ich nur, daß ich das Geschehene wiedergutmachen kann.«

»Wiedergutmachen . . .? *Wie*, Madame?«

Die Primadonna besteigt den Lift und entschwindet.

Alle Worte kommen jetzt zu spät. Unübersehbare Mengen von beleidigten Römern haben beschlossen, das Verhalten der Callas als Angriff auf ihre Stadt und den Staatspräsidenten zu werten. Mit patriotischem Elan protestieren sie gegen die griechische Assoluta aus Mailand.

Der größte Theaterskandal der Nachkriegszeit ist ausgebrochen! Wer hat Schuld: die Callas oder die Römer?

Präsident Gronchi zeigt sich am nächsten Tag als weiser Kavalier. Er schickt rote Rosen ans Krankenbett der Primadonna und läßt ausrichten, daß er ihr nichts nachtrage. Schließlich ist er auch Präsident der Mailänder.

Roms Polizeipräfekt aber sieht die Sache anders. Weitere Callas-Auftritte, so teilt er besorgt mit, könnten zu »Störungen der öffentlichen Ordnung« führen.

Damit hat die Polizei der Oper grünes Licht gegeben: die nächsten drei Norma-Aufführungen werden nicht von der Callas gespielt, sondern von der sechsundzwanzigjährigen Neapolitanerin Anita Cerquetti, einer zwar reichlich korpulenten, dafür aber waschechten Italienerin!

»Zustände wie in Westindien!« keucht Meneghini. »Meine Frau ist wieder gesund. Warum verbietet man ihr das Singen?«

Elsa Maxwell, Hollywoods ›Heilige Kuh‹, gibt Feuerschutz: »Die Römer sind Barbaren! Sie gehen in die Oper, wie sie früher zu den Zirkusspielen gingen.«

Italienische Diplomaten zeigen sich pikiert. Sie wissen, daß die antirömische Schimpfkanonade der Maxwell von Millionen Menschen gelesen wird und das bilaterale Verhältnis zu Amerika belasten könnte. Mit finsteren ›Ami go home‹-Mienen werden die Diplomaten in der us-Botschaft vorstellig und legen Beschwerde ein.

Doch die Amerikaner grinsen nur. Sie vermuten, daß es die Maxwell war, die ihrem Schützling Callas diesen Skandal eingeredet hat – treu dem alten Wahlspruch ›Reklame wird im Nachrichtenteil der Zeitungen gemacht, nicht in der Kulturbeilage‹.

Der Kampf verlagert sich ins italienische Parlament.

Der sozialistische Abgeordnete Sansone greift den angeblich ›unfähigen‹ Opernintendanten an. Der demokratische Abgeordnete Romanato fordert sogar, daß man der Griechin Maria Callas alle italienischen Bühnen verbieten solle.

Während Rom Amok läuft und Mailand sich ins Fäustchen lacht, mokiert sich Italiens Linkspresse: Schaut mal, wie die adlig-bürgerliche Amüsierclique sich mitten im Zeitalter der Slums über eine hundertfünfzig Jahre alte Bellini-Oper aufregt!

Drei Monate später fällt in Rom die Gerichtsentscheidung: Maria Callas habe Anspruch auf die Gage für alle vier vereinbarten *Norma*-Aufführungen, nicht aber auf Schadensersatz und Schmerzensgeld.

Die Primadonna kassiert also für eine einzige abgebrochene Vorstellung ihre vertraglich zugesicherten zweiunddreißigtausend Mark. Immerhin war sie in der Zwischenzeit bereit gewesen, weitere Vorstellungen zu singen und ihre Gage einem wohltätigen Werk zur Verfügung zu stellen. Doch die Operndirektion hatte die Primadonnen-Offerte abgelehnt.

Als der römische Spruch gefällt wurde, stand Maria Callas schon wieder als Traviata im ›Goldenen Hufeisen‹.

Ihre Geburtsstadt New York jubelte ihr zu!

Unter den Jublern befand sich auch ein Landsmann der Primadonna, ein smarter, wenn auch etwas müde wirkender Gesellschaftslöwe: der Milliardär Aristoteles Sokrates Homer Onassis.

Retrospektive (Coda professionale):
Der Berufsstand der Primadonnen, gegründet im Zeit-alter der Kastraten und der Kirchenstaat-Tabus, zeigte von Beginn an starke traditionelle Züge des Widerstands-kampfes. Die Damen hatten sich zu wehren!
Die Nachtigallen brauchten Krallen.
Sofern sie keine hatten, liehen sie sich Krallen.
Die Giorgina lieh sich den König von Neapel, Leonora Baroni den Kardinal Mazarin. Die Grassini leistete sich vorübergehend den Kaiser Napoleon, die Arnould schaff-te sich eine jakobinische Leibgarde an, und ›Nana‹ ließ sich von dem Pariser Bankier Bischoffsheim die Korsett-stangen einziehen.
Auf Ehemänner war meist nicht so viel Verlaß! Beispiele dafür boten die Herren Mara, Valabrègue, Malibran, Döhring, Venati und der Marquis de Caux.
Faustregel: starke und finanziell unabhängige Liebhaber bieten mehr Sicherheit als eine Gütergemeinschaft mit Ehemännern.
Ausnahmen bestätigen die Regel.

Aristoteles Onassis schien *keine* solche Ausnahme zu sein. Er wußte, wie man Geschäfte ölt, galt als unabhängige Autorität und war es gewohnt, Besitz zu verteidigen. Onassis war mächtiger als ein König – er war Tanker-könig. Und als solcher hatte er einen professionellen Ap-petit auf verlockende Frachten.
Im Herbst 1959 nahm Tankerkönig Onassis eine Fracht an Bord, die ihm mehr Reputation einbrachte als saudi-arabisches Öl: die Primadonna Maria Callas.

Das Tragikomische an der Geschichte: Meneghini selbst hatte seine Frau auf die Liebesschaukel seines Rivalen geführt! Gegen Marias Meinung nahm er die Onassis-Einladung zur gemeinsamen Kreuzfahrt auf der Luxusyacht ›Christina‹ an.

Während Meneghini an der Reling stand und den nächtlichen Sternenhimmel betrachtete, bezwang der schlitzohrige Odysseus zwei Decks tiefer die Sirene.

Die Meneghini-Ehe zerbrach an Bord.

Es sei das Scheitern an einer zentralen Lebensaufgabe gewesen, erklärte die Callas später. Sie betrachte die Ehe durchaus als einen Kontrakt auf Lebenszeit, doch in diesem Fall habe sie, der man immer die alleinige Schuld zu geben versuche, alle guten Gründe auf ihrer Seite.

Deutlichste Auswirkung des Partnerwechsels: Onassis-Freundin Callas sang kaum mehr, sie *sank* nur noch – stimmlich wie demoskopisch. Befragungen ergaben: nur noch jeder dritte Opernfreund schätzte die Callas.

»Hello, Maria!« frozzelte sogar der junge Sowjetpoet Jewtuschenko, als er die Primadonna in einem Pariser Feinschmeckerlokal traf. »Wie geht es Ihrer Stimme?«

Maria Callas saß mit Onassis an einem Tisch und setzte ihre empörteste Miene auf. Der Tankerkönig aber lachte nur; er sagte kein einziges Wort der Verteidigung.

Da wurde Jewtuschenko Kavalier. Er erzählte der Primadonna, daß er auf einem sibirischen Bahnhof eine Gruppe Sowjetmenschen gesehen habe, die eine ihrer Platten spielten. Der Besitzer dieser Platte habe die Schallaufzeichnung wie seinen Augapfel behandelt!

Willig ließ die Callas sich den Russenbären aufbinden.

Konnte das auf die Dauer gutgehen?

Würden allein die Schallplatten es schaffen, den Ruhm

der Callas als ›beste singende Schauspielerin der modernen Theatergeschichte‹ am Leben zu erhalten? Durfte die Sängerin ihren *Assoluta*-Titel weiterhin durch Schweigen strapazieren?

In aller Welt glaubte man bereits gemerkt zu haben, daß sie das hohe f nicht mehr sauber intoniere und im tiefen Alt-f die Bruchlage erkennen ließ. Man rühmte zwar den dramatischen Impetus ihrer *Carmen*-Leistung, die wirklich ›neben der Zigarettenfabrik angesiedelt‹ war – vom *Stimmlichen* her aber bevorzugten viele Kritiker die ›schwarze Carmen‹ Leontyne Price.

Maria Callas drohte in jenes Mittelmaß abzusinken, das sie selber stets am meisten gefürchtet hatte.

Dies sind ihre eigenen Worte: »Mittelmaß auf künstlerischem Gebiet ist unerträglich. Ich werde überall, wo ich auftrete, das Beste verlangen, von mir und meinen Kollegen. Allen jenen aber, denen Qualität nichts bedeutet, werde ich kapriziös und launenhaft erscheinen. Ich werde immer und überall so *schwierig* als nötig sein, um das Beste zu erreichen.«

Bei ihrem außermusikalischen Duett mit Aristoteles Onassis aber war sie offenbar so *schwierig*, daß der Tankerkönig schließlich aufgab. Er leichterte seine Opernfracht, um Platz zu schaffen für Jacqueline Kennedy.

Maria Callas hielt nun nichts mehr von alten Griechen.

Dennoch besann sie sich auf ihre Liebe für den Landsmann Euripides, der einst das Drama *Medea* geschrieben hatte. Medea – die Geschichte einer klassischen Heldin, die andere anstiftet, das Goldene Vlies zu erjagen, die im dämonischen Rausch alles um sich her vernichtet und dann in einem Drachenwagen gen Himmel fährt, als wäre sie des Teufels Astronautin ...

Schon die Athener Uraufführung der *Medea* von Euripides im Jahre 431 v. Chr. war ein Sensationserfolg gewesen. Auch die gleichnamige Schreckensoper von Luigi Cherubini aus dem Jahre 1797 hatte weltweite Wirkungen hinterlassen. Die Callas bezeichnete die *Medea* seit langem als ihre Lieblingsrolle.

Nun wollte sie diese Rolle in einem Film von Pier Paolo Pasolini spielen!

Der italienische Cinéast hatte aus der kolchischen Königin eine Diva in Nerz und Nylon gemacht, eine Killerin des 20. Jahrhunderts. Und aus dem Drachenwagen, dem antiken Oldtimer, mit dem Medea gen Himmel fuhr, war ein schneidiger Düsenclipper geworden, ein Jetset-Symbol der neuen Zeit.

Die Außenaufnahmen fanden in der Türkei statt, in der verkarsteten Urchristenlandschaft von Göreme. Die Innenaufnahmen wurden in Rom gedreht.

Zu einem Zeitpunkt, da der Film im Sog der ›Neuen Welle‹ zunehmend auf Stars verzichtete, sollte aus der Primadonna Maria Callas eine Filmdiva werden.

Voller Tatendurst stand sie in der großen Halle der Cinecittà – jeder Zoll eine Medea. Liebesgier und Hochmut, eingenäht in ein blutrotes Abendkleid, das die dorischen Säulen ihrer Beine verdeckte. Ungeduldig klimperte sie mit ihren meterlangen Goldketten, mit Armspangen und Ohrgehänge.

»Ihre wilden Drohungen gegen den Seefahrer Jason, Madame«, fragte ein Studio-Reporter, »geht das gegen Mister Onassis?«

Die Callas, eiskalt: »No comment!«

Dennoch konnte man aus ihren Euripides-Sätzen, die sie wenig später gegen das Mikrofon schleuderte, einigen aktuellen Zorn gegen ›Daddy O‹, den Smyrna-Griechen vom Jahrgang 1906, heraushören; Zorn gegen den Seefahrer, dem sie im Zeichen der Mittagssonne ihre Opernkarriere geopfert hatte, ohne dabei das Goldene Vlies zu gewinnen.

Indessen: der *Medea*-Film sollte nur die Ouvertüre ihres Opern-Comeback sein!

Ein Blick in die Runde: Wo standen inzwischen die Rivalinnen der Opernbühne?

Die Wienerin Leonie Rysanek hatte einst in der ›Metropolitan Opera‹ für Maria Callas einspringen müssen. Ihre Leistung als Lady Macbeth war so überzeugend, ja unbestritten gleichwertig, daß das New Yorker Publikum begeistert »Callas! Callas!« rief. Auch die ansehnliche und vielseitig begabte Anneliese Rothenberger hatte an Callas-Stätten triumphiert: in der ›Scala‹ und in der ›Met‹; die Deutsche hatte Weltgeltung erlangt.

Alsdann die Sutherland . . .

Joan Sutherland, die Primadonna aus dem Melba-Land Australien, erwies sich immer stärker als Virtuosin des Ziergesangs, als jene Koloratursopranistin, die den Traditionsbestand der Oper am ernsthaftesten pflegte. Ihre Leistungen als *Norma*, *Sonnambula* und *Lucia* waren von der Callas kaum zu überbieten.

Weitere Rivalinnen: Graziella Sciutti, die junge Koloratursopranistin aus Turin, und die Spanierin Teresa Berganza, ein Alt-Sopran wie die neue Callas, wenn auch mehr zu einem schlanken Mozart als zum üppigen Primadonnenkult neigend. Weiterhin auch Vittoria de los Angeles, die bei allen Triumphen zwischen Bayreuth, ›Met‹ und ›Covent Garden‹ niemals der Primadonnen-Künstlichkeit erlag, sondern eine überzeugend ehrliche ›Menschenstimme‹ bewahrte.

Schließlich Leontyne Price, die farbige Primadonna vom Missisippi, Meisterschülerin der ›Juilliard School‹, als *Carmen* und *Aida* von einer geradezu brünstigen Ausdruckskraft – eine Callas-Rivalin ersten Ranges!

Im Blick auf diese Kolleginnen und ihre Leistungen galt es, die richtige Comeback-Rolle zu finden und jenen noch verbleibenden schmalen Bereich abzuzirkeln, der sichere Überlegenheit verhieß: den Gipfel der Assoluta.

Als Fünfundvierzigjährige kehrte Maria Callas zu ihrer alten Athener Lehrerin Elvira de Hidalgo zurück, bei der sie schon 1937 studiert hatte. Sie nahm das Operntraining wieder auf und widmete sich vor allem der *Traviata*.

La Traviata, ›die vom Wege Abgeirrte‹ – alle Welt wußte, daß diese Rolle früher zu den Glanzleistungen der Maria Callas gezählt hatte. Inzwischen aber, und auch das war weltbekannt, jubelte das internationale Publikum einer anderen *Traviata* zu: der amerikanischen Television-Primadonna Anna Moffo!

Anna Moffo – acht Jahre jünger als die Callas.

Verführerisch schön, vielseitig begabt, geschmeidig und vibrierend modern: die Moffo! Italienisch von Geblüt und italienisch verheiratet mit dem Mailänder Fernsehregisseur Mario Lafranchi. Zierde und Kassenattraktion aller großen Opernhäuser, aufregend und trotzdem ohne Skandale: Anna Moffo!

Geboren in Philadelphia/USA, ausgebildet an der Universität von Perugia, Doktor der Musik und der Philologie – »Toscanini und Einstein in einem«, wie sie selber sagte.

Wenn die Moffo wie eine Leopardin internationale Hotelfoyers betrat, vergaßen die Männer vor den Anmeldeformularen, wie sie heißen und wo sie wohnen. Rasse und Perfektion – eine Koloratursopranistin, die auch im dramatischen Fach Trillerketten von so eisiger Schärfe singen konnte, daß Sektgläser zersprangen!

Die Callas wußte recht gut, was sie zu überbieten hatte: die *Traviata* der Moffo! Das biegsame Geglitzer, die eingeborene Erotik . . .

Dabei sang die Moffo keineswegs nur traditionelle Primadonnen-Arien; sie wagte sich auch an Musical-Songs und Operettenlieder heran. In der italienischen Hitparade lief sogar ein von ihr komponierter Schlager: ›Città, Sole e Amore‹.

Sie war nicht nur der Star der Anna-Moffo-Show im Fernsehen, sondern auch Diva in zahlreichen Filmen. Ihr achter Streifen hieß *Die Abenteurer* und war von James-Bond-Regisseur Lewis Gilbert inszeniert worden.

»Sie spielen eine sexhungrige amerikanische Primadonna, die ihren Mann betrügt«, hatte Gilbert ihr erklärt.

»Wie betrüge ich ihn?« wollte die Moffo wissen.

»Im Bett eines anderen.«

»Oh lala! Sieht man das auf der Leinwand?«

»Ja, Madame!« Dann, etwas vorsichtiger: »Falls Sie für die gewagten Szenen ein Double wünschen . . .«

Die Moffo reckte sich hoch. »Aber ich habe einen guten Körper!« Feuer war in ihrem Blick.

Gilbert wiegte den Kopf. »Könnte es passieren, Madame, daß der Direktor der Metropolitan Opera negativ reagiert, wenn Sie in dieser Weise . . .«

Die Primadonna lachte: »Keine Spur, solange es hilft, Eintrittskarten für die Vorstellung zu verkaufen!«

Der Filmregisseur gab sich zufrieden. Gut ist, was verkauft wird, dachte er.

Keine schlechte Pointe nach dreihundertfünfzig Jahren Primadonnengeschichte . .!

Nachspiel
im Straßenverkehr

Wo ist Orpheus geblieben?
Da geht er bei Gelblicht über den Zebrastreifen, ein
Transistorradio unterm Arm. Hinter ihm, im Minirock,
Eurydike.
Der Junge dreht sich nicht um, obwohl – *Grünlicht!* – in
diesem Augenblick die Autos anfahren.

Schnellstarter, Bummler, Passanten – Zeitgenossen aller
Klassen. Alle haben sie zu tun, suchen im Alltag einen
Rest, den das Leben ihnen schuldig blieb, notfalls in der
Oper. Denn alle sind sie Steuerzahler, die die Oper sub-
ventionieren müssen.

Sind sie aber auch *Konsumenten* der Oper?

Ist die Oper für sie ein ›gemeinnütziges Theater‹? Kommt sie entgegen, überholt sie ihre Konsumenten, oder bleibt sie hinter ihnen zurück? Ist sie noch, wie einst Orpheus, in der Lage, Eurydike zu befreien?

Wer beantwortet diese Fragen?

Linksaußen im schwarzen Jaguar-Coupé mit Tessiner Nummer die Opern-Diana Anja Silja. Sie ist sofort bereit, ihre Meinung zu sagen: »Ich glaube einfach, es gibt heute keine Themen mehr für Opern. Die Oper hat ganz allgemein keine Zukunft mehr.« Gasgeben, weg ist sie!

Nicht ganz so radikal kurvt ihre Kollegin Helga Pilarczyk, die Zwölftonsängerin – doch sie *praktiziert* ihre Meinung! Seit jeher ignoriert sie die Traditionsoper und singt nur Rollen des 20. Jahrhunderts – eine verdiente Assoluta der Moderne.

Auch Irmgard Arnold, das *Schlaue Füchslein* der DDR, gibt Antwort. Als Tierweibchen Terynka in Janáčeks Klangkostüm (hautenges Fuchstrikot) kriecht sie über die Bretter, die den Wald bedeuten, und ruft das Hühnervolk auf, sich zu befreien. Dabei bringt sie frech den Star zu Fall – den eitlen Hahn!

Ja, *darf* man denn das?

Scherz beiseite: man *soll* es sogar!

Nach dreihundertfünfzig Jahren Primadonnengeschichte dämmert, deutlich für alle, die Erkenntnis, daß jene Stars, die das Gesamtwerk vergessen und im Grunde nur Soloeinlagen für ein ›Konzert in Kostümen‹ abliefern, seit langem überholt sind. ›Primadonnen‹ beiderlei Geschlechts, die nur öffentlich ihr Rachengold putzen und die übrigen Mitwirkenden dabei als Staffage, als dekorative Umrahmung ihrer Ich-Verwirklichung betrachten

– sie schaden dem Kunstwerk. Sie personifizieren jenes Medium, das Brecht einst ›kulinarische Oper‹ nannte.

Seit über vier Jahrzehnten fragt sich ein Regisseur wie Walter Felsenstein, warum solche ›Primadonnen‹ eigentlich in *Kulissen* herumstehen, warum sie *Kostüme* tragen – ja, warum sie überhaupt *singen*. Das Hassenswerte an der kulinarischen Oper, so meint er, sei nicht die Tatsache, daß sie kulinarisch ist, sondern daß sie das Musiktheater zum Zwecke der Befriedigung kulinarischer Genüsse mißbrauche und verfälsche.

»Im bürgerlichen Gesetzbuch«, poltert Felsenstein, »fehlt ein Paragraph, der die Verantwortlichen zur Rechenschaft zieht, wenn sie *Aida* auf den Theaterzettel setzen und etwas völlig anderes zeigen.«

Ein typisches Beispiel für die ›kulinarische Primadonna‹ war einst Pauline Lucca. Ob sie die Zerlina des *Don Giovanni* oder die des *Fra Diavolo* sang, ob Beethovens Leonore oder die von Verdi – stets war sie nur Pauline Lucca. Sie trat von rechts auf, sang mit vorgestreckten Armen, provozierte Beifall auf offener Bühne, dankte stolz und trat wieder ab.

Ja, darf man denn *das*?!

Gegen den Unterhaltungswert einer solchen Starparade mag nichts einzuwenden sein – auch Brecht forderte im *Kleinen Organum* unter § 1 ›Unterhaltung‹. Solange die Oper sich aber als *Kunstwerk* deklariert, als klassisches gar, muß sie auch das zeigen, was sie auf den Theaterzettel gesetzt hat.

Ansonsten verstärkt sich ein Opernverdruß, der heute schon in den Ruf mündet: DIE PRIMADONNA IST TOT, ES LEBE DAS MUSIK-THEATER! Stärker wird der Ruf nach jenem Kunstmodell, das nicht von der Primadonna allein lebt, sondern von Einzelkünstlern, die sich in das Werk integrieren und durch gemeinsames Engagement den ›Popanz‹ entthronen.

Immer mehr Komponisten, Intendanten und Opernfreunde sind heute dabei, der ›kulinarischen Primadonna‹ ihre Untertanenpflicht, ihr Wohlverhalten, zu kündigen.

Rotlicht. Halt!

Menschen auf dem Zebrastreifen: alles Steuerzahler, die die Oper subventionieren. Unter ihnen nur wenige Platzmieter.

Orpheus ist gerade noch sichtbar. Eurydike aber, das Objekt seiner Liebe, ist verschwunden. Wer hat sie überfahren?

Wer hat Eurydike in den *Underground* gedrängt?

Grünlicht. Weiter.

Polemik: Die Oper sei eine Genußmittelfabrik. Ein Jahrmarkt der Eitelkeiten, kein demokratisches Forum. Nur etwas für ›Kenner‹. Für Leute also, die ihre Stars und vier, fünf Arien pro Werk kennen, aber nicht das Werk! Rezitative sind Durststrecken. Was zählt, ist Konvention, Sekt im Foyer, Prestige, Stola, *Guten Tag, Herr Doktor*, Dabeigewesen, *Kolossal*, Silberkrawatte, Konfekt . . .

Furcht und Mitleid . . .? Nein, nur Verzierung!

Pierre Boulez stellte die Revoluzzerthese auf, man solle die Opernhäuser in Brand stecken. Neutöner Mauricio Kagel verglich die Oper von heute mit den Kohlenhalden an der Ruhr. Theodor Adorno sprach vom ›Firlefanz für Opera Fans‹ und vom ›Kulturobjekt für Kultanbeter‹.

Martha, Martha, du entschwandest . . .!

Auch das Showbusiness produziert schließlich Primadonnen, optisch ungemein virulent, oft genug auch virtuos – aber *ohne* den klassischen Kunstanspruch: Schlagerstars,

Top-Vedetten, Erste Damen im Glassarg der Television, Cover-Pinups, Blowup-Girls im Blitzlichtgewitter, Fußballprimadonnen, Filmstars, Ex-Kaiserinnen.

Auch die jasminduftende Unterhaltungspresse produziert Primadonnenglanz zwecks imaginärer Daseinssteigerung. Reizüberflutungen dieser Art beanspruchen aber keine Subventionierung durch den Steuerzahler.

DIE OPER MUSS UMSTRUKTURIERT WERDEN WIE DER RUHR-BERGBAU! UND ZWAR SOFORT!

Weil sie immer noch unter alten feudalen Zwängen ächzt.

Weil Gegenwart bestenfalls im Habitus vorkommt: elektronische Verzerrungseffekte, Kinetic Lights, Total Art – modisches ›Vesti la giubba‹. *Hüll dich in Tand nur . . .*

Ist das schon die Moderne?

Flammen abblasen konnte die Oper schließlich schon dunnemals unter Luigi Rossi. Regenmaschinen gab's bereits im siebzehnten, künstliche Schneestürme im achtzehnten Jahrhundert. Nackte Nymphen debütierten schon vor der Hochzeit des Henri Quatre.

Augenfutter mit Begleitmusik, das ist noch nicht der orphische Klang des Kunstmodells Oper.

Opernglas nach vorn gerichtet: Ist Eurydike wieder in Sicht . . .? Nein . . .?

Frau Musicas allergetreueste Opposition beantragt:

Die Oper soll kein Naturschutzpark für singuläre Hähne und Nachtigallen in Quarantäne sein. Sie soll nicht Stars beherbergen, sondern Drossel, Fink *und* Stars! Alle zusammen sollen sie dem Kunstwerk dienen.

In diesem Antrag stecken künstlerische und strukturelle Aspekte. Beide müssen zugleich gelöst werden. Ein Mann wie Rodin hat zum Beispiel nicht nur den ›Denker‹ geschaffen; er hat zur gleichen Zeit auch den Büstenhalter konstruiert – ein Jugendstil-Objekt.

Konstruktives Denken also, Opernglas nach vorn gerichtet.

Apollsohn Orpheus kann im Zeitalter der Massenmedien nicht *allein* dem Dionysischen trotzen. Wo aber liegt für Eurydike das Dionysische: bei *Martha* oder bei Mao?

Rot, Grün, Rot, Grün – die Ampel spielt verrückt.

Grüner Fluß im roten Osten. Kein einziger Tropfen darin spielt Hauptperson. Sie alle zusammen sind Fluß.

Orpheus steigt herab, um Eurydike aus dem Underground zu befreien . . . Und wenn sie nicht gestorben sind, so leben sie noch heute – als Legende.

Inhalt
und Namenregister

Leider eine alte Weisheit ...   7

Vorspiel am Fuß des Olymp   11

1. Die Händelzeit in London   17

Francesca Cuzzoni · Margherita de l'Épine · Margherita
Durastanti · Faustina Bordoni · Lavinia Fenton · Vittoria
Tesi · Senesino · Caffarelli · G. F. Händel · Giovanni Bonon-
cini · John Gay · J. Chr. Pepusch · J. A. Hasse · J. J. Quantz ·
Sir Robert Walpole

2. Kastraten für die Oper   43

Vittoria Archilei · Jacopo Giusti · Girolamo Rossinus · Ferini ·
Sorlini · Vittorio Loreto · Baldassare Ferri · Siface · Jacopo
Peri · Giulio Caccini · Claudio Monteverdi · Ottavio Rinuccini ·
Henri Quatre · Papst Sixtus V. · Papst Clemens VIII.

3. Geliebte Primadonna   65

Catarina Martinelli · Adriana Baroni · Catarina Baroni · Leonora Baroni · Francesca Caccini · Atto Melani · Giulio Caccini · Claudio Monteverdi · Luigi Rossi · Herzog Vincenzo Gonzaga · Kardinal Jules Mazarin · Königin Anna von Frankreich

4. Paris hat schöne Musen   80

Marthe de Rochais · Louise Moreau · Die Desmartins · La Maupin · La Fel · Marie Favart · Antonio Bannieri · Caffarelli · Luigi Rossi · J. B. Lully · Simon Favart · W. A. Mozart · Giacomo Casanova · Adrienne Lecouvreur · Die Clairon · König Ludwig XIV. · König Ludwig XV. · J. J. Rousseau · Moritz Graf von Sachsen

5. Quartetto Italiano   104

Margherita Salicola · La Giorgina · La Buranella · Bellino (Teresa) · Vittoria Tesi · Felice Salimbeni · Antonio Bernacchi · Farinelli · Pietro Metastasio · Giacomo Casanova · J. W. v. Goethe · Honoré de Balzac · Königin Christine von Schweden

6. Die Oper kommt nach Deutschland   119

Die Albuzzi · Santa Stella · Margherita Durastanti · Faustina Bordoni · Regina Mingotti · Die Conradi · Barbara Oldenburg · Francesca Cuzzoni · Marianne Pirker · Senesino · Filippo Finazzi · Giuseppe Jozzi · Antonio Lotti · G. F. Händel · J. J. Quantz · J. A. Hasse · J. S. Bach · Friedemann Bach · Reinhard Keiser · G. Ph. Telemann · Johann Mattheson · Mingotti-Truppe · Franz Pirker · Nicolo Jomelli · Chr. F. D. Schubart · Kurfürst August der Starke · Aurora von Königsmarck · König Friedrich II. · Herzog Karl Eugen · Charles Burney

7. Die Schmeling singt für Preußen   144

Gertrud Elisabeth Schmeling-Mara · Katherina Gabrielli · Die Astrua · Luiza Todi · Anna Milder-Hauptmann · Concialini · Porporino · Felice Salimbeni · Barberina Campanini · Charles Burney · W. A. Mozart · J. J. Quantz · Johann Baptist Mara · König Friedrich II. · J. W. v. Goethe · Graf Brühl · Königin Marie Antoinette

8. Oper und Revolution   175

Sophie Arnould · La Fel · Rosalie Levasseur · Die Dugazon · Marie Maillard · Gaetano Guadagni · Thérèse Aubry · Chr. W. v. Gluck · A. E. M. Grétry · F. J. Gossec · Raniero de Calzabigi · König Ludwig XV. · Königin Marie Antoinette · Kaiser Napoleon I.

9. Mozart und die Frauen   195

Aloysia Weber-Lange · Anna Selina Storace · Katharina Cavalieri · Catarina Bondini · Josepha Duschek · Dorothea Wendling · Anna Gottlieb · Josepha Weber · Venanzio Rauzzini · Luigi Marchesi · Michael O'Kelly · W. A. Mozart · Leopold Mozart · Lorenzo Da Ponte · Martin y Soler · Karl von Dittersdorf · Antonio Salieri · J. E. Schikaneder · Kaiserin Maria Theresia · Kaiser Joseph II. · Constanze Mozart · P. A. de Beaumarchais

10. Die große Catalani   217

Angelica Catalani · Die Samparini · Giuseppina Grassini · Girolamo Crescentini · Gioacchino Rossini · Paul de Valabrègue · Kaiser Napoleon I. · Kaiserin Josephine

11. Der Kleidertausch   237

Anna Milder-Hauptmann · Karoline Botgorschek · Klara Ziegler · Pauline Viardot-Garcia · Isabella Colbran · Maria Malibran · Gaetano Guadagni · Giovanni Velluti · Girolamo Crescentini · Demonico Barbajo · Luigi Cherubini · Ludwig van Beethoven · Gioacchino Rossini · Giacomo Meyerbeer · Felix Mendelssohn-Bartholdy · Kaiser Napoleon I.

12. Biedermeier-Primadonnen   251

Henriette Sontag · Brigitta Banti · Giuditta Pasta · Wilhelmine Schröder-Devrient · Maria Malibran · Karoline Unger · Pauline Viardot-Garcia · Maria Caradori · Gioacchino Rossini · C. M. v. Weber · Ludwig van Beethoven · Manuel Garcia der Ältere · Lorenzo Da Ponte · Vincenzo Bellini · Charles de Bériot · Graf Carlo Rossi · Gräfin Mercedes Merlin · König Friedrich Wilhelm III. · Herzog von Devonshire

13. Die schwedische Nachtigall   278

Jenny Lind · Wilhelmine Schröder-Devrient · Pauline Viardot-
Garcia · Giulia Grisi · Giuditta Grisi · Carlotta Grisi · Hen-
riette Sontag · Josephine Tuczek · Giovanni Belletti · Alfred
Bunn · Benjamin Lumley · Ph. T. Barnum · G. Spontini ·
G. Meyerbeer · Manuel Garcia der Jüngere · Hector Berlioz ·
Gaetano Donizetti · F. Mendelssohn-Bartholdy · Vincenzo
Bellini · Otto Goldschmidt · Die heilige Cäcilie · Ludwig
Devrient · Heinrich Heine · H. Chr. Andersen · Königin Désirée
von Schweden · Queen Victoria

14. Die Oper soll brennen!   302

Wilhelmine Schröder-Devrient · Minna Planer · Giuseppina
Strepponi · Fanny Salvini-Donatello · Pauline Viardot-Garcia ·
Kathinka Heinefetter · Richard Wagner · Giuseppe Verdi ·
Bartolomeo Merelli · Karl Devrient · Alexander Dumas · Marie
Duplessis · Kaiser Napoleon III.

15. Die große und die kleine Oper   318

Therese Krones · Josephine Gallmeyer · Maria Geistinger ·
Hortense Schneider · Blanche d'Antigny · Ferdinand Raimund ·
J. J. Offenbach · Richard Wagner · Johann Strauß · Kaiser
Napoleon III. · Gaston Leroux

16. Goldvögel am Abendhimmel   334

Adelina Patti · Julia Wheatley · Charlotte Cushman · Marietta
Albani · Christine Nilsson · Caroline Bauer · Pauline Lucca ·
Desirée Artôt · Emma Calvé · Ernestine Schumann-Heink ·
Nellie Melba · Luisa Tetrazzini · Domenico Mustafa · Alessan-
dro Moreschi · Mariano Padilla y Ramos · Fedor Schaljapin ·
Enrico Caruso · Sarah Bernhardt · C. J. Engel · Peter Tschai-
kowsky · Camille Saint-Saën · Fred Gaisberg · Oscar Wilde ·
Pietro Venati · Eduard Hanslick · König Eduard VII. · Kaiserin
Katharina I. · Fürst Potemkin · Marquis de Caux · Ernestino
Nicolini

17. Primadonnen in Gefahr   356

Marie Wittich · Emmy Destinn · Geraldine Farrar · Lilli
Lehmann · Amelita Galli-Curzi · Ernestine Schumann-Heink ·

Rosa Ponselle · Maria Jeritza · Julia Culp · Claire Dux · Helen Traubel · Queena Mario · Grace Moore · Lily Pons · Jarmila Novotna · Enrico Caruso · Leo Slezak · Benjamino Gigli · Richard Strauß · Giacomo Puccini · Elvira Puccini · Arturo Toscanini · Cosima Wagner · Kaiser Wilhelm II. · Kronprinz Wilhelm

18. Das letzte Kapitel   374

Lucrezia Bori · Hilde Güden · Maria Cebotari · Grace Moore · Sinaida Jurewskaja · Gertrud Bindernagel · Maria Callas · Frieda Hempel · Frida Leider · Erna Berger · Maria Ivogün · Immi Leisner · Lotte Lehmann · Birgit Nilsson · Astrid Varney · Kirsten Flagstad · Ljuba Welitsch · Zinka Milanov · Vittoria de Los Angeles · Elisabeth Schwarzkopf · Lisa della Casa · Martha Mödl · Christel Goltz · Rita Streich · Elisabeth Grümmer · Renata Tebaldi · Leonie Rysanek · Anneliese Rothenberger · Joan Sutherland · Graziella Sciutti · Teresa Berganza · Leontyne Price · Anna Moffo · Benjamino Gigli · G. B. Meneghini · Aristoteles Onassis · J. Jewtuschenko

Nachspiel im Straßenverkehr   393

Anja Silja · Helga Pilarczyk · Irmgard Arnold · Pauline Lucca · Walter Felsenstein · Bertolt Brecht · Pierre Boulez · Mauricio Kagel · Theodor Adorno

Bildnachweis

Staatsbibliothek Berlin (Bilderdienst) · Ullstein GmbH-Bilderdienst · Archiv Haas · EMI-Electrola GmbH · Teldec GmbH

Bitte beachten Sie
die folgenden Seiten

Wolfgang Stresemann

. . . und abends in die Philharmonie

Erinnerungen an
große Dirigenten
Mit 23 Abbildungen

Ullstein Buch 27533

Wolfgang Stresemann, von
1959 bis 1978 Intendant des
Berliner Philharmonischen
Orchesters, legt hier seine
lebendig geschriebenen Er-
innerungen an große Diri-
genten und ihre Konzerte
vor: Herbert von Karajan,
Wilhelm Furtwängler, Bruno
Walter, Richard Strauss,
Otto Klemperer, Arturo
Toscanini und Sir
John Barbirolli.

Ullstein Lebensbilder

Harold C. Schonberg

Die großen Komponisten

Leben und Werk

Ullstein Buch 34316

Von Monteverdi bis Schönberg – der Musikwissenschaftler und Musikkritiker der *New York Times,* Harold C. Schonberg, zeichnet ein Porträt der abendländischen Musik in den Lebensbildern ihrer großen Komponisten. Ein ungemein fesselndes Buch, das auch eine Vorstellung von den zeitgeschichtlichen Bedingungen musikalischen Schöpfertums vermittelt.

Ullstein Sachbuch

Patrick Cauvin

Laura Brams

Roman. Deutsch von Uli Aumüller und
Grete Osterwald. 336 Seiten, gebunden.

Laura Brams: eine hübsche junge Holländerin,
lebenslustig, sanft, warmherzig.
Michel Blazier: Erfolgsautor in den besten Jahren,
Witwer, mit einem Horror vor neuen Anzügen, Autos
und Fernsehauftritten. Bei einer Talkshow treffen sie
zusammen – zum erstenmal. Aber als Michel Blazier
die uralte Frage stellt: »Sind wir uns nicht schon
einmal begegnet?« erhält er die klare Antwort:
»Ja, vor dreitausendfünfhundert Jahren«.
Eine ungewöhnliche Antwort, mit der eine ungewöhnliche
Liebesgeschichte beginnt, überschattet von Lauras sich
verdichtender Gewißheit, daß alles schon einmal gewesen
ist, daß ihr Leben nach einem vorgezeichneten Muster
einem dunklen Schicksal entgegentreibt.
Michel versucht, ihre Ängste zu zerstreuen. Was ist es,
was Laura so unwiderstehlich nach Ägypten zieht?
Gemeinsame Reisen nach Brügge, nach Cannes und
schließlich in die Schneeinsamkeit Finnlands,
ärztlicher Rat und Sitzungen mit einem Spezialisten für
Parapsychologie – nichts scheint diesem Sog einer
fernen Vergangenheit Einhalt gebieten zu können.
Eine Liebe bis in den Tod?
Über den Tod hinaus?

MARION VON SCHRÖDER

Postfach 9229, 4000 Düsseldorf 1